JN095490

文学と政治・黒田喜夫への報告

続／続／わが黒田喜夫論ノート

大場義宏

土曜美術社出版販売

文学と政治・黒田喜夫への報告
——続／続／わが黒田喜夫論ノート——

＊目次

文学と政治・黒田喜夫への報告

――続／続／わが黒田喜夫論ノート――

まえがきに替えて

ずいぶん風変わりなこの一文は、当著作の出自なり由来なりを示すものとしてここに収まりそうな気がします。

父子関係にも母子関係にも、千差万別いろいろなタイプがありましょう。おおいに片手落ちながら、ここではさしあたり父子関係を振り返り、まず私にとっての父方のいわゆるルーツの周辺を辿ってみるなら、おおよそつぎのようなところが確かめられます。

山形市内は明治期に二度の大火に見舞われています。二回目の明治二七年五月二六日市南部大火の一〇時間余に及ぶその延焼範囲は広範で、菩提寺の常林寺は過去帳とともに焼失しました。そのため、いわゆる先祖の動静は、戸籍制度整備後のその制度下で辿れるところまでしか知り得ません。

それによると、遡り得る初代大場藤吉の生年月日は文政七（一八二四）年一月一〇日で、現存古文書[*1]では地主惣代人として出てきます。私が一九六五年頃、この大本家の分かり得る範囲での四代目の当主眞五郎（幼名は勇吉で、その従弟に当たる私の父は「勇吉《ゆぎ》っつあん」と呼び習わしていた）から聞いているところでは、出自は遠州（現静岡県西部浜松地方）[*2]の商家で、老中水野忠邦（一八三四〜一八四三年）と縁続きになる水野藩（詳細未調査）の御用商人に関係があったらしい。しかし家系図やその他古文書等書き付けはいっさいなく、今のところ私には確かめようは皆無です。ただ山形ではいわゆる町方に住む不在地主兼質両替商として明治維新期を凌いだようですが、敗戦後の農地改革を期にいっきに零落の途を辿ることになったようです。

前記眞五郎の父に当たる三代目眞五郎の弟だった参男眞作（一八八二年九月一一日生〜一九三九年七月二〇日没）は、二日町二一六番地に石高五〇俵（父からこう聞いている）の田畑を貰って分家しています。眞作の参男であった私の父誠三郎（一九一二年九月一一日生～一九九〇年三月一二日没）が生まれた翌年一九一三年のことです。

最上城下の町人町の区割の細かな部分が、町家の隣地境界として今日まで残存しているのは不思議なくらいです。通りに面して四間（一間は約一・八m）を一間口《まぐち》とする裏まで長く続く地割が基本となっています。二日町の場合一区画の地割面積は約一八〇坪程度。祖父眞作が貰い受けた細長い土地のうち母屋のある表半分には眞作の長男の家族、小さな蔵のある裏半分に参男誠三郎の家族が住むことになり、私はその裏屋の蔵（畳敷、障子戸、漆喰塗りのぶ厚い扉付きで、その北面入口には一〇畳敷きくらいの下屋が増設されていた）で育ちます。この土蔵のような蔵（外壁は白壁ではなかった）は元は大本家の味噌蔵だったらしく、前記の市南部大火では、一帯ではこの蔵だけがポツンと無事に燃え残ったらしく、築一五〇年にはなると考えられます。入口と窓のぶ厚い土の扉は閉めて隙間を味噌で塗り固めて大火を凌いだらしいと父から聞かされています。入口上がり框の下隅部には猛火に舐められたことが分かる黒く焦げた窪み部分が残っています。この蔵は現存し、長男である私が放任管理に当たっています。

こうした些細事を行々しく振り返り連ねる理由はふたつあります。ひとつはこのまま消え去る事実の記録になり、将来のなにがしかの足しになりはしないかということ。ふたつ目は、私の黒田喜夫との関係（黒田喜夫への関心）を遠く取り巻く背景を示してみたいことです。

さて、分家は四間《けん》間口の細長い一区画のみであったのに対し、大本家はその三倍の三地割分（変形延長部分があったので総坪数は七〇〇坪くらいか）の広さがありました。往時は広い池付きのみごとな庭園があり、冬季は大松等何本もの植木に雪吊りが施されて壮観でした。蟬時雨時の踏石の間に敷き詰められていた小粒の砂利石の白さも印象に残っています。桃、林檎、柿、栗等各種樹園地、蔬菜用畑地、竹藪のなかの赤い鳥居列の奥まったところには稲荷社《やしろ》……と土地利用がなされていました。大きな白壁の関東風の二階建蔵はみっつ、母屋の座敷蔵は隠し階段付きの二階建。そのほかに一段小振りな宝蔵（関西風の化粧蔵で、貴重品が収納されていたらしい）がありました。そのほか記憶に鮮やかなのは外建別棟の瀟洒な便所と浴室です。色ガラス張りの窓そして青い線のはいった白タイルの壁や外装……。これが一九六〇年代までそのままの暮らしの場であり、大本家、分家、又分家の佇まいの違いであったわけです。

さらに続けます。私の父は高等小学校卒業の後、商業学校（現山形市立商業高校）を出て駅手試補として国鉄駅現場等を転々とします。一九三六年には鉄道省から「雇を命ず」の辞令を受けています。長兄（私の伯父）は旧制山形中学（現県立山形東高校）から福島高等商業（後の福島大学経済学部）に進学、卒業後は大手保険会社に就職して広島市等に暮らし、山形の生家は参男である父が夜勤のある鉄道員の稼ぎで切り盛りし、二人の妹を嫁がせ、弟を商業学校に通わせます。五男に当たるその弟はその分家（私の生家）の二軒隣りに家屋敷を貰い受けて住むことになりますが、三〇坪ほどで参男である父よりさらに狭いところでした。両親すなわち私の祖父眞作は一九三九年、祖母ふくは一九四〇年に没していますが、伯父家族が山形に帰ってきた年と祖父母の没年との前後関係その他正確なところは、今となっては確かめようがなくなっています。

しかし、敗戦後の暮らしの折節については、私自身の経験や折々母が語るのを耳にした記憶から書き留めることができます。分家の家督を相続し表半分の母屋に暮らす伯父は、保険代理店で生業を立てて家族を養うことになります。五人の娘中四人は大学卒の教員、一人は高卒の銀行員として育て上げます。敗戦後の混乱期でもあり定職に就くこともなく、店舗を構えるわけでもない代理店稼業につき、原資の大半は相続した田畑の切り売りだったようです。

分家を相続した伯父は、敗戦時前後はいわゆる不在地主（寄生地主）ではなく、所有田畑も一町歩という条件未満だった（?）ことによる非該当や一九五〇年八月時点で小作地率が九・九パーセントの小作地残があり、そのなかに含まれていて農地改革の強制売却を免れ得たものやら、私には今となってはこれまた確かめる術はありません。あの市街地東部郊外の畑に父に連れられて小麦の刈取に行った記憶がありますが自作地扱いの畑だったものか……等々。しかし、明治憲法、旧民法下での長子家督相続の実相にはごく当たりまえのようにあり得た事象だったと思われます。

一方、裏屋の蔵に住む参男である父の家族はと言えば、一九四二年生まれの私を長男とする四人の兄弟中、大学を出たのは私と弟の二人。このあたりからもいわゆる戦前期までの日本社会の仕組みの実態は十分に伺い知れると言えましょう。ちょうど敗戦後の混乱期に当たったこともあり生育期の狭小な家屋とひもじい思いの記憶は強烈に身に染みついているのかもしれません。

私は新制の現県立山形東高校を卒業して、当時駅弁大学と揶揄されることもあった地元の山形大学文理学部に進学、文科の哲学を専攻して卒業します。学業に関しては父にはなにひとつ相談することはありませんでした。返ってくる答えはつねに「いいんねが（それでいいじゃないか）」でなにひとつ口を挟むこともありませんでした。卒業そして就職時は一九六〇年代です。高校の同級生はほとんど太平洋ベルト地帯の大都市部の大学に進学。医師、弁護士、大手の銀行や証券会社、大手建設、四大総合商社等に就職し、海外勤務する者も出始めていた時代です。同窓会等で地方駅弁大学（二期校）の哲学専攻であることを告げると、もの珍しげに見られ肩身の狭い思いをしたことも記憶に残っています。

父子関係として見れば、夜勤、非番に明け暮れる父は暖簾に腕押し然で頼り甲斐のない、根は理屈好きな私にはそのような存在でした。しかし暮らしのなかでのこまやかな優しい沈黙にはジーンと来ることがあって、慈父という言葉を思いながら青春期を過ごしたと言ってよい。が、こういうことがあった。ただ一度だけだったが、自宅から市内にある大学に通っていた頃です。こう言われた。「義宏、いま流行《はや》りの学生運動にだけははいらないでけろ。」。小さな飯台ふたつを合わせての六人揃った夕食時だったと思う。

当時山形大学もキャンパス内は校舎内まで含めて机や椅子のバリケードの山々、音量いっぱいのマイクの怒号の日々が続いていました。夜勤から帰って夏は朝顔、秋は菊、それにわずかな盆栽等に水遣りをする父の背中は、四人兄弟の長男の私には雄弁だったし、母の準備する貧相な食卓での六人の食事は今も忘れられないし……。日々通うキャンパスの、そうした私の日常からの乖離にはどうしようもないものがあった。武者小路実篤から入ったわずかな読書歴と社会認識の未熟もここに挙げておかねばならないだろう。燃え燻る内なる鬱屈はこうして古典ギリシャ語原語でプラトンを読むことへと向かわせることとなり、大学の四年間は徒過した思いのみしきりです。

さて、こうした瑣事をこまごまと記し置く二番目の理由は、これで述べたも同然なのかもしれません。いわゆる善良な市井人であったとしても頼り甲斐のない父だったので――と言うのが正確かもしれません――同郷（山形県村山地方）出身の黒田喜夫は私淑する師（作家？）として不動のポジションを占めることになります。

その謦咳に接したことのない黒田喜夫との出遭いは、その没後一〇年目。教職（県立米沢興譲館高校）を煩悶の末に辞し地方公務員（山形県庁）に就職し直して、やはり鬱々と地元の同人誌（『山形詩人』）に参加していた一九九四年の頃です。いわゆる哲学関係については多少の読書経験はありましたが、文学分野についてはみごとなくらい未然状態で、黒田喜夫との出遭いも五〇歳を過ぎていました。ただ、世の中のことについてはそれなりに見聞きするようになってからでした。それだけに黒田喜夫の思索の及ぶ広さと射程具合いは、有無を言わさぬものとして私を捉えてしまうことになったと言えます。

黒田喜夫の思索の広さと射程をあらしめている一半は、彼が生を享けた諸条件とそれとの確執としての生育歴にあることは否定すべくもないでしょう。阿部岩夫編の年譜[*3]及び黒田喜夫当人の自己史的回想[*4]に基づけば、彼のいわゆるルーツや生育歴のアウトラインはおおよそつぎのように辿ることができます。

本名黒田喜夫《くろだきお》の父系は、山形県西村山郡柴橋村中郷（現寒河江市）の地主だったが、祖父の代に没落し、祖父は出羽三山山麓志津村で行者宿を営む。父安孫子喜三郎は山形県米沢市に旅館最上屋を持つまで、出羽山中で下駄木地師、下駄屋等をやります。

一方母黒田よのは、山形県西村山郡寒河江町皿沼（現寒河江市）の自作兼小作農家の出で、少女時代は近隣の大地主の下女奉公、乳母奉公をやったりしています。母方の祖父は舟乗りで酒田まで往復したとあります。

一九二九年、黒田喜夫は米沢市の最上屋旅館で次男として生まれます。上に兄一人。一九三〇年喜夫四歳の時、前年死去した父が残した借財で最上屋は人手に渡り、母は和裁や行商で生計を立てます。兄一人を借家に置いての、団子やアンピン餅入りの岡持を両手に下げ、幼少の喜夫を連れた行商で、さっぱり売れない日、街外れの地面にしゃがんで留守番の兄の分を取っておいてから残りを母と二人で食べるということがあったと黒田喜夫は後に書き残しています。夜は和裁、昼は行商と昼夜なく働いても暮らしが立たず、母は健康を害することになり、まもなく皿沼の生家に戻ることになります。なお黒田の姓は母が内縁関係だったことによります。

皿沼の生家で与えられた家は間口三間、横二間の小家（荒壁造りの農小屋）で、壁の落ちたところには莚が張ってあり、夜は石油ランプでした。母の長兄の所有地に建ちながら、その小家は母の次弟の所有で、「家」「土地」をめぐる近親憎悪の激発点だったとあります。通りに面する表の方には、伯父や祖母の暮らす母屋がありました。

母は草履表作りや日雇土方等をして生計を立てます。幼少期は四季折々従兄弟たち村の子たちと遊んだが、耕作地のない百姓以下の貧者の子供、他所者として扱われた。しかし母は生家に戻ると心身面の健康を次第に回復してゆく風であったと黒田は振り返っています。

皿沼は一〇〇戸ほどの集落で、二軒の地主、二、三軒の豪農があってあとは自小作、小作貧農でした。一九三〇年代後半から四〇年代に掛けての東北農村の疲弊は甚だしく、娘の身売りが囁かれた時代です。日々さまざまなタイプの乞食が門口を訪れ物乞いをする姿は常態化していました。黒田の回想から喜夫たち家族の暮らす小家でのことを引用してみるのもひとつのエピソードとして相応しいかもしれません。

その家は外からはどうやら人が住むとも見えなかったのか、…略…村に入ってくる乞食《ほいと》たちは大抵通りすぎてしまうのでしたが、時としてその戸口にも佇つホイトがあると、当の小家に住む者らは、むしろその食を乞う人から人間扱いされたような気がして、自分たちの心細い米びつからいそいそと皿一杯の米を戸口の人に差し出したものだった。——先には、そこの上流の村の豪家だった父方一家の、かつての離散の折りの社会と農家族をつらぬいた取返しのつかない衝撃の深さ…略…流れ去るものと事実上それを追うものとの苛烈な関係、…略…そこでの所有と非所有のせめぎ合い、…略…などは…略…日本農村（地域）の恒常性の、実は血の噴き出る内質だった…略…

（ルビ、傍点原文）[*5]

こうして山形市東部外れの里山である千歳山山頂から遠望すれば、急流の最上川を挟んで指呼の間に位置する農村皿沼の状況は、この「まえがき」の前半部で辿ってみた私の父の眷属の、つまり不在地主（寄生地主）の末裔たちの暮らし振りと不可分の合わせ鏡であったことが見えてくるわけです。

一九四〇年黒田喜夫一四歳で高等科を卒えると、なにがしかの金銭と背広一着の支給を満期条件とする奉公契約を取り交わし、東京都品川区の町工場に徒弟として上京します。

以後の動静については、けっこう詳細な阿部岩夫編の年譜から、任意に拾って黒田喜夫の生涯の辿りに替えることにします。

一九四三年、一七歳。黒田喜夫側からのサボタージュにより徒弟契約を破棄させ、形は自由な労働者となります。しかし空襲と飢えに迫られ、住居は品川区戸越、同豊町、同大井倉田町等を転々……。

一九四五年、一九歳。徴兵検査に合格し、出征準備のため帰郷。敗戦。その秋、役場吏員になります。翌年、二〇歳。地元の農民運動の先達に農民組合青年部を作るよう勧められます。内気な性格に加え、どうかすると他所者扱いされ苦しむが、努力して組織化。これが黒田の政治的活動の始まりでした。日本共産党に入党。農村の組織づくりに寝食を忘れるように邁進します。

一九四八年、二二歳。職業革命家を目指し役場をやめ、党専従になりますが、喀血、結核発病。翌年、当時としては先端的試みだった左肺合成樹脂充塡術を受けますが、これが以後生涯に亘る苦患の原因となります。その頃農地改革は終焉期を迎え、農民組織も破局に向かう一方、戦後の独占資本の再編が始まりつつありました。黒田の属する日本共産党は反封建的な闘いを固守します。そうした状況のなかでしたが、手術の前年からは国立療養所左沢光風園に入院していて、回覧誌『かがり火』等で園友たちの文芸サークル活動に加わり、事実上主導することになります。

一九五五年、二九歳。意を決するようにして再上京。新日本文学会機関紙『現代詩』の編集部に就職。以後帰郷することはなかった。一九五八年、三二歳。池田三千代と結婚。『現代詩』の編集を退く。文学面の作品発表、同諸活動、同交友盛ん。一方健康状態悪化。

一九五九年、三三歳。瀕死の状態まで健康状況悪化。代々木病院入院。翌年、三四歳。入院続く。化膿部位の大手術で合成樹脂を抜き取るも、肺は空いたままで苦痛甚だしく、以後たびたび死線を彷徨するようになります。その年、詩集『不安と遊撃』で第一〇回H氏賞受賞。安保闘争の高まるなか、余病併発、再度危篤状態に。一九六二年、三六歳。

代々木病院入院中、共産党指導部批判闘争参加の理由で、病室内で査問を受け、党から除名処分を受けます。

一九六三年、三八歳。代々木病院→国立東京病院と転院の後、退院して都下現清瀬市竹丘に居住。以後清瀬市の住居《すまい》の病床で長く詩、評論、著作活動続く。一九六八年、四二歳。胸部手術の後遺症、過労による不整脈を多発。十二指腸潰瘍を併発し、国立東京病院に入院。その後入退院を繰り返しながら、制約の多いなかで表現活動続く。

一九八四年、五八歳。一月心停止→意識不明→気管肢切開術→退院、入院→人工呼吸器を拒み、慢性呼吸不全から心不全を起こし、七月一〇日死去。

闘い尽く、の一語あるのみのこの詳細な年譜を何度読み返したことか。また「生涯のように——自己史への試み」のホリスティックな深い洞察に驚きながら、黒田喜夫の著作の読解に何度挑戦し直してきたことか。そのような次第で、私のこれまでの黒田喜夫との取っ組み合いは、拙いなら拙いままでこそいいと思い定めて、これまで二冊を『わが黒田喜夫論ノート』としてまとめてきました。その二冊目のノートには、「黒田喜夫への学びのための沈潜の基礎部分はほぼ終わることになる」と公言し、「詩作への苦しみが、これから始まる」と大見得を切ったりしています。ところがドッコイ、本格的な詩作への試みは私のなかに立ち上がろうとせず、時のみ霧消していきます。

刻一刻、激動する時代の状況はたいへんな勢いで私を、そして私たちを乗り越えていきます。私たちの自然の環境や状況のみならず社会の制度や状況は、さまざまな局面で変容崩壊を重ね、留まるところを知らない様相を呈してきました。身の回りの具体で言えば、地殻変動に起因する地震、噴火、地球温暖化の進行との関連は必然とされるさまざまな異状現象（氷山崩落、氷河の退進、永久凍土の溶融、大規模森林火災、龍巻、局地的豪雨・洪水の多発……等）、原発放射能問題、憲法の戦争放棄条項問題そして変異を繰り返して襲い掛かり来る新型コロナウイルスパンデミック、それに伴うグローバルな社会経済の破局到来の予兆……等々。そうした一刻の猶予も許さない激しい変様に取り残されまいと精一杯の見聞に努めていると私は遅ればせながら気づく。そこは、没後四〇年にもなろうとする黒田喜夫の射程内の課題であったり、領野内のできごとだったりする。そのことに驚くことになるのです。

こう書くのも、私淑する師を崇め奉らんとする魂胆からではありません。黒田喜夫と言っても今ではほとんど知る人もなく、知っている方々にしても、いまさら穿《ほじく》り返す意味はどこにあるか、というのがおおかたのところでありましょう。しかし、私のなかのイメージレベルの黒田喜夫からすればおよそ関係がないと思える諸問題に、考察の錘鉛を下ろしてみると、ゴツンと打《ぶ》ち当たるものがあり、黒田喜夫に再会することになる。そこでこのたび、『続／続／わが黒田喜夫論ノート』として、その私のなかの事実を書き置くことになった次第です。

大仰に過ぎて気が引けますが、わが詩作の苦行（そっくり悦楽でもある）への登攀域を見定めたい一念からであるわけです。しかしそれとて私には容易なことではなさそうです。ここでは詩作への試み一事に限ることとして、黒田喜夫の肉声を書き留めておきたいと思いますが、最晩年の彼のつぎのような言葉は、私にも理解できそうで理解が届かず、届かないようでいて分かるような気がするのが、なお私の現在だからです。

この否定の仕方は、しかし例えばシュルレアリスムの、記述する者の下意識の取り出しやオートマチズムによるようなものではなく、「書きもの」の布置性そのもの、あり様自体にむけられているようで、それをこの記述者は「断片とみる」、あるいは「みずから瓦礫となる」と言い、その総括として、詩への到達の断念の瞬間に、詩はわれわれをとり囲む全状況としての姿を現わすだろうと言っているのです。自我の制度たる近代詩以来の詩型の意識、その遠近法を「瓦礫」となそうというこの苦い希望は、つよく共感さるべきですが、問題は「苦さ」のその包含ののっぴきならなさや、つまりはその思想化・方法化という矛盾の遂行のことでありましょう。

この場合、記述の制度の否定は、そうしようとする者の記述の統一意識の最大限の緊張と発揮によってなされざるを得ない。自我の遠近法の布置の瓦礫化という否定が、否定者のよんどころない自我の肥大のみを結果してしまうという苦い喜劇の現われを、ここでどのように破砕し得るかということが、問題のすべてであると思います。[*6]

右引用冒頭の「この否定の仕方は、……」云々は、平出隆の『破船のゆくえ』のなかの詩論の一節を引用し、それへの言及として述べられているもので、平出隆の詩論を「苦い喜劇」と評し、その先にこそ問題はあると、ここで黒田は指摘しているわけです。

また、黒田は詩の方法についてこうも言っていました。

可視の「現実」と不可視の「非現実」との「置きかえ（喩）」における照応ではなく、現実であることが非現実、非現実であることが現実であるところの置き換えのきかないオヴジェクティヴな（民衆的身体の）質量の現出と変展への企て。意味と脱意味の粉砕。視線の破りと再帰。現在が、「死によってつむがれた作品だから、逆に光彩をましてしまうというイロニー」を有する近代のなれの果てだとしたら、喩の死を喩の探しで救抜しようとするのではなく、その不可能さの生き方の、置き換えのきかない境域の現出によって、死そのものを生きなければならぬ——というほどの想いを負った方法のことです。[*7]

〈注記〉

＊1　『古文書近世史料目録　第14号——長井政太郎収集文書』（山形大学附属博物館）五ページ。なお、この手元のコピー目録に載録されているその古文書名は『田方地価修正帳（二日町）』で、その現物は未見、折を見て写真撮影しておきたいと考えている。この目録には、地元近世史学会では「二日町文書」と称されている古文書は相当数あり、私の関心を引く。

＊2　まったくの偶然事であるが、私は大学を卒業して静岡県教育委員会採用の教諭となり、配属された所は浜松市の隣りの磐田市にある現県立磐田西高等学校。いわゆる遠州地方の中心である。ところで私の幼少期は山形市内では大場姓はごく少なく、学級に二人居たことはないのに、赴任地に大場姓はけっこうあり、担任学級には大庭姓を含めると二、三人居たことと平仄が合うような気がする。

＊3　『黒田喜夫全詩』（思潮社刊、一九八五年）の四九一～五一九ページ。

＊4　「生涯のように――対話による自己史への試み」（『現代詩手帖』一九八〇年七月～一九八三年七月に断続的に一一回のシリーズで発表された未刊行の文章。）

＊5　同右の連載3（『現代詩手帖』一九八〇年九月号）の一三七ページ。

＊6　『黒田喜夫詩論集　人はなぜ詩に囚われるか』（日本エディタースクール出版部刊、一九八三年一二月）収載の「清瀬村より三（発表は一九八二年一〇月）」から、四七ページ。

＊7　同右収載の「清瀬村より　四（発表は一九八三年五月）」から、五三ページ。

第一部　黒田喜夫の射程・その歩測

第一編　〝高次の新しい「戦前」への変革主体の形成〟とはなにか

――あまりに遥かなわが詩作への助走――

第一章　自らの「土俗の身体」を凝視する

先達各氏の敬称は略すことをお断りし、また平易に述べることに急なあまり冗長に堕することを恐れながら、特殊は普遍に通ずるや否や、評論とも愚伝の一コマともつかぬひとつの詩論の、私には不可欠である外枠部分について考察してみたい。

故黒田喜夫は、その晩年、独り言つように〝高次の新しい「戦前」への変革主体の形成〟を呟いたことがある。それを「経済階級というような限定ではない国家幻想に対する階級的な主体の形成」[*1]とも言った。その黒田喜夫が没して二〇一四年七月で、早、三〇年になる。今振り返りみるとき、この「早」は二重の思いから成ると言わなければならない。一方で時の変転の目まぐるしさに目くるめく思いが先立つことは確かだが、他方激流の底に沈澱するように在るなにかしら変わらぬものへの重苦しい感懐である。

変わらぬものへの重苦しい感懐と言うとき、その対象がまた二重である。そのふたつは混然とした一如態であるが、あえて見極めるならその第一はこの国のレジームとでも称すべきものである。

やや迂遠となるが、まずこのレジームと言ってみるのはこうだ。福島第一原発の爆発とメルトダウンは、一〇〇キロ余しか離れていない山形市内で暮らしてきて、これからも暮らしていくつもりの私には、忘れることなどできようがない事件である。いろいろな意味や都合で、記憶から消し去られあるいは隠蔽もされ続けていると言わざるを得ないのだが、私の自宅敷地も事故後希望して市役所からセシウム一三七の空間汚染の具合いを計測してもらったのだった。[*2]それによると、年換算で四ミリシーベルトに近い計測値を記録した。この値はいわゆるチェルノブイリ法下で移住希望者はその移住経費その他の国家からの援助が受けられる「移住権利ゾーン」[*3]のそれに相当する。

一九七九年のスリーマイル島原発事故、そして一九八六年のチェルノブイリ原発事故後と、日本でも幾度となく原発の安全性問題が論ぜられ、諸々の検討が行われてきたことは言うまでもない。にもかかわらずの、一九九九年東海村のJCO臨界事故は驚きを通り越して余りあるものだった。高濃度のウラン溶液をバケツと柄杓で取り扱い、三人の作業員が高線量被曝。そのうち二名が死亡した。ふたたび三たび、にもかかわらずの、そのわずか一〇余年後の福島原発事故だったのである。

「変わらないなあ」という戦慄的感懐は私だけのものに限らない。しかもくわえて「早、三〇年」は「早、七〇年」の過去へとこの弧状列島の時空は連続していると言わなければなるまい。たとえば端的に一九四〇年から一九四五年の五年間にこの列島に生起した事象のトータルと、二〇一〇年から二〇一五年のそれとを、デジタル3D技術よろしく立体図形として並べてみることができたならどうだろう。両者はほとんど相似にして合同として眼前に現われるのではあるまいか。

一目瞭然といわざるをえないのは、戦争指導層の妄想的な自己過信と空想的な判断、裏づけのない希望的観測、無責任な不決断と混迷、その場しのぎの泥縄式方針の乱発、などなどだろう。これらのすべてが、二〇一一年の福島原発事故で克明に再現されている。[*4]

日々四〇〇トンの高濃度放射性汚染水を、つまりはいずこかに排出することなしには、一日の安全とて確保できない筈の事態に直面し、数か月という単位で時間は流れつつある。一方近代の全面戦争の消耗戦の果ての無条件降伏等々の記録や記憶に纏わる言説は喧しい。当然と言えば当然である。両者には通底するところがあるからで、笠井の右引用の命題はそれを言い当てている。白井聡の『永続敗戦論』[*5]も、ほかにも数ある類似言説のひとつである。

白井はかつて使い古された「国体」概念を媒介概念として賦活させることで、戦前と戦後のいわば「変わらなさ」加減を説き明かそうとする。彼によれば「戦前のレジームの根幹が天皇制であったとすれば、戦後レジームの根幹は、永続敗戦である。永続敗戦とは「戦後の国体」であると言ってもよい」のだ。そうであるなら、永続敗戦の構造において戦前の天皇制が有していた二重性（大場注…天皇は現人神として大衆を従順に統治するための装置とされたが、他方表向き天皇親政を標榜しつつ、内実天皇は政治的実権を振るえる立場に置かれていたわけではない）は、どのように機能してきたのか。

それは、「敗戦」という出来事の消化・承認の次元において機能している。すなわち、大衆向けの「顕教」の次元においては、敗戦の意味が可能な限り希薄化するよう権力は機能してきた。「戦争は負けたのではない、終わったのだ」、と。そのことに最も大きく寄与したのは、「平和と繁栄」の神話であった。この顕教的次元を補完する「密教」の次元は、対米関係における永続敗戦、すなわち無制限かつ恒久的な対米従属をよしとするパワー・エリートたちの志向である。[*6]

パワー・エリートたちと言えば、岸信介は「真の独立」を言い、佐藤栄作は「沖縄が還ってこない限り戦後は終わらない」を言い、中曽根康弘は「戦後政治の総決算」を掲げ、今安倍晋三は「戦後レジームからの脱却」を唱えている。彼らの意図はこれらスローガンをけっして実現させないことにあることは白井に依らずとも私たちには確かだろう。そのように敗戦は内面化されてしまっている。

そして、「この顕教と密教の間での教義の矛盾は、対アジア関係において爆発的に噴出」しつつあるのだ。今私たちは「戦前レジームの崩壊劇の反復を目撃している」と言わなければならない。白井の規定によれば、「国体とは、一切の革新を拒否することにほかならない。」「国体とは自主的決意による革新・革命の絶対的否定を意味するものである以上、国体護持を実現したかたちでの敗戦は、敗北という外見に反して、その実革命に対する華々しい勝利にほかならなかった。」。戦後七〇年にして私たちは、その崩壊劇に立ち会っているというわけなのだ。

白井はその渾身の『永続敗戦論』をこう結んでいる。

問題は、それ（大場注…国体）を内側からわれわれが破壊することができるのか、それとも外的な力によって強制的に壊される羽目に陥るのか、というところに窮まる。前者に失敗すれば、後者の道が強制されることになるだろう。…略…しかしながら、それ（大場注…国体）は真に永久不変のものなどではない。…略…それはとどのつまり、伊藤博文らによる発明品（無論それは高度に精密な機械である）であるにすぎない。三・一一以降のわれわれが、「各人が自らの命をかけても護るべきもの」を真に見出し、それを合理的な思考によって裏づけられた確信へと高めることをやり遂げるならば、あの怪物的機械は止まる。なぜならそれは、われわれの知的および倫理的な怠惰を燃料としているのだから。[*7]

しかしながら、こうして「早、三〇年」あるいは「早、七〇年」の変わらなさ加減を振り返ってみる私などにはおおいに既視感があり、「各種メディアで絶賛‼必読の日本論。」という帯文付きで、大反響すでに一五刷を数えるという『永続敗戦論』が、それほどに斬新な見解であるとは思われない。

ひとつとして、今から三〇年程前の黒田喜夫の戦後民主主義論は、こうした地平に展開されていたからである。黒田のそれは、より深層を洗うものとして、今になお印象に残るものがある。それは黒田の考察がより民衆の底部からの鋭い視線に貫かれていたからにほかならない。白井のそれはパワー・エリートのサイドからの考察と言わざるを得ず、つまりは同じ事態を考察しているものなのに、白井のそれは日常生活上のわが事として少なくとも私には食い込んできてくれないことを言い添えておかなければならない。こうして黒田の言説を思い起こすとき、「変わらないなあ」という重苦しい感懐の対象の第二のもう片方が浮かび上がってくる。

今から三〇余年前、黒田としては晩年期にあったその戦後民主主義論は、たとえば松本健一との注目に値する対談でも展開されていた。[*8] その対談のエキス部分は、一九八〇年の季刊『詩的現代』の第2号で長文のまま掲載され、さらに最後の著作一九八三年の『人はなぜ詩に囚われるか』に三たびそのまま掲載されている。[*9] 余力が限られつつあることもあったであろうが、黒田としては譲れない見解として当時持し続けていたことも確かと解される。対談の標題「仮構の郷里／土俗の身体の両義性」からも、その論の主調は推して量られるというものだろう。

黒田にあっては、「民衆の身体的な身ぶり、生きる身ぶり、感性習俗の形になってる共同体」つまりは「感性化され習俗化された共生であるとともに強制であるところの幻想の規範として持続してる」まさにそうした私たちの身の回りの共同体の基層まで降りたところで「戦後」が考察される。

対談のなかでは、当然ながらいわゆる「共同体から離脱した知識人のもつ自我」にも言及される。黒田によればそれはつぎのようになる。「その二重性（大場注…ここでの文脈から例示して説明すれば、民衆の身体的な身ぶり、生きる身ぶりで感性習俗の形になっている共同体における民衆の生き様は、感性化・習俗化された共生であるとともに強制である二重の幻想の規範に貫かれている）の中に隠されてある民衆の身体というものをかかえこんだ自我の形成といいますか、――その場合、自我の形成とは解体そのものというか、不可能性そのもののようになる（傍点大場）と思いますけども――そういうものとしては為しえずに、ま、それを自己の近代への切り離せない困難な異和とはせずに、自然態なら自然態というところに、対応的に切り離すといいますか捨象するといいますか、観念の上での限定つきで初めて自我というものをも」ちえた、それが「その基本の在り方」なのではないか……云々。すると、たとえば白井の『永続敗戦論』にも、そうした質の知識人の自我の営みが感受されると言わざるを得ない。まさに「共同体から離脱した知識人のもつ自我」である。

「変わらないなあ」という重苦しい感懐の対象の第二は、こうして「土俗の身体（の両義性）」とでも言うべきものである。そしてそれは、第一の「戦後レジーム」ないしは「戦後の国体」を今日まで支え来たり、今なおその満腔を満たしているらしいという次第なのだ。当稿の冒頭部分できわめてプライベートとも言える自宅敷地内の放射能汚染の詳細に触れた。私にとってはしかし些細事ではない。低線量被曝の人体なり日々の健康なりに対する影響については、原被曝はゼロであるに越したことはないという以上の知見は、人知として容易に定まるものではないということは、原爆訴訟がなお継続して争われている事実からも明らかというものだろう。

孫世代への影響など不安を覚えながら、せいぜい地元山形市内で行われる脱原発集会やデモへの参加、ときおり集会のハンドマイクを向けられてなにごとか二言、三言発言する以外の行為をすることもなく、三年目を迎えている。自分で除染を試みようにも捨て場がなく、市や県への何らかの要望行動に走ろうにも、息子夫婦が県職員だったり、近所や周囲をキョロキョロ慮り自我への抑制が働く。福島県の隣県でありつつ県境の吾妻山系に遮られ、汚染のない県として、トータルには風評被害の具体的話題化はなきが如き日常の平穏……これを乱し兼ねないとの先走り不安に逡巡する。と言うより不安やストレスを内攻させて、出る杭であることから逃れようとする。と言っている暇に、やや高額ながら精度の高い線量検出器を購入してなぜ実際に計測して回らないのか。いっときはデモに加わってくれた数名の地元大学生たちと語り合うわずかな機会があり、そのとき思い立ったことがあった。自費で信頼性のある二〇万円程度の線量計を入手し、彼ら若者たちのエネルギーとタイアップして県内各地の手作り汚染マップを作成してみようか、と。しかし自らの格好な言い訳を処理し損ねてしまった。就活中の彼らに私が覚えるいたいけなさに打ち克てなかった。県理化学センターに出向き収集した線量計カタログは、こうして机上に埃を被ったままである。

市の春の市民行事として組まれて例年欠くことなく継続されてきた町内会隣組単位の側溝の一斉清掃は、二〇一一年の四月は何の触れもなく、行われなかった。そのことについて隣近所で口を噤んで誰一人話題に出した者はなかった。それは異様な事象だった。

二〇一四年四月になって、隣組長から今年は自主清掃らしいので各自対応して下さいとの触れがあった。そのときの立ち話に福島原発の事故以来はじめて側溝の汚染のことがそれとなく、セシウム一三七の半減期は三〇年だというのに至極当然のことのように語られ、私も「場の対応」としてのさりげのない対応をしたのだった。麻袋に詰められ路側に仮置される泥土群の線量の若干なりとも低減と、おそらく、それよりは私たち住民（民衆）の意識の風化の程なりを見計らっての市行政の決断（?）が、頭でっかちの私には垣間見えたのだった。市域全体から回収される麻袋汚泥の総量は、自主参加ですとのわざわざの触れ付きであっても、キロ当たり八〇〇〇ベクレル以上か以下かを含む廃棄処分の問題、その場所の確保そして管理等情報開示請求対応の検討等を含めれば、市行政にとっては厄介極まりないものとなるのは疑いない。市役所の対応の許されざる賢明さよ。と、批判を呟くだけの我が身の卑劣、臆病さよ。

　自宅敷地内の汚染度や側溝一斉清掃のことなど、騒ぎを起こすことあれば、それは私の家族に留まらず、隣家へ、そのまた家族への障りとなって拡大し兼ねない……この幾層もの幻想……やがてはさくらんぼその他の農作物等の風評被害……という連綿とした繋がり合い。ちなみに私の自宅が属する〝向う三軒両隣〟四軒中、たまたま警察官ないし同ＯＢが二軒、県内唯一の地元新聞社勤務が一軒で、長らく仲の良い隣組、近所付き合いを重ねて今日に至っている。また、四、五軒先はなお郊外型水田耕作が行われ、さらにその先には、それぞれ一〇本前後を栽培する二軒の兼業農家のさくらんぼ圃場が営まれているという次第なのだ。

　こうして私は、自らそれで成り立っている自らの「土俗の身体」への凝視を迫られることになる。そのような私にとっては、白井の『永続敗戦論』の結語たる「知的および倫理的な怠惰」の指摘は、あまりに当たり前すぎる訓戒の建前に留まり、曰く言い難いわが「土俗の身体」へと浸み亘り来ることがないもののようなのだ。

第二章　憲法第九条改定論議の現在

私の父方の祖父は日露戦争に召集された。二〇三高地の攻防戦に投ぜられ、匍匐前進する鉄兜の頭頂から敵弾を受け顎から脱けるという傷を受けるも、奇跡的な生還を果たしたと聞かされている。父も一九四四年初春赤紙召集を免れなかった。思えば私も重なる偶然のこちら側に生を享け、育てられてきた一人ということになる。そのわが「土俗の身体」にとって気懸りなことは多いなかで、いわゆる憲法改定問題はその中核的なひとつである。（なお、この際「改定」「改正」いずれの名辞が妥当かにつき付言しておきたい。現在、世上、メディア上は言うまでもなく、憲法学のテキストに至るまで「改正」の名辞が当てられていることに私は異和を覚える。改めるからには正しい方へに決まっているということがあるとすれば、それは偏見ないし正しくないからである。私は「改正」も「改悪」も避けるべきで「改定」が相応しいと考える。）メディアを挙げてこれだけ騒がれているなかを暮らしている民衆の一人としての自虐的な悲哀をもて余しながらである。安倍政権は、二〇一四年六月二二日の通常国会会期末までに「集団的自衛権行使容認」の第九条解釈改憲に踏み込もうと遮二無二横車に拍車を掛け、時務の論理[*10]も跋扈するなか、七月一日の閣議決定を強行した。憲法の施行以来各政権下で維持され続けてきた箍の最後のひとつが外されるという闇への切羽に私たちは立たされている。

憲法施行後時を措かず大韓民国、朝鮮民主主義人民共和国、中華人民共和国が成立して、すぐ朝鮮戦争が始まり、東アジアはいわゆる東西対立の火を噴く最前線となる。以来憲法九条問題は、陰に陽にこの弧状列島日本の政治の中心課題であり続けてきた。その命運は突端の断崖上に迫り上げられている今、それに纏わる論は文字通り百家争鳴の観を呈して喧しい。

その無数にある主張、立論は括りに括ってみっつに分類整理することができるだろう。

第一は、憲法改定論。さしあたりその突破口として閣議決定で解釈改憲を敢行し、集団的自衛権の行使容認を図ろうとする主張である。


〈例の一〉

憲法9条第2項は、第1項において、武力による威嚇や武力の行使を「国際紛争を解決する手段（大場注…なおこの引用部分のすぐ前のところには巧妙な一文すなわち「我が国が当事国である国際紛争の解決のために武力による威嚇又は武力の行使を行うことを禁止したものと解すべきであり」があり、つまりこの大場傍点部分は「我が国が当事国である国際紛争を解決する手段」というふうに解釈すべきとの記述がなされている）」として放棄すると定めたことを受け、「前項の目的を達するため」に戦力を保持しないと定めたものである。したがって、我が国が当事国である国際紛争を解決するための武力による威嚇や武力の行使に用いる戦力の保持は禁止されているが、それ以外の、すなわち、個別的又は集団的を問わず自衛のための実力の保持やいわゆる国際貢献のための実力の保持は禁止されていないと解すべきである。[*11]（傍点大場）

〈例の二〉

私たちの態度こそ、国民の命を守らなければいけないという責任ある姿勢だ。はなからそんなこと（有事）は起こらないというのは、いわば危機が迫っても、砂の中に頭を突っ込むダチョウと同じだ。見ないようにすれば、事態は起こらないと思ってしまう考え方だ。閣議決定については、いま与党で議論しているところで、議論が整えば閣議決定を行う。解釈が変更になっても、自衛隊が直ちに行動できるわけではない。法律を作る必要がある。衆参それぞれの多数を得なければ成立しない。[*12]

第二は、憲法運用論。集団的自衛権までは認めない従来の政府見解の立場。周辺事態法、ＰＫＯ派遣法及びイラク特措法といった諸法制下で軽うじて維持されてきた諸制約を最後の箍とする自衛隊の具体的運用で諸事態に対応できるものとし、今後とも対応していくべきとする主張。

〈例の一〉（なお、一九七二年一〇月一四日の参議院決算委員会で、求めに応じて政府が提出した、以下に掲げるとおりの豊下楢彦によって言及されている「資料」が、以後現在までのこの国の公式な政府見解として維持されてきている。その豊下の言及はこうである。）

この「資料」は、次のような論理の展開で構成されている。まず集団的自衛権について、「自国と密接な関係にある外国に対する武力攻撃を、自国が直接攻撃されていないにもかかわらず、実力をもって阻止すること」と定義づける。次いで、国際連合憲章第五一条などをあげて、「わが国が、国際法上右の集団的自衛権を有していることは、主権国家である以上、当然といわなければならない」と、国際法のうえで日本も集団的自衛権の権利を有しているとの立場を明らかにする。

しかし問題は憲法との関係である。第九条について「資料」は、「いわゆる戦争を放棄し、いわゆる戦力の保持を禁止しているが、（中略）自国の平和と安全を維持しその存立を全うするために必要な自衛の措置をとることを禁じているとはとうてい解されない」と、個別的自衛権の行使を認めている。ただその場合も、「だからといって、平和主義をその基本原則とする憲法が、右にいう自衛のための措置を無制限に認めているとは解されないのであって、それは、あくまで国の武力攻撃によって国民の生命、自由及び幸福追求の権利が根底からくつがえされるという急迫、不正の事態に対処し、国民のこれらの権利を守るための止むを得ない措置として、はじめて容認されるものである」と、個別的自衛権であっても、その行使に厳格な〝制約〟がはめられていることを強調するのである。

以上の論理の展開を踏まえたうえで「資料」は、集団的自衛権について次のような結論を導きだすのである。

つまり、個別的自衛権であっても右のような〝制約〟が課せられるのである以上、「そうだとすれば、わが憲法の下で、武力行使を行うことが許されるのは、わが国に対する急迫、不正の侵害に対処する場合に限られるのであって、したがって、他国に加えられた武力攻撃を阻止することをその内容とするいわゆる集団的自衛権の行使は、憲法上許されないといわざるを得ない」[*13]と。（傍点原文）

〈例の二〉（以下のこの例は、国連PKO職員や日本政府代表の立場で、東ティモール、シエラレオネ、アフガニスタン武装解除を成功させる等の実際経験を踏まえている伊勢崎賢治の主張である。）

非武装自衛隊の派遣は憲法九条の具体化だ。…略…憲法前文には、「われらは、平和を維持し、専制と隷従、圧迫と偏狭を地上から永遠に除去しようと努めてゐる国際社会において、名誉ある地位を占めたいと思ふ。われらは、全世界の国民が、ひとしく恐怖と欠乏から免かれ、平和のうちに生存する権利を有することを確認する」と書かれている。続いて、「いづれの国家も、自国のことのみに専念して他国を無視してはならない」と宣言している。

これを読めば、一国平和主義ではいけないと憲法は言っているのだとわかる。世界中から紛争をなくすため、日本はイニシアチブを発揮すべきだというのが、前文の立場である。現行憲法は、九条を使って前文の理念を実行しなさいと言っていると思うのだ。前文抜きで、九条の維持だけを目的化するのは「違憲行為」だと僕は思う。

護憲派は、非武装自衛隊の派遣で実績ができたら、ゆくゆくは武装した自衛隊派遣につながるのではないかと、疑念をもつかもしれない。けれども、僕は、武装兵を出さないためにも、非武装の軍事監視員が必要だと思う。

…略…

現在、ネパールに派遣されているのは、自衛隊の中央即応集団の面々だ。（大場注…二〇〇七年三月より、いずれも自衛隊員で非武装の六名の軍事監視要員と五人の連絡調整員が派遣されている）このローテーションを終えた人間を、次にはアフガニスタンに派遣するということになったら、うまくいくのではないだろうか。（大場注…これは、アメリカがタリバン政権を打倒した後、アフガニスタンで軍事的、政治的な影響力を持ってきた北部同盟の武装を解除する仕事を、非武装の自衛隊員を率いて日本政府代表として取り組み、成功させた経験を持つ、繰り返すがその伊勢崎賢治の提言である。[*14]）

第三は、憲法護持論。（施行以来幾多の変転推移を経つつ、いろいろな意味で今なお無化し尽せない主張である。当稿のここではここに分類すべき護憲の立場からのものを、ごく昨今の身辺から拾う。）

〈例の一〉

私は、はっきり言うと、戦争によって国益は守られない、戦争に訴えること自体が、国益を甚だしく害すると考えます。日本の安全保障環境は、戦争能力の増強ではなく、非戦能力を増強することによってしか改善しないでしょう。その際、日本が最も依拠すべきものは、国際社会における独自の非戦の立場とその信用力だと思います。日本の非戦能力は決して幻想ではありません。戦後68年にわたって敗戦の経験から学んだ日本国民が営々と築いてきた現実です。この現実を無視することは、リアリズムに反します。[*15]

〈例の二〉

戦間期という言葉があります。敗戦国が戦後、名誉を取りもどすため、復讐《ふくしゅう》戦を挑むまでの期間です。1939年に始まった第2次世界大戦は、18年に終わった第1次世界大戦の敗戦国ドイツが引き起こしました。しかし日本は終戦後、人を殺さず、殺されずで、復讐心を持たなかった。戦間期の思想を持たないことが、日本の誇りでもあるのです。

日本人はこれをあまり自覚していない。同時代では分かりにくいが、100年もたてば、「日本は人類史を先取りしていた」と評価される国是だと思います。集団的自衛権の行使を認めたら、この国是が崩れてしまいます。[*16]

以上憲法九条の護持、改定を巡りこの列島において展開されている主張、立論の大要をなぞったことになる。ただし、政治家や官僚、学者、評論家といったいわゆる有識階層の面々により国会の場であるいは著作ないしメディアの求めに応じて表明されているそれである。これに対し、意見を世の中に向けて述べる機会があるとすれば、せいぜい新聞投書欄に、宝くじに当たったと言いたくなるくらいごく稀に載るか否かの私たち民衆にあっては、どのような表明ないし対処がなされてきているか。

二〇〇四年六月、九名の呼び掛け人たちが「九条の会」を発足させ、「日本国憲法を守るという一点で手をつなぎ、…略…一人ひとりができる、あらゆる努力をいますぐはじめること」を呼び掛けると、またたく間に全国各地、各分野に数千を超える「九条の会」が結成されるというできごとがあった。以後一〇年目に当たる現在、その数は七五〇〇を超えると言われている。規約なし、会費なし、入退会自由を基本とするきわめてゆるやかな集まりである。ひと昔前のいわゆる組織的活動とは一線を画する勝手連として、それぞれが独自な活動を展開し今日に至っている。発祥源となった東京都千代田区西神田に事務局を持つ「九条の会」のホームページにアクセスするだけでも、一〇年の曲折はあれ、広がりなり熱気なりに接することができる。

私の身の回りを見渡してみるならどうか。山形市内には、大学や病院等のいわゆる職場内の「九条の会」は除いても、現在七地区の「九条の会」の活動があり、自然発生的に始まった月一度の市連絡会で活動情報を交換し合っている。ポンコツ車を街宣車として共同維持し、一〇日に一回（九のつく日、最近はさらに「滝山小・南小学区九条の会」が週二回以上を付加実施）持ち回り区域内街宣活動を、また毎月九日は市内繁華街での国会への請願署名集めを継続、あったとしてもいずれも臨機応変のゆるやかな調整、あくまでも自由自主参加の一〇年間である。孫の世話や脳梗塞の親の介護を夫婦や家族間で遣り繰りしながら、ときによっては強風や小雨、小雪のなかでの活動だったりする。

数字で見る活動現況としては、人口二五万人の山形市であるが、「九条の会」会員総数はおよそ一五〇〇人、署名累計六〇〇〇筆強。来たるべき国民投票の日を考えれば、一〇万筆も欲しいところだが、それを目標とすれば、発足以来一〇年にもなるのに二〇分の一。これら署名は隔月で各々紹介議員を通じて全国から国会へ届けられるのだという。その累計総数は東京西神田の「九条の会」も関知せずなので不明とのこと。ただ直近前回国会提出の全国からの総数は二六万筆に及んだという断片的風聞情報にも接する。なお、憲法の定める請願の手続きを必ずしも満足していないこともあったりして、国会ではその都度廃棄焼却処分されているらしいとも聞えてきたりする。とすれば、まことに鷹揚そのものと、わが事ながら呆然であるが、いまだこの件この先の詳細は私には五里霧中のままである。

山形市内で長年継続してきた街頭署名の現場ひとつ捉えても、エピソード的できごとは少なくない。呼び掛けて頭を下げボールペンを差し出しても、素通りは当たり前、その表情、言動も各人各様。迷惑そうにあるいは極り悪そうに、無視するように、前方を見詰めたままあるいは冷笑を浮かべつつ……。なかには「そんなことをやって誰が国を守るのだ」と吐き捨てるように呟いて過ぎる人もいたりする。実際胸倉を掴まれたことのある会員もいる。いつぞやは大声で真昼の街角で怒鳴り合う〝ディスカッション〟が始まったりしたことがあった。少数ながら快く署名に応じてくれる人もあるなかでのできごとであり、思えば一つひとつ街頭活動冥利に尽きる刻《とき》でもある。妙理と言おうか、それは私たち民衆の内に隠されてきている「九条の会」のリアルが真昼間の雑踏のなかに露顕する貴重な刻であり、場だという次第なのだ。

市内七つの「九条の会」それぞれの学習会やら総会、市連絡会や全県規模の講演会等々、年間を拾えば催しも相当回数に及ぶ。人口数に比較すれば少数ながら、いわゆる動員ではないにもかかわらず会場がほぼ埋まる場合もある。二〇一四年の五月一七日には秋田市で第四回九条の会東北交流会があった。二五〇席の会場は補助椅子が持ち込まれ、三〇〇人を越す参加者で満杯。山形県各地からは計三七名が参加。一人五〇〇〇円の参加料を含め交通費等一切自弁であることは言うまでもない。このたび東北六県それぞれに市町村長九条の会が発足し、出揃ったのを機会に、全国で初というメンバー八〇余名から成る「東北6県市町村長九条の会連合」が結成されたことが、席上で報告され喝采を浴びた。その一方で交流論議のなかでは、各県代表からは会員の高齢化や会員数の減少、マンネリ化等活動の停滞が語られもした。

こうして、身の回りの「九条の会」という事象を、評価の基準等を含め、いわゆる客観的に書き取り、記述することは至難であり、不可能に近い。そのなかに身を置く一人として自らを観ずるに、「民衆の一人」というよりももう少ししっくりする捉え方が欲しくなる。思いあぐねつつも、いまさらながらの「土俗の身体」という黒田喜夫が名辞していた概念に思い至るのである。

端的には、安倍内閣の集団的自衛権のみならず集団安全保障への武力行使容認の閣議決定、その成り行きの一部始終は、アレヨアレヨという間の、私たちが主権者であるのだとすれば目も当てられない様相の下で展開しているではないか。領土外で、日本が攻撃されているわけでもない第三国たる他国に向って武力を行使することが、現憲法下で容認されるのだという。憲法で縛られてあるべき政府が、憲法を自らに都合よく解釈し、明確なその違憲行為に及ぶとすれば、近現代政治の根本原則である立憲主義の否定、封殺であることは明々白々。これが白昼大手を振って罷り通る。それを目の前にしつつただ遣り過ごすのみだとすれば、私自身を成り立たせているこの「身体」は如何？　この時空に居合わせているこの国の一人ひとりもまた、生ける木偶よろしく「土俗の身体」の持ち主以外のなにものでもあるまい。

第三章「土俗の身体」のうえを上滑る論議

　すると、思ってもみなければならないことがふたつ出てくる。憲法第九条を巡り百家争鳴を為して展開されつつあるみっつに分類してみた論議は、私たち「土俗の身体」を巻き込んで繰り広げられていることは確かである。しかし私たち「土俗の身体」に必ずしも届いていない位相で展開されていはしないだろうか。これがひとつである。もうひとつは、その私たち「土俗の身体」そのものの成り立ちなり基本的性格なりを考えてみなければならないと思われることである。このふたつは分かち難く絡み合っている。それが今日私たちの眼前に生起し、去ろうとしているリアルなのではないか。こうした事態に分け入ってみようとするとき、黒田喜夫の思考は、三〇年も以前すでに、水先案内をしてくれていたことを知る。

　そこで、後者から考えてみるならこうである。私たち「土俗」を構成する一人ひとりの人となりの基盤には、なるようにしかならないが、なるようにはなるのだとでも言うべき心根が受け継がれてきているのではないか、と。この国にとっての近代の必然的な清算としてのいわゆる大東亜戦争の、悪夢以外のなにものでもない一五年間に及ぶ断末魔を経巡ってきておきながら、それをしも結果的にはなるようにしかならなかったのだと過ごしてきて、これほどに諸々の軛から解き放たれているはずの、つまり自由であるはずの今日、性懲りもなくまたぞろ繰り返さんとしていかにも事無げに刻《とき》のみ打ち過ぎる〝いま〟――これを私たちはどう理解すべきなのか。こうして諸事変転のめまぐるしい筈の今日、三〇年以上も前の黒田の見解を反芻してみることになる。

日本の共同体の中における「土俗」というふうにいわれる生活的自然の様式というものは、一口にいえば、自然に任せるというか、つまり自然化された規範に任せるということですが、自然を対象的につかまえるんじゃなくて、自然に同化するとか自然に任せるとか、成行きに任せるとか、そういった型を基層にしてると思うんですが、例えばそういう様式の中で言葉なら言葉というものも、意味として貫かれるというより、いわば一つの場の対応といいますか、場の構成といいますか、いってみれば祭りの儀式といいますか、対応の型として先ずあるというふうな、それが基本の様式としてあるとぼくは思いますね。[*17]（傍点原文）

つまり、今日の私の関心事に当て嵌めて読み込んでみるならどうか。言葉の位相で現象していることをその本質として捨象できないこの国における「九条の会」を含めての憲法第九条という事象は、ひとつの「場の対応」であり「場の構成」であるに過ぎず、「祭りの儀式」として過ぎ去っていくものなのではないのか。その余儀なさを黒田は、そうした「土俗の身体」を育んできたこの国の共同体の来し方を振り返ってみることでこう了解する。

これは東アジアの文化的な中央の辺境として生じてきたわれわれの共同体の、たえず大陸、朝鮮を通じて先行文化、アジア的専制の文明の被覆というものを受けなければならなかったという余儀なさの、それとの関係の中で共同体として安堵化されるというか、被覆を受けて生存せざるをえなかったという、そういう共同体の歴史的な生成の性格を映し出してるんじゃないか。[*18]

ここから由来するところの、自然な成り行きに任せるといった、つまり言葉は意味としてでなく、ひとつの場の対応として使われるという「土俗」の様式は、当然ながら近代西欧という中央との対し方でも変わりなく繰り返され、むしろそれが強烈であっただけにある意味ではより強化されることとなった。気がついてみると、黒田が指摘していたとおり、「今にして、たえず自分たちの肉体性、身体性を二重化し韜晦化しなくてはいけなかったというそういう共同体の成り立ちの根源的な性格みたいなものが、共同体が資本原理につらぬかれて根底から干し上げられているという状況に、引っくり返った形で、とりとめのない文化の様態となって出てきている」といった次第なのである。

基層にそうした「土俗の身体」を身受けして、一五年戦争に向けての、そしてやがてはその戦時下の日常生活を、私たちは必死の思いで凌いできた。戦後七〇年、壊滅的破壊から生活を再建し、今「九条の会」という事象をときには横目に見掛けたりしながら、私たちは生活している。この間私たち「土俗の身体」にあっては、言葉は意味を貫くものとしてではなく、「場の対応」「場の構成」としてまず在る、そうした使われ方をしてきたし、今も基本的性格は変わらないことを突き付けられてみると、昭和の戦時期以前の事までもが、おのずと振り返られてくる。当面のところ維新の危機以降のこの国の資本主義化の推移である。そこには相互に繰り込まれた形での「土俗の身体」と「近代日本社会」の固有な絡み合いが続いてきた。黒田の言い表わしを借りれば、たとえばつぎのような関係である。

> 天皇制というアジア的帝国構成の総括によってなされた日本の近代の生成はだからもとより社会構造の上でも二重構造そのものを骨肉として、むしろそれを形成しつつまた矛盾として抱えこみつつ、強行的になされるほか、その近代化、資本主義化は不可能だったという規定性にあったと思うんですね。その規定性の内面を見うる方法がないと、つまり近代が土俗を破壊して、そこに悲劇があって、また土俗に帰る、というふうな簡単通俗的な図式になってしまう。そうじゃなくて、土俗の拘束性を骨肉として初めて日本の近代は生成された、そこにわれわれの困難な問題性があるというふうにつかまえないと、やっぱりダメだろうと思いますね。[*19]（傍線大場）

ここで黒田が「二重構造」と言い、「土俗の拘束性」と言うのは、右＊18で引用した「被覆」と言い表わしているものに相当する。この国の共同体の成り立ちの根源的な性格としての被覆を受けて二重化、韜晦化された様式への言及である。そしてこう述べるときの「共同体」は、言うなれば、その内実、実質としての共生と共有というものはすでに遠い昔に失われた、原理として考えられる原始共産制というようなものではなく、「感性化され習俗化された共生であるとともに強制であるところの幻想の規範として持続してる」そういう位相で捉えられた共同体である。この共同体こそが今日にしてなお私たちの「土俗の身体」の揺籠であり墓場なのである。そして黒田が指摘する右傍線部「そこにわれわれの困難な問題性がある」との認識、もっと削ぎ落とせば「そこ」にこそ私たちにとっての羅針は内蔵されてあるのだが、それを明らかにするのが当稿の主意であることをここでは予告するに止《とど》め、さきに進むことにする。

前に、ここでのひとつ目のものとして、私が三分類に括って例示した憲法第九条の改定如何を巡る議論は私たちの「土俗の身体」に必ずしも届いていない位相で展開されていはしないか、との懸念について述べた。以下では、前述ふたつのうちの前者であるこの上滑りの問題について検討してみたい。

例示の立論は政治家や官僚、学者や評論家等のそれであった。いわゆる土俗からの離脱を果たし得た有識者の自我を経由して彫琢された立論であるが故の明快さを備え、それが故に「土俗の身体」の言葉と一線を画すところがあるとしておいていいだろう。

しかし気になるのは、明快さを期した彫琢の裏面と言うべきか、「土俗の身体」の在り処とのそのある種の距離である。「九条の会」という事象を構成する私たち「土俗の身体」のある者は前掲第三グループの論（憲法護持論）を借り、ある者は第二（憲法運用論）あるいは第一（憲法改定論）の論を援用してなにごとかを表明したつもりになったとしよう。しかしたとえば近所の人に、あるいは町内会（名称は区々ながらこの国の各居住地域にはほとんど組織〈自主的自然発生的なものを含め〉されているのではないか）の集まりで、否、親戚縁者の誰かに対してでもいい、そうした論について語り、あなたはどう考えるか意見を聞こうとしてみるとする。そこにはたして意見の交換がスンナリと成り立つだろうか？

自分が生きている国の仕組みの基本のキを為す憲法のことであるにもかかわらず、唐突になにを言い出すのかこの人は、とばかりに、そこに生起するのは怪訝な表情の連なりであり、必ずや互いに居心地のよくないなにかしら異和の空気ではないだろうか。

過日は、ＢＳテレビの番組でスコットランドのイギリスからの独立如何を問い、九月に実施されるという住民投票に向けたドキュメンタリーを見て、痛く感じさせられたことがあった。独立に賛成する人、反対する人、迷い悩む人それぞれけっこう態度をはっきりさせながら、幾層もの対話が行われていた。日常生活の営みのなかで、つまり親子や家族の内であるいは友人間で、隣近所のパーティの席上であるいは日本で言えば町内会や地区相当のコミュニティの広がりのなかで、相互にそれぞれ集まりの場を作っては呼び掛けあるいは参加し、あるいは街頭集会やデモその他イベントを組みあるいは各戸個別訪問をして意見を交換し合う。要するに自然発生的な討議が必死に展開されていて圧倒された。高額所得層には独立反対者が多く、中、低所得層には賛成の傾向が強いとの番組ナレーションも聞かれたのだった。当稿では、深く沈められている血で血を洗うスコットランド独立の闘いの歴史に触れることはできない。しかしさまざまなほとんどあらゆることが試みられてきた歴史に支えられての、つまりそのうえに立っての現在のスコットランドの人々の選択としての営みであることは切々伝わってくるところがあったのである。

これに対し、私たちのこの国にあってはどうか。その住む地方、地域によって、あるいは所属する社会生活上の階層により、話し掛ける側受け答える側それぞれの人となり等々……によって当然区々であることだろうが、したがって強弱、濃淡に千差万別はあっても、日常生活上の憲法改定問題に纏わる私の率直な実感覚としては、まともな意見交換は期待できない。私自身実際幾度となく試みての結果でもある。意見交換の話題としては双方間に通有性を欠くものであるかの如く、あるいは話す途端に取って付けたよそよそしさが耐え難くもある仕方で生起し兼ねない。そういう難しいことは分からないといった独白《せりふ》で会話は途切れる、いわゆる耐え難いバツの悪さである。こうしてせいぜい、つまるところ、黒田の言う「場の構成（なんとも巧みな言い表わしである）」としての言葉がどちらからともなく使用されて終わるという次第。

私の感受するところ、「九条の会」という事象の広く外縁域の実態は、多分にそのように現象している。そしてその外縁域の事象こそが肝腎なのである。そこで黒田の思考に触発されてであるが、私は考える。私たちの「土俗の身体」の心髄部位にはなおある記憶が固塊を成して隠し伝えられてきているのではないか。それを黒田は平明にも「土俗とか前近代といわれるものの、共生であるとともに強制であるような関係の拘束性」と名辞したりしてみているのだ。私たちの「土俗の身体」は自覚するしないを超越したところで、ようするに、この「土俗の拘束性」だけは手離すことのできないものとして、余儀のなさとして抱え込んでいる。この拘束性の解体は、「土俗の身体」自体にとっても、その死命を制するのっぴきならないことなのである。ところで識者たちの立論はそうした位相から乖離したところで「土俗の身体」を動員しようとし、「土俗の身体」側も識者の立論の上擦った援用を試みようとする。その援用は言葉をもってであることは言うまでもないが、そのとき言葉は意味を貫くものとしてではなく、ひとつの「場の対応」として置かれる。観察するに、その置かれる場たる「土俗の拘束性」によって、いわば、ある種秘儀的変容を被ることになる。「九条の会」が秘儀の場めいてくるわけなのだ。

「土俗の身体の拘束性」と「識者の立論」の乖離は、立論者の側から記述することもできるだろう。以下私の言う「識者」を使い古されている言葉で「知識人」と言い表わすことにする。すると、さて、その「知識人」たるためには、「土俗の身体」からの離脱が前提として置かれる。このこと（いわゆるひと昔前よく聞かれた知識人論）についてはここではこれ以上の言及は避けるが、これまでの慣わし的理解で言えば、知識人とは、単なるその場その「場の対応」、その場その「場の構成」としてではなく、「意味として貫かれる言葉」として言葉を使用する者の謂ということになる。

前言に反しやや立ち入ってみていることになる知識人論は、この国に限ったものではない筈であるが、東アジアの文化的な中央に対する辺境として生成されてきた私たちの共同体は、たえず半島を通じての先行文明の圧倒的な放射に曝されることで作り上げられてきた。黒田はそれを先行文明の被覆の余儀なさという言い表わしで捉える。近代以後は西欧という圧倒的な中央文明、戦後はつい最近のグローバル化が言われるようになるまでは、アメリカの現代文明の強烈な被覆が加わることになる。辺境たるこの国にあっての共同体からの、別に言って「土俗の身体」からの離脱、その衝迫が現象するシチュエーションは以上のような布置として描かれ得る。離脱を図ることで放射源へのアクセスにあくせく（ここでは往々にして先陣争いが現象する）して終わる（そのとき彼は自らの内なる「土俗の身体」を捨象し、見ないようにしてしまう）とき、その知識人の立論は「土俗の身体」から乖離することになる。

この事態についての黒田の捉え方には厳しいものがある。三〇有余年前呟くように語っていたその知識人論は、戦後の土壇場に立たされている今日なお知識人たることを内心自認している知識人たちに、どの程度に咀嚼されているものなのか。考えてみれば、離脱と乖離は同語反復の関係にある。離脱を果たし得て乖離しないのはほとんど語義矛盾なのであり、そもそも至難事なのだ。

土俗生活の様式というか、民衆の身体的な身ぶり、生きる身ぶり、感性習俗の形になってる共同体…略…（大場挿入…そういう）共同体から離脱した知識人のもつ自我、個人の日本近代におけるあり方というのはやはりその二重性の中に隠されてある民衆の身体というものをかかえこんだ自我の形成といいますか、――その場合、自我の形成とは解体そのものというか、不可能性そのもののようになると思いますけども――そういうものとしては為しえずに、ま、それを自己の近代への切り離せない困難な異和とはせずに、自然態なら自然態というところに、対応的に切り離すといいますか捨象するといいますか、観念の上での限定つきで初めて自我というものをもちえたというのが、その基本の在り方なんじゃないかと考えるんです。[*20]

当稿を私は今、前のめりにではあるが、いわゆる知識人に対してではなく、日常生活上の、具体的に隣に居合わせた人に向かって書いている。記述のクドさはおそらくそこからくるのだが、この国の知識人の自我に対する黒田の仮借なき規定に深く納得しつつ、しかしそれで終わるのではなく、先に挙げた立論の第一グループの、私たち「土俗の身体」からの乖離の、その実態なり由来なりに思いを至してみることは重要であろう。

アメリカで顕著な発達を見せ瞬く間に世界を席捲することになった金融資本主義と、イスラム経済・文化原則や中国あるいはロシアのそれぞれの急拵えの民族主義や独特な歴史主義等との対立に象徴的に顕在化しつつある文化文明の熾烈な相克に、私たち「土俗の身体」は身を預けて狎れ親しむことなどできない。「土俗の身体」の背骨たる私たちの基本軸（ないし記憶の固まり）から自らの目を外らすような自己喪失の道行きなど歩める筈がない。こうして第一グループの立論は、少しの視野展望をあてがって捉えてみただけでも、「土俗の身体」には軽薄に過ぎ、「土俗の身体」を戦慄たらしめる。その立論を援用することがあるにせよ、それは「場の構成」以外のものではあり得ない。その動員を喰らうことなどまっぴらで、未成の貫くべき意味とて根源的に不生である。

第二グループは如何。私たちの「土俗の身体」は身の程を遥かに超えた緊張を強いられ、パニックに陥り兼ねないことだろう。しかし長い沈黙の果てに「土俗の身体の拘束性」から身を起こし、やがては隣に居合わせた人になにごとかを呟き出すことだろう。おそらくは意味を貫く言葉にならない言葉で。

第三グループを浴びることでどういう事態が生起するか。私たちの「土俗の身体」はしきりに「場の対応」としての言葉を張り巡らし合い、「場の構成」を試みては自らそれを打ち砕くことを繰り返し合うことだろう。そしていつの日か先述した自らの「土俗の身体の二重性、拘束性」に植え込まれてあった記憶のなかに、外界に通ずる通気口のようななにかしらを探し出さなければならないことに予感的な仕方で気づき始める。ただし意味を貫く言葉によってでないことは、第二グループの場合と同様だろう。

こうして「九条の会」という事象、とりわけその外縁域にあっての私たち「土俗の身体」と知識人たちの「立論」のあいだにある隙間ないし乖離について、それぞれの側からためつすがめつ考察してみると、朧ろ気ながら炙り出されてくるものがある。国家の幻想とでも名辞すべき位相に存在ないし想定されているなにかしらである。今見てきている知識人たちの立論の具体に当たりながらそれを示すことに努めてみよう。

第一グループ（憲法改定論）について吟味してみる。

とりわけその〈例の二〉の「危機が迫っても、砂の中に頭を突っ込むダチョウと同じだ」と比喩されるとき、その国家は幻想の位相で捉えられた得体の知れぬなにかしらにほかならない。少なくとも支配・被支配という国家の本質的原理的な構造は捨象され終わっている。そのうえで論は運ばれている。その比喩が通るとすれば、そこは異様にして異常な事態。そのダチョウの危機を回避すべく集団的自衛権の行使容認を閣議決定し……云々というお話にもならぬとんでもない次第ということになる。

翻って〈例の一〉はどうか。第九条一項にある「国際紛争」という文言を、わざわざ突如「我が国が当事国である国際紛争（傍点大場）」を言うのだと、きわめて恣意的に過剰な修飾語を被せた解釈を提起し、同条二項は、そのうえでのつまり「我が国が当事国でない国際紛争」にあっての集団的自衛権を含む自衛権行使のための実力保持を禁じたものでないと解すべきだとする。これは断じて私たち「土俗の身体」をも愚弄する見え透いた稚拙な詭弁である。そのためここでは論外としてさえよいのだが、ここに恣意的に持ち込まれているつまり実際の条文には無い当事国としての「我が国」は、二〇一四年の今日の国際社会の事象として陰に陽に出没しつつあるナショナリズムに親和する文脈上の概念であることは見逃せない。これも昨今明瞭なものとして姿を現わすようになったひとつのフェティッシュ化された「国家幻想」にほかならない。

第二グループ（憲法運用論）はどうか。

〈例の一〉で取り上げられている「自国」や「わが国」は、右の第一グループの〈例の一〉の吟味で言及した国家幻想に通底している。それは国家幻想形成途上の一時点のものと受け留めることができる。〈例の二〉に見えている「日本」も右に同じである。

こうして第一グループの〈例の一〉、第二グループの〈例の一〉及び〈例の二〉がいずれも通底し合うところで形成されている国家の幻想であることは、考えてみれば当然のことである。日本国憲法における安全保障に関する直接的規定としては唯一の第九条に出てくる「国」という文言をどう捉えるかを巡る立論だからである。しかしあらためて第九条を精読すると、戦争、武力による威嚇、武力の行使を永久に放棄するのは「国」ではなく、「日本国民[*21]」であると表現されている。当たり前と言えば当たり前だが、その条文表現上の周到さ（これは日本国憲法が備えている質でもある）を発見する。永久に放棄するその主語すなわち主体は「日本」でも「わが国」でもない。私がここで展開する議論の真っ当さを確認させられる。法理の顕現のためには、「国」ではなく「日本国民」でなければならないのだ。にもかかわらず、第一グループの立論でも第二グループの立論でも、当該主体たる「日本国民」は、「わが国」といい、「自国」や「日本」という言辞にいつの間にか擦り替えられて展開されている。「国家の幻想とでも名辞すべき位相に存在ないし想定されているなにかしら」と前述した私の物神化の捉え方はそのことの指摘だったのである。重ねて言おう。「わが国」は永久に戦争を放棄するのではなく、「日本国民」は永久に戦争を放棄すると第九条は明記している。

第三グループ（憲法護持論）を見てみよう。

〈例の一〉の「日本」はどうか。右に縷々検討した「わが国」や「自国」「国」と同種のものとしていい。しかし「日本の非戦能力は決して幻想」ではなく、「敗戦の経験から学んだ日本国民が営々と築いてきた現実です」とひと連なりの、つまりここでの「日本」の意味的内実をすぐ続けて「日本国民」によるものであると敷衍する文脈のなかに置かれていることは見落とせない。

〈例の二〉においても、右〈例の一〉の「日本」と同様の「日本」が使われている。「日本人はこれをあまり自覚していない」と言い、右〈例の一〉の「日本国民が営々と築いてきた」と親縁する言い表わしが見えているものの、しかし「終戦後、人を殺さず、殺されずで復讐心を持たなかった」その主体を「日本」と言い表わしているところに、期せずしてフェティッシュ化、物象化操作のワンステップが隠されていると言わなければならない。

「国家の幻想とでも名辞すべき位相に存在ないし想定されているなにかしら」と私が言い表わしているものについての以上の考察は、言葉使用上の戯れなどではない。日本の近代化の論理的根源の問題まで遡ってそれが現在へと繋がっているところの、この国に急速に資本制経済・社会を創出していく過程そのものと関わって在る日本的社会と国家の二重性についての考察なのである。「九条の会」という事象の一角を構成していることも確かと言えば確かな、いわゆる知識人たちの諸々の立論は、いずれも二重性として在る日本的社会（私たち「土俗の身体」の日常生活が織り成している共同体）と国家というふたつのうちの、国家の側からの考察であり、私たちの「土俗の身体」に必ずしも親和的に触れてこないところがあるのは、そういう事情なのではないかというわけなのだ。

そのあたりのことを、一九七八年の対談で黒田は、天皇制にまで射程を伸ばして簡潔にして要領よくこう述べていた。

> いや、いや、家族制度国家というより、日本国家とは家族だというような幻想の問題ですが、つまり、階級支配・被支配という社会の原理的な構造を公共化するというか、ぼくの言いかたでいえば、ブルジョワ独裁というものを異様ならざる自然なものとして自然化するというか、そういう意味での物神化された共同性としての国家とい

いますか、それをどのように形成するかということが、日本の近代化の原理的な、最も根幹をなす問題であるだろうと考えるわけです。その場合に、それを現実的に日本の近代の総括としてなしえたのが天皇制なのであって、つまりアジア的な専制のわれわれの弧状列島型の伝統たる天皇制の近代的な賦活だというふうに考えるわけです。＊22

（傍点原文）

土俗からの離脱を果たしつつ知識人たちは、結果的には、私たち「土俗の身体」に給付すべく、国家の幻想を形成（ないし造形？）してきている。彼らによる憲法九条を巡る今日の諸立論の本質もまた、こうして国家の幻想の現象学的本質（いわば逆説としての）を介在させて吟味することで見えてくる。それらは私たち「土俗の身体」の皮膚の表面を上擦っていく。ただし、二〇一四年のこの国のリアルへの異様なメタモルフォーゼに向けてであり、目が離せない所以はそこにあるのだ。

なお、当稿の〈注記〉＊40、＊41の『わが黒田喜夫論ノート』及び『続／わが黒田喜夫論ノート』は、約言すれば、一九七〇年代を中心にこの国に吹き荒んだ構造主義的思潮に対峙し通した黒田喜夫の孤影の素描であった。ところで、右の＊22を付した黒田自身の言い表わしは、当の構造主義思想の真髄を自家薬籠中のものと為し得ていてこその証左で、私には感慨深いものがあることを付記しておきたい。

第四章　不気味なメタモルフォーゼの推進構造

私たちが生きているこの近代国民国家（歴史学的概念としての）に現出しつつある不可解にして不気味なリアルへ向けてのメタモルフォーゼは、私たち、「土俗の身体の両義性ないしは拘束性」を格好な養生のトポスとして秘めやかに進行する。それを意外なこととするなら、それはあまりに能天気というもの。しかし、養生のトポスとなっている私たち自らの両義性、拘束性によほど自覚的でないと、能天気の返上は難しいことなのである。

やや話を戻すことになるが、後半生は在野でこの国の原子力問題に取り組んだ故高木仁三郎の伝える少々味わいのあるエピソードを思い出す。一九九五年の頃のこと、ジュネーブでプルトニウムの生産削減のための国際協定を結ぶ国際会議が開かれた。その席上日本のプルトニウム政策に批判が集中。そのとき対応に当たったのは大使館の外交官で、彼は「日本の政策は余剰のプルトニウムを持たないことにしている」ということを言うのに、英語でこう話したという。

My country's official policy is not to possess any plutonium surplus.

文字どおり「我が国の」なんですね。これには私は笑ってしまいました。私だけでなくて、私のまわりのアメリカ人やフランス人、イギリス人、ドイツ人のＮＧＯの連中なども思わず苦笑していました。ああいうときにはマイ・カントリーとは、ふつう外交官も含めて言わないと思うのです。ジャパンと言うと思います。それほどに「我が国の」という意識が彼らの頭にはこびりついてしまっていて、それをまたマイ・カントリーと訳すのです。[*23]

高木によれば、注意深く聞いていると、クリントン大統領でもアメリカのことを言うときは、ジス・カントリーと言うらしく、時にはアワー・カントリーという言い方はあるにせよ、マイ・ネーションとかマイ・カントリーという言い方はしないというのだ。

こうして言語使用上の国際基準に照らしても「我が国（→My country）」なる言葉は特殊らしいと知るや、先に論じた幻想としての国家（黒田の言い表わしによれば「物神化された共同性としての国家」）に思いを至すことになる。右引用のすぐ後に続けて高木はこう述べている。

どうもここに見られる「我が国の」という意識が、どこかで日本の原子力政策や「三ない主義（大場注…議論なし、批判なし、思想なし）」と関係しているようで、私には大変興味深く思えるのです。[*24]

鋭くも正鵠を射ている。彼はそこに怪しげな幻想としての、つまりある種のアンタッチャブルな物神化された共同性としての国家を目《ま》の当たりにしたのだった。唐突な異和を拭うことは難しいかもしれないが、こんな例を挙げてみたい。「本日ここに〇〇国（布告する相手方すなわち敵国）に対し宣戦を布告する」ということがある場合、その主語が「わが国は」と「この国に生きる我々は」では大違いなのである。

ところで問題はつぎにある。私たちつまり私たち「土俗の身体」もまた「わが国」なる言葉をあまりに当たり前のものとして日頃使ってきてはいないか。必ずやそれは知識人たちから恭しく頂戴するようにして手にしたものであるにもかかわらずなのである。しかしそうすることで私たち「土俗の身体」は、知識人たちの議論に立派に仲間入りし得ているつもりでも、その「身体」と「言葉」の間には隙間風が吹いている、意味を貫く言葉でなく、「場の対応」「場の構成」の数々……。その一つひとつがこの私たちの現在、つまり現在という時空なのであり、じつは私たち自身もまた私たちの時空を不気味なリアルへとメタモルフォーゼさせている現場にほかならない。

あえて畳み掛けて分析的に述べるならそれはこうだ。私たちの時空とはこの列島に生きている私たちの現在時間のことである。それは二重性、両義性として在ることに私たちはまず深く気づく必要がある。二重性、両義性とはどういうことか。あえて言い立てれば、どのような社会であれ波風らしい波風も立つことなくそれが平穏に営まれているごとき場合のことである。そうした逆説性として在ることを言う。なにが二重であり両義なのか。社会の原理的な構造は階級支配・被支配の関係性をもって成り立っているが、そのことがあたりまえのごく自然なことと認識され、つまり公共化されて誰が何を申し立てることもない、そういう事態を言うわけなのだ。

公共化するのは誰か。あえて言えば私たち「土俗の身体」である。私たちの、意味を貫き通すための言葉にあらざる「場の対応」「場の構成」としての言葉である。その公共化の過程の一例が、明治期以来今日に至る私たち日本近代化の過程にほかならない。黒田の言い表わしをふたたび借りつつ言うなら、「ブルジョワ独裁というものを異様ならざる自然なものとして自然化するというか、そういう意味での物神化された共同性としての国家といいますか、それをどのように形成するかということが、日本の近代化の原理的な、最も根幹をなす問題（傍点原文）」であった。戦後戦前を通じてのこの列島にあっては、まがりなりにもその課題は果されてきた。「それを現実的に日本の近代の総括としてなしえたのが天皇制なのであって、つまりアジア的な専制のわれわれの弧状列島型の伝統たる天皇制の近代的な賦活だ」と解されるのだ。

したがって、問題は黒田の言う「日本的自然」から私たちの土俗の身体をいかにして引き離すかにある。この課題認識は、黒田が一九七八年の対談でも口を極めて強調していたものである。二〇一四年の今となっては振り返られることもない清水昶とのいわゆる垂れ流し論争の焦点もここに在ったと言える。今日へと至る日本近代化過程のなかにおける「民衆の身体というのは、やはり一つの自然化された支配のなかでは、自然としては逆説であるし、両義的なもの（大場挿入…『自然と行為』における「擬自然」）なんだということ」——この透徹した思想的地平は、なお今日の私たちのものでもなければなるまい。再三に及ぶが、こうして私は黒田のつぎのような命題を嚙み締め直すことになる。

そういう国家幻想としてある巨大な自然観念の倒錯の質から、民衆の生活的自然の肉体・身体性というものをどのようにかして引き離すということが、われわれにとっての思想の第一歩であると思うんですよ。[*25]

すると思い至ることがある。白井の二〇一三年三月発刊の『永続敗戦論』の主張である。明治政権の発明品であった「国体」概念を援用して述べるところによれば、「国体とは自主的決意による革新・革命の絶対的否定を意味するものである以上、国体護持を実現したかたちでの敗戦は、敗北という外見に反して、その実革命に対する華々しい勝利にほかならなかった。」。こうして白井の趣意は日本近代化の過程を通して護持されてきた国体の批判にあった。それは黒田の「われわれの現在性というのは、構造的な成立としては、まさに日本近代と戦後の近代化の転換と連続性の構造の縦深となって、その規定性の関係の持続となってある」、その「総体的な日本近代——現代のかもしだされる連続性への批判」と軌を一にしている。

さて、しかし、今日の私たちにとってはこの先こそが問題なのである。世に評価高く、増刷され続けている当該一冊の本文最末尾で、白井はこう表明している。

それ（大場注…国体）は真に永久不変のものなどではない。というのも、すでに見たように、「永遠に変えられないもの」の歴史的起源は明らかにされているからである。それはとどのつまり、伊藤博文らによる発明品（無論それは高度に精密な機械である）であるにすぎない。三・一一以降のわれわれが、「各人が自らの命をかけても護るべきもの」を真に見出し、それを合理的な思考によって裏づけられた確信へと高めることをやり遂げるならば、あの怪物的機械は止まる。なぜならそれは、われわれの知的および倫理的な怠惰を燃料としているのだから。[*26]

（傍線大場）

白井の言う「われわれ」は黒田の言う「土俗の身体」に相当するとしてみようか。しかし「高度に精密な機械である」

という「あの怪物的機械」は、この処方箋が実施に移されることがあったにせよ、はたして「止まる」ということがあるだろうか。「知的および倫理的な怠惰」という「燃料」を絶つことができない「身体」を「土俗」と言うのではないだろうか。白井にはこのような発問が沈められているわけではない。〝どのように？〟「高度で精密な機械」なのか、あるいは〝なぜ？〟「怪物的」なのかという肝腎要の問いの欠落と言ってもいい。「知的および倫理的な怠惰」に対する戒めがその意味を貫くことができるのは、土俗の身体においてではない。白井の言う当該「われわれ」はこうして「土俗の身体」ではなく「知識人」なのである。そして知識人たちが燃料を絶つことができたとしても、白井の言に相違して「怪物的機械」は止まることはないだろう。そこがまさに「怪物的」たる所以なのだ。黒田に言わせれば、国体という国家幻想として在る巨大な自然観念の倒錯の質は、民衆の生活的自然の肉体・身体性の二重性・両義性として在ることなのであり、「怪物的機械」の怪物性はここにこそ発している。だから、国体という国家幻想から土俗の身体性、その二重性・両義性を引き離すことに「土俗の身体」自身が成功しないことには、怪物的機械から怪物性を削ぎ落とすことはできず、高度に精密な機械すなわち国体の解体など覚つかないことなのである。

以上のような黒田と白井の思考論理位相上の到達度の相違はなお放置されたまま、むしろ強化されている。高橋源一郎の二〇一四年六月の新聞紙上の論壇時評[*27]はその卑近な一例である。ここに登場している論者の位相はおしなべて白井の位相に止まっていて、黒田が没して以後これだけできごとの重なってきた三〇年間はなにだったのかと考えさせられる。

「戦後社会と民主主義について深く検討する本が続けて現れた」と時評者高橋は、どちらも女性によって書かれ、天皇制に言及のある二冊を紹介している。赤坂真理は「雅子妃」の娘である「敬宮愛子様」について深い同情を込めてその一冊にこう書いている。

　生まれてこのかた、「お前はダメだ」という視線を不特定多数から受け続けてきたのだ。それも彼女の資質や能力ではなく、女だからという理由で。…略…ゆくゆくは彼女の時代となることを視野に入れた女性天皇論争も、国会での議論が、秋篠宮家に男児が生まれた瞬間に、止んでしまったのだ！…略…彼女は生まれながらに、いてもいなくてもよくて、幼い従兄弟の男児は、生まれながらに欠くべからざる存在なのだ。なんという不条理！　それを親族から無数の赤の他人に至るまでが、信じている。ごくごく素朴に、信じている。この素朴さには根拠がない。けれど素朴で根拠のない信念こそは、強固なのだ。[*28]（傍線大場）

赤坂がここで言おうとしているのは、白井の怪物的機械のことである。また別の一冊の上野千鶴子は、象徴天皇制がある限り「日本は本当の民主主義国家とはいえ」ないと言い、赤坂と同じ問題に言及し、こう言明する。

人の一生を「籠《かご》の鳥」にするような、人権を無視した非人間的な制度の犠牲には、誰にもなってもらいたくないものです。[*29]（傍線大場）

「その（大場挿入…天皇制あるいは怪物的機械）中にあって呻吟《しんぎん》している「弱い」人間の内側に耳をかたむける」こうした二人の言述を紹介して高橋は当該時評でこう言っている。

彼女たちは知っているのだ。誰かの自由を犠牲にして、自分たちだけが自由になることはできないと。（傍線大場）

高橋がここで使用している「誰か」という文言には、女性批評家たちの言い表わしを受けての言表上の工夫が込められていることを注記しておいていいだろう。それは言うまでもなく天皇や皇族を指している。つまり、ふたりの女性著者たちの共和制の主張を評するに当たっての巧みさである。韜晦を韜晦し韜晦の貫徹を天に委ねる類のスマートさと言おうか。この文脈ニュアンスの軽妙は土俗からの離脱を果たす知識人たちの今風《いまふう》というものか、と私などは感服の想いさえ禁じ得ない。

こうして論壇時評者は「天皇制について考えようとするなら、今後、この画期的な論考を無視することは不可能」だとして原武史の「皇后考」を敷衍しながら、当該時評をこう結んでいる。

> 「男系男子」のみを皇位継承者とする「皇室典範」の思想は、「男性優位」社会の在り方に照応している。だが、その思想も、人工的に作られたものにすぎない。人工的に作られたものは変えることができるのだ。どのような制度も、また。

先に見てきた白井『永続敗戦論』の結論部の「高度に精密な」「怪物的機械」は、別の言い表わしで赤坂や上野によって言及され、その機械を止めるべく必要な白井の「知的および倫理的な怠惰」という「燃料」の断絶のことは、つまりは右の上野や高橋の言述で繰り返されている。そして黒田の、両義性を媒介項として国家幻想と一如となって絡まり合う土俗の身体は、別に言えば、「擬自然の体系としての天皇制・国家幻想の時間にある民衆の生活的自然の累積」[*30]は、つまりはふたたび赤坂、上野の右引用傍線部で言い表わされているというわけなのだ。

そこで、さて、当稿の考察はここから先にあることはお分かりいただけると思う。黒田の言ういわば搦め取られている（それは搦め取らされているのでもある）私たちの土俗の身体をいかにしてその国家幻想から離す（あるいは引き剝がす）かという問題意識をヒントにして、先へと私たちの歩みを運んでみることである。高橋も言うように「男性優位のこの社会で、弱者の側に立たされている」から提示できているのかもしれない赤坂、上野の課題提起は、三〇年以上前黒田が言っていた土俗の身体性に通底し、触れ合うところがあるのも確かだ。しかし白井の『永続敗戦論』には、つまるところ知識人の上から目線がそれとなく貫き通されているのと同様に、赤坂、上野の当該二冊を隈なく読んでみても同様の視線が感じられて私のなかでは了わってしまうという次第なのだ。黒田の言う知識人の自我の形成確立には密接不離な逆説として在る「解体そのもの」「不可能性そのもの」などどこ吹く風の、「観念の上での限定つきで初めて自我というものをもちえた」そのような自我が宣《のたま》いなさることは、お仲間同士のおしゃべり然として、心地良くも「土俗の身体」のうえを上滑り、「土俗の身体」から見上げていると、アジテイトにすら失敗するのが分かる。土俗の身体から乖離した位相においてなにをおしゃべりなさろうと、それではこの「怪物的機械」の解体など覚つくものではあるまい、と。

現在、この国には既視感が満ち溢れつつある。「時務の論理」の横行はそのひとつであるが、それは名指しすることができる点で、そこにはまだ救われるものがある。私たちが目を外らしてはならないのは、「時務の論理」の装いをいっさい透明なものとし、そのことにも無自覚な高次な「時務の論理」の横行である。それは、私たちが生きているここでの現在の不可解にして不気味なリアル、それへ向けてのメタモルフォーゼを、これまた当事者としての私たちにあってはおそらく自覚なしのまま、推進せしめつつある。これはやはりあの高次の新しい「戦前」とでも名辞すべき事態であるか。そこには自ずと洗い出されていくものがありそうだからである。

第五章 「土俗の身体」という助走路

しかし、私たちの「土俗の身体」の二重性、両義性、したがって拘束性とも言い表わすべき規定性のなかにこそ、あるいはこれから先の展望の核となるものは、胚への兆しを孕みつつ埋め込まれているのではないだろうか。これが当稿一篇を貫く仮説である。そしてあくまで事実としての論証へと辿り着くこと叶わず仮説の提示で終わる予感が去来するのも実際である。

奥羽脊梁山脈の西辺、山形市東南部に位置する私の居住敷地内の一〇か所の地上五〇センチの、二〇一一年一二月時点のセシウム一三七の汚染値のことについては当稿の第一章で述べた。

そういう事態に曝されることへの怒りが発条となって、私自身も街頭デモ「幸せの脱原発ウォーキング」に参加していることにも触れた。二〇一四年八月一日で九〇回目を数える。そのうち月一回の第三日曜日は、日中午後駅前の第二公園に集合して集会を開き、その後市内中心街二キロメートル程の車道を行進する。この日中デモのあった後は、都合のつく有志が中央公民館の一室を借りて、談笑交流の場をもってきている。

この些細事をさらに敷衍しておこう。規約も会費もいっさいなしの、たまたま集った者が呼び掛け人となり、その口コミ呼び掛けに呼応し偶然巡り合わせた者（毎回参加者が少しずつ入れ替わり人数も一定しない）たちの単純な行為の積み重ね。県集会条例や市公園使用条例に基づく許可を受ける手続きを担当する者の欠かせぬ行為以外はすべて成り行き任せ。時間と場所が示されて都合がつくとき出向く。これはまた私の参加事実のすべてである。年間数回あっただろうか、カンパ袋が回ってくることがある。その際財布を持ち合わせていれば、私の場合百円硬貨を二〜三枚入れてその場を取り繕う様に遣り過ごす。
回を重ねていくうちに、名前を知り合ったり、呼び掛け人の一人ひとりと一言二言話を交わすことにもなる。ハンドマイクや警棒様赤色燈や、昇旗、手作り横断幕など発案者自弁で賄われ、あるいは提供を受け、使い回し、蓄積されてきていることを知る。山形県の場合、県集会条例に基づく公安委員会の許可は県証紙不要（無料）で受けられるが、市の公園使用には使用面積三〇平方メートル、人数二〇人当たり一回四〇〇円の使用料が要ることを、私は三年目にしてはじめて知った。

奇特な呼び掛け人の一人はやがてネットでブログを開設し、天候の都合等によるデモ開催の有無を知らせてくれるようになったのは発足から程ない頃のことだった。必要に応じ確認したりしなかったりして三々五々集まってくる。四〇キロ北方の尾花沢市や三〇キロ南方の南陽市から毎回車や電車で駆けつける人、市内あるいは近辺町村から車やバス、自転車であるいは徒歩でとさまざま。職場から直接、あるいは孫を保育園に迎えに行って家に届けその足で等々、老若男女、それこそ都合のつく人、つく時の人々の集まりなのだ。二〇一二年夏から秋に掛けては日曜デモは七〇人、一〇〇人と参加者数も多かったが、冬は小雪のなかたったの七人のこともあり、それでも届出許可の行動につき、毎回パトカーが同行。特定秘密保護法成立や大飯原発差止勝訴判決等時事的エポックがあると参加者は増えるが、二〇一四年夏の最近は、一〇人から二〇人程度になってきている。セシウム一三七は半減期にして三〇年あるというのに、これが人事の風化という現象のこの地における現われかと、参加者それぞれの胸内を去来するものがある風《ふう》である。

山形県内では酒田市や米沢市で継続されていて、一部の人たちは折々相互に乗り入れ参加をし合ったりしている。この秋には山形市内での合同連帯デモの企画も持ち上がっているが、参加者数の程は心許ない。こうして各地の「憲法九条の会」の活動とよく似たゆるやかな勝手連の活動が、いずこもおおむね小規模ながら東北各県にそれぞれ展開されている。青森県では青森市、弘前市、十和田市、八戸市、岩手県では盛岡市（当稿最終調整直近時の二〇二一年七月一六日のデモで二五〇回目）、宮古市、奥羽市、秋田県では秋田市（同前二〇二一年七月一六日四三一回目）、宮城県では仙台市（同前七月二三日四〇〇回目。なお山形市では同前八月六日で三四六回目であることをここに付記しておく）、福島県では福島市、郡山市の活動が知られている。「九条の会」では東北各県の交流会は第四回を数え、来年は山形県で第五回が予定されているが、脱原発の活動でも東北各県から集まる交流会が東北脱原発連絡会の名の下に数回重ねられている。しかし手元には正確な情報の持ち合わせがないのは残念である。

私の場合、近所に暮らす二男が共稼ぎで帰宅が遅いので、代わりに孫を保育園から連れ帰って自宅の妻にバトンタッチし、駐車料金節約のため三〇分弱の道程を自転車で集合場所の市役所前に馳せつける。妻不在の場合の参加はてんてこまい。近隣に住んでいる息子夫婦に孫を渡す時間が遅くなると、夜八時を過ぎてから夕食の仕度に取り掛かることにもなる。だからと言って息子夫婦と原発問題について面と向かって語り合う機会とてなかなか持てない。私の場合言葉を交わすことがあっても、けっこう複雑な「場の構成」が図られて終わるのがオチといったところか。四〇歳そこその現役の息子夫婦も、黒田の言い表わしを借りれば「土俗の身体の拘束性」を如何ともし難くていることが痛々しくも透けて見える。こうしてわがささやかな年金老夫婦二人暮らしの身もまた、まこと「土俗の身体」そのものであることに納得する次第なのだ。

デモに集まってくる一人ひとりがまた似たり寄ったりの身である。身の上話などし合う間柄ではないが、何十回と顔を合わせているうちに分かってくる。見ず知らずの偶然出遭っている者同士でありながら、原発の再稼働は止《や》めて欲しいという一点に関する限りは、肝胆相照らす仲であることが分かるのはじつに不思議なことであることに気づく。しかしこの際、そのように括って片付けてしまうことに警戒心を失わないことは重要である。ある種の同調現象、集団的自己陶酔心理なり、カルト心理なりの研究成果に学ぶべきものが現象しているかもしれないからである。しかしマインド面の合理的根拠（この場合セシウム一三七等人工的に産出された放射性物質が不法に拡散され曝されて生命が蝕まれるという知見）なき位相におけるなんらかのコントロールを受けているわけではなく、なんらかの組織的動員の扼の下に置かれているわけでもない。この被曝の事実を因《よすが》として集まってくるその考え方や判断は、いかにも人それぞれである。それ以上に、自らのあるいは子や孫の生命を守り通すに今できることはこのほかにないという、それぞれの自らの判断を拠り所に、それぞれ区々の日常的具体的拘束や制約、しがらみ、事情や都合を処理し乗り越えて集まってくる。

その個々の一つひとつがそれぞれなにごととも置き換えの効かない事実であることは動かせない。具体的な個々人の自らの生命を守らんがためにする行為の前では、社会学的ないわゆる大衆社会における情報コントロール如何論も、また、権力と主体性は相互に補充し合う関係にあることを指摘する構造主義思想も、すでにその無効性が暴かれ終わったひと昔前の一見解に過ぎない。なお今構造主義思想として暗に名指ししたのはM・フーコーの衝撃的テーゼである。「主観性〈サブジェクティヴィティ〉」は「隷属〈サブジェクション〉」と同根である、と。このテーゼについては脱線にもなり兼ねないので重要な問題であるがこれに留めておく。

〈個人の否定〉は同時に〈他者の不在〉とセットになるものであるが、私自身を含め、私が具体的に見聞きしている脱原発、反原発の意見表明行動には、〈個人の否定〉はなく、不思議な程にまた〈他者の否定〉もない。デモの終点に至れば、誰かが「お疲れ様」とハンドマイクで一言発言する。そのときそこに生じて消えるのは、とうてい喝采とは言い難いむしろまばらな拍手くらいで一言二言挨拶を交わす人、押し黙ったままの人、集まった者同士はそれぞれが散り散りに去って、瞬く間に誰も居なくなるという爽やかさである。

秋空の午後だったり、木枯らしの宵闇だったりするが、私などには顕れてすぐ消えていくなにかしら一片の詩行が現出する事がある。それはセンチメンタリズムやサブジェクションとはどこか異なる現象である。そこには所詮互いに他者しか居なかった。他者同士の散会そのもの。そして家路に就く一人ひとりは歴とした個人なのだ。たとえば私などは、デモのささやかな声が沿道の誰かに届くということがあっただろうかとか、これを自己満足と言うのだろうかとか、活火山の桜島から七〇キロと離れていない薩摩川内原発はいつ再稼働するのだろうかとか、しきりに反芻しながら帰宅を急ぐことになる。こうしたことを繰り返して丸二年が過ぎようとしている。

過日は日曜の午後のデモ終了後、有志の交流会の参加者は六名。話題はなぜ参加者が広がらないのか、広げるにはどうしたらよいかに集中した。アンケートを取る提案があり、その回答に、その後の連絡のため等々で住所や氏名、電話番号等を書いてもらうべきか否かで話は少々白熱した。議論は二分したのだった。参加者の具体的情報を掌握して今後の活動の活性化や拡大に繋ぐべきか、あるいは個人の特定や情報掌握はあくまで避けてゆるやかな勝手連の自主参加の方針を貫くべきか。思えば何度となく繰り返してきた議論である。ゆるやかさを組織論の要に置くのも組織論と言えば言えなくもないか……こんな曖昧な方向を辿りつつ、その日の会は閉じられることとなった。その場に居合わせつつ私は、また黒田喜夫が言っていたことをそれこそ莫然と言葉にならない言葉で思い起こすこととなったのだった。

帰宅して引っ張り出してみた黒田のその言葉はつぎのようなものだった。

ブルジョワ独裁の社会構造とその共同性物神としての国家の本質との二重性というのは、やはり現在の時空として、日本近代の成立の累積の構造として、現在化されてあるということは動かせないんで、そのことをつかまえることによって、その中の逆説化・両義化された生活的自然の身体というものを、いわば階級形成として把えるということは可能としなければなりません。そういうふうに考えていく可能性にわれわれはかけてゆかざるを得ないだろうと思うんですね。つまり、経済的階級というような限定ではない国家幻想に対する階級的な主体の形成というのは、そういう行為を骨肉としてしかありえないだろうというふうにぼくは考えているわけですけれどね。[*31]

私が午後の交流会でしきりに思い起こしていたのは、ひと昔前の労働組合の賃上げ等交渉に動員されて、音頭に合わせて拳を振り上げていた、あの拳を握る感触のことでもあった。同じ対談の最末尾の言葉として黒田はこうも述べていた。

通念的な階級というのは、そもそも、日本の近代のなかでは、まさに観念、理念としてしか表わせなかったし、現在の国家独占のなかでは、国家本質に対しては無化されたような現状にある、その国民・ナショナリズムの意識に無化される現状にあると思うんですね。そこに立って、「不可視の戦後」を見ようとし、つまり日本近代——

現代の転換と連続性――高次の新しい「戦前」への変革主体の形成を想うということなんです。[*32]

一九七八年の時空で清水昶との論争でも口を酸っぱくしたのはそのことにほかならないと黒田が主張していた「経済階級というような限定ではない国家幻想に対する階級的な主体の形成」とはなにか。今日の軽うじて全国的な広がりだけは見せつつある具体としての「九条の会」や反原発のデモに集まる私たち「土俗の身体」のゆるやかな反面チンタラチンタラとした四苦八苦は、してみると黒田の言っていた〝高次の新しい「戦前」への変革主体の形成〟への端緒としての四苦八苦なのではないかということに思い至るという次第なのだ。

閑話休題というわけではないが、二〇一四年五月二一日のことである。関西電力大飯原発三、四号機（福井県おおい町）を巡り住民等が関西電力に運転差し止めを求めていた民事訴訟の判決が出た。原告勝訴の第一審判決であるが、いろいろな意味で注目される。そのうちの二点について言及してみたい。

ひとつは、斬新で意表を突く判決であることについてである。そこに読める曇りのない法理判断は眩しい程のものであるが、常識的で明快な判決としておおかたの賞賛を得ているところは面白いと思う。判決文の冒頭でまずこう判示している。

生存を基礎とする人格権が公法、私法を問わず、すべての法分野において、最高の価値を持つとされている以上、本件訴訟においてもよって立つべき解釈上の指針である。
　個人の生命、身体、精神及び生活に関する利益は、各人の人格に本質的なものであって、その総体が人格権であるということができる。人格権は憲法上の権利であり（13条、25条）、また人の生命を基礎とするものであるがゆえに、我が国の法制下においてはこれを超える価値を他に見出すことはできない。[*33]

と。そうした指針からつぎのような判断が帰結するのは理の当然ということになる。

原子力発電の稼動《ママ》は法的には電気を生み出すための一手段たる経済活動の自由（憲法22条1項）に属するものであって、憲法上は人格権の中核部分よりも劣位に置かれるべきものである。しかるところ、大きな自然災害や戦争以外で、この根源的な権利が極めて広汎に奪われるという事態を招く可能性があるのは原子力発電の事故のほかは想定し難い。…略…その差止めが認められるのは当然である。*34

一言で言えば、経済活動の自由より人格権（生命、身体、精神及び生活に関する利益）の方が大事という判決なのである。このまことに常識的な明断から成る当該判決文を読み進む程に、「土俗の身体」そのものとして参加したり、しなかったりしている少なくとも私（紛う方なく私たちでもあろう）自身の主体の在り処に染み入ってくる言葉の連なりから成っていることに驚くのだ。ここでこう短言してしまえばすぐにも浮薄の誹りを浴びるのかもしれないが、先にも触れた主体性（サブジェクティヴィティ）論のこと等、私なりのスクリーニングを済ましたうえでの物言いのつもりである。糞リアリズム？――おお！　結構じゃないかという次第なのだ。

ちなみに私は地元の「九条の会」の二〇一三年冬のニュースレターにつぎのような一節を含む短文を寄せていた。

現憲法の懐の深さには、これまでも私達は折々気づかされてきたのではないか。福島原発事故に遭遇し、今再び感慨を深めつつある。

前文、第13条、第25条を擁する憲法の下に生きていく私達には、「脱原発」は他に有り得ぬ不可避の選択であることは、なんと予め自明だったことに気づくからである。*35

私は「土俗の身体」の持ち主であることを納得している一人であるが、その手に成る右の述懐は、大飯原発差止第一審判決の斬新な法理をすでに先取りして言い当てていたことになる。言いたいことはこうだ。不謹慎なるや否や、福井地方裁判所の法廷で当該判決を読み上げる裁判長樋口英明の法衣は、「土俗の身体」を包んでいた（？）――要するに当判決文は私たち「土俗の身体」が身につけている常識と同値なのだ。

ふたつ目は、原告一八九名（うち当該原発から二五〇キロメートル圏外居住者一二三名の人格権の侵害は具体性に欠けるとして判示対象原告から外されている）がこの判決を獲得するまでには、地元住民の四〇有余年に亘る闘いの積み重ねがあったことである。広く全国的には、と言うより今ではもうほとんど知られていないが、一九六八年に関西電力の小浜原発建設計画が表面化した際は、反対住民の会が結成され、小浜市の有権者の半数を超える一二〇〇〇人の反対署名を集め、推進派多数の市議会並びに市長は誘致断念に追い込まれている。一九七五年再度原発誘致が持ち上がった折も住民の反対が断念に追い込んでいる。

すぐ隣接する大飯原発（現おおい町）にも建設に際して激しい反対があったが、大飯原発からわずか一〇キロ圏内の七〇パーセントが小浜市民でありながら、立地自治体ではないということで、小浜市民と現おおい町民の反対は分断された。そうしながら福井県の嶺南地域は敦賀、もんじゅ、美浜、大飯、高浜と文字通り数珠繋ぎの原発銀座となって今日に至っている。（なお、当稿のモチーフを主導することとなった黒田喜夫の「土俗の身体の両義性」論の対談が公刊されたのは一九七八年一一月だったことをここで振り返っておきたい。）

さて、もし大飯原発建設に纏わるこの程度の情報でもマスメディア等を通じて広く周知されていれば、福島第一原発爆発後の再稼働第一号だった大飯原発のこと、その再稼働が行われたときの当該地域に暮らす「土俗の身体」たちの怒りと切歯扼腕の程は、全国の「土俗の身体」たちにも容易に忖度されたところだっただろう。当の住民たちの、福島事故後の再稼働差止請求訴訟提起の電光石火の如き素早さには、そうした十二分な素地背景があった。現に放射能汚染を被っておきながら反原発の意思表示が低調なままの私たち「土俗の身体」も、そのことに思いを至しつつ判決文を味読してみなければならないと思うのだ。

そのほかにも、みっつ目として挙げておくべきことがあるのかもしれない。この判決は一方で強い批判を惹起していることについてである。そのおおよそをつぎのようになぞりながら、ある新聞記者はその批判に対する所感を表明している。

産経新聞の「主張」（大場注…社説欄の名称）は「非科学、非現実的判決だ」とし、読売新聞の社説も「ゼロリスクに囚《とら》われた、あまりに不合理な判決」とした。原子力や地震学の専門家も相次いで疑念を示した。「科学的でない」「電力危機への認識が足りない」というのが主な論点のようだ。

うなずける指摘もある。だが、どうしても合点がいかないのは、福島の反省と教訓をどうとらえているのかがあまり見えないことだ。[*36]

ツイッター上でも「判決文とは思えない感情的な内容」といった識者と覚しき方々の意見が出回ったことも話題になった。識者と言えば、シンクタンク「21世紀政策研究所」の澤昭裕研究主幹の朝日新聞投稿記事に言う「論理に欠陥があり、司法のプロとしての質を問う評価もしなければならない」などもそうした見解のひとつと言える。原子力問題専門家の表明の典型のひとつとしてつぎを引用しておく。住田健二・元原子力委員長代理の毎日新聞に掲載されて全国の茶の間に届けられたものである。なお原子力委員会は一九五五年にこの国の原子力の研究、開発、利用推進のために制定され今日に至っている原子力基本法に基づいて設置された政府機関であることを付言しておく。

大飯原発は加圧水型で、沸騰水型の東京電力福島第1原発と原子炉の形が違う。さらに福島第1原発は沸騰水型の中でも古い。判決ではこうした点を論じず、ただ「原発」と十把一からげにして飛躍しすぎている。例えるならば、最新式の車も、古いタイプと一緒にして「車は危険」と言っているようなものだ。[*37]

車は解体廃棄処分するにせよ、厄介極まる高濃度放射性廃棄物とは無縁である。事の本質からズレも甚だしい。あまりに粗雑な専門バカ丸出しの為にする言述と言わざるを得まい。

判決のあった翌日の関西電力の控訴は、こうしたメディアや識者層に支えられていてこその事象であろう。他方、たとえば五月二三日の通算一〇三回目に当たるという首相官邸前のいわゆる「金曜デモ」。このところ一〇〇〇名程度の規模となっていたが、主催者発表で三三〇〇人が集まっている。新聞記事は仕事帰りの都民のみならず、川崎市から、鎌倉市や千葉県安孫子市、遠くは福井県福井市から馳せ参じた人の声を伝えている。同日同刻山形市でも二〇数名の「土俗の身体」たちの届出許可デモがあり、大飯原発差止判決について所感を語り合うということがあった。

首相官邸前には毎週なおけっこう広範囲の各地から人々が集まってきて、「九条の会」の組織とよく似て、とうてい組織とは言い難いほどのゆるやかさで形成され続けていることは動かせない反原発の集会デモ。全国各地に自然発生的に立ち上がって、継続している組織ないし集団の数がどれほどあるものか、参加者のことも含め、接することのできるまとまった情報はなく、私には不明である。

しかし、全国一七か所（原子炉数は四八基）の原発中、稼働差止訴訟が起こされていない原発は、東北電力の東通及び女川原発の二か所だけである事実に、その確かな広がりを見ることはできる。その原告として名を連ねている人々を見るに、弁護士や研究者等いわゆる知識人が多数いるにしても、そうとは言えないいわゆる一般市民が加わっていることも確かである。企業であれ、一般住民、私たち「土俗の身体」であれ、すべからく電力の恩恵に浴することなく今日の社会生活を全うすることができないことも動かせない。

すると、私たちには鮮やかに見えてくるものがあるのではないか。三〇年程前、黒田が〝「不可視の戦後」を見ようとする〟と言い表わしていた、つまりは「経済階級というような限定ではない国家幻想に対する階級的な主体の形成」の動向である。それはまさしく黒田がひとりごつように呟いていた〝日本近代――現代の転換と連続性――高次の新しい「戦前」への変革主体の形成〟にほかならないのだ、と。

評論家という肩書で片山杜秀は、朝日新聞の「文芸時評」欄で、近時の文学作品の具体の数々を渉猟して掬い上げ得たものを、つぎのように言い表わして当該時評の結語にしていた。「九条の会」や「反原発デモ」という事象のなかに身を置いてみるときの「土俗の身体」が感得するものと通底するところがあると思われて、私の興味を引いた。

手をつなぐ。勇気をもらう。でも、手をつないだ相手に縛られない。信じて頼る相手がありながら、実際はいつも自分がひとりで考えている。これぞ近代人の落としどころだ。[*38]

しかし、いまいち齟齬が残る。片山の理解に在って詰まるところのものを忖度するに、文学者とは作品でそうした落としどころを提示する者の謂であるらしい。当該時評における「この小説は尊い」や「ここに物語の深みがある」といった評言は、片山のそうした理解を言い表わすものとなっている。ところで作品の「尊さ」や「深み」はもっと時空的な〝立体〟、つまりリアルな〝立体〟でなければならないのではないか。巧みさ（斬新さ?）を唯一の売物にするこの国の商品化に貫かれた近代そのものとしての知識ごっこ、そのなかでの椅子取りゲームならぬポジション取りを、片山の評言に私は感受してしまうのだ。

なんらかの自我の形成が果たされていてはじめて、文学者は作品を提出できる。唐突ながら黒田喜夫は「共同体から離脱した知識人の持つ自我、個人の近代におけるあり方というのはやはり（大場挿入…共生であるとともに強制であるところの幻想の規範として持続している共同体）、その二重性の中に隠されてある民衆の身体というものをかかえこんだ自我の形成（大場挿入…その場合自我の形成とは解体そのものというか、不可能性そのもののようになる）」でなければならないと考える。そのように形成されている自我の持ち主の提示する作品なら、自己の近代への切り離せない困難な異和を抱え込んで、もっと異なったものになってくるのではないか。片山のこの「近代人の理想／手をつなぎ孤独に考える」というタイトルの文芸時評のアンカーはそこまで届いていない点で危ういと思う。

小説のみならず評論とて同様である。身も蓋もないことを承知で端的に言おう。今日のこの国で評論を試みる者は、身の露出を厭わず「九条の会」や「金曜デモ」に集まって来る「土俗の身体」の群のなかに身を沈めてみる、そしてそこに自らを見失なってみる必要があるのではないか。二一世紀の突端にあってのこの国のリアルは、現今の憲法事象と原発事象の外側には存在しない。作品というものはリアルの真っ只中から生まれてくるものであるというのが私の譲れぬ見解である。自らのなかの「土俗性」のトータルを観ずる作業は、必ずや評論という作品の、リアルからの乖離を検証する作業でもある。先に見てきた白井や高橋（源）、赤坂、上野の仕事への私の疑問はそこから生じてきている。そういう意味で評論も「解体そのもの」ないし「不可能性そのもの」なのであり、拵《こしら》えものではない。

東北電力は二〇一六年四月以降の再稼働を目指し、二〇一三年一二月女川原発二号機の新規制基準に基づく適合検査を原子力規制委員会に申請した。女川原発もまた二〇一一年三月一一日の大震災及び大津波によって壊滅的損傷を受け、メルトダウンを避け得たのは僥倖以外のものではなかった事実の詳細については、ここでは割愛のほかないが、この申請はこのたびの大地震等で具体的な被災のあった原発では始めてのものである。しかも炉の型式は福島第一原発と同じ旧式の沸騰水型である。地元弁護士等が、その再稼働阻止を目指し提訴する方針を明らかにしたことを新聞は伝えている。*39

大飯原発差止判決では、二五〇キロメートル圏外に居住する原告は、判決効果を享けるべき原告からは外されている。ちなみに私という「土俗の身体」が居住する山形市は、女川原発から一五〇キロと離れているわけではない。この距離こそは、あまりに遥かなわが詩作への具体としての助走路の枢要な一部分である

第六章　まとめとしての振り返り

いたずらに長くなった観ばかりが際立つ当稿の考察は、わが詩作への助走路の近辺の確認作業であった。この作業を閉じるに当たり述べておかなければならないことがふたつある。このふたつのことを述べて当稿のまとめとしての振り返りとしたい。

私にとって黒田喜夫は思考・思想の営みの先達である。郷里が同じであることからくるのだろうか、私にとりこれだけアップデイトに切実に響いてくる例はない。今では忘却され終わっているような彼のその営みにつき、私なりの読みと考察を重ねてこなければならなかったのはそのためである。『わが黒田喜夫論ノート』*40、『続／わが黒田喜夫論ノート』*41はその記録である。しかし黒田の思想を金科玉条然と戴く者ではないつもりである。わが詩作への助走路の確認としてであったが、当稿では一九七八年当時の「土俗の身体の両義性」に纏わる考察に終始することになっている。がそれは、このたびも私自身の思考が黒田の思考・思想の深度と射程の域内を出ていないことに気づかされている結果にすぎない。これが第一点である。

黒田が書き残してくれている文章に、日本国憲法問題と原発問題への言及がまず見つからないのは私にはかねてより不思議であった。これが第二点である。たとえば憲法九条問題も原発問題も、この国に生きる者には、一九八四年に黒田が没する以前も、否、ここ数年この方の現在よりもなおのっぴきならない時事だったからである。いずれも今や揉みに揉まれての始末の悪さの点で、当時まだまだ問題は若かった。

この第二の点について少々振り返っておきたい。当稿の「土俗の身体の両義性」のモチーフを得る契機となった松本健一との対談「仮構の郷里」をこのたびさらに読み返してみて、この不思議は解消することとなった。まず「原発問題」についてであるが、この短くはない対談中一か所だけ、しかも黒田自身の発言で触れられている（当該対談を含めこれが黒田の原発問題への言及として唯一なのではないか）。「民衆の身体性を根拠地とする」という小見出し部分の流れのなかでの発言はこうである。

黒田　現実には、その住民運動につくものはまだまだ少数派ですけれどね。まあ、実際上では、住民運動をやったり原発反対をやってる人間というのは、現代ヨクサン体制化しつつある日本社会のなかではむしろ非国民扱いされかねないのが現実であると思うんですが、国家論にかかわる本質としていえば、そう言えると思いますね。

松本　そこは反原発運動にしろ反公害闘争にしろ、さまざまな住民運動にしろ、はじまったばかりなのにそういう危機に陥っていると言えると思うんです。とすると、どうしても、住民運動それ自体に国家論・世界観の展望が必要とされているのじゃないでしょうか。[*42]

この当該唯一か所を読み込んでみる限りでは、ふたつのことが指摘できる。ひとつは反公害闘争にしろ反原発運動にしろ、黒田の実態把握の不完全さ、実態認識の甘さである。一九七〇年代のこの国での公害闘争は四大公害裁判に典型的に見てとれるとおり苛烈な闘争現場であった。そこに黒田の目が深く届いているとはとうてい思えない。運動の当事者たちには、非国民扱い同然の苦境に追い込まれ、生活を破壊され、逝かざるを得なかった黒田と同時代の人たちは少なくなかった。水俣や四日市、富山県神通川、新潟県阿賀野川等々で闘いに明け暮れ倒れていった「土俗の身体」たちのドキュメンタリーの数々……。これしか私には見つからない前記引用の言述に関する限りは、正面から面前し得ているものか、むしろ黒田は自らの思想軸に「土俗の身体」たちを嵌め込んで終わっていないか？　だとすれば、その「土俗の身体」から自らを引き離す身振り、その上から目線は、この国で現在なお常態を成すいわゆる知識人たちと変わりないことになる。

ただ、「国家論にかかわる本質として」見る黒田の思想軸から言えば、当時の住民運動なり原発反対なりには、黒田の発言を松本が受けてこの論点箇所をまとめているとおり、運動体の側に在ってしかるべきだった筈の「国家論・世界観の展望」が稀薄だったのでは？　というのがふたつ目である。たしかに、一九七〇年代の四大公害裁判の原告側の勝利は、この国の公害対策の数々を引き出すこととなり、公害対策の水準を高めることになった。しかしカメラをロングに引くようにマクロにこの国のあり方を眺めれば、黒田の言うこの国のブルジョワ独占を、そして資本主義体制をおおいに補強する結果となり、一九八〇年代のジャパン・アズ・ナンバーワンの時代を準備したことは否定すべくもない。そう振り返ると、前記引用の黒田の言及に「住民運動」と「原発反対」の名辞があるだけで公害闘争に触れる名辞がないことに黒田の思考・思想の営みの厳格振りが読み取れる気がしてくる。

それはともかくとして、松本との対談のあった一九七〇年代末から八〇年代になると、年譜にも読めるとおり、黒田はほぼ病床の人だった。公害や原発の反対運動に就く人たち個々が抱える「土俗の身体の両義性」は黒田の抱えるものでもあったことは疑いようがない。しかしこの両義性を対象化しての対峙は闘いの具体でもあり、思考・思想の営みで完結できるものでない。ところがもはや黒田に心身を挙げての対峙は不可能であり、その切なる自覚は最晩年の病床における切歯扼腕と一如であった。当該対談における「原発反対をやっている人間」についての黒田の言及の平熱さ加減にも、そうした黒田自身の内側の諦念と同居する冷めた事情が現われているように私には思われる。

ここで私が述べておきたいと言った第二点のうちのもうひとつ、「日本国憲法問題（その第九条問題を含めて）」については言及が皆無である。なぜか？　それはどういうことか？　当該対談を読み返しながら、よくよく思いを至してみると、黒田を含めた私たち「土俗の身体の両義性」の問題に、より直達している問題だからであることが分かってくる。一九七八年当時、この対談にあっても黒田は「日本国憲法問題」について口を酸っぱくして繰り返し言及していたことに気づく。

ただし、黒田が使用する名辞はきまって「天皇制」だった。その徹底ぶりは小気味よくさえある。その理由を構成する黒田の論理はグの音も出ない程合理的と言わねばならないだろう。私たちはその「日本国憲法」の冒頭を飾る第一条をよくよく熟読してみる必要があったのだった。

第一条　天皇は、[1]日本国の象徴であり[2]日本国民統合の象徴であって、この地位は、[3]主権の存する日本国民の総意に基く。（傍線大場）

天皇制の法的定めである。近代（そして現代）民主主義政治制度の一大原則である立憲主義の考え方に立てば、憲法はその近代（現代）国家の基本法であり、その一員として生きる私たち国民の約束事としての法は、その基本法の下に整合するように定められることになっている。現在の四年制大学の憲法学の冒頭で学ぶ知識は黒田こそが心底納得して身につけていたことになる。第一条でこのような形での天皇制を定めていることを骨身に染みて理解していた。

このたび私は当該「土俗の身体の両義性」論を咀嚼せんとして噛み締めながら、右憲法第一条を併せ読んで驚くのである。一人ひとり余儀ないものとして「土俗の身体の両義性」を抱え込みながらこの国に生きる私たちである。その約束事の最上位に措かれる基本法としての憲法、その第一条に「天皇制」を唱え上げる（＝高らかに宣言・明定する）のに、これほどフィットする巧みな言い表わしがあり得るものだろうか。傍線1はみごとであるが、傍線2はそれに輪を掛けたダメ押しである。「土俗の身体の両義性」とその「天皇制」の関係性の説明例は無限にあり得ることだろう。「場の対応」や「場の構成」を将来に亘り産み出し続けることだろう。（なお、この「場の対応」や「場の構成」とはいかなるものであったか、当稿第三章での最初の黒田からの引用〈注記＊17〉に遡って確かめてみて欲しい）。そして傍線3は決定的に振るっている。そのようなものとしての天皇の地位は「主権の存する日本国民の総意に基く」と盤石で動かしようがないものとなっている。これを総じて「天皇制」という名辞で言い表わし、ほかの名辞は使うことのない黒田は、その点においては完璧というものである。黒田にとって住民運動が「憲法問題」を語ることがあっても、それらの有象無象は〝なにをか言わん〟ものだった。黒田が「憲法問題」を語ることがなかった根源的理由はそこに求められる。以上のような読み（理解）を踏まえると、彼のつぎのような言い表わしはその口吻の隅々までが手に取るように伝わってくるのではないだろうか。いろいろな箇所でさまざまに言い表わしているなかから分かり易いところを、後の便のためにもここに引用しておく。

黒田　もちろん左翼も無力にして破れたのですね。左翼の場合の天皇制論も国家本質としての天皇制をつかまえなかったし、たとえば、共同体の問題でもそれを遺制としてしか見れなかったわけですね。つまり、日本近代の前近代性というのは遺制ではなくて、それが骨肉というか、それが日本近代のそのままの構造だったというふうにはとらえられなかったわけです。それは日本のマルクス主義だけではなかったと思うんですが、つまり共同体というのはアジア的な遺制として解体の対象とみなされるという体のものでしかなかったわけですね。つまり、共同体のなかにある民衆の共生的なそういうものを、それがもっている二重性をどのようにつかまえるかということはものすごく困難な問題だとは思うんですけれどね。それを変革的な主体になしうるか、あるいはめざす社会主義共同体の自然的基盤となしうるか、ないしは日本の右翼がつまずくようにそれを国家に同化する根拠にしてしまうか、その二重性というものをどのようにわれわれが自分のなかに可変的に自己対象化し得るかどうかということは、もちろんなかなか簡単な課題ではないわけですけれども。[*43]

あるいは、

黒田　それ（大場注…松本の言い表わしを借りれば、現実にある日本の国家みたいなものを観念のなかで解体してゆくような、そういう発想に立った国家論）があれば、いってみれば天皇制というものが日本の資本制にとって遺制なんじゃなくて、天皇制の総括というか統合によってはじめて日本の資本制は自然化されるというか、成り立っているというそこにぶつかると思うんです。共同体論でも、コンミューン運動でもそうですけれどね。[*44]

このふたつの引用箇所は、憲法問題と原発問題と天皇制について語っていると読むことができる。「土俗の身体の両義性」は、骨肉として日本近代のそのままの構造をなしている。日本国憲法第一条が定める天皇制はそれと過不足なく一如である。と言うより、国家の最上位法で「日本国民統合の象徴」として天皇制がオーソライズされることで、私たちの「土俗の身体の両義性」はあまねく全面的に解き放たれ、言わば両義性の自然化が完成する。そのなかでの九条守れの市民運動であり、原発反対の住民運動なのだ。運動の側に本質に迫る国家論がなく、取り締まろうとする側に非国民扱いする手立てがない、この中途半端さも両義性の現象態？　病床を離れること叶わぬ黒田には打つ手なしだった。

こうしてあまねく「土俗の身体の両義性」の自然化が完成しているなかである。日本国民の総意に担保された天皇制を戴きながら、日本国憲法は、これから先も揺れ漂い続けることになるのは必定というものだろう。ちなみに「戦争の放棄」を定めた第二章にフォーカスを絞ってみようか。現自民党政権下でまとめ上げられ公表されている現在唯一の改正草案には、国防軍の創設条項が登場している。

第二章　安全保障

（国防軍）

第九条の二　我が国の平和と独立並びに国及び国民の安全を確保するため、内閣総理大臣を最高指揮官とする国防軍を保持する。

二〇一二年四月二七日に決定されたこの改正草案の第一条も引用しておく。

（天皇）

第一条　天皇は、日本国の元首であり、日本国及び日本国民統合の象徴であって、その地位は、主権の存する日本国民の総意に基づく。

「日本国及び日本国民統合の象徴」という文言が継承されているが、これにはおおいに納得がいく。「土俗の身体の両義性」の賦活の継承がベースにあることの証左だからである。こうした改正草案がこの国でどう推移生成していくことか。

当稿の副題は「――あまりに遥かなわが詩作への助走――」であった。当稿の第五章の末尾で「その助走路の枢要な一部分」について触れた。しかしこの最終章でまとめとしての振り返りを試みてみると、助走路はなお遥か先へと続いていることが見えてくる。ただ、助走の途上に発熱してくるらしいものにもまた気づく。これが、黒田の言う〝高次の新しい「戦前」への変革主体の形成〟であるに違いない。

〈注記〉

＊1　季刊『伝統と現代』一九七八年一一月号、「対談／仮構の郷里／土俗の身体の両義性」、五三ページ。

なお、ロシアのウクライナ侵攻後急に「新しい「戦前」」という言葉が使われ出したのではないので付記。黒田の最晩年、三千代夫人に頼まれ喜夫の身辺の手伝い等が多かった鈴木伸男（後出）が一文を寄せた雑誌『文学時標』（'99・3・25）の編集子の言である。「私には今が、「戦後」ではなく、「戦前」という時代を走り出しているような気がしてならないのだが。」

＊2　二〇一一年一二月二〇日、一〇〇坪程の自宅敷地内一〇か所の地上五〇センチメートルの空間線量を計測してもらった。その結果、単純年換算で一ミリシーベルトを超えたのは七か所。最高は雨樋水落ちの所だが、三・七七ミリシーベルト。計測機器は堀場製作所（PA 1000 Radi）。市役所によればそのなかには自然由来の分も含まれ、健康には直接影響はないレベル。心配の向きは自分で除染し、捨て場は敷地内への埋め立てで対応をとのこと。市内のほかの計測値等私には不明。市情報公開条例に基づく開示請求はまだ行っていない。

なお、二〇一四年三月二六日、山形大学のホームページで、県内二三三地点の土壌汚染度について県との共同調査が公表との新聞報道があった。それによると、最高値は山形市内の一キログラム当たり六九〇ベクレル。新聞記事には末尾にわざわざ

「環境省が定めた埋立処分ができる焼却灰等の基準は一キロ当たり八〇〇〇ベクレルまで」との解説情報が添えられている。

山形大学のネット公開別表と発表文言の不整合等もあり、県情報公開条例に基づき二三三地点の結果のすべてを入手したいところだが、私自身の現役歴や家族、隣近所の現職歴等への懸念から同じく開示請求に踏み切れずに今日に至っている。

＊3 今中哲二編『国際共同研究報告書／チェルノブイリ事故による放射能災害』（技術と人間刊、一九九八年）、四八ページ。

＊4 笠井潔『8・15と3・11／戦後史の死角』（NHK出版新書、二〇一二年）、八七ページ。

＊5 白井聡『永続敗戦論／戦後日本の核心』（太田出版刊、二〇一三年）。朝日新聞や毎日新聞の書評にも取り上げられ、二〇一三紀伊國屋じんぶん大賞三位、第四回「いける本大賞」受賞。内田樹は新聞広告欄に「いまの政治をめぐる言説、特に日米、日中、日韓、日ロ関係をめぐる外交にかかわる言説の本質的な欺瞞性を、若い世代もちゃんと感じ取ってくれていると知って、ほっとしました」との推薦の弁を寄せている。帯文には、「読んだあと、顔面に強烈なパンチを見舞われ、あっけなくマットに仰向けに倒れこむ心境になった。こんな読後感は初めてだ。――水野和夫」等が見えている。いずれも文筆を仕事とする面々の公言評である点で、世の評価定まるの一冊というところか。

＊6 同右、一六五ページ。

＊7 同右、一八五ページ。

＊8 ＊1に同じ。その対談の掲載は二五～五三ページ。

＊9 日本エディタースクール出版部刊（一九八三年）、一五九～一六一ページ。

＊10 昭和一〇年代のこの国で好んで使われた概念。片山杜秀によれば、「時務の論理とは目先の都合にあわせて法解釈も何も変えてゆく論理だ。国の存立に関わる。この決め台詞《ぜりふ》で無理を通す。」（二〇一四年七月二日付朝日新聞）

＊11 二〇一四年五月一六日、安倍首相の私的諮問機関「安全保障の法的基盤の再構築に関する懇談会」の報告書のⅡの1の（2）。

＊12 二〇一四年六月九日の参議院決算委員会における安倍首相の答弁（二〇一四年六月一〇日付朝日新聞）

＊13 豊下楢彦『集団的自衛権とは何か』（岩波新書、二〇〇七年）、五～六ページ。

＊14 伊勢﨑賢治『アフガン戦争を憲法9条と非武装自衛隊で終わらせる』（かもがわ出版刊、二〇一〇年）、一三二～一三四ページ。

＊15 二〇一四年六月一〇日付朝日新聞「オピニオン」欄。東京大学名誉教授三谷太一郎（日本政治外交史）が「同盟の歴史に学ぶ」のタイトルのインタビューに答えたもの。

＊16　二〇一四年五月二九日付朝日新聞。保阪正康（評論家、昭和史に関する著書多数）が五月二八日の衆議院予算委員会を傍聴しての所感。

＊17　＊1に同じ、二八ページ。

＊18　同右、二八～二九ページ。

＊19　同右、三一ページ。

＊20　同右、二九～三〇ページ。

＊21　日本国憲法の成立沿革上、英文表記ではどうなっているかが論ぜられる場合がある。上野千鶴子はその著書『上野千鶴子の選憲論』（集英社新書、二〇一四年）の三七～三八ページで、「日本国民」は Japanese people の意図的な誤訳であって、「日本の人々」「日本に住む人々」と訳しなおしてはどうかとしている。譲れぬ共和制論者の言とすれば至当と言うべきか。しかし現憲法のなかの一体のものとして捉えれば、ここではそこまでを問わないのが妥当であろう。純粋（完全？）共和制を採る憲法ではないからである。

なお、読者の労を省くため、当該第九条の条文を、日本文及び英文で引用しておきたい。

第九条　日本國民は、正義と秩序を基調とする國際平和を誠實に希求し、國權の發動たる戰爭と、武力による威嚇又は武力の行使は、國際紛爭を解決する手段としては、永久にこれを放棄する。

前項の目的を達するため、陸海空軍その他の戰力は、これを保持しない。國の交戰權は、これを認めない。

Article 9. Aspiring sincerely to an international peace based on justice and order, the Japanese people forever renounce war as a sovereign right of the nation and the threat or use of force as means of settling international disputes.

In order to accomplish the aim of the preceding paragraph, land, sea, and air forces, as well as other war potential, will never be maintained. The right of belligerency of the state will not be recognized.

（以上の引用は鈴木安蔵編『比較／日本国憲法条文』（評論社刊、一九七一年）による。）

＊22　＊1に同じ、三六ページ。

＊23 高木仁三郎『原発事故はなぜくりかえすのか』（岩波新書、二〇〇〇年）、六六〜六七ページ。

＊24 同右、六七ページ。

＊25 ＊1に同じ、四八ページ。

＊26 ＊5に同じ、一八五ページ。

＊27 二〇一四年六月二六日付朝日新聞の高橋源一郎による「論壇時評」欄。

＊28 赤坂真理『愛と暴力の戦後とその後』（講談社現代新書、二〇一四年）、二〇二ページ。

＊29 ＊21に前掲、一三六ページ。

＊30 ＊1に同じ、四八ページ。

＊31 ＊1に同じ、五三ページ。

＊32 同右。

＊33 大飯原発三、四号機運転差止請求事件（福井地方裁判所裁判長裁判官樋口英明）の判決文の「事実及び理由」の第4「当裁判所の判断」の1「はじめに」の冒頭部分。

＊34 同右、3「本件原発に求められるべき安全性、立証責任」の（1）「原子力発電所に求められるべき安全性」の項。

＊35 二〇一三年一二月一五日付「たきやま九条の会ニュース」（滝山・南小学区九条の会発行）、42号。

＊36 二〇一四年六月一〇日付朝日新聞「社説余滴」欄。署名記事加戸《かど》靖史《やすふみ》。

＊37 二〇一四年六月一三日付毎日新聞。

＊38 二〇一四年八月二七日付朝日新聞「文芸時評」欄。

＊39 二〇一四年五月二二日付朝日新聞。

＊40 『「食《くわ》んにゃぐなれば、ホイドすれば宜いんだから！」考――わが黒田喜夫論ノート――』（書肆山田刊、二〇〇九年）

＊41 『続／わが黒田喜夫論ノート――試論・「現代詩の現在」の萃点はどこに在ったか――』（土曜美術社出版販売刊、二〇一二年）

＊42 ＊1に同じ、四三ページ。

＊43 同右、四一〜四二ページ。

＊44 同右、四二ページ。

第二編　「政治と文学論争」の奥津城はいずこに

第一章　数々のできごと群をフォーカスする

一　谷川雁の黒田喜夫激励呼び掛けに触れての想念

新聞で二〇一八年の第一六〇回直木賞の記事が目に留まったのは偶然事である。日頃こうした文学賞のニュースは私の関心を素通りするのが常だからである。その真藤順丈の『宝島』は、辺野古新基地を巡って騒然化している沖縄を主題にしているとのこと。ほんとうに珍かなことながらわざわざ図書館に出向いて借りようとしたが、二〇数人の順番待ち。帰路書店に立ち寄って平積みされている五四〇余ページに及ぶ大冊を購入して読むということがあった。

さて、話題は急転する。最晩年の病床にあった黒田喜夫への激励呼び掛けを受けた一人である石毛拓郎から、過日、当の呼び掛け人谷川雁からの手紙を見せてもらう機会があった。石毛に投函した日付けの一九八四年六月八日は黒田の命日七月一〇日の直前。これまた私には思いも掛けぬ唐突な偶然事であった。集中治療室での五日に及ぶ昏睡から生還した黒田を、「東北農民の否定的結晶たる本領を発揮」と谷川が言い当てるその文面には、また「その面魂には混沌と透明を同時にふくむ戦後の風がまだ吹きつけているのをありありと感じます。」ともある。

谷川雁の面目躍如たる「まだ吹きつけているのをありありと感」ずる「戦後の風」という表現に接して、おのずと私の想念に浮かぶものがある。一九八四年夏の最期の床にあって「ペンをにぎりつづける決意」を示す黒田に纏わる「戦後の風」という言い表わしだからである。

いちだん深くひときわ鋭敏な感性の持ち主には、戦後の風はいつごろまで吹き続けていたものなのだろう。

それを明かしてくれるのは、ペン先から迸り出るのを見守られた言葉たちを措いてはないことだろう。そうしたペンを手にしていた一人が谷川雁であり、また一人が黒田喜夫だったことは否定すべくもないのではなかったか。しかし、言葉たちと言っても、一九八四年と言えば、周囲を見渡すにその谷川の姿も容易には見出し難くなり、黒田の孤軍奮闘がまれに目に止まる程度でなかっただろうか。

二 「政治と文学論争」の概括的な概観*1

黒田喜夫の最晩年の孤軍奮闘は、「政治と文学論争」における孤軍奮闘などではすでになかったことは言うまでもない。その論争ははるか以前に雲散霧消していたと言わざるを得ないからである。「政治と文学論争」の問題をもっとも幅広く捉えて「実践と表現」と解釈すれば、明治期の自由民権運動と政治小説の時代まで遡り得る。しかしこの問題が多くの人々を巻き込んで文学界を賑わすことになったのは、端的にはマルクス主義（当稿では外縁範疇たる社会主義を含む）の立場に依拠する革命・革新運動と文学営為（文学論の展開ないし運動）の関係が主題化されて以来の問題に限定するのが、論の在り処の捉え方上は有益である。

当稿の趣意は、当該論争の芯部にあるものを論ぜんとするものなので、ここでの概観では詳細に立ち入ることは避けるが、一九二五（大正一四）年のプロレタリア文芸連盟の結成はよく知られているエポックである。いわゆる労働者出身の文学者によるナイーブな文学運動の要素が影を潜めるようになり、急進的ないわゆるインテリゲンチャによるプロレタリアート解放を唱う運動が顕在化するようになる。しかしその始まりから前衛概念が曖昧だったり、すぐプロレタリア文芸連盟分裂があったり各種下位論争のめまぐるしい展開のなか、昭和初期は労農芸術家連盟、前衛芸術家連盟というように、文芸運動の側の分裂合同の複雑な変転が繰り返される。しかし、いわゆる革新政治の側にも、ロシア革命後の国際的な広がりのなかでの激動が続く。一九二七（昭和二）年を迎え、そのコミンテルンテーゼを中心に、日本共産党が国際的な正統性を訴えてその存在を顕在化させると、それとの関係について文学運動の側にも論争が先鋭化する。

一九二八（昭和三）年前記前・芸とプロ・芸が合同して全日本無産者芸術連盟（ナップ）が結成されるや、その直後蔵原惟人と中野重治のあいだに大衆化を巡る論争が持ち上がる。これは共産党と組織的に繋がろうとする蔵原とあくまで自律的な文学運動を主張する中野との運動プログラムの争いだった。この蔵原の主張が大勢を制し、蔵原の提案（「ナップ芸術家の新しき任務」『戦旗』一九三〇（昭和五）年四月）が第二回作家同盟大会で採択されることになった。

これには林房雄が作家の内的世界の完成を主張（「作家のために」東京朝日新聞一九三二（昭和七）年五月一九～二〇日）し、亀井勝一郎が賛意を表した（「同志林房雄の近業について」『プロレタリア文学』一九三二年一〇月）ことによって一大論争が起こった。ここに焦点化する戦前の「政治と文学論争」は、つまりは蔵原提案の線を守るか否かの論争であった。時あたかもいわゆる昭和の一五年戦争下のできごとだった。そして一九三〇年代後半（日中戦争）以後の文学界の状況はここに触れるまでもない

これに対し、大まかに辿れば戦後の「政治と文学論争」は、戦前のそれとは逆のプロセスを辿ってきているとも言える。新日本文学会は敗戦後直ちに一九四五（昭和二〇）年一二月民主主義的な文学者の団体として発足したのであるが、蔵原の論（「新日本文学の社会的基礎」『新日本文学』一九四六（昭和二一）年三月）や中野の主張（『日本文学の諸問題』一九四六年五月、新生社刊）などは、それを戦前のプロレタリア文学運動の正当な継承発展であると意味づけていた。

平野謙はそこに一種無反省な自己肯定を見て、「文学者の戦争責任というテーマとマルクス主義文学運動の功罪ならびにその転向問題とはほとんど不可分」とし、「小林多喜二と火野葦平とを表裏一体と眺め得るような成熟した文学的肉眼」（「ひとつの反措定」『新生活』一九四六年四、五月合併号）を要請、戦前のプロレタリア文学運動の偏向を「政治の優位性」（「政治と文学（一）」『新生活』同前七月）に求めた。一方、同じく荒正人が「思想といふものにたいする恋冷めの青春」を踏まえ「否定を通じての肯定…略…エゴイズムを拡充した高次のヒューマニズム」（「第二の青春」『近代文学』一九四六（昭和二一）年二月）に立脚した「芸術至上主義」、即ち文学の政治からの自律を説いた。

これに対しては、直ちに中野重治が反撃の文を書く。後代の私たちから振り返ると、平和的な市民主義革命近しの幻想の下、戦前のプロレタリア革命運動をそのまま戦後に接続せしめようとした日本共産党の革命戦略に忠実な、と評せざるを得ない中野の激烈な反発（「批評の人間性（一）――平野謙、荒正人について」『新日本文学』一九四六（昭和二一）年八月）が、戦後の「政治と文学論争」を勢いづけることとなった。論争の規模はあえて言い切るなら『新日本文学』対『近代文学』の対立に拡大することとなった。

やや微視的に見れば、後者寄りの福田恒存（「一匹と九十九匹と――ひとつの反時代的考察」『思索』一九四七（昭和二二）年）、局外者として平野、荒を批判した加藤周一（「IN EGOISTOS」『近代文学』一九四七（昭和二二）年七月）、また対立の中間に位置した小田切秀雄（「文学者の責任――岩上順一、平野謙批判」『新日本文学』一九四七（昭和二二）年七月）等多数が参加したが、一九四八年を迎え国際政治上の東西対立が顕在化し、いわば雰囲気としてあった国内の平和的革命の幻想が潰えると同時に、論争はいつのまにかあっという間に終息を見る。

しかし、こうした戦後の「政治と文学論争」ないしは戦後の諸問題を包括する論争を、もう少し枠を大きく捉えるならば、つぎのようにも整理できる。平野の提起した原則は、一九五〇（昭和二五）年の新日文内の人民文学派などの分裂を経て、一九六二（昭和三七）年三月の第一〇回大会でようやく文学運動の自律性の確認と政治優位性論の誤りの指摘がなされ、確立された。一方時を同じくして、武井昭夫、栗原幸夫、その主張を受けての針生一郎等の戦前戦後の総検討の要求が提起された。ところがそうした問題意識は、奥野健男によって鷲摑みにさらわれ（「「政治と文学」理論の破産」『文藝』一九六三（昭和三八）年六月）、運動自体の存在意義が疑われる論争に展開してしまうことになる。

ここに、大括りに捉えての戦後の「政治と文学論争」の終わりを見ることができる。一九六〇年代前半と言えば、時あたかも経済の高度成長期に突入する時代。いわゆる太平洋ベルト地帯への人口集中、それに伴う人口の過密過疎問題が始まり、つまりは戦後日本社会の大変動下での家族崩壊、故郷喪失、公害問題、環境の破壊等無秩序な都市化の進展がこの国にも普遍化していく、それとの表裏を成す事象だった。前後してこの国の文学、思想界はフランスを中心とする西欧構造主義の席捲に見舞われ、右も左も前も後も誰一人として確たることが言えない、言っても認めてもらえない、あえて言えば液状化の情況に突入することになる。「政治と文学論争」に文言としては触れるところはなかったが、そうしたなかで葬られるようにして世を去った黒田喜夫の文業を検討してみたのが、拙著『わが黒田喜夫論ノート』のその一、その二[*2]だったことが振り返られる。

三　『現代詩』（飯塚書店刊、一九五八（昭和三三）年一二月号）に見る文学の商品化への気配

偶然にはそもそも不可思議な重なり合いがあるのかもしれない。わざわざ私の面前に揃えてくれたのが前記石毛拓郎であることを考えれば、無言の設《しつら》えがあったとするのが妥当かもしれないが、私からすれば、取り立てて月刊詩誌のなかのポロッと一冊、しかもすっかり黄ばんで紙質も上等でないためすっかり損じた『現代詩』を拝借することになり、しかもなぜか正直なところ克己を覚えつつも一冊を読み通すこととなったことも、正真正銘の偶然事である。

古びた一冊を通読して私の想念に浮かぶのは、一九五八年という時代の文学領野における空気感とでも称すべきものである。冒頭全国からの話題を拾う欄「ガヤガヤ」には、清水市グループ「白」一同からの編集部に対する要望を掲載している。当時国内外の文学界で持ち切りだった「パステルナーク問題」に対する見解の公表を求めるものである。続いて同欄には全国七つの団体からの「警職法反対声明」文が紹介されている。そして後半三分の一のスペースは、パステルナークの『ドクトル・ジバゴ』のノーベル賞受賞決定及びその辞退問題が特集されている。

詳細に立ち入ることはできないが、この構成と一々の記事内容には、戦後の「政治と文学論争」の余燼と言うにはあまりに生ま生ましい燃え残りの焼け棒杭がチラチラ炎さえ見せてくすぶっている。その特集の冒頭の鮎川信夫の評論「パステルナークの悲劇」は少なくとも私には便宜上のではあるかもしれないが資料的価値もあると言わなければならない。パステルナークの人となりは、かなり頑固で、好んで周囲と闘うこともしない、どちらかと言えば楽天的で宗教的な人間だったらしい。そうした一般的な人物評を紹介しながら、鮎川はこう述べている。

そうした彼が、「ジバゴ」を書くに至つたのは、芸術家として、自分が生きてきた時代の証人とならなければならないと思つたからである。そこには、詩人としての良心がかけられている。この小説は、自伝ではないけれども、とりあつかわれている世界が、彼の熟知している環境なので、いちじるしく自伝的色彩を帯びていることはたしかである。時代の記録を書きのこす証人としての意識が強く全篇をつらぬいているが、それはどこまでも芸術家の眼をとおして語られている。したがつて、この本を政治的パンフレットとして読む人は、かえつて失望させられるにちがいないのである。

事実、クロード・ロワが言つたように、この本の中には、反共的性質などは一つもないのである。[*3]

この特集では、「ジバゴの遺稿詩十篇（作者ボリス・パステルナークの「散文体のロマン「医師ジバゴ」の詩篇」との注釈付き）」の翻訳も掲載されている。さらにまたこの特集では、ソヴェト作家同盟機関紙「文学新聞」一〇月二五日号に掲載公開されている「ジバゴ医師（大場注…前記の当該作品『ドクトル・ジバゴ』、また鮎川引用内の「ジバゴ」に当たる）」の掲載を拒否した雑誌「新世界」の編集者たち連名による長大なパステルナーク宛の書簡も読める。この書簡が掲載拒否理由を縷々述べ立てる政治文書となっている。この詩篇とソヴェト作家同盟の長大な書簡を克明に読んでみると、鮎川の前記評論に齟齬感はまったく覚えない。

むしろ、右作家同盟機関紙に掲載された書簡に見えている政治の文学への介入、随所に『ドクトル・ジバゴ』からの引用を繰り返しながらのその断罪の執念深さに驚かされる。曰く、

あなたの小説の精神は、社会主義革命を認容しない精神です。あなたの小説の熱意《パフオス》は、十月革命や市民戦争やこれらと関連したその後の社会的諸変革が、苦悩以外の何ものも国民にもたらさなかつた、そしてロシアのインテリゲンツィヤをあるいは肉体的に、あるいは道徳的にほろぼしてしまつたということを、肯定する熱意です。[*4]

こうした編集委員による評価はたしかに実際の作品『ドクトル・ジバゴ』から随所に引用されるたとえばつぎのようなジバゴの言葉に貼り付けられたものである。これを読むとき、一九五八年の私たちは「政治と文学論争」の終幕に立ち合わされていることを思わざるを得なかっただろう。引用によれば、たとえばジバゴは作中こう語っている。

ジバゴは、パルチザン部隊の指揮官リヴェーリイ・アヴェルキェーヴィチにつぎのようにいいます。「第一に、十月革命以後いわれた全般的完成の思想は、わたしの心を燃えたたせません。第二に、これはすべて、まだまだ実現には遠いですよ。そして、ただこのことを分らせようというんで、こんなに海のように血が流されているんですからね。どうです。きつとまあ、目的が手段を是認するというところでしょうがね。第三に、これが主要なことですが、生活の改造ということを耳にすると、わたしは自己に対する支配権を失つて絶望するんですよ」と。[*5]

こうして月刊詩誌『現代詩』のこの一冊の前後を挟む戦後の「政治と文学論争」の余燼と焼け棒杭にいわば包まれている餡の部分は、五八年詩壇回顧となっていて、岩田宏と嶋岡晨の評論、そして鮎川信夫、足立康、飯島耕一、木島始、中川敏、関根弘といった、老若はあれ、当時錚々の詩人たちによる座談会で構成されている。饅頭に譬えた外側部分と内味部分の片や硬、片や軟の差異には目を見張らされ、これが一九五八年の詩を中心とする文学領野だったと振り返させられる。

饅頭の皮部分については、余燼ないし焼け棒杭としてこの項ですでに見てきている。繰り返せばそこにあるのは、戦後の「政治と文学論争」の終末態であり、なおあらためて考察を挑発してくるテーマなりモチーフなりは見出し難い。ここに立て上げられている論なり主張なりがあるとすれば、場末の大衆市場に並ぶ退屈な一消費財の片々に過ぎまい。

餡の部分の評論中の岩田の評論は、年間の詩壇から四つの論争を拾い上げて論ずるものであるが、ここに列挙するのも疎ましい、要するに取るに足らない当て擦りの遣り取りやせいぜい諍い。そうしたものの四つ。しかも岩田によると、編集部からの注文に従って中立の立場で扱うのだとか。事のついでなのでやや立ち入って固有名詞を挙げるなら、関根弘×野間宏、安西均×嶋岡晨、安藤一郎×鮎川信夫、飯島耕一×児玉淳。それを読む私の印象は衒学披露のオンパレードに面前する思いあるのみということになる。他方嶋岡の評論は、詩の選考を批評するものであるが、「毒にも薬にもならぬものよりは、毒か薬であってくれる方が、われわれにはありがたいと思います」で結ばれる、推して知るべしの文となっている。

錚々たる面々による座談会の記事は、そうした評論に輪を掛けるものとなっている。言ってみれば、岩田、嶋岡の二人に替わって今度は前記六人が登場するだけのこと、物理的に人数が多い分だけページ数が嵩むだけの仕上がりと評して過言でない。面々の提起する切れ切れの断片的な話は、いっこうに噛み合うことがなくすぐ異なる方角にズレたり飛んだり、ご苦労なことだと私には思われてくる。しかし当人たちもそれぞれ相応の感受性の持ち主なのだとすれば、それぞれが身につまされる程痛感しているのでは？　ということに思い至るや、そこには些少な筈のギャランティあるのみか、とパアーッとそのページページを埋めているシラケた空気が透けて見えてくるといった具合いである。

《閑話休題と言おうか、一言挿入。政治的には東西冷戦の火を噴く最前線に立たされ、経済的には朝鮮戦争特需を奇貨としつつ、一九六〇年代の経済的高度成長のみならず社会的大変動に向けて離陸しつつあった、この一九五〇年代後半期の日本。この時代的・歴史的背景のなかに当該月刊詩誌『現代詩』（一九五八年一二月号）を据えて読むとき浮かび来るものがある。私には払い除けることはできそうにない、どこか片隅の学藝会に参じてなにかしら興じて見せようとしているしがない食客たちのイメージである。ここには『源氏物語』以来の日本文学の宿命的と名辞したくなる未解決の課題がありはしないか。》

とにかくこの座談会には気炎はおろか、思考や思索に不即不離なものとしてある気息すらもまず聞こえてこない。政治屋ならぬ政治家連の対話激論ならいざ知らず、こうした詩人、文学者たちの座談会のジャーナリズムは、商品化が図られようにも顧客の層化は期待できないことは目に見えている。にもかかわらず、こうしたペダンチストたちの、彼らなりには血を滲ませたものかもしれぬ営業活動は続けられていた。それが一九五八年一二月号の『現代詩』一冊に記録として定着されているという次第なのだ。

　ド素人然とした私の以上のような性急粗雑かもしれない批評も、しかし、当時の批評の大家奥野健男の小説についてのではあるが、以下のような評に通じていることは否定できまい。これが一九五〇年代末のこの国の文学領野の情況だったことは間違いない。

> 若い作家たちを中心とする小説は、いかにわけがわからないと言われても、今日の時代にふさわしい小説の模索として、はるかに高い意義がある。けれどこれらの新しい小説の創造が、オーソドックスな主流的文学への反逆でなく、そういう権威ある敵がないため、一方では自らに正統的な権威をつくらねばならず、更にそれを克服、否定しなければならないという、二重の困難さを持ち、そのためのゆがみや力弱さが目立つのも事実である。[*6]

つまり、一九五八年一二月の文学的時空が閉じ込められている当該『現代詩』一冊のこの餡の部分には、すでに強面の戦後の「政治と文学論争」流儀の内容はもはや影も形もなく、つぎの時代への図らずしての準備（ウォーミングアップ）が整えられつつあったのである。来たるべき一九六〇年代は、フランスを中心にしてのマルクス主義を追い払った西洋構造主義の席捲に見舞われる。参照先が見つからない私の独見によればこうである。この項三の後半で覗いてきた日本の詩壇、文学界は、食らいつき飯の種にできるものを鵜の目鷹の目で探していた。すでに用をなさなくなって久しい衒学のフィールドを初期化ないしリセットしてくれる構造主義思想は、格好の新機軸の探索場だったことだろう。こうして無手勝流儀の初期化の爽快感に酔うようにして、自らの草苅場で草苅に勇躍するようになる。苅り払ったところにやがて生え茂るようになる草々が、一つひとつ自らの頭脳による人工的生成物の薄気味悪いクローン群であることを認識し得ていた者は限られていたという次第なのだ。

四　黒田喜夫・詩集『不安と遊撃』（一九五九年）は戦後「政治と文学論争」の奥津城のひとつか？

「大正・昭和の文学理念の中心軸であった「政治と文学」理論の破産は決定的である」と稿を起こした奥野健男の批評文が発表されたのは一九六三年六月の『文藝』誌上であった。「「政治と文学」の関係をめぐって熱っぽくたたかわされた数々の議論は、今日の状況や文学を考える上に、三文の値打ちさえ持っていない」とも。私には必らずしもそのジャーナリスティックな一文は、魅力を湛えて聳えるとは言い難いが、戦後文学のエポックを直截に言い当てている点では、評価に値するものと思う。

「時代の状況は完全に変つ《ママ》たのだ。ぼくらは未だかつて経験したことのない政治状況の中にいるということを強く認識する必要がある」と言って奥野は、安部公房の『砂の女』（一九六二年）や三島由紀夫の『美しい星』等を挙げてその「画期的な意義」を称揚する。そして野間宏の『わが塔はそこに立つ』、堀田善衛の『海鳴りの底から』を「こけおどし的な壮大な外貌にもかかわらず、むざんにも失敗した非文学的作品」だと切り捨て、後者群は〈政治の中の文学〉にすぎないのに対し、前者群こそは〈文学の中での政治〉なのだと、その批評の視界はいかにも晴れやか然としている。

> 今まで政治と無縁の場所で、唯美的小説を書いていた三島が、政治をたえず追いまわしていた政治屋文学者にはとうてい想像もできない発想で、新しい政治小説を書く。このことこそ「政治と文学」理論の破産のもっとも皮肉な辛辣な証明と言ってよい。*7

すると、ここで文学は晴ればれと「政治」を卒業し、なにかしら新しい素地上に紡ぎ出されていくことになるのだろうか。

一九六〇年前後になると、「政治と文学論争」に対する奥野流儀の裁断は一気に文学の世界で公民権を獲得する。それは、事のついでにあえて奥野の言い表わしを借りればこうである。

文学はどんな政治からもインデペンデントな存在であり、自由であり、自立している。…略…文学者としての自分は、あくまでも文学に固執し、自立した文学の価値しか信じないだろう。そこでは邪悪な空想をたくましくして、人類の絶滅を熱烈に希求して表現するかも知れない。それは矛盾ではないのだ。文学とは本質的にそういうものであり、あらゆる現実から自立している時、はじめて成立する芸術なのだ。[*8]

奥野によるこのような「論争」の裁断的総括は決定的だったと思う。地方に暮す私さえ新聞紙上の文芸、文化欄等で接したことが思い起こされる。現代詩ジャンルでは、「六〇年代詩」なる言われ方がなされるようになる。詩人北川透に「戦後詩の転換は可能か——60年代詩」という一文がある。[*9] これは、前年の黒田喜夫の「詩論「状況の隠された顔」」をいわば調法なジャンピングボードとして展開した威風堂々然とした評論であり、かつて一九六〇年代の重要な文学論（ないし詩論）上の論争と受け留めて深入りしてみたことがあった。[*10] 今思えばそれは、奥野流儀の裁断後絶えて繰り返されることのなかった観のある「政治と文学論争」に相当する。私の理解からすれば、「政治と文学論争」は結着などしていない。終わったとすれば、それはジャーナリスティックな位相上のこと。肝腎なのはさらに文学のその深層に拡がっている事態なのだ。

政治と文学の関係の考察は、文学そのものの考察にほかならない。この深層まで沈潜して観るなら、奥野流儀の「「政治と文学」理論の破産」は「「文学」理論の破産」と言わざるを得ない。これは単なる逆説ではなく、むしろ深く考察してみなければならない真っ当な順説である。身の回りに誰も居なくなった境域で、七〇年代から八〇年代に掛けて、煩悶し苦悩しながら辿り続ける病床にあっての道々、最後までペンを握ることを諦めなかったのが、黒田喜夫だった。文学作品は文学理論の何らかの仕方でのある種の結晶体である。こうした視野に立って戦後の「政治と文学論争」を振り返るとき、そこに奥津城のごとく私に見えてくるものがある。一九五九年一二月の黒田喜夫詩集『不安と遊撃』である。一九六〇年の第一〇回H氏賞を受賞していることは、これが単なる私一人のイメージでないことの証左なのではないか。言うまでもなく「政治と文学論争」はそれ以降も続いていたのであり、あるいはこれから以後も続くのだとすれば、また建てられる奥津城はあるに違いないのだが。

詩集『不安と遊撃』については、すでに語り尽された観があると思う。そして今日ではほとんど語られることがないのも動かせない。しかしなんとも新しい詩集であることかと私は思う。岩田宏の解説に言う「いささか低迷ぎみの日本の現代詩のなかで、黒田喜夫は確かに一つの堅牢で若々しいピークをかたちづくっている」は、今日からの評としてもピタリであろう。これだけ述べて、ここで具体の詩篇について半世紀以上後のこの国を生きる私が受ける印象の新鮮さを語ることは控えたいところだが、二点だけは述べておきたい衝動を抑え難い。

集中の一篇一篇がそれぞれに異なった鮮やかさに変装して私を襲い、拉致し去り、あるいは息の根を止めようとしさえする。が、述べたい一点は、私の記憶では語られることが少なかった一篇「原点破壊」の異様な仕上がりについてである。そこに厳存しているのは原点を破壊しようとすればするほど原点らしさを更新する原点であり、薄気味悪さ極まりない創造物なのだ。〈政治の中の文学〉であろうはずもなく、〈文学の中での政治〉でもない。しかし骨太な一箇の文学理論が背骨のようなものとして透けて見えるのである。折々この奥津城を訪れては覚えるものが私にはある。私自身の命の蘇生感と言おうか。この国のいずこかの安アパートの床下であるいは高層マンションの一室の冷蔵庫のなかに烏賊に似た軟体動物の、死後これこれ経過した死体が発見されたと、メディアがジャーナリズム然としてそのできごとの表層を報じないとも限らない、性懲りもなく、明日もまた。この作品はそのように新しい。

もうひとつは一篇「狂児かえる」についてである。黒田喜夫は、この作品について自らの作品ながら開けっ広げにも自賛の辞を漏らしたことがある。稀有なことなので私は驚いたのだったが、自分の詩作品に手応えを覚え、涙が滲むのを禁じ得なかったという趣旨だった。黒田の郷里はこのように柔らかなものだった。

吹雪のときに去り
雪解けも知らない彷徨からかえると
濃い緑のそこにふかく家は沈んでいた
…略…
よろめき近づくと
葉を透いて座っている婦の横顔があり
おれは夜を待って叢に這うが
…略…
微動もしないでふと微笑んでる横顔が見えた
おおこの年月に
お袋は狂ってしまっているのか
…略…
男も息子も夢に在り
どんな彷徨も夢に在り
いつか還ってこないものはない
だが叢に這うおれは
敗れ欺かれた戦士といわず疲れた戦士といい
生涯を賭けて夢を消してゆく彷徨はまだ終らないといい
…略…
おれはただ一夜を眠る
一夜をなつかしい狂気に眠ろうと想い

白昼のいたちのように叢で
夜を待った

母を描く場面は黒田の評論にも詩作品にも少なからず見られ、そのときそこでの母の意味には浅からぬものがある。ここで私が矯めつ眇めつ思ってみることは、黒田喜夫に見るマザーコンプレックスについてである。

拙『論ノート』その二で、「文学とはなにの学問か」を自らに問い、「人間の学である」と仮置に答えたことがある。[*11]今ここではそれを「人間と社会の関係についての学問である」と一段掘り込んでおきたい。その「社会」の原点の原点域には子と母の関係があることは否定できまい。そしてその人間と社会の関係には政治が不可分のものとして在る。最広義で言う政治の学問とさえ言い替えることができる文学、そこでの「まるごと態」である作品を生み出すべくトコトン苦悶する学徒たる子に、母が顕れるのはまたトコトン自然なことではないのか。一人世界へと投げ出された学徒は母との関係という人間の原点域に自らの文学営為にとっての端緒を弄ってみるほかなくなるのではないかという次第なのだ。

通俗に過ぎて気が引けなくもないが、苛酷な戦場で果てようとする今際《いまわ》の兵卒の言葉が母であったことは聞く。唐突ながら手元に一冊の処女詩集を開きながら想い起こされることがある。冒頭に黒田喜夫から「鈴木伸男の詩」と題した貴重な序文を戴いている当の詩人鈴木伸男の詩集『一日の終り』である。一九八四年の最晩年に至るまで、三千代夫人からの依頼を受けたりもして、病床の黒田のところに出入りしていた一人であった鈴木が、今は亡き三千代夫人から聞いた些細事についてである。三千代夫人によると呼吸も困難だった黒田喜夫の今際の言葉が「オガジャン、オガジャン」だったというのである。記しておきたいのはただこれだけである。病魔とも対峙する傍、長くはなかった生涯の後半の大半を病床で闘い続けてきて、これからも闘おうとするその今際における悔しさ心細さは黒田にとって余程のものだったことを思う。「オガジャン」は現山形県寒河江市皿沼近傍のいわゆる標準語「オカアサン」を指す方言である。山形市の中心部より周辺農村は方言の濁音が強かった。私の生まれ育ちは、その一二～三キロ東の山形市内で、母のことは、呼び掛けるときも、三人称として使う際も、「オカチャン、オカチャン」と呼び習わしていた。方言がある意味で深く動揺し始めるのは一九五〇年代後半から六〇年代に掛けての頃である。テレビの普及が大きかったのは確かで、私自身高校生になったとき、父母を含めた家族を前に決然と高らかに宣言し、翌日からすべての場合に「カアサン」と呼ぶことにしたのだった。

さて、話は飛躍するが、ここでまた私に想起されるのは、一九一〇年代から二〇年代の中国大陸における文学の学徒の一人魯迅のことなのである。その時代は、事象の名辞は日本のそれとはおよそ異っていたが、中国においての「政治と文学論争」が激しく展開されていた。そう理解してみると、魯迅の『吶喊』は汲み尽せぬ味わいを湛えた奥津城にほかならないことに思い至る。この奥津城をも私は折に触れて何度も訪れては、その茫々とした境域で自らの命の蘇生を覚え、それをいたずらに零さぬようしずかに日常の現実に立ち帰ることを繰り返してきている。

その『吶喊』にまた魯迅の母が現われるのである。その一篇「故郷」に、あるいは「兎と猫」にて、帰郷する作者の傍らに母が登場する。母のなつかしさの質は、黒田喜夫の場合と魯迅の場合は同じではない。黒田にあっては岩田宏の評する堅牢で若々しいピークとしての彼の心象のなかの母であり、魯迅にあっては、しずかであたたかいいつのまにか包まれるような慈母としての母である。母を感ずることで、追い詰められている自己の再生拠点を確かめるということなのだろうか。マザーコンプレックスには解かれることを峻拒する深い闇があることを思う。

第二章 「政治と文学論争」の芯部にある問題

一　構造主義の席捲をどう凌いだか？

一九五〇年代から一九六〇年代に掛けての文学領野におけるトレンドの転換については、精粗に亘りいろいろな把え方ないし描き方があり得るだろう。その期間の正味一〇数年のあいだには大断層がある。否、それでは正確でない。そこはいわば底知れぬ地溝であり、そこを満たしてなにかしら流れる急流は見た目ほど生易しいものではなかった。当稿の第一章はその辺りを戦後の「政治と文学論争」の終焉トレンドと捉えて辿ってみたものと言える。終焉の鮮やかな裁断の提起者奥野健男はそれを『文学的制覇』一冊に集約していることについてはすでに触れた。

奥野の裁断の結果は「政治的圧力によっては文学的価値はごうも揺るがない。そこに徹底したとき、はじめて文学は政治に先行し、人間を世界を文学の世界において支配することができるのだ」というところにあった。しかしそのとき奥野は、つぎのような述懐を洩らしている。

と一応言いきってみたが、やはりぼくの心のどこかに、政治の方が文学より比べものにならぬほど重要ではないか、という疑いが絶えずある。先に述べた文学者の政治に対するインフェリオリティ・コンプレックス、それは単に量の差だけではない。つまり政治は人間や人類の幸福や生命を直接左右しているものであるから、すべてに優先している。……云々。[*12]

文は短かければ短かいなりにその文が体現する位相を露呈する。ここに引用してきた奥野の裁断や右留保の述懐が体現している位相には当時の時代相を捌くには荷が重すぎ、その軽薄安直は逆に、構造主義的思潮を誘い込み、その音なき怒濤の席捲を準備し許容することになった。奥野流儀の裁断には誰もがなにかおかしいと感じつつ、誰一人対象化できなかったのか、確固とした奥野批判の見解が表明されることはなかったと思う。

奥野の『文学的制覇』は一九五九年から一九六二年の諸評論を収めて一九六四年に発行された。そのほぼ一〇年後、一九七〇年から一九七一年の評論は『文学における原風景』[*13]として公刊されている。後者は構造主義的思潮の席捲下の評論営為であったが、構造主義への言及はない。

なお、一九八九年にはその後の三つの評論を加えて増補版が発行されている。しかしそれを読むと肩透かしを食わされる。そのうちの一篇「「自我」から「関係」へ」に、ただ一回「構造主義」という文言が登場するが、そのたずまいはこうなのだ。

> 人類史上もっとも栄光ある近代を産み出した西洋は、その近代が産み出した、今までの絶対神や自我の尊厳や自由や客観的な合理主義を崩壊させた現代という未知数の状況のもとに立ちすくむ。これは一時の悪夢だという気持で……。もちろんその深刻な状況を前にして、実存主義、現象学そして構造主義などの新たな哲学が生まれ、自然科学は今までの近代合理主義と異なる道を歩んでいる。[*14]
>
> （傍線大場）

「「自我」から「関係」へ」という標題はいかにも構造主義のコンセプトを彷彿させるが、一篇中さまざまに言及される「関係」は、構造主義のコードとは無縁な国語辞書で言う域を出ないもので終わっている。構造主義哲学の解釈適用にありがちな負の側面こそが逆に右傍線部の「深刻な状況」を一躍促すことになったのだ。奥野にあっては少なくとも構造主義については理解がまったくできていない。その欠落はみごとと言うほかない。

右増補版の公刊年を奥付で確かめながら、一九八九年のこの国の文学界はこういう状況だったのかと感慨を禁じ得ない。この気の抜けたビールさながらの評論からありありと見えてくるものがある。この『増補文学における原風景』は、そっくり当時のこの国の文学分野の原風景を構成していたのだった。

この著書の「あとがき」が揮《ふる》っている。「ぼくの興味は文芸評論の領域から逸脱し、都市空間論や…略…縄文土器時代論や歴史や日本文化論などにのめり込んでしまいがちであった。だが、ぼくはこの仕事を今までの文芸評論家が犯しがちの思いつきと器用さだけの文芸評論にはしたくなかった。文芸評論とはいったい何であるのか、…略…（傍線大場）」とある。この文面とりわけ傍線部分にこそ、当時のファッションと言うより今日的コスプレ程度に風俗化した新しい訳の分からない構造主義的風潮下の文芸評論家たちの現在が期せずして映し出されていて、奥野当人の理解はそのこと自体に届いていない。さらに付け加えておく、当時の文学界への揶揄としてである。この著書の「増補版後記」によれば、これらの奥野の仕事は「第十三回平林たい子文学賞」や「日本建築学会創立百周年記念文化賞」を受けた、とある。商品流通機構上の世過ぎでなくてなんであろう、という仕事なのだ。

ちなみに『文学における原風景』が刊行された一九七二年と言えば、黒田喜夫の『彼岸と主体』が刊行された年であった。この黒田の著作には吉本隆明の一九六八年刊行の『共同幻想論』への根底的批判が籠められていた。拙『論ノート』その一、その二は、黒田が構造主義思潮の席捲をどう凌いでいたかの考察に費されていると言っていい。構造主義思潮とはなにかについて当時の文芸分野における厄介極まりない事態の只中で、奥野、黒田共にまともに対自化できなかったことについては共通する。がしかし、対自化できないが故の苦悶の程度またその在り方には雲泥の差があったのである。そして二人のあいだに在るこの差異が孕んでいる意味について今日なお明らかにされていないのは、文学とはなにかについてその根源域にも関わることであるだけに遺憾である。一九六〇年代後半から八〇年代のこの国の文学領野にあっての構造主義に限局してのその対自化如何の問題である、と繰り返しておく。

二　大江健三郎の場合

構造主義とはなにか、どんな考え方を指す名辞なのかについては、拙『論ノート』二冊で取り組み、無手勝流儀のた打ち回るような仕上がりにおいてであるが、示し得ているつもりなのでここに繰り返すことは控えたい。ただ私流儀の常套比喩によれば、それはパソコンのマウスをクリックして行なうリセットに相当する。つまりこれまでの営々と積み重ねられてきた思考累積の総体を、昔の算盤の〝ご破算〟よろしく、真晒《まっさら》にして一から出直す、思考・思想のリセット化といったところなのだ。〝初期化〟と譬える方がふさわしいかもしれない。それはある場合には前代未聞の革新性の装いで立ち現われることになる。ある場合には手のつけようのない代物としても。

さて、しかし、実際の思考営為上は、その対象は恐るべく複雑な成り立ちをしているので、リセットにせよ初期化にせよ、それは複雑な構成体（仮りにそれを思想と言っておこう）の全体なのか、一部とすればどの部分なのか、それはどうしてか?……といった複雑極まりない問題が出てくる。自分はその轍を踏みたくないと書いた奥野の、前掲引用文中の大場傍線部分など、七〇年代当初の文学界の状況は、そうした問題への具体的な対応態だったのである。また奥野がのめり込んでしまいがちとして挙げていた諸領野は、すでにいずれも新たな風潮の目からは薄気味悪いほどまでに手垢で汚れたものだった筈で、これだけに止まらない、その都市空間論といった、異ジャンルの文学者連（奥野など）にはいかにも新しげなジャンルにあっても、文学領野よりも先鋭的に構造主義的な刷新のパラダイムはすでに浸透しつつあったことは疑いない。文学領野を蔽っていたこの無能なカッたるさ（それは、文学という言語営為そのものである領野における言語営為そのものから成る構造主義消化の困難性、これと表裏の関係にあることはあるのだが）！　しかし、まだ上昇拡大期の延長線上にあったこの国の資本主義経済機構の懐には、惰性上の文学界に惰眠を貪りつつ糊口を凌ぐ者たちを抱える余裕は、まだ、あったのだった。

構造主義という思考営為に面前するとき、もうひとつ確かめておきたいことがある。それはこうである。単なる「方法」というい わば開放系の、誰もが認めざるを得ない、脱個性、無色無臭の方法論次元での構造主義思考営為がまず在るのだが、しかしその構造主義という思考営為は、さまざまに身仕度を整えるようにして、いわば個性臭を帯びなんらかの発色も見られる閉鎖系のものとしての、「思想」としての首尾一貫性を形成しようとする場合があることである。[*15] そして後者が厄介な問題を提起しがちであることである。この国の一九六〇年代後半から八〇年代の前半頃に掛けての文学領野の混迷（今日まで優に尾を引いているとも言える）の、世にあまり論じられていない遠因の大宗は、ここ、すなわち「方法」と「思想」の相異への気づきと自らの言語営為がそのいずれであるか、についての対自化（自覚）ができないことにあるのだ。

こうして一九七〇年代を中心として風靡した怪しげなこの国の構造主義的風潮の真っ只中を、瞠目すべき仕方で凌いできた文学者が一人居る。大江健三郎である。直前段落で後者として私が示した厄介な動向に煩わされることまったくなく、徹底して私が指摘する構造主義の前者の側面を、自らの仕事（小説の「方法」の探究）に活かすべく研鑽を怠らなかった。そしてその成果を『小説の方法』[*16] 及び『新しい文学のために』[*17] の二冊に理路整然と分かり易く集約して世に問うていたのだった。当世流行のノウハウ本に見えて、当時としては一見間の抜けた感のある標題だっただろう二著は、読んでみると大違い。自らの小説の革新のための本格的な研究成果の述懐であり、当人も言うとおりの「若い人たちへ向けての現状報告」だったことが納得される。裏を返せば、一九七〇年代・八〇年代のこの国の文学領野の混迷への抗議であり、それとの静かな闘いでもあった。

吉本隆明の『言語にとって美とはなにか』や『共同幻想論』は一九六〇年代後半の仕事で、当時の文学領野に与えた影響は大きかったらしいと私は思う。がしかし、大江のこれらの仕事に沈潜してみるとどうしても思い起こされることがある。その吉本の営為、その影響とはなんであったか、今日から見れば要らぬ混乱をもたらすという影響でなかったろうか。ここでは、折しも構造主義のこの国への席捲の始まりの時期であり、やがてその度を深めていく文学領野の混乱と混迷、その騒然とした低迷へ……と重なり合うことが振り返られるのだ。[*18]

それはともかく、フランス構造主義はその営為の展開者の多士済々にとどまらず、展開内容面も多岐に亘り、しかも多くは思想としての体裁が整えられてこの国に流入することとなり、この国のとりわけて文学者たちには、翻弄されて消化不良を来たす者も少なくなかったことは、今となっては必らずしも生産的とは言い難いかもしれぬ証明もできるのではないか。

ここでは、消化不良の事例というわけではないが、当時の文学者たちが構造主義にどのように出遭って、どのような仕方で消化しようとしていたかについての格好な一記録があるので見ておきたい。藤井貞和の『物語理論講義』のなかの一文[*19]である。渦中にあっては全体の客観視は不可能である。現代詩ジャンルで、数々の詩集を持ち詩誌の月評を担ったり評論活動にも定評のある藤井貞和が、二〇〇四年のその文で構造主義流入期を振り返っているので興味をそそる。構造主義との出遭いを藤井はこう記している。

> 一九六八年春の『季刊パイデイア』創刊号の表紙は、「特集・構造主義とは何か」とあり、ひらいてみると、巻頭の十五頁からなる「構造主義とは何か」は、文字どおり速報というやつだった。同年一月の渡辺一民による講演の記録で、『言葉と物』（ミシェル・フーコー）の邦訳者の一人による、第一報と言ってよく、固唾を飲んで待っていたというと言い過ぎか、原書をひらいて読んだひと以外にとっては、話題のその書が、どんな内容のはこびで書きすすめられているか、やはり待ち望まれた報知だったというほかない。[*20]

この藤井の出遭いはこの国では必らずしも早くはなかったようで、彼によると一九六三年に『エスプリ』で特集があったことを渡辺を通じて知り得ている。しかもそれは早くも「はげしい批判の開始でもあ[*21]」ったとある。ここにこの国における生煮えの受容振りの兆候の一端を見ることができるのではないか。構造主義への〝始めての出遭い〟とそれに対する〝激しい批判〟が同時だったというわけなのだ。

さて、前記のとおりの二一世紀になってからの藤井による構造主義の紹介がてらの理解の叙述は、もっぱらM・フーコーの『言葉と物』（原著一九六六年、邦訳一九七四年）に基いているあたりは私には物足りない。しかし「構造主義自体が、マルクス主義や実存主義のゆきづまりのさなかから出てきた」と明記する等、藤井の構造主義認識は政治と文学論争に引導を渡しておきながらの奥野健男のそれとは雲泥の違いがある。また藤井のために引いておかなければならない叙述としては、つぎの一節は欠かせない。レヴィ＝ストロースにも言及した箇所である。

二十世紀前半の第一次世界大戦、第二次世界大戦を終えて、レヴィ＝ストロースの構造主義は、構造をとおして人類世界を再把握する試みであり、有限の人類社会を構造の網から再編成する成果であった。あくまで研究方法として構造主義を必要としたのであり、思想の場に持ちこむことはレヴィ＝ストロース自身によって一旦、警戒された。私もまた、多くを望むなかれと言おう。[*22]

しかし、哲学的文脈で読むとき、私には粗漏や稚拙さが感じられ、藤井の論旨の曲折の多さ、匂わせて終わる式の叙述には韜晦を指摘されてもしかたがないところがあると思う。この18講の標題項目にある「かなた」が私にはどうしても不分明なのだ。そこで想い起こされる藤井の叙述がある。一九七八年のものであるが、同じ藤井の構造主義に纏わる文である点に免じて許しを得たい。その文で藤井は吉本隆明の『共同幻想論』と黒田喜夫の『彼岸と主体』の関係について、前者に「普遍」、後者に「反普遍」の名辞を当て、両者が「ふれあうことはふたたびありえないだろう」とだけ述べて、そこから一歩も踏み出すことなくその文を終わるということがあり、その藤井の一九七八年が孕む問題性を指摘したということがあったのだった。[*23]この一九七八年の文（私に言わせれば藤井の構造主義への立ち位置）と前記「かなた」にほとんど径庭は感じられない。繰り返すことになろうが藤井貞和と言えば現代詩ジャンルにあって鋭敏で上質な精神を持して活躍していた詩人でなかったか。品性を欠く言い振りになるが、その詩人にしての二〇〇四年なりといった次第なのだ。

ところで、今朝の朝刊で近現代史研究家辻田真佐憲のインタビューに答えた発言に接し妙な得心があったので、蛇足ながら引用しておく。

入学式、卒業式、成人式、忘年会、お正月……。日本人は区切りをつけてリセットするのが好きです。元号が変わっても現政権の政策や社会は何も変わらない。でも、何かが変わったように感じてしまう。リセットの問題点は、過去の問題や懸案も水に流してしまうことです。

個々人で改元を祝うのは自由です。商売に改元を利用することもあるでしょう。しかし「なぜ祝賀に水を差すのか」という同調圧力は、いただけません。批判的な発言の場も確保されなければなりません。

自民党は、改元に合わせて5月1日から、「新しい政治の幕開けを宣言する」という広報戦略を打ち出しました。*24 …略…


こうしたこともともかくとして、さて「大江健三郎の場合」の本論に入る。構造主義的思考営為を安易に「思想」にまで繰り延べ展開することの危険性を察知できた者のなかには、その営為のしかし「方法」レベルでの目の覚めるような有効性だけは手離せないという者もいた。その一人が大江健三郎なのだ。ここから先を進めるために話を単純化することになるが、言語理論の革新者F・ド・ソシュールに端を発した構造主義的思考営為には、フランス構造主義の系譜とロシア・フォルマリズムの系譜がある。怒濤の如く来襲したフランス構造主義は多く日本の文学領野に混迷をもたらしたのに対し、ロシア・フォルマリズムは異っていたと思う。当時日本の文学者たちのなかで、ロシア・フォルマリズムに本格的格闘を挑んだ例はどれだけあっただろうか。そんな状況のなかで大江健三郎が読み込んでいるロシア・フォルマリストのなかには、レフ・ヤクビンスキー、ミハイル・バフチン、ボリス・エイヘンバウム、ツベタン・トドロフ、トマシェフスキー、シクロフスキー、ユーリー・ロトマン……等があり、大江の前掲二著はこうしたフォルマリストから学んだ文芸理論を駆使して築き上げられている。気がついてみると、それがみごとにも「政治と文学」の関係についての考察となっているのである。

構造主義の席捲を大江健三郎はどう凌いだか？――とんでもないこと。逆に大江は自家薬籠中のものと消化して戦線を整え、事態を一歩も二歩も前へと押し上げ進めようとしていた。許容限度ギリギリと判断される急ぎ足で、その文学理論の精査の足取りを辿っておこう。そのとき、大江は先述のとおり構造主義をパフォーマーよろしく大上段に振りかぶる「思想」のレベルではなく、冷静かつ実務的に「方法」のレベルで学び活かしているのだということを繰り返したうえで始めたい。

（一）　構造主義適用の基本の「き」

代表的なロシア・フォルマリストの一人シクロフスキーによると、芸術の目的は認知つまりそれを認め知ることとしてではなく、「明視すること」としてものを感じさせることにある。したがって芸術の手法の本質は、ものを「自動化」の状態から引き出し、「異化」させるところにある。F・ド・ソシュールの言語論に親しんだことのある者には、ハタと手を打ちたくなる納得感があると思う。

この「明視」したがって「自動化」にあらざる「異化」の問題を、大江はつぎのような譬えで説明している。冗長になるが「基本」の理解の重要性上止むをえない。簡潔で分かり易くするため私なりの手も加えればこうである。

ヨーロッパから輸入した古家具が、倉庫に十個届いているとする。倉庫に品数だけ確かに在るか輸入業者が確かめに来る。彼は伝票の数値通り十個の包装されたものが在ることが分かれば目的を達し、倉庫番にあいさつして帰る。

ところが芸術家はどうか。伝票や数量は二の次に早速梱包を解いて、古家具のいちいちをはっきり眼におさめるだけでなく、触って材質や木目、色合い等その古家具の味わいのすべてを納得いくまで確かめないことには満足しないので、立ち合わせられている倉庫番は容易に解放されることはない。

この譬えで言えば、私たちが日常使っている言葉はせいぜい品目や数量が記された伝票のようなものである。繰り返し便利に使いこなしているうちに、その言葉は手垢で汚れ、ある種汚れで包装されたまま流通することになる。その素裸の内味は関心の対象外にされたまま事なく流れる。これが私たちの日常となる。こうした事態をシクロフスキーは言葉の「自動化」と言う。言葉の芸術である文学の手法の第一歩は、そうした「自動化」の解除すなわち「異化」にあり、ということになる。言葉に絡みついている埃や汚れ、手垢を洗い流す肝要性の問題である。

（二）構造主義のさらなる適用・二

言葉がいくつか組み合わされて一行の文が作られ、そのセンテンスがいくつか組み合わされて段落、段落が重ね組み合わされて……と長短さまざまなひとまとまりの作品が構成される。その場合「異化」の課題（表現上の工夫とも言える）は、最初の一行のなかの一個の単語だけの問題でないのは言うまでもない。詳述は省略のほかないが、一作品に組み上げられるあらゆる段階であらゆる仕方、工夫が求められる。

その「さまざまな仕方、工夫」は「異化」の概念ひとつで説明し尽せる単純なものではなく、複雑高度な工夫と言わざるをえないが、そうした積み重ねの成果として、細部が全体と緊密な関係を保った一箇の作品が仕立て上げられる。日本への構造主義の席捲的渡来は、生《なま》の難解さを纏った記号論のそれでもあったきらいがあるが、ところで記号論をロシア・フォルマリズムに繋いだ代表とされるユーリー・ロトマンは、言葉から作品全体に及ぶさまざまなレベルにおいて、文学がより単純な諸要素から成るかたまりであり、かつより複雑な統一体の一部を成すことを「構造」[*25]と言う。ロトマンによれば、「芸術作品を特異な模像《モデル》と見なし、芸術的創造を現実の模像形成過程の一種と見なす」ことができる。この「現実の特異な模像《モデル》」を大江は「世界モデル」と名辞してロトマンに学びながら、要約しながら述べればつぎのようにそのモデルの特色を列挙している。

①対象についての分析的なアプローチをもとにする科学的なモデルと異って、芸術のモデルをつくる時、芸術家はむ

しろ対象の完全なかたちについてまた完全な実体について、総合的な概念を持って、それをモデルに作る。
②科学のやり方ではモデルの作りようがないまでに、対象の構造がよく分かっていないものについても、芸術はその全体のモデルを作ることができる。
③芸術的なモデルは、はじめから対象とは違った構造として作られる。ロダンのバルザック像は人体のモデルではなく、バルザックという人間モデル、さらには人間的体験のモデルである。
④ある対象のモデルは、同時にそれを作った作家の意識、その世界観の反映ともなる。たとえば右のバルザック像を見るとき、私たちは確かにバルザックに関わるひとつの概念を得るが、同時に私たちは、ロダンの意識、ロダンの世界観を受けとめるのである。
⑤芸術作品として対象を再現するとき、作者はそのモデルを自分の世界観の、また社会のなかで生きている自分の現実の捉え方のその全体の構造にしたがって作る。芸術作品は同時に現実の現象と作者の人格というふたつの対象のモデルということになる。
⑥芸術的なモデルと作者の人格との間には、可逆的なフィードバックが成り立つ。芸術家は自分の意識にしたがって作品を作るが、現実の対象と、それに関わるモデルとしての作品は、ふたつ一緒になって、芸術家の意識に変化を与えないではいない。現実は芸術家に影響を与える。
⑦芸術は本質的に記号的・コミュニケーション的である。芸術による伝達――芸術家による受け手の説得――が成功したとき、芸術家のかれ自身の構造は、受け手のかれ自身の構造にもなっている。
⑧モデルはイデアではなく、いわば構造すなわち肉づけされたイデアである。それで、科学的なモデルが作られる時、それが全くヘタなものであっては機能を果たさないが、芸術的なモデルの場合ヘタに見える作品でも当の芸術家がどういう世界観を持ち、どういう人間であるかをよく語ってしまうことがある。
⑨芸術作品としてのモデルは、それ自体ひとつの具体的な表現だが、同時にそれを超えた普遍的なものの表現である。具体性そのものが普遍性を帯びる。

⑩芸術モデルは、一目瞭然性という必須的性質を特色とする。

自分にとってこれはみごとな芸術だと忘れられない作品は、その作品のトータルをイメージレベルでならいつでも想起できる。

そうしたふたつみっつを想念に思い起こしながら、右一〇項目を読んでみるときどうだろうか。芸術家に憧れ、芸術家を目指す若者にとっては、なんと魅力に満ちた分かり易い指標と言えまいか。しかし大江はそこに停まっていない。『挑発としての文学史』の著者であるドイツの文芸理論家H・R・ヤウス（一九二一〜一九九七年）の理論を重ねて、つぎのような見解を表明している。ヤウスは、《文学と芸術の歴史は、総じてあまりに長い間、作家と作品の歴史であり続けた。…略…いわばこの分野での「第三階級」である読者、聴衆、観客を隠蔽し、あるいは黙秘してきた[*26]…略…》と言い、作品を受け容れ、享受し、判断を下す人々の経験の媒介項の観点を提起したのだった。

> 文学の期待の地平が歴史的な生の実践の期待の地平よりもすぐれているのは、それが実際の経験を保存するばかりか、実現されなかった可能性を予見し、社会的行動の限定された活動範囲を、新たな願望、要求、目標に向かって押し拡げ、それによって未来の経験の道を開くからである。[*27]（傍点原文）

大江は、ヤウスの右提起をそっくり傍点を付して自らの文のなかに再録引用して述べているが、これは「政治と文学」の関係についての動かし難い堅牢な見解でもあると思う。一九八八年当時の日本の文学界の「政治と文学論争」はどうなっていただろうか。はるか過去の論争として葬り去られて、その焼野原で作品が作られ続けていなかったか。とりわけ現代詩ジャンルは無惨でさまざまな月刊詩誌のみならず元気（空元気？）な地方の詩誌にも及びつつあったと思う。大江を介して知るH・R・ヤウスの「第三階級」の不在である。またこの著作のなかでも大江は一度ならず、当世風に気を効かした、つまり乾いていて小気味よく味わえる仕上がりのベストセラー小説について作者の声が聞こえてこない不満をかこっている。

(三) 構造主義のさらなる適用・三

大江が、構造主義に学んでいる作者と読者の関係について、さらに若干深入りしてみたい。

大江は、実作を読む経験を重ねてゆくことから実作を書くことへと、精神や感情の態勢が変わっていくその道筋上に、ひとつの転換装置があることを、自分の作家としての経験から導き出して、その転換装置についてつぎのような図解をしている。

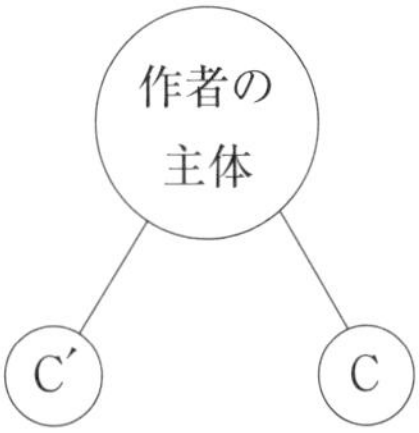

しかしすぐ続けて大江は言い添えている。「フランスの文芸理論家ロラン・バルトをはじめ、まず考える主体こそを疑い、むしろそれを解体するという努力を近年人はかさねてきた[*28]」と、大江自らの思索を構造主義の篩に掛ける（ロラン・バルトはなうての記号論者）。そのうえで自分のイメージ図解の「主体」は、一個の不変の人格として作品活動から独立して在るものではなく、書く、あるいは読む役割としての主体にすぎず、書くと読むの行動の現場からフィードバックされるものによってたえず作り変えられる仮置の主体であると、つまりその意味での「主体」は、当今流行の「解体」などに馴染むものにあらずと確認する。そのうえで読む中心軸をなすモデルⒸと書く中心軸をなすモデルⒸ′をイメージし、その媒介軸としての「作者の主体」のありようを吟味している。

新しい本を読むとき、人は「期待の地平」を抱き、読みながら自然発生的にそのレベルを基準にして批評へ、つまりそのレベルを上回るか下回るかの批評の言葉を抱く。その「期待の地平」は、そのとき現在自分が持っている読む中心軸をなすモデル©＋αということになろう。彼が作者になる場合はおのずとその書く中心軸モデル©'は©＋αをベースにした©＋βといったものであることだろう。単なる模倣（繰り返し）は作品にあらずの所以である。この©と©'のあいだには媒介項としてのなんらかの能動的な反応があるのであり、それこそは先述のロラン・バルト的な「主体」とは異なる、しかし「主体」としか名辞しようのないものであろう。現実に在る「主体」はいわば脈搏ち流動する生きた主体なのだ。こうして大江は、「この転換装置を介して、僕らが読むことから書くことへ、また書くことから読むことへと自由に往還する時、僕らの主体は生きいきと活性化される[*29]（傍点原文）」と、〝解体〟などという流行概念に惑わされたりあるいは色目を使ったりすることなく、ひたすら「主体」のありようを考察することで、一人文学と格闘していたのである。

（四）　構造主義のさらなる適用・四

メタファー・シンボリズムそして神話というコンテキストは、また構造主義の流れのなかの文化人類学でさまざまに論じられてきた。道化＝トリックスターはそのひとつで、大江健三郎はそれを当時の日本の文化人類学者の山口昌男から学んでいる。トリックスターの文化論的な意味の要約を、山口から抽いて自らの著作に引用している。これを読めば、トリックスターが大江の小説の方法としていかに魅力的な手法であったかが手に取るように分かる。

《道化＝トリックスター的知性は、一つの現実のみに執着することの不毛さを知らせるはずである。一つの現実に拘泥することを強いるのが、「首尾一貫性」の行きつくところであるとすれば、それを拒否するのは、さまざまな「現実」を同時に生き、それらの間を自由に往還し、世界をして、その隠れた相貌を絶えず顕在化させることによ

って、よりダイナミックな宇宙論的次元を開発する精神の技術であるとも言えよう。》
（ポール・ラディン『トリックスター』解説、晶文社版）*30

ここには具体的作品から例を取り出して論ずる紙数はないが、トリックスターはさすらい続け、愚かしくまた賢く、強いものに勝つかと思えば弱いものに敗れ、男でありながら女として結婚したりもするだろう。大江は言う。「しかもトリックスターは、その冒険の成功や失敗のたびごとに、世界の固定した部分を揺り動かし、その意味を更新し、人々に新しい知恵をあたえる。かれの通りすぎた所ではどこでも、世界は次つぎに新しい様相をあらわす。」

ひとつの小説を経験することで、読み手としての私たちの心は開く。そのような仕方の積み重ねで、私たちの想像力の働きは活性化の度を高める。人間の個としての心に発しながら、それを重ねて構造づけつつ描き上げていく文学が、人々に共有される展望の前に私たちを置く。読み手としての私たちは身につまされる思いで、言い換えれば、私たち自身のなかの構造が同期する世界大に展かれた現実の前に立たされることになる。見える者には燎原の火の如く拡り荒廃して焼野原然とした一九八〇年代のこの国の文学の世界、それは資本主義の経済と骨絡みとなった構造主義的風潮に呑み尽された姿であった。その真っ只中で大江健三郎は、その構造主義思想のなかから、的確にも採るべきところを採りつつ、この国の無残な文学、その再生の端緒を採り続けていたのである。

三　「政治と文学論争」の芯部を見詰める

前項二の（二）の末尾の方で「政治と文学」の関係についての大江健三郎の「堅牢な見解」に触れた。それは当稿のテーマである「政治と文学論争」の芯部に在る問題に関わることは言うまでもない。そのことについて、ここでは言い足りなかったところを付け足しながらさらに目を凝らしてみたい。

先に掲げた読む中心軸をなすモデル©と書く中心軸をなす©'のあいだに作者の主体という媒介項があるあのイメージ図に戻る。読む中心軸をなすモデル©を胸に持して新しい作品を読むとき私たちは、おのずと「期待の地平」と比較してそのレベルを上回るか下回るかを判断せずにはいられない。読む行為はそれ以外のなにものでもないからである。そのときその「期待の地平」は、それまでに重ねてきてある読書の経験等で読む中軸をなすモデル©に対しなにがしかの貴重な＋αを帯び備えるものになっている。大江は作者としての経験から判断して述懐するが、私たちにも「期待の地平」すなわち©＋αをメルクマールとして援用することを経験することで、書く中心軸としての©'を自らの構造とすることは、ごく自然に思い描くことはできるし、大いにありうることでもあるだろう。

さて、付け足したいのはつぎである。このイメージ図の「作者の主体」は、作品を書くときは書く自分にほかならないが、その書く自分すなわち作者の主体は媒介項として在るものであって、書く中心軸をなすモデルを目標に書かれるその作品と直結するのではない、書く自分と書かれる作品はイコール（同一同体）ではないということである。大江健三郎もこの筋道ないし論理（文学理論）の延長上でこの国の「私小説」の伝統に言及する。書く自分は作者の主体にほかならないが、その主体はあくまで媒介項である、その媒介項を立てる理由（つまり大江のこの部分の文学理論の立論趣意）を大江は、「媒介項をおくことで、わが国の近代・現代文学をタテにつらぬく「私小説」という基本感情から、自由になることを望むから」であると述べる。立てることで「私小説」論の自己確認を検証確認してみている。

大江が巧みにも「基本感情」と言い表わすこの国の文学における「私小説」化への傾向性は、「政治と文学論争」のなかで取り扱われるべき一問題である。大江がつぎのように言うときの言述モチーフはそれなのだ。

> より普遍的な意味での小説を書く際には、書く自分と書こうとする作品との間に――……略……この社会に生きている主体としての自分と、書かれる作品との間に――、ひとつ批評的なクッションを置く手続きが必要だと感じられる*11。

ここには先述したH・R・ヤウスの「第三階級」理論も沈められていると思うがそれはともかく、「すでに目新しくもないこととして、今日の文学はつまらなくなったといういい方が繰りかえし見られる」[*32]と言いながら大江の考察の照準は、密かに「政治と文学」の関係に向けられている。文章中に「政治と文学」というセットでの文言が出てこないことには理由がある。直截にその言葉を使うと、そこでそのことを言い表わすことが途端に難しくなる。おそらく「政治」と「文学」はそれぞれ裸で並列に並べて論ずることは不可能なことで、触媒に相当する精緻な言語手段の要請がそこにはそもそも存在しているものなのだ。そこに理解が届かないまま論じ始めると、無意味であるだけでなく要らぬ過誤の元となる。当時の文学界の認識を左右したそのことの反省（reflexion）として記すのだが、当稿第一章の二で見た奥野健男の評論「「政治と文学」理論の破産」のあの裁断は、その弊を余すところなく物語っていた。別に言おう。そこで私は、戦後の「政治と文学論争」は終わったと、文学大事典の類をなぞることで記したのだったが、その論争の奥野流儀の総括はまことに稚拙、不完全で、とうてい果たされたとは言えないできあがり具合いだったのである。

一九六〇年代と言えば、文学はカジュアルな消費の対象としての商品化の兆しを見せ始め、やがて資本主義経済原理と骨絡みの構造主義的風潮の席捲に見舞われ、その論争の不消化自体が忘れ去られたかの情況が繰り拡げられ続けることになる。大江はさすがにこれに耐えられなかったと見える。発行年月に私の関心は向かうが、一九七八年五月に『小説の方法』を世に出すことで、大江は自らの見解を自らのためにするように理詰めに整理し、一九八八年一月の『新しい文学のために』では、さらに後続する若い人々に向けて懇切丁寧に語り掛けずにいられなかった。その拡がりに向けての試み、そこに大江の願いを想う。その営為のモチーフは、幻の如く消え去ったかにあった「政治と文学論争」の芯部へ向かっての熱き発信にほかならなかった。

第三章　古くて新しい「政治と文学論争」

——その先行態・潜行態の芯部の探索

一　あらためて「政治と文学論争」にコンタクトしてくるできごと群

（一）　第一六〇回直木賞受賞作品『宝島』

新聞の記事下広告欄のみならず、書評欄でも真藤順丈の『宝島』が第一六〇回直木賞を受賞したことを知って、すぐ借用したいと図書館に行ったら、二〇数人が順番待ちということがあった。そこで帰途書店に立ち寄り店頭に平積みされた分厚い新刊本を迷うことなく購入した。作者が何度も沖縄を訪れ、あるいは一時期滞在もし取材を重ねて書き上げた基地問題をテーマにした書だということを知ったからだった。

しかし、なんと五百数十ページの大冊のこと、雑事に追われる私は何度となく中断を余儀なくされた。思うに私には冗長に過ぎることが主因と振り返られる。帯文には、直木賞、山田風太郎賞二冠達成とか、「このミステリーがすごい」二〇一九年版国内編五位とかの活字が鮮やかだが、エンターテインメントの陰に「政治」を嗅ごうとする私の嗅覚を嘲笑うようにその作品『宝島』は透明だった。そのような「政治性」を実現していると言うべきか。大江の言う作者の声はいっこうに聞こえてこなかった。あえて在るとして言挙げすれば、沖縄の自然やいわゆる多重な風土性への讃歌であろう。これはまた大江の言う「私小説」という「基本感情」への傾きにほかならない。大冊冒頭の「戦果アギヤー」からして、そして末尾のその顚末たる「後世の戦果アギヤー」にせよ、「土地の鼓動」にせよ、ロシア・フォルマリズムの「異化」とはまるで似て非なる手垢で汚れたままの言辞であり概念である。技法の初歩からして大江健三郎の提言・訴えから乖離している。大江の提起がすべてではまったくないことを重々承知したうえで、以上のように記し置かぬわけにはいかない身辺のできごとのひとつである。

(二) 哲学・文学領野の研究者の昨今の動静から

1 フランス哲学の高橋哲哉の場合

高橋哲哉は気鋭のフランス哲学教授である。フランス構造主義者として業績を遺しているJ・デリダにも詳しい。その程如何は、J・デリダの翻訳なり、デリダ哲学を分かり易くしかし深く伝えてくれる著書[*33]からも明らかである。

二〇一八年一一月一〇日、山形県酒田市の東北公益文化大学で、彼直々の講演があることを知った。基地問題の沖縄と原発問題の福島には共通する差別の構図があるとの趣旨であると聞き、その取り合わせの意外性に驚かされたこともあり、急遽日程を調整して聴講した。現に東京大学大学院の教授の職にありながらのめずらしくも生生しい講演の趣意にまた驚いた。本土のいくつかの都市の市民たちのあいだに鬱勃し始めている沖縄米軍基地の本土への引き取り運動についてであった。しかも本土に暮らしながら沖縄基地問題に関わろうとする者にとっては、その運動の主張と展望は、日米安保条約締結を承認し続ける以上、歴史的、論理的かつ倫理的帰結であるとの教授の主張に三度驚かされることとなった。当然ながらデリダを注解する高橋の著書上では絶えて出遭うことのなかった生生しい政治的発言だったからである。

通俗的にはマルクス主義や実存主義に向うを張るようにして一般化した構造主義的思想という言い方があろう。そのように普及している構造主義思想では、新機軸提起の大胆が緻密な論証で支えられるといったその思考は、具体的政治活動の前線に生身を引っ下げて立つことを、理論的に肯定することは至難事である。そんな通俗的なレベルで参加している私の構造主義思想渉猟にあっては、斯界で業績を挙げている構造主義思想家が、生の政治の最前線に立つのは驚きである。のみならず、その行動を基礎づけている思考論理は喉から手が出る程わが手にしてみたくなる。

高橋は、二〇一五年沖縄米軍基地についての新書判の著書[*34]を刊行した。身辺の未整理の資料に目を通すだけでも高橋の政治的な行動は意外な広がりを見せているが[*35]、この著書がその契機になっていることに疑いはない。それだけ意外で衝撃的なできごとだった。新書の発行は二〇一五年六月であるが、七月には大阪でシンポジウム「辺野古でいいのか――もう一つの解決策」が開催されている。国土面積のわずか〇・六パーセントの沖縄県に七〇パーセントの基地が集中し県民が悲痛な声を挙げ続けている異常な事態を、私たち国を挙げて見て見ぬ振りをし続けようとしている。そんなおりふし構造主義哲学研究を仕事とする学者が東大大学院の研究室を出て街に繰り出したということになるのだ。二〇一八年一〇月一日付朝日新聞デジタル版は「二〇一五年以降、大阪や東京、福岡、新潟、山形など九つの地域でグループが発足。一七年四月には全国連絡会ができた。」と伝えている。高橋は、その東京の市民団体「沖縄の基地を引き取る会・東京」のアドバイザーを引き受け、その因《よすが》で全国各地の講演会等に招かれ回っている。

当稿ではこれだけに止め、フランス構造主義哲学の泰斗の一人J・デリダに対する私の関心の一端を付言しておきたい。ポスト構造主義者の一人とも目されるデリダは、批判的に構造主義思想を深めた構造主義者である。海外にも打って出て、自らの足で出向いてアメリカ・プラグマチストとの交流も重ねた晩年には、「来たるべきデモクラシー」というキーワードを発信している。先述の通りの怒濤の席捲を被った日本で見る限り、この国のそれまでの諸学、諸学芸の受けた衝撃の傷は深く、自己を見失う感さえあったと思う。そのトラウマの克服に関心が赴く私にはそれだけに注目されるデリダのキーワードである。このたびの高橋の講演途上の休息時間に、私はこの機会しかないと意を決して講師席に出向き、「来たるべきデモクラシー」について理解を深めるに有益なデリダ自身の著作四作[*36]程教示を受けることができた。この意味でもこのたびの聴講は私にとって有り難い機会であった。この四著の読破は私のデリダ理解を深め私のこれからの思索開拓のためにも欠かせない課題である。

2　日本近代文学の小森陽一の場合

二〇〇四年六月一〇日九人の呼び掛け人グループが記者会見を開いて「九条の会」の結成と〝「九条の会」アピール〟を発表するや巨大とも言うべきセンセーションが巻き起こった。全国各地に雨後の筍のように市民の自発的な草の根「九条の会」が結成されることとなった。初めの一年間でその数は三〇〇〇を超え、その後の数年間で七五〇〇余に到達し、今日までその数は維持されているという。*37

飯田によると二〇〇四年の初春、加藤周一が小森陽一に構想を持ち掛けたのがそもそもの始まりだった。小森は大江健三郎に話を持っていき、加藤と大江で〝アピール〟原案を草し、それを持ってほかの面々に声を掛けていったのだという。ちなみにアピール文の署名者、加藤、大江以外の七人は井上ひさし（作家）、小田実（作家）、三木睦子（三木武夫元首相夫人）、奥平康弘（憲法研究者）、澤地久枝（作家）、鶴見俊輔（哲学者）、梅原猛（哲学者）である。小森は事務局長を引き受けている。

とくに、評論家や作家の井上や、小森、加藤、大江、小田等は、夏目漱石の作品に関するラジオプログラムや文芸誌『すばる』での「座談会昭和史」などを通して「九条の会」結成以前に、いっしょに仕事をする機会を持っていた。ここでは、実務の要の任に就き奔走した小森陽一に触れておきたいのである。会の結成以来一五年小森は、年間の大半を依頼を受けて全国を飛び回っているという。山形で暮らす私自身都合三回憲法九条改定に関する彼の講演を聴いている。

東京大学大学院で日本近代文学を講ずる傍での全国行脚は超多忙とは本人の弁、そのエネルギーはどこから汲み得ているものか？　すると私は、彼が夏目漱石研究を専門とすることに思い至り、当稿の第二章の二の（三）で見た大江の、読む中心軸としてのモデル©と書く中心軸のモデル©の媒介項としてある「主体」の理論が想い起こされてくる。読むことから書くことへ、また書くことから読むことへと自由に往還するとき、私たちの主体は活性化されてくるのだ、と。そしてつぎを「しかも」という接続詞で続けたいのだ。小森の専門は明治期の文豪夏目漱石の研究である。夏目の代表作とされるひとつに明治四二年の『それから』があるが、小森には『それから』を論じた著作や文章も少なからずある。[*38]

『それから』は名作であると思う。一世紀以上も後の今日に生きる私にも、長編にかかわらず退屈することなく読める。「代助《だいすけ》の頭の中には、大きな俎下駄《まないたげた》が空《くう》からぶら下がっていた」で始まる目覚めの書き出しといい、その床のなかでの「肋《あばら》のはずれに正しくあたる血の音を確かめながら眠りについた」という昨晩の想起場面といい、ロシア・フォルマリストのシクロフスキーの言う言葉の「異化」の技法がいたるところで駆使され、それが神経質な代助の人となりを巧みに描き出すことに活かされている。しかし大江と異なり夏目に、ロシア・フォルマリズムの研究があったとは考えられない。作品『それから』自体シクロフスキーの文学理論の発信だけでなくロシア革命にも一〇年程先立つ作品なのだ。こうした些細事はともかく、『それから』については後で考察することとなるが、小森はその著『世紀末の予言者・夏目漱石』の七九ページで、『それから』が捉えている時代相をこう読み取っている。代助と平岡の対立を、食べるために働くことを拒否するか受け容れるかの対立と解し、作者（漱石）自身の職業選択と絡め、資本主義下における自己実現と経済的生存との分裂が描かれている、と。「働く」は、ここでは平岡の銀行での具体的な行状（代助の父や兄を売ることになる行動をも含む）を意味しており、代助の親愛なる友人平岡への批判は、この「働く」ことが必然的に帯びねばならない意味合い（いわゆる汚れ役）を踏まえて、平岡が選択していることへ向けられている。ここでは、ストレートに資本主義下では自己実現と働くことは両立しないとかの陳腐な命題を問題にしたいのではなく、当時の、ある固有な日本近代の構造が問題とされており、[*39]そこに作者自身の主体をも読者の主体をも置かしめる、その巧みな仕掛け、あるいは大江の言うたくらみが、この作品だ、ということに尽きる。そう言えば「政治」もまたいかにもたくらみの世界かもしれないが、ここでは措く。

（三）　ここに挙げておきたいひとつの瑣事

たまたまこのたびはブックオフで夏目漱石の『それから』（角川文庫、一九五三年）を一〇〇円で購入し読むということがあった。文学に対する生半可な素養さえ妖しかった学生時代読んで以来のこと。一方埃を被った書庫から出してみると『漱石全集』（角川書店刊、一九六〇年）第七巻に収録されていて、巻末の作品論や解説者は違っていたが、同時代の批評欄の三人は同一作家武者小路実篤、阿部次郎、そして三番手が芥川龍之介となっている。

　学生時代の読んだ感想の記憶は皆無に近い。長たらしい筋道の大まかなところが残っていただけで、一言で言えば面白くもなにもない作品で、『吾輩は……』や『坊ちゃん』の比ではなかったのであろう。学生時代の自分は漱石を読む力を持ち合わせていなかったことになる。

　今回は大違いだった。明治という時代のこの国の姿のことが少しは見えてきて、また資本主義経済制度の骨肉を自らの暮らしのなかで確かめ含味して、子や孫の行く末を思い、要するに「政治」とはいかなるものかが少しは見えてきたということにほかならない。明治四二年の『それから』は疑いようのない大作だった。それは遅ればせながらの我が気づきのみならず、すでに当時『それから』がどれだけの注目を集め、件の「第三階級」としての読者を得ていたかからも分かる。前記同時代批評の三人の漱石及びその長編三部作の最後『それから』へのリスペクトも相当なものがあった。そして今日なお読まれ、さまざまな論の発生源であり続けている。そのさまざまな論の今日的展開のひとつに「政治と文学」の関係論もあるという次第で、「政治と文学論争」の明治末年期における先行態であり今日版ともなるということなのだ。

　出典表示には大正一〇年二月『新潮』とあるからその時点でのこと、「同時代人の批評」家の一人芥川龍之介の炯眼は、まさにそのことを見て取っていた。ここで取り挙げておきたい瑣事とはそのことである。「我々と前後した年齢の人々には、漱石先生の「それから」に動かされた者が多いらしい。」で始まる「長井代助」と題した四百字詰二枚に満たない短評は、きわめて複雑で難しい事柄をもののみごとにサラッと言い退《の》けているのだ。「その動かされたという中でも、自分がここに書きたいのは、あの小説の主人公長井代助の性格に惚《ほ》れこんだ人々のことである。その人々の中には惚れこんだどころか、自ら代助を気どった人も少なくなかったことと思う。」と続け、少し後で「しかし自然派の小説中、「それから」のように主人公の模倣者さえ生んだものは見えぬ。」と言っている。そしてこう続けているのだ。

めったにいぬような人間が、かえって模倣者さえ生んだのは、めったにいぬからではあるまいか。むろんめったにいぬということは、どこにもいぬという意味ではない。どこにもいぬとは言えぬかもしれぬ、が、どこかにはいそうだくらいの心持ちを含んだ言葉である。人々はその主人公が、手近に住んでおらぬところに、惝怳《しょうけい》の意味を見いだすのであろう。そうしてまたその主人公が、どこかに住んでいそうなところに、惝怳の可能性を見いだすのであろう。だから小説が人生に、人間の意欲に働きかけるためには、この手近に住んでいない、しかもどこかに住んでいそうな性格を創造せねばならぬ。これが通俗にいう意味では、理想主義的な小説家が負わねばならぬ大任である。*40（傍線大場）

大江健三郎が前掲二冊を費して語ろうとしていたことはほとんど芥川によって言い尽くされていると言えよう。これを読む大江自身付け足すべき言葉はないに違いない。この芥川の言い表わしは、「政治と文学」の関係論の要諦そのものである。それは大正一〇年における、つまり先行する「政治と文学論争」への芥川の参加の流儀であり、鮮烈な参加態だったと理解したい。なお、傍線を付した芥川の真っ直ぐな文言は私にはなんとも眩しい。

ここにまた想い起こされて書き記すのもダルいのだが、当世流文学への品性を欠く批評としてあえて書き止めておく。流行の各種文学賞の四、五冠の栄に浴しているいわゆるベストセラー作家にとっても、第一六〇回直木賞はこれまでにない金字塔といったところか、その『宝島』で大活躍する「戦果アギヤー（軍基地内に潜入出没して種々の物品＝戦果をせしめ、基地外で石川五右衛門よろしく配るミステリアスな義賊）」は、あり得るとはとうてい思えない不死身のスーパーマンである。「政治と文学論争」現代版なれの果てかと、繰り返すが当稿の文脈にぶち込んでみたくもなるのである。

二　木庭顕『憲法9条へのカタバシス』の「政治と文学論争」への参入ないし闖入

（一）　構造主義的思潮の席捲から諸学問の営為はどう立ち上がってきているか

当稿自体もまた、私の見解のなんらかの偏り如何、つまり偏見性如何を私自身確かめようもなく繰り延べているものなのかもしれない。そのことをまず自分なりに詮方無く述べて、以下を始めることになる。おおむね一八八〇年代から一九八〇年代に掛けての一世紀は近代の末期と捉えるなら、この期間で私たちの世界認識は大きな転換を遂げ、一九九〇年代以降の現代へと突入したと捉えることができる。この一九世紀末から二〇世紀初頭に掛けてのF・ド・ソシュールを旗手の一人とする言語理論の転換、それを下敷きにした二〇世紀初頭数十年間のシュルレアリスムとロシア・フォルマリズムの運動、マルクス主義、実存主義、そして一九六〇年代から八〇年代に掛けての構造主義諸思潮は、その主要なエポックを成し、その属性から徹底性を排除できない点で通底するものがあった。デジタル時代になってようやく通用するようになった俗な言い方で言えば、その徹底性は思考、思想のリセット化、初期化といったところで、その比喩としての初期化を経由しないことには相互間の乗り移りは不可能である厄介な関係にあるということである。その距離は、コードの相異と言い換えてもいいだろう。

拙著『わが論ノート』その一及びその二では、それらの動向のひとつである構造主義思潮、その席捲に見舞われた一九六〇年代から八〇年代に掛けてのこの国の文学領野にどんな事態が展開されるようになったかを、私の仕方で可能な限り辿り描いてみている。ザックリ言えば、その思潮の広がりには燎原の火のごとき勢いがあり、過ぎ去った後は一面焼野原と言えなくもない惨状。その荒涼のなかでの黒田喜夫の孤独と凌ぎ方から学ばんとする考察が一言で言う前二著作のモチーフであった。

ところで、ここから先が参照先もほとんど見出せない私自身の限界を逸脱した私の見解なのだが、構造主義思潮は文学の領野にとどまらず、いわゆる文系の知の営為の領域に、濃淡、差異等は複雑にあったが、広く襲いかかっていたのである。とくに歴史学、政治学、法学領野等が想念に浮かぶ。それぞれの領野で七転八倒があったのだと思う。そして文学で言えば大江健三郎に代表されるような果敢な営為が地道に積まれていた例は稀有で、なお多くは立ち直れないまま資本主義経済に搦め取られ、現代の訳の分からなさの真っ只中にいるとも言えるのではないか。

ここに率直なところ心許ないと言わざるを得ない参照先として私が接している事例がある。先述した詩人藤井貞和の叙述である。不明晰な諸点が気になる言い表わしであるが、ここで私がやっきとなって言い表わそうとする事態に関する言述で、私がこれまで触れ得ている唯一の事例なので引用しておきたい。

> …略…[1]ことばへの自己権力＝作家を懐疑し、ことばそれ自体の構築へとほかならぬ作家たちが駆り立てられるという。
>
> [2]こうしたことは文学だけに起きたのではない。[3]ここからが本書の長々しいところで、歴史（から生じた）経済学、生物学、フィロロギー（文献学などと訳される）……、創設される心理学、社会学、文芸批評……、[4]つまり（まさに大学での学問的な基礎といってよい）諸人文科学である、繰り返すと、文学という学、歴史学、経済学、生物学などが、ここにいわば教養主義の成果として提示される。その中心に「人間」が燦然とかがやくという図。それらが[5]総合「人間」学をめざしながら、どのようにして「失敗」していったというのか。
>
> [6]フーコーらがこれらを「失敗」と見た理由を、痛いほどわかると私は言いたい。二十世紀的現実は「人間」を実際にどうしてきたことであろうか。二十世紀前半の第一次世界大戦…略…、そして第二次世界大戦…略…を思い浮かべればよい。*41　（傍線大場）

引用が長々しくなり、以下の私の傍線注釈が長々しさを倍加することになるが、構造主義一般を評すときの難しさに免じて許されたい。右引用の藤井の言述は熟読を強いられる。傍線1は構造主義の席捲を受けた作家たち（諸学でもある）の動揺振りを言おうとしている筈である。傍線2は私の前記のとおりの見解そのままである。傍線3は藤井自身のとまどいにほかならない。

しかし以下の部分については、ある種固有な言述の揺らぎが、藤井の構造主義一般についての理解に起因しているとさえ私には読まれ、トータルとして読者に混乱と誤解を与え兼ねないと思われる。傍線4は、おそらく具体的にはフーコーの、であろうが、構造主義思想からの、従前（つまり構造主義に洗われる前）に対する批判である。その教養主義に対する批判、私には仮借なき批判と思われるのだが、それに藤井は「提示」という名辞を当てている。

しかしそれにしても傍線5はなかなか藤井の真意が汲み取れない。フーコーのエピステーメー（各時代に固有なものの考え方、思考の台座）論への言及であることは確かであろう。が、総合「人間」学をめざすべきことを提起したのはむしろフーコーでなかったか。学際的研究の重要性が世界大で言われるようになったのは一九七〇年代で、シンクタンクの簇生は八〇年代後半である。ここにある「失敗」は、もう先走ってフーコーの失敗を言おうとしているわけではあるまい。こうして傍線6はここでの記述からする限り構造主義の手放し礼讃と受け留められ兼ねないような気がするのだ。

こうしてさて、文学領野でもなお立ち直り得ていないと思われるのだが、他の学問領野はどうなのかも気になるのである。それを掌握することは、完全に私の力量に余ることである。歴史学や政治学、法学関係の最近の作品に触れて、ごく稀であるが構造主義思潮による傷（傷はそこからの蘇生の端緒ではあるのだが）とその傷への対処の跡を発見することがある。しかし一冊一冊から見出すありやなしやの痕跡のひとつふたつ言挙げしてみようにも、著者自身に私と同様な課題意識があることを証明することが容易でなかったり、あるいはそこから先が見えなくてどうしようもないという次第なのだ。

（二）　木庭顕『憲法9条へのカタバシス』の特異性の出来《しゅつらい》の所以

もどかしくも私が言おうとしているのは、M・フーコーのエピステーメー、つまりその時代その時代に固有なものの考え方、枠組、思考の台座の大転換に纏わることについてであることは察していただけると思う。その大津波のような席捲を被っての転換すなわち荒野からの立ち直りをどう果してきているものかまでを含む。これは必ずやシンタグマティックにいわば帰納的な道筋上に明らかにされることであるに違いない。しかしおそらく気の遠くなる時間軸が求められるものなのだろう。さしあたりは、知的営為上の旧来の領野つまり歴史学、政治学、法学、哲学、文学といったいずれかの、しかもそのうちのいずこかの領域での果敢な試み、それらが積み重ねられる、そのいくつかの併合領野にまた新たな試みが……といった積み重ねが必須なのかもしれないのだ。[*42]

これらの無数の試みのなかで進むのだろう方向性について、抽象化して捉えて、行き当たりばったりに私の想念に閃き浮かんでくるものを攫えるとすれば、

A　考え方のリセット化、初期化を果たすために、その旧来の考え方の原理・原点の確認が、まずはより揺がせにできないものとして要請されるだろう。

B　隣接の、場合によっては遠隔の領野へ思考方法や内容上の相互越境（コード間越境）が要請されるだろう。

C　旧来の知的営為の領野、領域におけるそれぞれの専門性のさらなる研ぎ澄ましが要請されるだろう。

さしあたって以上のみっつは、なるほどいかにも当てずっぽうな抽出かもしれない。しかしそれは矯めつ眇めつ苦汁の吟味の果てに一読し了えた一冊の著作がなければ私には不可能だった抽出なのである。M・フーコーのエピステーメーの具体的な転位転換に挑戦しながらかつ具体的な発言を試みているその一冊は、項目見出しに掲げた木庭顕『憲法9条へのカタバシス』（以下特段の理由がなければ「当該著作」と表記）にほかならない。

素養に乏しく浅い私にはとてつもなく難解なしかし意欲作であることだけは疑いようのないこれは、またなかなかに異様な一冊でもある。まず英語やフランス語や困ることにはラテン語等までの原語が、訳語も省いて使われているから、想定されている読者層は大学人？　としきりに思いながら読み進まざるを得ない。しかもそれらは各学問領野、領域での学術専門用語（ターム）であり、それだけではない。詳細極まる膨大な注記のオンパレード。つまりこれは従来で言う学術書の一種にほかならない。さらに加えて叙述内容が振るっている。旧来で言う歴史学、政治学、法学、

哲学、文学といった領野、領域間を縦横に越境し回るといった次第で、こんな学術書もあったのだと驚きながら再認識させられる。

しかし喉から手が出るほど私が欲しかったのはこうした著作（仕事）だった。序やあとがきを見ると、この著者にも先達はあり、また同学の徒も国内、国外に居て、学会等の集まりでの発表の場もあることが知れる。著者の木庭自身にはこの一冊に限らず著作や論文がある。しかし私は当稿では木庭のこの一冊と格闘することに決めて、とりあえずこの一文を仕上げ、当稿を締めることを目指すことにした。二〇一八年四月のこの一冊が、諸学の構造主義ショックからの立ち直りに向けての入魂の試みであるだけでなく、「政治と文学論争」への参入ないし闖入でもあることは間違いないからである。

（三）　木庭顕『憲法9条へのカタバシス』をフォーカスする

1　当該著作の梗概あるいはカタバシスとはなにか

当該著作の特異性の出来の所以については前項（二）で示すべく努めてみた。しかしこの著作の題名にある「カタバシス」が何語でどんな意味かについては触れ得なかった。読み了えてみても当該著作のどこにも一切説明がなく、私には分からなかったからである。このこと自体に特異性があるのでは、となりそうだが、そのように簡単なことをわざわざ説明するには及ばない読者層を想定する著書であるだけのことらしい。

ところがなんと表紙カバー（読み古されれば捨てられる）の裏面にその意味の説明があった。「下降行」のことだという。今になって読むとカバー裏面のこの文章には脱帽である。これ以上なくみごとな梗概となっている。当該著作を何度も行きつ戻りつ読まねばならなかった私には、この梗概の簡明にして的確であることに驚く。文の書き手の署名はない。奥付にある安藤剛史に確かめれば分かるものか、当稿の叙述上助かるのでここに全文の引用の許しを得たい。

憲法9条とりわけ2項をどう解釈すればいいのか。今まで一度も真に理解しないまま、粗雑な議論で花芽を摘んでいいはずがない。カタバシスは「下降行」、転じて、冥府に降り、過去の人物に遭うこと、さらに転じて、時間軸を遡ることをいう。タイムトンネルをくぐり、明晰に著者は立論する。

9条は、パリ不戦条約が自衛権留保によって空洞化したという苦い歴史的経験の上に立つものであった。自衛概念の危険性は、ホッブズが遙かトゥーキュディテースの書物を最深部まで読み込み、その克服の見事なロジックを組み上げたものであった。〈こうして、既に9条1項は、一見不戦条約をそのまま継承するものに見えて、自衛のための戦争をも否定する〉〈2項はさらに、占有線を越えない実力形成といえども内部をトータルに軍事化して他国の軍事化に対抗し抑止力（報復力）を得るものであればこれを禁ずる趣旨である。これが自衛権拡張の主要なヴィークルだからである〉そして〈政治システム存立にとって不可欠の原則を宣明したこれらの規定は憲法に不可欠であり、削除することは政治システムの破壊に等しいから、改正は違法である〉。

精緻にしてストレートな9条論、ソクラテス・メソッド（対話）を駆使して説く憲法改正問題、近代市民社会の基底を問う圧巻の漱石論・鷗外論（書き下ろし）から、自衛戦争を正当化したとされる通説を鮮やかに覆すホッブズ論まで、ローマ法を専門とする碩学がクリアに見透す9条の構造。

右引用は長い梗概となろうか、しかし当該著作の内容的膨大さからすれば簡潔。このなかに巧みに抉り出されている事柄は広範に亘る。そのなかから四点につきコメントしておこう。当稿の前項（二）との重複ともなろうが、当該著作の稀有な特色ということになる。

第一　ざっと見ただけで法学（とくに憲法学、国際法学）、哲学、文学そして歴史学と著者の考察は広い範囲に及んでいること。

第二　しかも近代後期（とくに私の言う構造言語学、超現実主義、構造主義流行期）に止まらず、近代前期さらには遥かローマ、ギリシャ期まで時間軸を遡って探究は掘り下げられていること。

第三　典型例としてのM・フーコーのエピステーメーの転換への乗り遅れまいとする軽乗り、浅薄と、なお尾を引いているその現代への惰性的継承、に対するシニカルな根源的批評がモチーフとして貫かれていること。
第四　以上の著者の作業のトータルは、少し思いを凝らすことで気づくことになるが、「政治と文学論争」への参入ないし闖入にほかならず、しかも学術書の水準を外すことなくなされていて貴重であることは誰も否定することができないだろうこと。
それぞれに敷衍すべきことはあまりに多いがこれに止めておきたい。

2　憲法九条改定問題の歴史的意味をフォーカスする

当該著作の著者は、最終章に当たる8に「日本国憲法9条改正の歴史的意味」の見出しを掲げ、その冒頭部につぎのように述べて論を展開している。

憲法9条は近代史の構造に裏打ちされ（その内在的な反省から生まれ）、厳密な論理を持っている。したがって、どのように改正しようと、これを「崩した」ないし「破壊した」ということになる公算が大である。歴史的意味はこの「崩した」ないし「破壊した」が帯び、その限りで一義的である。
何が崩すか、つまり誰が崩すのか？　歴史学は総力を挙げて至急この問題を探究すべきである。*43

この項では、フォーカス点を、大鉈を振るってふたつに絞り以下を展開する。あまりに粗放な鉈であるために肝腎な枝が無惨にも外されることがないことを祈りながらである。その懸念に関わって、削ぎ落とすことになる枝群から念のためひとつだけここで見詰めておきたいことがある。ローマ法源の「占有原理」についてである。
憲法九条一項と二項を橋渡しする法理については、帝国議会における制定検討過程以来、今日まで議論は続いていると言える。しかしさまざまな論議が、どれだけ多くの法律家、憲法学者、諸メディア等によって、またどれだけ多くの著作、論文等によって……の情況にはあるが、そのなかからローマ法上の「占有原理」にまで遡って「武力の行使」や「戦力の保持」等について語られている例を、はたしてひとつでも拾うことができるものだろうか？　それらこれまで重ねられてきた有象無象の論の浮薄さや危うさには、木庭に指摘されてみると驚くほかない。そこで、ここで著者の「占有原理」についての考察の一端を見ておこうという次第。

一九二八年のパリ不戦条約に錨を降していることは一項の確かな側面であるが、そこからストレートに「戦争違法化」の根拠法理が導き出されるほど単純ではない。ローマ法源とciceroを引きながら、国家、宗教の対立を超えた新たな近代の自然法の存在を強調して「他人の権利を侵害せず、自分の権利を守る実力行為は許される」と主張するGrotius（一五八三～一六四五年、近代前期のオランダの法学者で、近代国際法の祖とされる）の、神の命令から独立の原理にも重要な死角があると指摘する。著者木庭はローマ法理にある占有原理をつぎのようにブラッシュアップして今日に甦えらせる。ローマ法に法源があり、今日までの歴史的経験の厚みを具備体現して命脈を保っている、今日と言えども無視ないし拒否することができない骨太な法理としてである。熟読のうえ玩味を要する法理であると思う。

> 防御を認めるための留保を権利として概念構成すること自体、既に破綻であった。占有原理に基づく限り、瞬間の押し返しが実力行使停止命令後に占有基準に基づいて判定されるのみである。これから（大場挿入…すでにあまりに遠いあるいは複雑な過去ないし経緯のために占有の成立時点ないし局面が誰にも分からなくなっているそのすでに占有済みの占有ではなく）将来に向かって行う武力行使が正当化される余地は無い。そうでなければ、復仇や反攻の名の下に様々な武力行使がなされる。その意味で「すべての武力行使は理由の如何にかかわらず違法」なのである。要するに権利であることと違法でないことの相違（違法性阻却は権利を意味しないと言い換えてもよい）という法学的な概念を装備するのでない限り実力規制は概念構成できない。*44

このことすなわち「占有原理」の徹底的な理解が、九条の一項と二項の橋渡しの理解（橋渡しがなされていて一体として九条を構成しているという理解）のために不可欠なのである。これだけはきっちりとグリップして、さて論を戻そう。

（1）〈フォーカスの1〉憲法九条は厳密な論理を持っている
――Hobbesの『De cive』におけるmetus概念の探査・考究

憲法九条については、戦後四～五〇年は確かに評価する側にも誹謗する側にも、論は百花繚乱あるいは罵詈雑言が尽きなかったと言えよう。ところが一九七〇～八〇年代のバブル期（日本における構造主義的風潮蔓延期でもある）頃から弥漫する厭きの故にか、あるいは切羽詰まる日々の暮らしに追われてか、私たちの関心は稀薄化しつつありはせぬか。他方激動する国際状勢への対処を論拠に、にわかに憲法改正が仕組まれつつありはしないか。そうした状況の重複化に不気味な危機感を覚えながら、木庭は憲法九条が厳密な論理を持っていることの論証に立ち向かう。近代前期（ホッブズ、グロチウス期）は言うまでもなく、ぶ厚い歴史層のなかでの古代ローマ、古代ギリシャ期まで考究の垂鉛を降ろすことで果たそうとする。

そこにある意外性に私は感慨深いものを覚える。その一貫したモチーフの下にそれが果たされ、それが人文科学を中心とする諸学諸領野で市民権を得た暁には、レヴィ＝ストロースやJ・ラカンあるいはM・フーコー等錚々たる構造主義思想家たちを取り巻く西洋の知の先端の一角に対する根底的批判があたりまえのものとなり、つまりエピテーメーの転換などの流行のパラダイムは干涸らびた乾物のごとき姿態を晒し兼ねないことになるのではないか、と。

①　トゥーキュディデースの『ペロポネソス戦争史』への沈潜
――Thoukydidesによるデモクラシーの恐るべき病理の描き出しの発見

木庭顕がこの課題に立ち向かうには、T・ホッブズ（一五八八～一六七九年）の翻訳によるトゥーキュディデース（紀元前四六〇頃～四〇〇年頃）の『ペロポネソス戦争史』に遡るほかなかった。当時はラテン語訳からのフランス語訳でアクセスできたらしいが、厳密を期して止まないホッブズは古代ギリシャ語の原典に遡らざるを得なかった。[*45] トゥーキュディデースはソクラテスとまったく重なるアテナイの同時代人であるが、近代前期のヨーロッパ知識人には、古代ラテン語のみならず、古代ギリシャ語の素養はとくにめずらしいものではなかった。が、全八巻から成る長大な戦史を克明に辿ることは容易なことではなかったらしい。しかしほぼ同時代のヘロドトス（紀元前四八四〜？）のペルシャ戦争史のような面白い物語風歴史ではなく、正確な批判的な歴史を書くことによって政治的な教訓を長く後世に伝え得るような永遠の書を目指して起こされている趣きの戦史である。そのためその記述は「実用的歴史」と呼ばれて、以後営々と伝えられることになる。文章は難しく調子は荘重で、いたるところに政治家の演説がさしはさまれている。ペロポネソス戦争に至るまでのギリシャ史の概説から始まって、戦争の原因と誘因を区別しながら詳細に戦争の経過を辿っている。記述は前四一一年で終わっているが、統一的に書いたのは前四〇四年の戦争の終末を見てからであることが研究によって明らかにされている。

ホッブズの読みを読み下していくには、ペロポネソス戦争がいかなるものであったかを概観しておくこともまた必須である。前五世紀後半は、ソクラテスやプラトンが活躍していた古代ギリシャ全盛期であった。当時ギリシャには数多くの都市国家が繁栄をほしいままにしていたが、都市国家間の政治的、経済的、軍事的対立・衝突、同盟・和睦等々の、要するに権謀術策の繰り返しも日常茶飯事だった。それは文明の隆盛の裏面に貼り付いて在ることと言える。その都市国家にも大あり小あり、民主制あり専制あり、歴史的沿革、市民構成等もじつに多種雑多だった。こうしたギリシャ半島における人々の暮らしはさまざまな方言、習慣、伝統はあれ、古典ギリシャ語を共通語として繰り広げられていたので、学問、芸術、技術等々諸ジャンルに亘る活動の隆盛はまた当然の成り行きだったことが分かる。

さて、こうしたなかで、民主制と海軍団の代表国家としてエーゲ海周辺の諸ポリスをデロス同盟に束ねて指導する立場のアテナイと、寡頭制と陸軍団の代表国家としてのペロポネソスとポイオティアの大部分のポリスを領導するペロポネソス同盟の盟主スパルタとのあいだに、前四三一年から四〇四年という二七年間に亘る大戦争が勃発。それがトゥーキュディデースが記録したペロポネソス戦争にほかならない。ここではその詳細な経過に踏み込むことができないのは、私の以下の分かり易い叙述に努めるうえでも残念なのだが、各地各種戦場での一進一退の攻防、分析、あるいは国家そのものの占領征服、奴隷捕獲、捕虜交換、とおよそありとあらゆる戦場、戦闘シーンが描かれている。[*46]

日本で言えば戦国下克上の時代の様相に似るが、日本ではその君主はひとしなみに専制君主だったと見て大きく誤らない。しかしギリシャ半島のできごとはまったく異なっていた。そして戦史の合い間合い間にトゥーキュディデースは、民主政治家のあるいは専制潜主のといったさまざまな指導者あるいは市民の演説や語るところを記録することを忘れなかった。こうして私のここでのこの程度の辿りでもこの戦史は、「自衛」や「侵略」、「武力行使」等々和平なり侵攻その他なりに関する今日にも大いに通用する考察が繰り返されていることが分かってもらえるだろう。なおデロス同盟の中核国家アテナイはこのペロポネソス戦争に破れるが、これを契機に衰退の途を辿ることになったことを記しておかねばなるまい。だからこの『戦争史』は読みようによっては単に狭義の歴史学に止まらない時代記録上の貴重なレガシーなのだ。ホッブズそして木庭はこの戦史に、その後のヘレニズム期や中世期そして近代、現代と経過する時代時代の人間の思考営為のさまざまな、さまざまな垢や埃に汚されていない原石部分を見出していたのである。

さて長くなりすぎた前置きをこの程度にして、トゥーキュディデースの描き出している時代考察の原石をなんとかここに略述しておきたい。

トゥーキュディデースが描く戦場の場面はホッブズの読み取りを経由しての木庭によれば、たとえばこうである。両軍が互いに柵ないし陣地を築き、その延長を伸ばしたり前進させたりする。つまり都市の城壁に対して二重目の障壁がもうひとつ築かれることになり、これは第二防衛線であると同時に攻撃の橋頭堡でもある。攻め込む側も同じ二段構えの橋頭堡を築き多様な諸条件に応じ前進、陽動作戦等を図る。都市攻防も野戦も同じで、途中で守りを切断された方が敗れる。アテナイ、スパルタの同盟主とそれぞれの同盟関係は非対称で、したがって同盟関係を通じて拡張、後退は互いにふたつの波動のように干渉し合う。このふたつの場面において共通であるのは、そうした構造を拡張するのでなければ反対に相手からそうされてしまい、自分の側が灰燼に帰すのではないかという恐怖である。それ等には寝返りの不安その他の見通せないファクターも加わる。そのときどきの都市国家（ポリス）の態度はそれぞれの政治体制下での政治的決定による。トゥーキュディデースが重要な政治家の演説、それを後押しする民衆の心理を、ポリス内に展開する主観の外《そと》つまり社会の側に展開する同じ原理が染め上げていく様を含めて執拗に描くのは、その攻防の波動のダイナミズムへの関心、洞察に基づいている。ホッブズもそこを見逃がさない。

木庭はそこのところから目を離すことなく、アルファベット表記でギリシャ語原語に遡りながら難解にもこう叙述する。以下は木庭の言い表わし。長引用だがトゥーキュディデース『戦争史』考究上の最深奥部である。

この怖れ、不安、疑心暗鬼を言う語は多種多様であり、例えば単純に意図を示すboulomenosという分詞でさえ、不安の裏返しとしての計算、つまりまだ脅威が顕在しているわけでもないのに想定して予め遠くの現実を左右しておこうという思惑、を表現する。テクストは、その後の物理的行動によってそうした意図を裏付けていく。とりわけそれが相互に妄想であり、だからこそ悲惨な結果を招く、という事実を突きつける。とはいえ（一方…大場挿入）、主観的な部分を記述するタームとして一個の基軸を成すのがphobos（φόβος…大場挿入）である。ラテン語ではmetusによって置き換えられるのが普通である。しかしながら、phobosはmetusとは異なるコードの中に置かれている。metusは占有原則内部において特殊な均衡を概念することと連帯の関係に立つ。つまり端的な実力ではなく合意の過程においてそれに似た心理的な威圧を与えることを指す。…略…これに対してThoukydidesのphobosは底知れないエスカレーションと破滅へ向かう抵抗しえない力と関係している。phobosの背後には人間の心理構造ではなく社会を動かす原理そのものが横たわっているのである。

…略…

しかしだからと言って自然法則のごときものと観念されているわけではない。国際社会、特に戦時下のそれ、の分析が鮮やかである。しかし権威や権力の無い自然状態が見出されているわけでは決してない。AthenaiとSpartaを中心とする二つの軍事同盟が対峙する特定の歴史的構造が見事に把握されている。そして圧巻であるのが、外交上の政治的決定を左右する要因として、デマゴーグとその支持者の心理が分析され、むしろこれが国際関係を決定付けていると喝破されている点である。Athenaiばかりか Spartaをも同一の心理が襲う。つまり、デモクラシーが俎上に上っているのであるが、そのデモクラシーは政体論上のものではなく、政治システムの基礎的な性質の上でのそれである。だからこそ Perikles が Athenai 型のデモクラシーを称揚するその演説の最も輝やかしい部分をも同じ原理が不吉にも貫いているのである。…略…デモクラシーの基底的な層に既に巣食う病理なのである。彼が冷徹に追究するのは最良のデモクラシーが裏切られていくその残酷なメカニズムである。…略…岩盤のように動かない現実としてそこに存在するのはこの場合、事実としてデモクラシーが自己を破壊するということである。*[47]

ここでは怖れや不安が問題となっているがその内実を明らかにするため、木庭はトゥーキュディデース原典の古代ギリシャ語に遡っている。ここでの戦争史としての歴史書を読むには、その学術的タームが問題だからである。ふたつのギリシャ語用語をアルファベット表記でではあるが取り上げ、詳細に考察している。

そのひとつは boulomenos である。これは古代ギリシャ語の *βουλομαι* から来ているが、私の手元のギリシャ語―英語辞書*[48]によると「to will, wish. be willing」で木庭のターム解釈に納得がいく。問題は phobos である。ギリシャ語では *φόβος* で、前記辞書によると、「panic fear such as causes flight」の意味も載っている。このうち panic については、やはり私の手持ちの英和辞典*[49]には、「恐慌《特にはっきりしない理由で急に広がる群集心理による恐怖》」という意味も見えている。flight^{1} については、「(飛ぶ鳥などの)群」や「飛ぶような動き」としての「(時間の)速い経過」の意味との説明もある。なお、同一つづりで語源の異なる別見出し語 flight^{2} については、「逃走、脱出」や「(不安な通価などの)売り」の意味も記されている。このふたつの別見出し語両者の意味には通底している意味的イメージがあり、いずれにしても人間の主観内部に初発・起源するものでなく、原因が環境等外部にある怖れである。こうしてトゥーキュディデースのここでの *φόβος* については、「phobos の背後には人間の心理構造ではなく社会を動かす原理そのものが横たわっている」との木庭の語義解釈はこれまた納得のいくものであることが分かる。

木庭の当該著作による限り、トゥーキュディデースの戦争史の歴史考察の最深奥部の考究については、ここで終わっていると言って過言ではない。木庭は「岩盤のように動かない現実として存在する」「デモクラシーの自己破壊」にぶち当たるトゥーキュディデースは「癌の隠れた発生メカニズムを探るに似る」が「裏を返せば、Thoukydides はむしろデモクラシーを支える条件を探っていることになる」と木庭はこの項を閉じている。

なお、木庭は、「病理をまずは深く解明することこそが生存を模索する第一歩である」と述べながら、意味深な言い振りでつぎのような段落を添えてはいる。ここには木庭のトゥーキュディデースの歴史洞察に対する理解が沈められていると思う。

その病理学は如何なるカテゴリーを有するか。phobos というのはいかなる種類の範疇か。そのことを明かす役割を帯びているのが、archaiologia（大場補注…古代学の意。なおここには木庭の、二〇世紀後半つまりは構造主義に洗われ、そのショックから立ち直れずにいる古代学の低滞に対する批判が込められていると読める。）と呼ばれる部分である。…略…（自然状態ではなく…大場挿入）少し発達して échange が社会を織り成し、しかも Minos 流の海上交易ないし海賊的商業が発達する。政治システムはこれらを克服しなかったか。ポリス間関係でさえも政治的関係に倣って透明な外交関係になったのではなかったか。この疑問を伏せたまま、明けてデモクラシー時代の Athenai と Sparta の覇権争いは、Minos 風の海上支配の延長線上に在る、と皮肉にぼそっと言ってみせる。しかもポトラッチ風に先鋭化し暴走破滅していく種類だと。[*50]

これはトゥーキュディデースと苦闘してきた若きホッブズにとってこそ切実な問題だった。しかし膨大な歴史を実証的に辿るなかで進められてきたトゥーキュディデースの緻密極まりない考察に導かれてきたホッブズは、思想営為の肝腎な要処域でトゥーキュディデースに突き放され、以後の難所は手探りの単独行となるのである。

②　ホッブズによる奇跡的渡河地点の発見

注記＊46の翻訳者小西は「文庫版訳者あとがき」の冒頭に、トゥーキュディデースの第三巻八二章からつぎの一節を引用し稿を起こしている。

人間の本性が同じであるかぎり、強いか弱いか個々が置かれた条件の変化によってその様相こそ変りはするが、過去に起きたことはまた将来にいつも起るものである。……そこで現在内乱が起きている都市も、将来起きる都市も、前例からならって、攻撃に極端な独創性と異常な報復手段を案出して、常に新しい計画の最先端を開く。[*51]

訳者小西に依らずとも、トゥーキュディデースの慧眼に驚く。昨夜来[*52]ニュースは中国の音速の五倍の極超音速兵器（巡航ミサイル）の開発成功と米側の脅威表明を伝えている。トゥーキュディデースの洞察は二一世紀の中国、北朝鮮、韓国、日本、台湾そしてフィリピン等々東アジアの緊迫した情況までをもゆうに刺し貫いていて余りある。トゥーキュディデースのφόβοςへの言及の前で突き放されたホッブズ（日本の読書界では『リヴァイアサン』のホッブズ認識が専らではないのか）の単独行は苦渋に満ちていた。その営みに学ぼうとする木庭の苦闘にも相当のものがある。それが手に取るように分かる『憲法9条へのカタバシス』（カタバシス＝下降行）。それを読む私の難渋にもそれに劣らないものがある。そして今や当稿もそのなかの難所にさしかかっている。

前置きが長くなったが、さて、最初に三点程断わり書き（言い訳？）をして、当稿の最険の難所をなんとか通過したい。

第一に、若きホッブズの学界デヴューはトゥーキュディデースの『ペロポネソス戦争史』の古代ギリシャ語原典からの翻訳であった[*53]だけに、ホッブズの政治学的、歴史学的、哲学的考察の原質部分は、トゥーキュディデースに決定的影響を受けていることは、木庭を通して読む私にも分かる気がする。ホッブズと言えば『リヴァイアサン』、そして「万人は万人に対して闘い」。しかしその思想は非常に複雑に組み上げられていて、読解も容易でないのは、その思想的出自にある。

第二に、そこから由来する必然だが、当該著作で木庭は、数多くのホッブズ研究を精密に渉猟することで批判的にホッブズの思想像を絞り上げている。そこには古代、中世のスコラ哲学、神学、近代前期哲学が含まれ、用語もラテン語、ギリシャ語（アルファベット表記）、フランス語、英語と諸学術語の原語（訳語は示されない）が頻出するというわけで、完全消化のために求められる素養は半端でない。

　そのため、第三にであるが、ここではホッブズの基本テーゼを飛び石伝いに辿ることで凌ぎ他日を期すほかない。

　さて、ホッブズの metus（ラテン語）とトゥーキュディデースの phobos（ギリシャ語）はいずれも怖れ、不安を意味するが、その語彙使用上のニュアンスの相異については直前の項①ですでに見てきている。それが単なるニュアンスの相異に止まらないことも想像される。片やφόβοςは Minos 流の海上交易ないし海賊的商業の世の中での怖れであり、片や metus はローマ法が整えられるようになる遥か後世の怖れだからである。私の所感のこの点については今ここではともかくとする。

　ホッブズはその主要著作[*54]において、初期の段階から取り上げ方の濃淡、精粗、強弱等はあれ、一貫して metus について論じてきているが、トゥーキュディデースのφόβοςを解釈してほかならぬホッブズが使用している metus（トゥーキュディデースに出てくるφόβοςをホッブズは翻訳ではラテン語で metus と言い表わす）であるため、ここにホッブズの解釈が介在する分だけホッブズ流の独自な意味合いが込められることになる。このφόβοςと metus のギャップをどう埋めることができるか、両者のあいだに介在する落差をどう渡るか、その困難のためにホッブズが成し遂げている奇跡的とも言うべき渡河地点の発見、それを把握することに木庭の当該著作は総力を傾けることになる。が、必ずしも成功していない。「Thoukydides がデモクラシーの恐るべき病理として描き出したところを、Hobbes は、いかにそれが単に克服対象にすぎないとはいえ、まさにその克服から間髪を入れずに政治システムが立ち上がる、というような基礎付けのロジックに置き換え[*55]」ているからである。このホッブズが行なっている置き換え問題如何に木庭は総力を傾注する。その木庭が出している解《かい》の内容については、複雑多岐に亘りかつ難解にすぎるのでここでは省くほかない。

　この頃のイギリス（ホッブズはイギリス人）は、一六四〇年に始まるピューリタン革命の時期である。こうした内政動乱期にあって、その政治理論には解釈のしようによっては、二面性があったホッブズは、王党派の理論家として議会側の攻撃を受け、フランスに亡命したり、逆に王党派や僧侶から無政府主義者、無神論者と非難され、革命政府に賞讃されたり毀誉褒貶は多い。また一六五二年から一六七二年に掛けての三次に亘る蘭英戦争に際しては、その有能な秘書を勤めたこともある師匠F・ベーコン等の好戦派〝war party〟に反対して論戦を展開したこともある。こうしたエピソードを挟んで読むとき、ホッブズ思想の一見しての多義性、複雑性したがって難解性の由って来たる所以もまた了解されてくる気がする。

さて、エピソード云々はさておき先を急ぐが、トゥーキュディデースから置いてけぼりを食らったホッブズの彼岸（ここでのホッブズの政治理論の完成）への渡河地点の発見を木庭は「主体間対等と飽くなき侵害意思の賜物[*56]」と喝破する。そこで、ホッブズの平等概念とmetus概念を、彼の基本テーゼとして当稿のここに定着させてみることにする。

A　ホッブズの平等概念（⇩平等思想）

木庭は、これについてはK. Hoekstraの著作に全面的に譲ることができるとして、こう叙述する。

Hobbesは自然状態における個人間平等を様々に論証し、これがそれまでの平等論と全然違うのであるが、Hoekstraが指摘するとおり、この対等は（あくまで事実そうだと主張されるものの）実質的には平和のためのアプリオリである。力の差が有ってもだからと言って支配は安定せず、どんな強者も肉体に依存する限り最弱者の一撃で倒される。その限りで全員全てを支配するチャンスを完璧に対等に有する。それはどのみちゼロであるという数学的な対等である。優越に基礎付けられた結託と徒党は成り立たない。だからこそ公権力の形成へと向かう。しかも、Hoekstraが強調するには、自らの優越を信じるpride、つまりポトラッチの心性、こそが皮肉にも破綻を決定的にする。人々は対等を認め、政治を形成せざるをえなくなる。要するにHobbesの平等は曖昧な結合を全て切断する意義を有する。全てを剝ぎ取り個人に還元し、かつその個人からも全てを剝ぎ取ると幾何学の点のごときものが現れる。これは完璧に等しい。重要な点は、これしか政治形成しえないということである。[*57]

B　ホッブズの metus 概念

これについては、metus 概念が全面的に迫り上がってきていると木庭が言う一六四二年の『De cive』から、いくつか木庭訳によるホッブズ自身の言い表わしを直接引用することでここでの定着のケースとしたい。

協同により生活の便宜を増進するのであれば、水平結合 societas よりは垂直支配 dominio によっての方がよほどよく達成できるのであるが、ところがしかし、もし畏怖 metus が無ければ、人間というものは本性上浅ましくも水平結合よりも垂直支配に向かってしまうこと疑いない〔ところがしかし畏怖があるから水平結合に向かう〕。故に、本格的で継続的な水平結合の起源は人々の相互善意ではなく相互畏怖 mutuus metus に存する、と措定せざるをえない。*58

人の行為が意思 voluntas に発し、その意思は希望 spes と畏怖 metus に発する、ことは自明である。……したがって各人にとって安全保障と自己保存の希望は、自らの力と技を以て公然もしくは秘かに直近の者を脅やかしうるということに存する。ここからして理解されるように、自然の法は認識されたからと言って直ちに各人に遵守の保障を供するものではない。他者の侵出に対する備えが各人にとって得られない限り、各人はあらゆる手段を以て安全保障を講じようと欲し、またそうすることが可能であるから、各人に基底的な権利、つまり全ての物に対する権利、戦争の権利、がとどまることになる。*59……

さて、端的にここに掲げてきたホッブズのA・平等概念とB・metus 概念だけでも、何度も読み合わせてみるならどうだろうか。幾何学の点にも相当するあらゆるものを剝ぎ取った人間と人間のあいだには鬼気迫る緊張関係が在ることが見えてくる。それぞれが生き延びんとする者同士のことであり、その緊張関係は自己矛盾にほかならない。これが人間が生きる初期条件としての自然状態であり、この矛盾の解消は、この条件（自然の状態）の只中から間髪を入れずに立ち上がって来るものであるほかないだろう、まさに自然の法則（自然法）として。この臨界点にこそホッブズの思想は立ち上がっている。そこはすでにトゥーキュディデースが立ち往生したあのφόβοςの地点ではなかったのだ。この辺りのことを木庭はラテン語文引用を入れて（ここではそのラテン語文は省略）こう言い表わしている。

安全保障のためには、「実力行使は危険で実力をひかえるしかない（ラテン語文省略、以下同じ）」ほどまでに相手は脅威であると、両者共が互いに信じ込まなければならない。通常の場合どんなに均衡を作ってもわずかな移動によって相対優位が実現し勝利を期待し実力行使に及ぶ徒党が根絶されない。自然状態にこのように詰めた表現が与えられてこそ、われわれは「何らか共通の脅威metusによって強いられない限り（…ラテン語表記略…）平和は達成されない」という核心命題に説得される。つまりHobbesによれば、互いに相手を完璧に怖れ切る余りこれをあたかも第三の絶対的な脅威であるかのように思うまでに至る以外に脅威の克服は達成されないというのである。[*60]

当該著作の一六八ページの第一段落で巧みにもホッブズ思想の最深奥部をトレースしている木庭によればこうである。「初期条件に含まれていたものから初期条件を完全に克服する絶対に異質な条件が導かれる」と木庭が言い表わすこのロジックは、metusに依拠したものであるが、なるほど「極大化されたmetusは、主体とリソースの関係が極限までオープンである。誰でも全てを取りうるし、失いうる、ということを意味している。しかもその関係は互いに完璧に対称的にである。どちらも守るべきを持ち、しかし相手はそれを無限に侵食しうるから、脅威であるが、自分も相手を無限に侵食しうるから、希望に満ちている」のだ。

青年期のホッブズがなぜトゥーキュディデースの膨大な『ペロポネソス戦争史』の原典に魅きつけられ、その翻訳、読解に挑戦せざるをえなかったかは、容易に察しがつくことである。一七世紀すなわち近代前期のイギリスは、資本主義社会形成が始まる大転換期で、国内的にも国際的にも内乱、戦争が絶えなかった。その混乱の程は前述したが、歴史年表を開けば一目瞭然、権利の請願（一六二八年）、ピューリタン革命（一六四〇～六〇年）、三回に及ぶ蘭英戦争（一六五二～五四、一六六五～六七、一六七二～七四年）を拾っただけで十分推し量られる。世界の海上覇権争い絡みの大陸との国際関係では、好戦派、和戦派の争いにも尋常ならざるものがあり、ホッブズも論戦に巻き込まれている。身辺に迫るそうした時代相のなかで、ホッブズはトゥーキュディデースのφόβοςとmetusに沈潜格闘することで、当時ホッブズ自らがすでに胚胎していただろうmetusを凝視し、鋼の如き論理へと鍛え上げたのだった。思想にはそうした時代との対峙の側面があるものかと思う。

この項を、トゥーキュディデースが立ち往生したところからの渡河地点の発見ということで始め、木庭の読解に基づきホッブズの思想を辿り見てきた。それと同語反復の観があるが、その鋼の如き基本テーゼのホッブズ自身の言い表わしを引用しておこう。

> 自らの意思を他の者の意思に服せしめる者は、その他の者へと自らの実力の権能（ius）を移譲するのであり、それは、「他の者たちも同じことをする結果、彼らの意思を自らに服せしめた、その者が、その実力に対する恐怖の結果としてそれら個々人の諸意思を単一体・和合体へと形成せしめることができる、それほどの実力を獲得する」ということを目指すためである。*61

なお、木庭はこのホッブズのセンテンスにおいて「意思」の概念が要《かなめ》の役割を果たしていることに留意を促している。その根底になにかしら物理的な存在論が用意されているかの如きこの「意思」こそが、単なるポトラッチ心性、贈与交換などが帯び兼ねない全ての曖昧さを払拭して屹立し、ローマ法の意思voluntasから遠く隔たる概念だ、と。ここで私は、往き暮れて最険の難所からの向う岸への渡河地点を見失うことがないように、ふたつの標木を建て備えたい。

第一の指標木は、ローマ法理解の分節化ないし差別化、ないしからの訣別の営為という鉈により製作される。法制度のローマ時代からMinos風海賊的交易時代まで遡行することで、metus概念をトゥーキュディデースのφόβοςまで下降行を果たし徹底的に突き詰めた、そのホッブズの考察の把握には、この鉈の操作は不可欠なのだ。

ローマ法の意思は、合意にさらに条件を課すものであり、合意というレジームの内部で両当事者の自由を保障する。そこに実力 vis はもちろん心理的な圧迫、精神的レベルの実力 metus が働いていてもいけないということを監視する任務を含意する。これに対しホッブズの「意思」は、状況に条件を課すものでなく、他がどうあれ、特定のリソースを一人で好きなように完璧に動かし得る力のことで、いわばこれもまた占有意思である。ローマ法がヨーロッパ中世世界を生き延び、近代市民法や近代国際法の創設にさえ貢献、そのローマ法の継承が近代社会の誕生を促した側面に思いを致すとき、それとは質の異なるここでの指標木は貴重となる。近代後期以降はほとんどどこにも見当たらない材質のものだからである。人間の社会（人と人との関係）は通常さまざまな干渉が働いて思うようにならない。相互契約により成立する社会（なお、近代後期に当たるJ・J・ルソーやJ・ロックの社会契約論はこの立論イデオロギーに当たることに大場は留意を求めたい）の場合、そこには陳腐な意味の契約を含む互恵的（これを木庭は réciprocité と表現する）結合関係が伏在するのが常となる。そこでの公権力の形成は取引によって値引きさえ可能となり兼ねない談合組織と変らなくなり、泥沼の不安定を招き兼ねない。なお、現代の最先端で顕在化して今騒がれている民主主義制度の危機問題の根も、思想原理としてはここに通底しているというのが私の見立てである。ここでは別の問題として括り他日を期す。

第二の指標木は、ホッブズと同時代人だった近代国際法の祖グロチウス（一五八三〜一六四五年）さえもが受け継いでいて、遠くはアウグスティヌス（三五四〜四三〇年）さらにはアリストテレス（前三八四〜三二二年）にまで遡る正義概念を、法理念ないし法理論から抉り出し、追放する鉈で製作される。ホッブズの「意思」は正義如何とは別の次元に屹立する。ところで侵攻、侵略にせよ防衛、自衛にせよ、そこに正義如何が介在してくると、それは一律に論議への汚れの付着にほかならないという境域の問題なのだ。正義如何こそが徒党結成を促す真因なのだ。ここで「徒党」と言うとき、それは今流行《はやり》のあの根拠薄弱な「同調圧力」を由《よすが》に結成されるものの謂《いい》である、と付言しておこう。

この二本の指標木で確められる渡河地点に立ってみると驚く。トゥーキュディデース（前四六〇頃〜四〇〇年頃）と同時代人であったアテナイの民主主義者ペリクレス（前四九五～四二九年）の演説が鮮やかに聞こえてくるではないか。アテナイに迫り来るφόβοςと、有能なソフィストたちのデマゴーグの流布……その数としてのボリュームを成す民衆の意向……これらが招き寄せ続けるかのようなφόβοςに向かってアテナイの自慢のデモクラシーを高らかに称揚しながら朗々と響き渡るその演説も、深層は不吉なものに貫かれていたのだった。デモクラシーに潜む病理を鉄板のうえの鯛焼クンさながらに炙り出すホッブズのmetus概念とその克服としての「意思」概念は、近代後期のJ・J・ルソーやJ・ロックあるいは遥か後世の「初期化・リセット化」を騙る構造主義思想など弾き飛ばして物ともしないことだろう。脱線するが、木庭が語る言外にはそのようなメッセージさえ聞こえる気がしてならない。

トゥーキュディデースのφόβοςの圏外へと歩を進めたホッブズの筆速はにわかに速くなる。帰納法の極端で歩を運ぶトゥーキュディデースから見れば演繹的推論が勝るようになる。儀礼もまた事実としての繰り返しであり、それ自体社会学的な自然のメカニズムにより現実となる。こうした儀礼的法学的な思考のみならず、神話の再現実化の思索経緯を経由して、古典的なキリスト教神学の生命線であるmystiqueな構成法を流用し、近代の刻印を帯びた政治システム、見紛うことなき近代国家の概念を立て上げてみせる。ホッブズのこの近代国家立て上げについての私の叙述は別に試みるほかない。[*62] ただ、ホッブズ理論の着地部分におけるキリスト教神学の構成法の流用は、ホッブズ版政治システムの基盤の今日的になお有する意義を見失い易くしてしまうという木庭の読解には肯くほかない。そして、近代後期の啓蒙思想（ヴォルテール（一六九四～一七七八年）やJ・J・ルソー（一七一二～一七七八年）等）時代を経て資本主義制度が世界大に広がり、第二次大戦後、一九六〇年代になると植民地からの独立国家が後発の国々に一気に拡大する。この流れのうえに現代の世界の国々の政治システムができている、これを指して木庭は言述していると私は理解しているが、さてこの意味での「近代版政治システムは理論も実際も基盤を欠く造作たることが多い[*63]」とする木庭の指摘は炯眼のなせるところと思う。すぐ続けて木庭はこうも述べている。「基盤から出発しながらも効果的たるを追求せざるをえなかったHobbesの営為は、Machiavelliに続いて、本人の意図とは正反対に、基盤を見失わせ、近代の政治システムの皮相な性質を決定付けたように思われる[*64]」と。

繰り返しともなろうが、強調の趣旨にもなろうか、今日になって急激な流れを形づくりつつあると観られる近代版民主主義政治システムの危機的状況は、そこに発している事象なのではないか。そしてこの事象の解析は、二〇世紀中葉以降の、つまりは構造主義思潮の席捲下自らを見失ってしまい（ホッブズやマキアベリなど視野にも入って来ない）、その痕《きず》を癒し得ていない政治学領野したがって現代政治学の喫緊の課題と思われてならないのである。

ここでのフォーカスの1（憲法九条は厳密な論理を持っている）を閉じるに当たり、論を憲法九条に戻そう。憲法九条が誹謗中傷の集中砲火を浴びるとき、その餌に蟻の如く群がる者たちのなかには、「近代版政治システム」論者たちも居る。ホッブズに伍し得る歴史学的、哲学的、政治学的基盤に立って憲法九条を読む者には、憲法九条は一項二項まるごと厳密な論理を備えている。さらに言えば、二〇〇〇有余年に亘る人間の生生しい歴史体験に裏打ちされてきている、そのようにしかあり得ない「厳密な論理」について、その理解もなしにああでもない、こうでもないとなお論じ合うということがあるとすれば、論争そのものを否定するつもりはないが、それらこそはまさに机上の空論なのではあるまいか。そこに欠けているものがあるとすればホッブズの言う「意思」である。厳密な論理の立て上げは「意思」あってこそのものであるが、厳密な論理の現実存在もまたその「意思」に支えられて在るものなのである。

（2）〈フォーカスの2〉憲法九条をなにが崩すのか、誰が崩すのか？

——夏目漱石の『それから』が投げ掛け続ける問題

①「政治と文学論争」のもうひとつの奥津城

憲法九条は近代史の構造に裏打ちされてその内在的な反省から生まれ、意外なことには人類の体験のさらにぶ厚い歴史に支えられた厳密な論理構造を持ったものであることを知った木庭の当該著作の読者には、その憲法九条をなにが崩すのか、誰が崩すのかが切実な関心事となる。フォーカスの2として取り組む所以である。

文学とは人間と社会の関係についての学問であるという私の定義は仮置だったにせよ粗すぎる。少なくとも、「およそ文学は、作者が自分の現実と鋭く対決することを通じて生まれる」[*65]とまで踏み込まなくては。その意味で木庭が夏目漱石の小説『それから』に普遍性とも言える射程を見出していることには首肯される。「その普遍性は、…略…まずは近代日本固有の人間と社会の奥へと深くソナーを降ろすことによって獲得されて」いて、そう指摘する木庭に導かれて小説『それから』を辿り直してみると、一〇〇有余年後の今を生きる私たちをもゆうに捉え得ていることに気づくのである。

　私の叙述の分かり易さのためには不都合ながら、ここに長編『それから』のストーリーを追うスペースはない。すでに見た大江健三郎の小説の方法とまったく同じとは言えないにせよ、ちりばめられるように配された数々の巧みな表現上の技法や工夫のことなり、ストーリー展開上の序破急のリズム構成の巧妙さなりについても、私の読みを提示してみるうえでは重要なのだが省かざるを得ない。あるいはまたさらに重要と思われることには、明治四〇年という日本近代文学の歴史的ステージでの小説ジャンルへの果敢な乗り出し、つまり伝統的に日本の文学では大宗を維持してきていた抒情詩ジャンルを降り、韻律という武器を捨てて徒手空拳で、あえて散文の小説という泥沼の白兵戦に身を投じ勝負に出る夏目漱石のその覚悟の程などについても、である。

　単刀直入にいくほかない。そこでまず第一には、ヒーロー代助とその無二の親友平岡の人間関係に関わっての、代助はエピキュリアンたることを切望する、その代助のエピキュリアニズムに憑かれたとも言うべき精神のあり方の小説展開のなかでの微妙な変転推移を読者は追うことになるということが、まずひとつある。そして第二は、代助とヒロイン三千代の二人の関係である。代助と三千代のそれぞれのそれぞれに対するパーソナリティの心底に明滅浮沈する想いとその成り行きに読者の関心は吸い寄せられる。そのふたつの流れは、糾《あざな》える縄（ただしなにかしら透明な）の如く絡まり合いながら、物語を貫く縦糸となっている。縦糸を言うには、ここで全編を通して描き出される代助という人物の特異な人となり（それは読者を魅了し続けて止まない）について私なりに言い表わして提示しておくことが必要だろう。いわゆる周囲に登場する人間とはかなり異質なパーソナリティを代償として彼の精神に湛えられているものであるだけに、代助のそのエピキュリアニズム[*66]と三千代への愛はふたつながらなにものにも替え難い、代助という人物自身のレーゾンデートル raison dêtre なのである。しかも前者すなわちエピキュリアニズムはホンモノからウソモノへ、後者すなわち愛はウソモノからホンモノへとその顕れの質の微妙な変幻を読者の印象に生起させながら、ということを付言する必要がある。

他方、みごとに織り込まれていると言わなければならない網の如き横糸はどうか。巧みに配された代助の書生門野、代助の親爺長井得、兄誠吾、嫂梅子、甥誠太郎、そのほか二、三の代助の友人や銀行支店長、平岡の同僚等の登場人物たちが、代助や平岡、三千代等との関係を織り上げることで、当時の日本近代固有の社会を構造的にくっきり浮かび上がらせるように物語は仕組まれている。

以上のようにこの作品を要約してみるとき、夏目漱石の神経質で鋭敏な目は、縦糸にも増して、編み上げられている横糸群に注がれていることが分かってくる。否、代助は、この日本近代固有な社会と反《そり》が合わず、ときには仇敵のように背を向け続けていたのだし、一方平岡は、いつのまにか、その社会のなかから湧き出てきたかのように代助の前に姿を現わしていることが分かってくるのだ。

夏目漱石が留学して見聞できたのは、市民革命期から二〇〇有余年というイギリス近代社会であった。『それから』が取り組んだのは、黒船来航の大騒動からせいぜい五〇年後の日本社会である。西洋に範を求めて邁進するこの国だったが、そこに現象する日本近代固有の捻れにはいかんともし難いものがあった。親友平岡への三千代の紹介、仲介から、経過を経て平岡の妻になっている三千代に、ついには決然と恋慕、告白へと向かう代助。「その選択は近代日本に固有の捻れによって妨げられていた。しかし体勢を立て直してこの捻れそのものにチャレンジするという険しい岸壁はなお厳然と聳えているのである。否、ポイントを突く正しいアプローチを主人公が得た以上は、主人公はいよいよ袋だたきにされることであろう。[*67]」

結果、近代日本社会の最も根底的な欠陥があぶり出された。その射程は現代に及ぶ。かつ現代われわれは忘れてしまっている。つまりこの課題をいまだクリアできないどころか、問題探究において少しの進歩もない。否、問題自体を忘れてしまっているのである。その証拠に、この作品をさっぱり読み解けない。[*68]

（傍線大場）

当該著作の著者木庭顕は、『それから』から右のとおりの今日的事実を読み解く。詳細に亘る膨大な注記群から、夏目漱石についてのみならず作品『それから』についての諸学者、諸作家たちの研究や評価についていかに広範な渉猟が踏まえられているかが分かるのだが､右傍線「さっぱり読み解けない」には木庭の万感が籠められていると思うのだ。この引用箇所の意味については当稿の読者の胸にストンと落ちるように後でまた触れるつもりである。

泥沼の白兵戦に徒手空拳で挑む夏目漱石の偉業に木庭はさらに一歩踏み込んでこう述べる。まず「亀裂のポイントを探る作者は言わば理論上の発見をした。つまりその発見は日本の近代社会にとって有効であるばかりか、凡そ近代市民社会の、少なくとも19世紀型市民社会の、限界を突くものとなった」と述べ、「しかも…略…なおかつ…略…或る特定の微妙な転回点（知的友愛から meretrix[*69] 解放への転調）を基底的と考えるものであった。19世紀型市民社会のインパクトが極東にも及ぶという状況下において、一点でのみ刺すならばここだというのである」[*70]、と。

夏目漱石の照準についてこう指摘されてみると、私の想念に〝ハタ〟と顕れ来るものがある。この課題は、同じ極東の中国において魯迅の『吶喊』や『夏草』が仕残していたものだったのでは？　と。ここで私は『それから』と『吶喊』の創作年次の前後といった枝葉末節を問うつもりはない。同じ極東とは言え、日本と中国のさまざまな点での相違懸隔は大である。しかしこれだけは指摘できると思われるのだ。夏目漱石の『それから』もまた「政治と文学論争」の不朽の奥津城なのではないか、と。

② 「政治と文学論争」とはなにだったか、あるいはなにか？

すると、「政治と文学論争」について、私には見えてくるものがある。その論争とは、あの作品はどうのこの作品はどうのと、ひとつの統合された自律態たるべき作品と、それが生み出された時代背景とのあいだの相違点や共通点について云々するものなのではなく、ましてやその作者がどうのこの作者がこうの等について論ずるものでもないのではないか、と。当稿の冒頭部（第一章の二）で触れた「実践と表現（明治の自由民権運動と明治期の政治小説）」の関係に関わる問題ではもちろんなく、また昭和の戦争期前後のマルクス主義の立場に立つ革命運動と革命文学に関わる問題でもないのだ。当稿冒頭部（第一章の三）ではまた、戦後も一九六〇年代に入ると奥野健男の裁断（「「政治と文学」理論の破産」）よろしく「政治と文学論争」はあっという間《ま》に雲散霧消したことに触れてきた。これらの経緯を振り返るとき、それら種々《くさぐさ》の「政治と文学論争」として見えていた事象のある種惨めさ加減はなんだったのだろう。

それはあまりにもあたりまえのことである。その命題はそもそも命題として存立し得ないものだったからである。別に言おう。「政治」というこのうえなく複雑多岐な事象と、「文学」というこれまたそれ以上に輻輳深遠な事象との関係に論争を想定する雑駁さ（それは概念構成上の不能ないし命題の不能に塗れていると言おうか）が捨象されている無意味態だからである。言葉の浪費は止める。端的にはこうである。「政治と文学論争」は、とある具体的一作品のなかに内在するほかありようはない。内に蔵している作品と内に蔵していない作品がある。たとえば夏目漱石の『それから』と真藤順丈の『宝島』である。「政治と文学」の関係は、文学作品そのもののなかに内在する。あえて言い切ることもできよう、それを内在しない作品は文学にあらず、で、そのような作品はもっとも奥に控えている「政治」に利用され得るものであることだろう。内在する作品は、おのずとすでにその奥に控えているものを相対化し、指摘されてみれば、ありありと、という仕方でその「政治」を丸裸にしてみせるものになっているからである。

さてそれでは、夏目漱石の『それから』が内に秘めている「政治と文学論争」とはいかなるものか？　木庭は当該作品の随所で私たちに開示してみせてくれている。

> 夏目漱石『それから』の平岡なる登場人物が大変に参考になる。まるで現代のことであるかのように深く腐敗した金融の闇から弾き出された彼は、主人公を陥れるべくその父と兄に密告し、同時に彼らの会社のスキャンダルを材料にゆする。ゆすりゆすられ、双方は結託する。平岡のような分子が大陸に渡るということを作者は示唆するが、その場合を含めて、ゆすりゆすられ関係は結託コンフォルミスムの密度を「弾き出され＝再吸収」の度毎に極大化させるであろう。*71

日韓併合、そして対中二一か条の要求は、日露戦争（一九〇五年）後わずか五年、一〇年のできごとであり、山東出兵（一九二七年）、満州事変（一九三一年）、上海事変（一九三二年）そして日華事変（一九三七年）と陸続する歴史的できごとは、その予言とも言うべき『それから』という文学作品の記述の線に沿っていた。代助、平岡そして三千代等々の登場人物たちの葛藤は、これらのいわゆる歴史的な事象ないしその遠因と絡み合っていた。

コンフォルミスムの「闇は弾き出し続けることだろうが、弾き出された者は多少楯突くとしても必ずそのポジションを裏切り闇に再吸収され、この結託が他を犠牲にする残忍さは増すであろう。闇はこのメカニズムを養分として成長する。ゆすりゆすられは、裏切り裏切られを意味する。これをむなしくカヴァーすべく、高密度コンフォルミスムは過度に軍事化する」[*72]ことになる。木庭が言うコンフォルミスムは事大主義ないし体制順応主義といったところであろう。年表を繰ってみるとあらためて気づかされる。日本近代社会は、明治期から昭和の敗戦まで五年から一〇年といった間隔を措かず軍事的に事を構えてきている。それが作品『それから』が呼吸し生き続けてきた日本近代固有の社会だったのである。

するとまた私は驚かざるを得ない。「適当な敵を探せればよし、探せなくとも大事なのはいずれにせよ気分である。いずれにせよ軍事化はこの種のコンフォルミスムに不可欠である」という次第で、『それから』は今私が生きる現代日本に生息しつづけていたからである。そして木庭はこう付け加えている。

コンフォルミスムは、まあ構わないじゃないか、その方が常識に適う、実際的だ、という雑な思考の蔓延により外堀を造る。私は、憲法9条を葬るものはさしあたり以上のことではないかと疑っている。ゆすりゆすられの人々が9条を狙うということほど雄弁に9条の意味を弁証する事実はない。やはりこの条文は伊達に存在しているわけではない。[*73]

以上が「政治と文学論争」とはなにだったか、あるいはなにか？　という問いに対する私の見解である。たとえばひとつの作品『それから』の内部で静謐にしかし激しく繰り広げられているような論争なのである。その論争に巻き込まれて読者は、自らの精神の襟を正して、自らの立つ位置を探ね、踏み出すべき一歩の方位を探らざるを得なくなるのだ、と。

（四）木庭顕『憲法９条へのカタバシス』への私の評価の視点——結びに替えて

木庭顕の当該著作に導かれるようにして私は今この見晴らしに立っている。あとは一瀉千里擱筆地点に向うのみといったところである。しかし当項見出しに掲げた私の評価の視点を述べるに当たっては、私のなかに蟠《わだかま》り残るなにかしら大きなひとかたまりがある。これを少々なりとも当紙面上に晒してみないことには私の評価の視点も鮮明さを欠くことになり兼ねまい。

それは私にはやはりいかにも厄介なひとかたまりなのだが、当稿の注記＊37に掲げた飯田洋子の著書の「解説」での小森陽一の一節がその外枠をざっくり言い当ててくれていて助かる。

本書では「六〇年安保闘争」から「七〇年安保闘争」にいたる運動を担った世代が、三〇年間の潜在期間を経て「九条の会」運動を創出していく過程が描き出されていく。＊74

泥濘《ぬかるみ》にはまらないよう大いに要注意で気も重くなるが、この三〇年間この国は経済的には高度成長とその余沢を恣にし、文化面ではその根底を海外とりわけ西洋由来の構造主義思潮の大津波に凙われることになる。この両事象が表裏一体だったことは言うまでもない。そして私にとって厄介なのは、後者につき危機的な事態に至ったことが、大方には自覚されなかったらしいことである。私の見当では人文科学領野一般に当て嵌まることだが、少なくとも文学分野に関する限り、私には、黒田喜夫を除いて早鐘を鳴らす文献にお目に掛かることができない。

小森陽一の右の一節に促がされて、早足でこの三〇年間の動向をふたつの流れで括ってみるならこうなるだろう。そのひとつは社会運動・市民運動の動向である。小森は潜在期間と名辞するが、この三〇年間のあいだには大きな変転変様があった。「六〇年安保闘争」と「七〇年安保闘争」の変様変質自体そのなかで捉えられようが、典型的には東大安田講堂闘争（一九六八年）、浅間山荘事件（一九七二年）等はどうか。ここには闘争コード（cord ではなく code）の転換があった。これは構造主義思潮の蔓延と無関係ではない。

ふたつ目は文化のなかでも人文科学領野とりわけ文学分野の動向である。たとえば一例として吉本隆明の『言語にとって美とはなにか』（一九六五年）、『共同幻想論』（一九六八年）、「修辞的な現在」を収めた『現代詩史論』（一九七八年）等は当時どれほどの話題を渫って語られ論じられ続けたことだったろうか。当該津波の思潮コードが引き去った今はどうだろうか。なお黒田喜夫の『彼岸と主体』（一九七二年）には吉本の『共同幻想論』に対する根底的批判が沈められていたのだった。

さてここでの本論に入る。私事に渡るが、私は『わが論ノート』その一及びその二で、一九七〇年代から八〇年代を中心に構造主義思潮の席捲を受けて、とりわけ文学分野は潰滅的なダメージを被った問題に取り組んだ。しかしこれまでこの私の問題認識の妥当性如何を含めてまともに批評が得られたという思いがない。しかし私がここで論じておきたいのは、このあるいは一人よがりなルサンチマンめいた愚痴ではない。文学分野に止まらず、言語学、哲学、歴史学、政治学、法学といった分野を一括して人文科学領野と言ってみたいが、この領野が構造主義思潮の嵐をどのように浴び、あるいは凌ぎ、その傷をどのように癒し、どう立ち直りつつあるのかが、私にとって懸案であり続けているということである。

こうした私の長年の懸案の前に、木庭顕の当該著作は忽然と姿を現わした。そしてそのマニフェストは明快そのものだった。

（憲法9条を…挿入大場）、何が崩すか、つまり誰が崩すのか？　歴史学は総力を挙げて至急この問題を探究すべきである。[*75]

この問題提起は、現在のこの国の歴史学に対する真正面からの批判でもある。このことを措いて私たちの生きるこの国の歴史学にどんな課題があるというのか、歴史学はいったいぜんたいなにをやってきているのか、と木庭は言うのだ。木庭はクドクドとコマゴマ解説はしないが、端的には〝世界史はこれまで西洋史でしかなかった〟という趣旨の目の醒めるような刺激的テーゼに集約される構造主義の席捲に歴史認識の視座を見失った日本歴史学界に対する指弾にほかならなかった。すでに用済みのゴミ捨箱を引っくり返してそのアチコチをほじくって渡世している、それが歴史学ではあるまいと言わんばかりの勢い、そんな学問的矜持がこの一行を立たしめている。

木庭の問題提起は一分野たる歴史学に対するものに限らない。その鋭い眼光は文学、哲学、法学、政治学、経済学、金融学、財政学おしなべて人文諸科学の現状に向けられていることが、何度も言うようにこの一冊の膨大にして詳細、専門的な注記群から明らかなのだ。その学術的関心に基づく知的達成が憲法九条へのカタバシス（下降行）へと収斂的に注がれるから心憎い。

私の個人的な経験を元にすれば、やがて9条を暴力的に襲うだろうと思われた動きが孵化するのは1980年代後半、バブル期である。以後事態は真っ直ぐに沈んでいった。まず闇の構造が肥大した。その構造の破裂が大量に平岡を生み出した。「改革」は再吸収のサインであった。ゆすりゆすられのコンフォルミスムはスケールの大きな観念上の軍事化を周囲に発散した。何よりも労働現場で暴力的かつ犠牲強要型の過激なコンフォルミスムが吹き荒れた。信用システムはこの劇症のゆすりゆすられ構造に質を取られたようにしばられ、中毒ないし依存症に陥った。…略…破滅にまっしぐらであるが、しかし止まればもっと危ないとさえ認識されるようになった。この全体の動向は、世界の汎軍事化と相対的に独立の、ないしそれに先駆ける、ものであったが、まさにその世界の汎軍事化と相乗効果で現在現実に強固な根を張っている。*[76]

世界の汎軍事化と相乗効果で現在現実に強固な根を張っているこの全体の動向についての木庭の洞察は、当然ながらつぎのような認識と表裏をなす。「われわれは平岡が飛び出してくるような闇をどのように解体するかという課題に紀元前8世紀以来系統的に取り組んできた。人文主義やホッブズなどを経て9条にまでその系譜が及んでいることは簡単に論証しうる」*[77]のだ、と。そしてその論証のための一冊が当該著作にほかならなかったと言うこともできる。

なお、前掲引用の冒頭部に、「1980年代後半、バブル期である」と叙述する木庭のその所見が、木庭持前の学術的な根拠を示しての論述でなく、「私の個人的経験を元にすれば」とのこと、この点に読者としての私の残念はある。学術的論拠を示しての論証となれば複雑多岐に亘る総合的作業が必要になるから、ぐらいで読み過ごしてしかるべきなのかもしれないが、この時期のこの問題への言及である限りは、構造主義思潮の席捲、蔓延についてなんらかのそれと分かる名指しの言及が欲しいと思われるのだ。しかしひるがえって思えば、構造主義という名辞（ないし概念、その把え所のなさ、難しさ）は学術的論証のコード（code）には馴染みにくいということなのかもしれない。

それはひとまずともかくとして、さて、木庭の認識に立てば、少なくとも世界の学問的平面においてはそのような系統的な努力は積み重ねられてきているのだ。私たちは（私の言葉を差し挟めば初期化、リセット化を突きつけてくる観のある種々《くさぐさ》の構造主義的思潮に惑わされて自己を見失うことなく）従前の積み重ねられてきた蓄積を一段掘り込んで系統的に学び直し、これからに向かって展望を見出していく以外に生き延びる道筋はないのである。最後に木庭の当該著作からもう一度長引用の許しを得て私の読みを述べ、木庭の当該著作への私の評価の視点を明記してみたい。

こと9条に関する限り、（世界の）法学および国際政治学にわれわれは自ら分け入って研究しなければならない。この二つの分野には共通の二つの欠陥が認められる。[A]19世紀レヴェルにとどまり時代錯誤に陥った基本枠組と[B]余りに粗雑なこれへの反発。近代初期に遡ってこつこつと研究を積み重ねなければならない。前提として、実力ないし武力紛争ないし社会軍事化のメカニズムに関する理論の蓄積を準備しなければならない。とりわけ部族社会の原理について集中的に研究する必要がある。いわゆる先進国についてもである。「安全保障」に関する俗論を背景に、トゥーキュディデースがあれだけの精度で看破した恐怖の感情が煽られると、収拾が付かない。ゆすりゆすられ構造はこの生き血を吸って膨張する。[*78]

言わずもがなとも言うべき私の読みを述べればつぎのようになる。右引用の傍線Aの一九世紀レヴェル云々は、一八〇〇年代末のF・ド・ソシュールに端を発する言語構造主義、A・ブルトンのシュルレアリスムそしてJ・ラカンやレヴィ＝ストロース、M・フーコー等々の構造主義がヨーロッパのみならず世界を席捲する以前の時期。それは市民革命後の民主主義、資本主義総じて西洋主義が世界へと拡大する隆盛期、その基本枠組にほかならない。傍線Bの余りに粗雑なそれへの反発とは、総じて構造主義的思潮と概括することができる諸学問分野における対処を指している。未開社会の親族構造の研究等からこれまでの世界史はまるごと西洋史にほかならないというテーゼを掲げて現われたC・レヴィ＝ストロースの『野生の思考』が諸学問に与えた衝撃は大きかったのである。

すると、この引用箇所での言い振りは慎重ながら、木庭の洞察は、資本主義社会隆盛期におけるここでは少なくとも法学と国際政治学の在りようを刺し貫いているのだ。そして具体的に言う、この情況を乗り超えるには、文芸復興期ないし近代初期の諸学問に遡る必要がある、と。中世期の枠組が打ち破られ、近代市民社会が形成されようとする一大動乱期の学問である。そして実際に木庭は、T・ホッブズ（一五八八〜一六七九年）に遡ることで古代ギリシャのトゥーキュディデースにまで遡行することを余儀なくされ、しかしそこでようやく、はじめて憲法9条への自らの認識・態度を確固たるものにすることができた。文学を最広義に捉えるとき、木庭顕の『憲法9条へのカタバシス』もまた現代の「政治と文学論争」の眩しき奥津城のひとつなのではないか。

資本主義の隆盛と表裏を成すその徒花にすぎない構造主義とその顚末のことなど物の数にあらずと歯牙にも掛けぬがに木庭は、憲法九条へのアプローチの前提として不可欠だと、傍線Cのとおり部族社会の原理の集中的研究の必要を主張している。ここでの木庭の言う脈絡は私には必ずしも審らかでないが、おおよその見当はつく。これはC・レヴィ＝ストロース等の未開社会研究の未然形への批判、ないしはそれに続く部族社会の原理の徹底研究の要求なのではないか、と。そして、さらに私には思われてくることがある。最晩年のK・マルクスの「原古的な《アルカイック》」農村共同体への言及のことである。

さて私にも拙『論ノート』その一で、構造主義思想とはきわめて異質な黒田喜夫の思想に思いを沈めていた際、田邊元の「種的基体論」に遭遇し、文字通りの格闘を余儀なくされたことがあったのだった。今もう一度その田邊元を訪ねてみたい気がしてくる。しかしここでは、唐突かつ飛躍の誹りは覚悟で、黒田喜夫と憲法九条がようやく同一視野上に見えてくる予感を記し置くに留め、筆を擱く。

〈注記〉

＊1　この項の記載はそのかなりを『日本近代文学大事典』（講談社）の亀井秀雄及び『日本現代文学事典・人名・事項篇』（明治書院）の小泉浩一郎に負う。
＊2　『「食《く》んにゃぐなればホイドすれば宜いんだから！」考――わが黒田喜夫論ノート』（書肆山田刊、二〇〇九年五月）及び『続／わが黒田喜夫論ノート――試論・「現代詩の現在」の萃点はどこに在ったか――』（土曜美術社出版販売刊、二〇一二年一一月）の二冊で、以下前著を『論ノート』その一、後著を同その二と略記する。
＊3　『現代詩』（飯塚書店刊、一九五八（昭和三三）年一二月号）の一〇四ページ。
＊4　同右、一二一ページ。
＊5　同右、一二九ページ。
＊6　「東京新聞一九六〇年八月四日～六日」なお引用は奥野健男『文学的制覇』（春秋社刊、一九六四年）の七～八ページ。
＊7　「「政治と文学」理論の破産」（『文藝』一九六三年六月）。なお引用は『昭和批評大系』第四巻、三一九ページ。
＊8　「「政治と文学」批判」（『文学』一九六三年六月）、なお引用は奥野健男『文学的制覇』（春秋社刊、一九六四年）の二五一ページ。

＊9　『現代詩手帖』一九六六年一月。
＊10　拙『論ノート』その一の第一章の五。
＊11　拙『論ノート』その二の一四ページ。
＊12　＊6の二五〇～二五一ページ。
＊13　奥野健男『文学における原風景』（集英社刊、一九七二年）。
＊14　右の増補版の二九七ページ。
＊15　構造主義を理解するうえで重要なこのことについては、拙『論ノート』その二の一〇〇ページ以下、第一編第三章の二の（二）の2で詳述してあるので参照ありたい。
＊16　大江健三郎『小説の方法』（岩波現代選書、一九七八年）。
＊17　同前『新しい文学のために』（岩波新書、一九八八年）。
＊18　私の見立てでは、吉本隆明の仕事にはフランス構造主義思想の生半可な模倣的活用が嗅ぎ取られ、そのいわば偽構造主義的流用の流行が、この国にもたらしたマイナス面は小さくない。しかし、日本思想史家安丸良夫は、「フランスにおける構造主義などと同時代的な思想的営為だった」（『現代日本思想論――歴史意識とイデオロギー』（岩波現代文庫、二〇一二年、二八ページ））と慎重であることを付記しておきたい。
　この注記冒頭の私の見立ての由来の一端に触れておきたい。フランス構造主義思想にはF・ド・ソシュールの言語論が基礎として置かれていることは否定すべくもない。構造主義思想に堅牢な生命があるとすれば、そこにこそ由来する。

　両者の径庭についてはここでは措くほかないが、さて、吉本の『共同幻想論（大場によれば偽構造主義的作品）』（一九六八年刊）に先立つ言語論は『言語にとって美とはなにか』（一九六五年刊）で展開されている。その言語論には種々の疑問点があるが、そのなかのF・ド・ソシュールの言語論に対する理解には致命的な欠陥がある。このことについては拙『論ノート』その二の第二編で詳細に考究してあるので、必要に応じ参照ありたい。なお『共同幻想論』は今や朽ち果て終わった一著であることはまた否定すべくもあるまい。
＊19　藤井貞和『物語理論講義』（東京大会出版会刊、二〇〇四年）の「18講　構造主義のかなたへ」である。なお著書標題中の「物語理論」は、構造主義思想コンセプト由来の名辞であることに疑いの余地はない。

＊20　＊19の二一一ページ。
＊21　＊19の二一二ページ。
＊22　＊19の二一九ページ。
＊23　＊2の拙『論ノート』その二の第三編第二章の三、二九五〜二九六ページ。
＊24　二〇一九年五月二三日付朝日新聞「オピニオン&フォーラム」欄。
＊25　フランス構造主義と言うときの「構造」概念とは必らずしも同じではないニュアンスで使われていることを付言しておきたい。ロトマンの使用法なら一般的に使われる「構造」概念に近いので、より分かるという使われ方がここにはある。
＊26　＊17の九〇ページ。
＊27　同前の九八ページ。
＊28　同前の一一九ページ。現にこの「主体の解体」という端的に言ってのフランス構造主義の〝ドグマ〟に毒されて自らを見失ったいわゆる文筆家たちが、バブル期に向けて自分をどこに置いているのか分からない文章（あるいは文筆活動）を垂れ流し続けるという現象が観察された時代が、日本の一九七〇年代から八〇年代に掛けての風景だった。
＊29　同前の一二三ページ。
＊30　同前の一三九ページ。
＊31　同前の一二二ページ。
＊32　同前の一二三ページ。
＊33　高橋哲哉『デリダ――脱構築』（講談社刊、一九九八年）。
＊34　高橋哲哉『沖縄の米軍基地「県外移設」を考える』（集英社新書、二〇一五年）。
＊35　二〇一五年一〇月の月刊誌『世界』のリレーコラム欄。
二〇一五年一二月一九日付琉球新報の討論会記事。
二〇一六年『週刊女性』（発行月不詳）。
二〇一八年七月二九日付東京新聞の市民団体発足及び討論会記事。
二〇一八年夏号（二六四号）『通販生活』。

二〇一八年一〇月一日付朝日新聞デジタル版。
二〇一九年五月一五日付朝日新聞。

なお、以上メディアの種類や記事内容及びボリューム等から、これらはいずれももの珍しげな片隅のメディア報道との印象は否めない。

＊36 J・デリダ、E・ルディネスコ『来たるべき世界のために』（藤本一勇、金沢忠信訳、岩波書店刊、二〇〇三年）／J・デリダ『友愛のポリティックス』（鵜飼哲、大西雅一郎、松葉祥一共訳、みすず書房刊、二〇〇三年）／J・デリダ『マルクスの亡霊たち　負債状況＝国家、喪の作業、新しいインターナショナル』（増田一夫訳、藤原書店刊、二〇〇七年）／J・デリダ『ならず者たち』（鵜飼哲、高橋哲哉訳、みすず書房刊、二〇〇九年）。

＊37 飯田洋子『九条の会――新しいネットワークの形成と蘇生する社会運動』（花伝社刊、二〇一八年）。

＊38 例示すれば、小森陽一・柄谷行人他『漱石を読む』（岩波書店刊、一九九四年）、小森陽一「代助と新聞――国民と非国民の間で」（『漱石研究』10号所収、一九九八年）、小森陽一『世紀末の予言者・夏目漱石』（講談社刊、一九九九年）等。

＊39 後出の木庭顕『憲法9条へのカタバシス』（みすず書房刊、二〇一八年）の九四ページの注記は、ここでの大場の参照先のひとつでもある。

＊40 『それから 夏目漱石』（角川文庫、一九五三年）の三五〇～三五一ページ。

＊41 ＊19の二一五～二一六ページ。

＊42 あるいはさらに深いところにある困難性も想定される。M・フーコー流儀のエピステーメーの転換は失敗に帰し、成り得なかったのかもしれないということの確証の問題である。先に見た藤井貞和にはこの問題に軽々断を下しているかに読める言い振りもあったが、そう単純なことではない。この問題に深入りすることはお手上げであり、留保したまま当稿を先に進めるほかない。

＊43 ＊39の二〇五ページ。

＊44 ＊39の三五～三六ページ。

＊45 木庭は、ラテン語経由の『ペロポネソス戦争史』とこのホッブズによる『同史』を比較することや、従前のホッブズ論が『リヴァイアサン』の部分的つまみ食いに基づく論評からの帰結であること等を指摘することを通して、自衛戦争を正当化したと

されるこれまでの通説を鮮やかに覆すホッブズ論を展開している（木庭の当該著作の「序」の4、5等参照）。

なお、「憲法9条は厳密な論理を持っている」との木庭の見解は、このホッブズの『ペロポネソス戦争史』の詳細な研究に負うところが大である。

＊46　当該戦争史の各地方各地の戦場戦闘シーンの一大スペクタクルは、『トゥキュディデス『歴史 上、下』（小西晴雄訳、ちくま学芸文庫、二〇一三年）で手軽に読める。
なお、上巻冒頭の「再刊に際して」で小西は「従来はトゥキュディデスの作品は未完の歴史書として扱われて来ましたが、最近では、これは歴史書ではなくて、「力」の概念を哲学的に史実観察した完結作品であると考えられるようになっています」とコメントしている。五〇年振りの再刊とのことだが、私は小西のこの述懐には、構造主義の大波に洗われた歴史学界の動揺とそこからの立ち上がり様が隠されていると読みたい。木庭顕のトゥーキュディデースのこの作品の哲学的とも称すべき精緻な検証もこうした動向の一環であるに相違ない。

当該ちくま学芸文庫版『歴史』の上巻扉のページには、地中海北東部の戦場圏域の地図（そこには当時の都市国家の所在表記）の掲載があり参考になる。

＊47　＊39の一八八〜一九〇ページ。

＊48　GREEK-ENGRISH LEXICON（オックスフォード大学刊第七版、一九五九年刷、初版は一八八九年）。

＊49　『ニューセンチュリー英和辞典』（三省堂刊、一九八九年）。

＊50　＊39の一九〇ページ。

＊51　＊46の『下』の三九一ページ。

＊52　二〇二一年一〇月一八日一九時。

＊53　＊39の一八一ページ。

＊54　木庭はここでのホッブズ論を組み上げるに当たって、翻訳『ペロポネソス戦争史』のほかに、『The Elements of Law（1640）』、『De cive（1642）』、『Leviathan（1647-1650）』、『De nomine（1658）』を詳細に読み込み考察を重ねている。

＊55　＊39の一九二ページ。

＊56　同右。

＊57　同右の二〇〇ページ。
＊58　同右の一六五ページ。なおこの一節の訳文を引用掲載するに当たり、木庭はホッブズの原典からそっくりその一節のラテン語文も引用掲載している。ホッブズの重要なテーゼであるとともに、木庭自らの訳文の是非の検証を読者に委ねる意図があると思われるが、ここではラテン語文の引用記載は省く。
＊59　同右の一六六ページ。ホッブズ原典からのラテン語文については右に同じ。
＊60　同右の一六七ページ。
＊61　同右の一九六ページ。
＊62　私の思いつき半分の直感のレベルを越えないことだが、二一世紀の今日のイギリスを代表とする王制を冠する議会民主制の国（王制を残す議会民主制のタイや象徴としての天皇を置く日本もこのタイプのひとつ）あるいは師（固有な政治権力を有する宗教指導者）と民選大統領制の併存政体を取るイラン等々の政治システムについては、ホッブズの政治システム論を傍に置きながら、多くの議論を招き寄せ兼ねない側面を孕みながらも、現代政治学が取り組んでいい課題なのではないか。
＊63　＊39の二〇〇ページ。
＊64　同右。
＊65　同右の八五ページ。
＊66　エピキュリアンはエピクロス学派の人の謂。学派の祖は古代ギリシャの哲学者エピクロス（前三四一～二七〇年）で、感覚を知識の唯一の源泉かつ善悪の標識とする。ここから後世「快楽主義」の言い表わしが広まることになるが、エピクロスの原典が説く快楽は、肉体的なものと言うには程遠く、一言で言えば精神的幸福。『それから』の代助はこのエピクロスの説く快楽を第一義とする人物として描かれている。
＊67　＊39の一二三ページ。
＊68　同右の一二七ページ。
＊69　ラテン語と思われるが語義調べつかず。なお大英和辞典には語幹が共通と考えられるmereticousが見え、語義は「虚飾で人目を引く、けばけばしい、俗悪な」とある。これを踏まえればここでの文脈は辿れる。
＊70　＊39の一二七ページ。

＊71　同右の二〇五ページ。
＊72　同右の二〇五〜二〇六ページ。なおコンフォルミスムという名辞は手元にできる辞典には見当たらず、木庭の造語か。いずれにせよ語源がconform（語義には「ならわせる、順応させる」「従う、順応する」がある）であれば「体制順応主義、事なかれ主義」くらいの意と解される。
＊73　同右の二〇六ページ。
＊74　＊37の二二〇ページ。
＊75　＊39の二〇五ページ。
＊76　同右の二〇六〜二〇七ページ。
＊77　同右の二〇七ページ。
＊78　同右の二〇九〜二一〇ページ。

第三編　昨今の「訳の分からなさ」に正面する

――宮澤賢治も片手にしながら――

第一章　「訳の分からなさ」ってなに？

今私たちの生きる時空は、過渡の只中にある。昨今の小説や詩集の多くに雰囲気として漂うようなそれに似た浮遊感や酩酊感はそこに由来するのかもしれない。絵画で言えば下塗りの匂いである。なにからなにへの、あるいはどこからどこへの過渡であるか、これが分からない。混沌という名辞がふさわしい所以である。混沌の連続の先端が生きる時空にすぎず、いつもそうだったと一般化してしまえば身も蓋もない話になるが、こうした呑気な一般化には馴染まないものがありはせぬか。要するに、この「訳の分からなさ」には、いかんともしがたいものがあるのだ。

一　〝外〟

俗に言い習わされている「歴史」の切り口で捉えれば国民国家の時代、その国民国家の〝外〟と〝内〟に分けて、「訳の分からなさ」を未練がましくもやや分析的に並べ立ててみることはできるだろう。

そこでまず、〝外〟にあってはどうか。摑みどころがなく、立ち向かうだけで頭がクラクラしてくるが、気を立て直しながら敢行すれば、まず①テクノロジーの発達に伴う政治、経済・金融、社会、交通・運輸、通信・情報、文化・芸術……等あらゆる分野でのグローバル化を挙げなければならない。つぎには②インターネットの普及を中心としながらの世界の人々のあらゆる分野における情報環境の激変化を忘れるわけにはいかない。③気候変動、地球環境の崩壊。

④経済面に限らずの国家間の諸格差の拡大と自国第一主義の蔓延及び国際連携の齟齬・破綻、その結果と原因を成す分断・対立。⑤テロリズムの伏在化、常態化。⑥核を含む軍拡競争と局地的武力衝突の遍在化。⑦感染症パンデミックの続発……等々粗漏なく挙げようとすれば限りないことになる。

そうした枚挙の果てに言い忘れてならないことがある。これら①から⑦に限らず続くことになる各々の事象は、相互に複雑に因となり果となって絡まり合いながら、「訳の分からなさ」を圧倒的に増幅しながら、重畳するものとなっていることである。その止め処《ど》のなさとそれが見えるようになっていることが昨今そのものなのだ。

二　〝内〟

私たちの日々の生活の外延の側面にせよ内実の側面にせよ、グローバル化と情報環境の激変化の下にあっては、「訳の分からなさ」の眺めが、〝内〟と〝外〟それぞれが相互に鏡像関係にあっても不思議はない。

戦後七五年の物理的時間中、直近の一〇分の一に当たる長期間、国家権力を恣にしてきた安倍政権下でのこの国の姿の変転の激しさには相当なものがある。〝外〟との不可避の絡まり合いもあってであることは言うまでもないが、「訳の分からなさ」の闇の、その深まりもまた甚しい。わずか七、八年前、つまり安倍元首相の今や死語化したキャッチフレーズ「戦後レジームの転換」「美しい国づくり」の、底の抜けたバケツのような明るさは懐かしくさえある。キャッチフレーズが巧みにも成し遂げられてみると、それほどに闇は深くなった。

闇に手を突っ込んで「訳の分からなさ」を取り出してみるのも気が重いことだが、①まずこれからだってさらなる肉付けが必須だろう仕上がりをした日本国憲法に対する訳の分からない無理解、稚戯めいた甚振《いたぶ》りとその結果の不気味。②出口のない恐るべき金融の異次元緩和（青天井の国債乱発と日銀引受け、そして年金基金の株式投資等々）。③国家財政赤字の異常な昂進と放任（コロナウイルスパンデミック下の無策がもたらす赤字国債の累乗）。④国民個々のみならず企業体の格差拡大と放任。⑤少子化、高齢化に伴う人口減少に対する無策、放任。⑥原発、核燃サイクル政策の無気力な放任……等々といった体たらくに加えて⑦メディアの無気力、国民個々の無気力とシラケがそれらの総仕上げ機能を果たしているといった次第。

そうして最後に、これらの事象は相互に絡まり合って「訳の分からなさ」の闇を濃いものにしているのは〝外〟と同じであることは言うまでもない。

え、なに？　立ち止まって省みるべき事がある？　これらを列挙するに、言挙《ことあげ》基準がないじゃないか、だって？　それでは考えてみようじゃないか。その言挙基準の前提の妥当性如何ならクリアされているじゃないか。将来に向けての私たちにとって取り返しのつかない由々しき害悪があることが自明である場合、にもかかわらず放任徒過されるとすれば、そしてそれを本気で改めようとする者がいないとすれば、あるいは逆にその改めることに邪魔をし妨害しようとする者がいるとすれば、それは「訳の分からなさ」と名辞されて何ら支障はない。

三　「訳の分からなさ」はなにに由来するのか？

当稿に臨むに当たって、私に去来して止まないものがある。思えば、当稿に臨む私にあっての、それはただひとつの推力かもしれない。この作業は力業《ちからわざ》（良く言えばだが）であるという自覚であり覚悟にほかならない。なんのことはない、ウンウン横車を押すような作業でしかなく、換言すれば、徒労かも…という不安である。

そのことをめぐって以下三点につき書き留めておきたい。

第一点は、当稿の趣意についてである。この項の見出し表記にかかわらず、当稿は「訳の分からなさ」の由来を具体的事象次元で追究するのではない。大括りには由来の追究にも大いに関わる作業ということになろうが、この作業の領域を言い表わすなら、私たち人類の文明史、あえて局限するなら人類の思想史ということになる。しかしそう言っては大上段にすぎる。私たち人類の思想の営みを長いスパンで辿り直してみることなど私にはおよそ不可能である。ここでの作業は、今日の「訳の分からなさ」の依って来たる原点域を逍遥してみることで、許されることなら、その「訳の分からなさ」の正体に目を外らすことなく暫し目を凝らしてみたいといったところである。

第二点は、当稿展開上の論のある種の飛躍についてであり、しかも再三に亘りかねない無様さの露呈の覚悟についてである。自らの力量を超える取り組みなのだろうか、と。しかし人類の思想史は飛び石伝いにこんなふうにも辿れるのではあるまいか。齟齬や欠落があるとしても捨象して致命的な支障はあるまい。それはこうである。ネアンデルタール人の思考→ホモ・サピエンスの思考（先史時代の思考〈神話の思考〉）→ギリシャ期以前の思考→古典ギリシャ期の思想（アリストテレス等）→スコラ哲学を含む中世の思想→ルネサンス期の思想→近代哲学思想（デカルト等）→近代啓蒙主義思想→シュルレアリスム・構造主義思想→現代インターネット・オンライン思想（ニック・ランド等）。

こうした辿りのなかで、決定的エポックの代表と見なすことができる思考・思想として、当稿では神話の思考・思想とアリストテレスの思考・思想、デカルトの思考・思想、そしてニック・ランドの思考・思想をピックアップしてそこに思いを沈めてみる。

第三点は、当稿を構想する発端となった私の関心事についてである。右に枚挙した〝外〟と〝内〟に亘る「訳の分からなさ」に私の意識が絡まれ、また私がそうした事象のいくつかに絡み込むなかで、そうした「訳の分からなさ」を日々増幅させせつつあるアメリカ合衆国トランプ大統領の動静は、目を逸らすことができなかった。なに憚ることなくアメリカン・ファーストの旗を翳して国内のみならず国際政治を掻き回し続ける観のあった二〇一七年からの一期四年間は、世界のメディアからトランプ現象として報じられ続けた。当稿執筆時の二〇二〇年後半は、二期目を目指す共和党D・トランプに民主党J・バイデンが闘いを挑む選挙戦の終盤で、その国を挙げての政争は、私にとっての「訳の分からなさ」をいっそう分からなくしつつあった。

そこでできることならその正味正体を私なりに納得がいくレベルで捉えることができないものか、そんな問題意識はいかんともし難かったのである。

第二章　「神話の思考」は「アリストテレス論理」を覆していた？

一　私にとっての「神話の思考」との出遭い

前章で見てきた「訳の分からなさ」に一人静かに面前して目を凝らし思いを沈めてみると、これらの事象には、上下、左右、縦横、表裏、斜右上斜左下、斜前方斜後方……ときわめて輻輳した関係性のなかでの分断、分裂ないし格差の問題があり、それが拡大のヴェクトル上に放任されていることが見えてくる。つまりここにあるのは、その対立であるが、私のここでの思いの沈め先（思いの至し先）は、ここに対立する二項がある、その対立のあり方、言い換えれば二項対立の立てられ方（二項論理の立てられ方）である。さて、その対立した二項間には深淵があり、その断絶があってはじめてその二項は思考の場に同時に登場できる。そして肝腎なのは、そのとき二項を登場させた思考の営みの主は、対立する二項の一方にある種肩入れ（あるいは価値づけ上の選考を済ませていること）してしまっていることである。そのため、その対立する二項には非対称性の関係が成立している。私が、否今日の私たちが身の回りの事象を認識し、思考するとき、必ずや対立する二項にはこの関係があることに気づく。これを私は非対称的な思考論理構造の一般化・普遍化と称することにする。思考論理の構造は、対象の構造を決定する。つまり対象の構造そのものと化す。なお今日の私たちにとってはそのことは無意識下の出来事であることを強調しておかなければならないかもしれない。

経済の切口から像化してみるのが分かり易い。国際的に国内的に、またそれぞれの広、狭の地域間に、経済的貧富の差が拡大し、そのトレンドは留まることを知らない様相にある。この様相が〝因〟となり別の深刻な「訳の分からなさ」を〝果〟として生起せしめる。私たち人類が長い文明のなかで達成してきた道理や倫理、あるいは制度には歯が立たないその勢いの「訳の分からなさ」なのだ。

非対称的な思考論理構造の一般化、普遍化という名辞を当てたここでの事象に思いを凝らしてみると、また思い当たることがある。現代の惑星規模で言う世界における私たちの日常生活には、今やそのあらゆる領域、分野に亘ってコンピューターが不可分不可欠なものとして組み込まれ埋め込まれてしまっている。そのコンピューターを作動させているのは、「二項操作 Binary Operation」ないし「二項論理 Binary Logic」である。コンピューター頭脳の作動原理は0《ゼロ》か1《いち》かに尽きると言われる。この0《ゼロ》か1《いち》かは、二項対立の関係にある。この0《ゼロ》か1《いち》は、互いのあいだが越えることの不可能な深淵で隔てられている、そのような対立性の関係にある。電極のプラスとマイナスの関係に相当する二項対立の関係と言い換えることができるだろうか。この無と有の峻別以外を受け付けないことではじめて、つまり、その無と有の融け合うことの不可能な、対立する二項の、その二項対立の延々と続く積み重ねの果てではじめて、コンピューターはコンピューターとしての驚異的機能を果たす。ここに働いているのは非対称性の二項論理なのだ。

すると、この二項論理しか知らないコンピューターの頭脳に負んぶし暮らすうちに私たちは、コンピューターを駆使する際の「二項操作」の習いが、私たちの頭脳稼働の習いへと変容を来たすことになっていはしまいかという次第で、さらに敷衍すれば、そのコンピューターから私たちへの複雑極まりない関係的辿りの結果として、論理的観点に立ってみるときであるが、私たちの眼前の現代世界には、その最後的一隅に至るまで、非対称性構造の一般化、普遍化がもたらされることになってきていはしまいか、というわけなのだ。

脱線し話は飛ぶようにして本論に戻るが、C・レヴィ＝ストロースの『野生の思考』*1を読んだときの衝撃は忘れられない。一九六二年に出版され、構造主義と称されるようになる思想の流行の火付け役を果たしたとされる作品である。瞬く間に世界大の思想として広まった構造主義の展開には、ふたつの方向があったと思う。ひとつは思弁的側面で拡大拡散した方向の流れで、受け入れ方の問題も大きかったが、日本の文学ジャンルが毒されることになったのはこの流れである。もうひとつは、C・レヴィ＝ストロースの初期の業績を発展させることになった、いわば逆に即物的な、つまりフィールドワークを含む未開民族ないし神話研究展開の流れである。

没後一〇年余りも経ってからであったが、私の郷里の詩人黒田喜夫を集中して読むことがあった。彼の作品のなかに「深層の風土」を見出すことができないかと考えてのことだった。その過程で、当時俗にネオアカ（ネオ・アカデミーを略した言い表わし）の代表の一人として読まれていた中沢新一に出遭った。彼は山形市内にある東北芸術工科大学での公開講義に来てくれることも数度に及んだ。その読書や受講を重ねるなかで「神話の思考」の魅力を全身に浴びるような経験をする。読みまくった著作のなかに「カイエ・ソバージュ Cahier Sauvage」シリーズ五冊があり、当稿の神話に関する知見は、その大半を中沢新一の業績に負うことを記して、当稿の本論に取り掛かりたい。「カイエ・ソバージュ」の第一巻『人類最古の哲学』の帯文には、「神話を学ばないということは、人間を学ばないということに、ほとんど等しいかと思えるほどなのです」との中沢の述懐が引用されている。

二　神話、それは荒唐無稽な作り話？

（一）「南風との戦争」（マカ族）——最後の切札はガンギエイ（文末の図4参照）だった

中沢新一の言う「人間を学ぶ」には、深く現代的な意味が込められていると私は思う。

北アメリカ大陸北西海岸、バンクーバー島の近くに住むヌートカ族系マカの人々から採取された「南風との戦争」という言い伝え（＝神話）を見てみよう。

昔、陸の動物と魚が南風を訪問した。南風が眠っていたので、みんなはひとつ驚かしてやろうと思いついた。イカはベッドの下に隠れ、カレイとガンギエイはベッドの足許の床に腹這いになって待機した。まずネズミが眠っている南風の鼻に噛みついた。南風はびっくりしてベッドから飛び出し、床にいた二匹の平底魚にすべって転んでしまった。そこをイカが長い足でからみつき、南風の両足に巻き付いたものだから、これにはさすがの南風も怒った。南風が怒ると猛烈な勢いで風が吹き始め、額から流れ落ちる汗は、そのまま雨となった。そうしてとうとう南風は自分にいたずらをした連中を全部、彼らのすみかまで吹き飛ばしてしまったのである。それでも腹の虫がおさまらない南風は、ときどき地上に戻ってきては、敵を苦しめようとした。そのために、陸上動物は雨と嵐のためにひどい苦しみを味わうことになり、多くの魚たちもまた大波にさらわれて岸に打ち上げられて、死んでしまうことになった（スワン採集、レヴィ＝ストロース『裸の人間』より）[*2]。

この神話が語り伝えられてきた北西海岸のこの地帯では、強い南の季節風が人々を苦しめてきた。男は漁に出られなくなり、女は海岸で貝を拾うこともできなくなった。ところがそのずっと昔はもっと状況が悪く、南風は年中吹きまくって人間や動物たちを苦しめたらしい。それがガンギエイやカレイやオヒョウ（大カレイ）の活躍により、ようやく限られた季節にだけ吹くようになった、と神話は説明する。このヌートカ族には、同じテーマのいくつもの神話が伝えられてきている。つぎの「波の起源」という神話は、そのあたりをストレートに語っている。（このヌートカ族等この地方に住む人々の来歴を含め、何千年という長大な時間が神話の背景に沈められていることが伺える情報については追って触れることになる）

「波の起源」（ヌートカ族）

昔はのべつまくなしに風が吹きまくっていた。高波ばかりで、穏やかな波などはなく、海岸で貝を集めることもできなかった。そこで人々は「風」たちを殺すことにした。この目的を果たすために先発隊として送り出された何匹かの動物は、失敗して任務を果たすことができなかった。たとえばその中の一匹、冬ツグミの場合、「風」の家に入ることはできたものの、暖かい火にあたっているうちに、…略…その火でこがされて、ツグミの体には赤い斑点ができたのである。イワシの場合はもっとひどくて、…略…先発隊の最後は、カモメだった。カモメは目が悪く羽根も折れていたのにもかかわらず、よくがんばったけれど、…略…岬から押し流されてしまった。そこでガンギエイとオヒョウは戸口の近くで構えていて、「風」の出てくるのを待った。戸口から「風」たちが外へ出てきたとたん、オヒョウの上ですべって転び、その拍子にガンギエイの髭で大怪我をした。そのとき、西風だけが抵抗しなかった。西風は柔かい微風の吹くよい天候だけをもたらすようにしようと約束した。その風が吹くと、日に二度潮の満ち引きがあって、引潮が起こる。そうすると人間は海岸に出て、貝を拾うことができるようになるのである。そうやって、人間の生存は救われた（ボアズ採集、前掲書より）[*3]。

中沢の解説によると、C・レヴィ＝ストロースは右神話についてのラジオ番組のなかで「神話と科学（ここではC・レヴィ＝ストロースにあっても近代科学の謂のはず）のあいだには、ほんとうは断絶などありません」と述べているが、それは大雑把にすぎる比較論理の切口から言えることである。しかし、私の考察（この考察には私のこれまでの渉猟ではまったく参照先はなく、当稿ではのたうつように周辺をうろつくことになるだろうことを記しておかざるを得ない）によれば、そこには大きな粗漏がある。唐突の感があろうか、古典ギリシャ期の論理学の雄アリストテレスの論理と近代科学の論理とのあいだにも相対的ながら無視すべからざる相違と言おうか懸隔・落差がないわけではないが、神話の思考論理とアリストテレスの論理のあいだには、決定的な違いがあると言い直しておく必要があるからである。奇を衒うようだが決してそうではない。それは、私にとっての昨今における「訳の分からなさ」の考察に挑む当稿にはきわめて重要な不可避の観点である。このことについては当稿の展開に沿って追い追い理解が得られるよう努めてみよう。

（二）「山羊と狩人」（トンプソン・インディアン）――日の出までにはすべての雌山羊と番《つが》った

北アメリカ大陸の北西海岸にこだわってもうひとつ、そこに住むトンプソン・インディアンの語る神話に分け入ってみたい。その地はフィヨルド状の海岸地帯から険しい地形によって隔てられていて、人々はその険しい高原地帯で山羊や熊の狩とベリー類の採集などをして暮らしていた。とくに山羊の狩は重要で、いろいろな掟を守らなければならない、その掟の「起源」を語り伝えようとする神話である。少々長いので引き書きしながら辿ってみよう。一人の若い優秀な狩人が登場する。そのトンプソン・インディアンの伝える神話「山羊と狩人」を中沢が地の文で紹介しているおおよそのところを要約するとこうである。

狩人の一行が、山に山羊を狩りに入った。父親と七人の息子からなる一行で、父親は狩の名人とうたわれていたにもかかわらず、一頭の山羊も見つけられなかった。一行は山にキャンプした。そのころ、末の息子はまだ狩人になる訓練を受けている最中で、まだ一人前でなかったが、その晩彼らの前にあらわれた一頭の山羊を、追いかけていってみごとに仕留めることができた。このとき彼は山羊の皮を剝ぎ…略…祈りを捧げ、山羊のからだをとても丁寧に扱った。その作業が終って、キャンプに戻ろうとしているときである。彼の目の前に、色の白い美しい女があらわれた。女は自分の家についてくるようにと誘ったが、彼は自分がまだ訓練中の身の上で、…略…といって断わった。すると女は、山羊を獲ったさいの彼のきちんとした行動を褒め、もし一緒に家に来れば、…略…もっと優れた狩人になる知識を…略…と語った。彼はそこで女についていくことにした。

歩きに歩いて高い崖にたどり着くと、岩に割れ目があって、二人がそこから岩の中に入ると、それは背後ですぐ閉じてしまった。男はそこで気を失った。気がつくとそこは大きな洞窟の中で、たくさんの山羊の男や女がいた。（この頃はまだ、山羊も人間も同じで、男が雄山羊の毛皮を着れば人間の目には雄山羊に見える）そこに、狩人を案内した女が来て、「これからは私があなたの妻ですよ。…略…私も山羊です。いまは発情期なのです」と伝える。若者は女から山羊の毛皮を手渡され、立派な雄山羊に変身する（種々の変身の儀式に現われる精霊のマスク例、文末の図5参照）。妻である雌山羊が彼を「さあ、雌山羊たちのところへ行って、さかりなさい」と激励する。雄山羊の彼はそれから妻と義母を含め、老若すべての雌山羊と番った。こうして若者は、立て続けに四晩も発情し、すべての雌山羊に自分の生命を注いでいった。

四昼夜がたつと、妻が彼の弓矢を持って他の山羊たちとそろって崖の頂に着き、一気に底まで滑り降り、全員底に着くと一同彼にさようならを言う。妻であった雌山羊がそのとき彼に与えた別れの言葉は感動的でさえある。

「ここにあなたの弓矢があります。もうあなたは立派な狩人で、崖の上を歩く山羊たちの後を追うこともできるでしょう。山羊たちを殺したら、彼らも人なのですから、死体を扱うには敬意を払ってください。雌山羊はあなたの妻で、あなたの子供たちを生むのですから、撃ってはなりません。…略…義理の兄弟、雄山羊たちだけを撃ちなさい。そして、彼らを殺しても済まないと思うことはありません。なぜなら、彼らは本当に死んだのではなく、家に帰るのですから。…略…」

若者は女から肉の包みを背負わされ、こうして父のキャンプに戻る。父から諸々の具体的な注意（教え）を受ける。…略…その後のある日雄山羊を射て兄弟たちのところへ持っていき、「雌山羊はすばやく逃げてしまったよ」と言う。すると兄弟たちは言う。「嘘をつかなくともいい、雌山羊たちがおまえの妻で、子山羊たちがおまえの子供だってことは、ぼくたちはすっかり知っているんだ。」そして中沢が紹介する物語はさりげなくこう結ばれる。「まもなく彼らは、父のキャンプに戻り、若者はそれから四日間狩りをして、たくさんの雄山羊を仕留め、たくさんの肉を持って戻ってきた。」[*4]

三　神話の深淵は、思考論理の深淵だった！

（一）　私の生硬な言い表わし

研究者たちのあいだではよく知られているこの印象深い神話「山羊と狩人」については、中沢新一も『熊から王へ（カイエ・ソバージュⅡ）』や『対称性人類学（同Ⅴ）』でさまざまに解き明かしてくれている。これらの知見も大いに参照しながら、神話の奥に隠されているものについて考察してみることが求められる。秘されている訳ではないが、気づくことができずに流してしまいかねない貴重な価値についてである。これを汲み取り得るか否かは、神話に接する者にとってのイロハのイである。それは神話を構成する要素にほかならないが、取りあえず私に見えてくるのは、つぎの三点である。

第一は、溶融することはないという意味で二極化している二項が、（それは実体だったり量だったり性質だったり範疇としてはさまざまであるが）物語の枠組や小道具等々として描かれていることである。「南風との戦争」ではたとえばガンギエイやカレイという小道具がそれであり、「山羊と狩人」では、さらに大きな神話の枠組として埋め込まれている。この対立する二項の発見、そこにあるのは人間の思考論理の端緒の発現である。

第二は、その二項、「南風との戦争」ではガンギエイ（あるいはオヒョウ）の裏と表、「山羊と狩人」では、獲られる山羊と獲る狩人の対立する二項の結界は、神話のなかでは無化されるのみならず、二項は融合・合一して新たな局面を胚胎する。ガンギエイはガサつく背面とヌルめく腹面を持っているからこそ南風をやっつける最後の切札になるのであり、山羊と狩人は心ゆくまで番うことを通して敵同士の共存の道を拓く。結界が無化される、その無化された境域が神話の世界そのものであるという神話の魅力の発現、そこに神話を語り継ぎまた聴き入る喜びの尽きない源泉があった。対立する二項のあいだにある結界の無化、それは矛盾の統一態にほかならない。矛盾の消極的な解消に留まらない矛盾の積極的解決態とそこに生ずる喜びの源泉、これが神話の中核的構成要素なのだ。

第三は、そのことと不可分な理由としてあらざるを得ない神話の要件（あるいは要素）である。私たちが生きている世界は時間と空間がひとつになっているが、時間はこれであり、空間はこれだと認知できる（あるいはする）。つまり二項論理で処理できる（あるいはする）。しかし神話の世界は時間と空間の形式的二項論理を受け付けない。神話における異界と斬界は共時性にある。この共時性の世界が発現すること、これは神話の神話であることの要件と言わなければならない。神話を語って聞かせ、あるいは聴き入ることは、その共時性を話者と聴き手で共に浴びることである。そのように共時性を浴びることで人は自らの生命が甦えるのを感受する。それは、現代の私たちに言わせれば、二項が対立するその二項論理からの解放なのだ。ここに古来人々が神話を大事に語り継いできた理由がある。一族が容赦を知らない厳しい自然を生き抜く縁《よすが》として手放せなかったのである。

こうして、神話、それは荒唐無稽な他愛のない作り話などではまったくない。神話が沐浴する異界、その異界性は、深淵の形容である。そこは二項論理からの解放域であるが、その境域こそは思考論理の深淵である。韜晦としての深淵ではまったくないので、思考論理の胚珠とでも言い換えておくべきか。

（二）　中沢新一の分かり易い言い表わし

前項の私の生硬な言い表わしを、中沢新一はつぎのように言っている。その分かり易さには脱帽である。

私たちは「対称性の社会」ということばと「神話的思考」ということばを、だいたい同じ意味で使うことができます。A自分たちがつくりあげている世界から、できるだけ非対称の関係を少なくしていこうとしている対称性の社会では、現実の世界ではたがいに分離されてしまっているもの同士が、内密の通路でいまもつながりあっていることをしめすために、神話の思考を用います。神話は時空がひとつに結びあう場所のありさまを、具体性の論理を使って描くものですから、いまは非連続に分離されてしまっているものが、時空がひとつであるその場所では、連続的なつながりを取り戻している様子を、うまく表現することができるからです。

また神話的思考は、人々がまわりの世界にいつも対称性を回復しようと試みている社会の中でなければ、本来の能力を発揮することはできません。そうでない社会の中で、神話の形式が利用されますと、いまある社会の秩序を正当化したり、権力者にとって都合のいい話がつくられることになりがちですが、それでは神話の本来の能力はひどく歪《ゆが》められてしまいます。神話はむしろいまある秩序はかりそめのものであって、いつかは滅びていくものであること、権力はどんなものもつかの間のものでしかなく、ジャングルの緑や砂漠の砂に覆われて消えていくはかないものであることなどを、教えようとするものです。[*5]（傍線大場）

右文中傍線Aは、私の言い表わそうとしたことのエキスであることは言うまでもない。ところで、突然だが傍線Bを読んで私は宮澤賢治を思い起こすことになった。宮澤賢治については評価の分かれるところであるが、積極評価の視点から当稿の第四章で考察することになる。

四 「アリストテレス論理」ってなに？

（一） 今日の私たちも「アリストテレス論理」で考えている

マケドニアのアレクサンダー大王の教育係を勤めたアリストテレス（前三八四〜三二二年）は、古典ギリシャ随一の文明都市アテネにあって、政治、文学、哲学、博物学、物理学等当時のあらゆる学問領域を対象として分類と体系化を行った。その業績はアリストテレス哲学として、とくに九世紀から一三世紀はスコラ哲学の全構造の基礎とされ、近代のみならず、一九世紀、二〇世紀はアリストテレス復興の時代とされるほど参照された。論理学における貢献も大で、そのアリストテレス論理学は、後に「形式論理学」として言及され続け、諸学の前提条件として措かれて、近現代の諸学問、諸科学は、それをジャンピングボードとしてあるいは組み替えられあるいは精緻化されたものと振り返ることができる。今日なお「アリストテレス論理」と普通名詞化されて言及され続ける所以である。

少し掘り込めばこうである。アリストテレスの論理学は、ひとつの著作としてまとめられた作品があるわけではない。「範疇論」、「命題論」、「分析論」……等六つの独立した論文が、いずれも論理学の重要問題を扱ったものであるとして、中世初期から思考の「道具」という意味で『オルガノン』と総称され、参照され続けることになるが、アリストテレス自身は「分析論」を論理学と解していたとされる。真理発見のための方法論的反省としてのアリストテレス論理学は、ストア派において文法学や修辞学と結びつき形骸化の方向を辿ることになる。さらに中世スコラ哲学がこれを神学の具とするうちに精緻な体系化が進む。後々形式論理学ないし伝統的論理学と称されるようになるが、その成立はおおよそ一七世紀の頃とされる。アリストテレスの論理学を礎《いしずえ》としたものとしてである。

その形式論理学では、思考の法則の根本原理としてつぎの四つが挙げられる。

①同一原理（同一律とも称される）――「AはAである。」
②矛盾原理（矛盾律）――「Aは非Aではない。」
③排中原理（排中律）――「AはBであるか非Bであるかのいずれかである。」
④充足理由の原理（充足律）――「すべてのものはその十分な理由を持つ。」

これが、アリストテレス原典の参照先が必らずしも明らかでないままいわゆる「アリストテレス論理」として現在なお世に流通しているわけだが、あらためて面前してみると、守りは堅くなかなかに否定し難い原理原則ではないだろうか。そしてその守りの堅さには理由があることに気づく。換言すれば、守りの堅さの中核に居坐っているものがあるのだ。この思考法則の根本原理四つを通覧し反省するに、ここには四原理を丸ごと串刺しにするものがある。自己同一性 identity の観念である。Aはほかならぬあくまで A なのであり（同一律）、Aは非Aなどではない（矛盾律）。AはBであるか非Bであるかのいずれかであり、Bでも非Bでもない、そのいずれでもあったりその中間にあるものなら、そのAとかいうものはあり得ない摩訶不思議以外のなにものでもなく（排中律）、AはAである理由で充足している（充足律）。ここには揺るがないものとして時空を貫通しているものがある。「自己同一性」とでも称すべき観念（考え方・認識）であることは歴然としている。

古代ギリシャ期のアリストテレスの〝論理〟にまつわる諸作品で打ち出されたものを礎として、一七世紀ごろまでに、これら思考法則の四原理を含む形式論理学が整えられたのだった。それが、スコラ哲学に代わる新しい形而上学を構想したR・デカルト（一五九六〜一六五〇年）の近代の冒頭を画する「コギト＝エルゴ＝スム（我思う、故に、我あり）」＝自我の発見と軌を一にすることは、物心二元論（二項論理）の提唱と併せて留意されてよい。

ことのついでに、私の反省（reflexion）として二点を付け加えておきたい。そのひとつは、科学（但し、いわゆる近代科学）の始まりには、対象（自然）に対峙してまず分析がなされなければならないが、その際の必須の武器として、いわゆる「アリストテレス論理」（既述の思考法則の四原理）が駆使されることである。その場合その四原理は、対象（自然）の側にその本質としてあるものなのではなく、その四原理は対峙する人間の側の手段としてのある種の技術にすぎないということである。ふたつ目は、自己同一性という観念に関することである。哲学用語のアイデンティティから派生して、人間学や心理学ジャンルでつい最近まで人口に膾炙した考え方に、「人が時や場面を越えて一個の人格として存在し、自己を自己として確信する自我の統一をもっていること。いわゆる自我同一性、主体性。」がある。これは価値化されてもてはやされた考え方と言えるが、ここに付け加えておきたいのは、ひとつ目として述べた近代科学の達成と併せてその功罪が問われるようになっていることである。

当稿の基本モチーフへ論筋を戻すべく、この項の最後に、中沢新一の言述から近年までの科学の思考の根本原理、その神話の思考との乖離についての説明を引用しておきたい。

科学の場合には、少なくとも完成品の段階では、徹底して非対称性の論理を使って、万事が進行していきます。そこでは「同一律」や「矛盾律」などのような、アリストテレス論理学の原則を守って、ものごとをきちんと分離したうえで論理の文法にしたがって結びつけるというやり方で、まちがいのない推論や証明がおこなわれています。そういう科学の推論に、「山羊―人間」や「熊―人間」のような対称的な概念が登場してはならないという

のが、その世界でのきまりです。[*6]　　　（傍線大場）

ここに閑話休題的に以下の言述を挟むことは慎しんだ方が、そうでなくとも錯綜しがちな当稿のためにはよいのかもしれない。しかし右引用箇所を中沢新一が述べている本来の趣旨は別のところにある。それが引用文中の傍線「完成品の段階では」という条件（但し書き）の意味するところであり、彼の科学に対する見方の披露のためにも紹介しておく。当稿の認識とも同期するからでもある。

右引用箇所のつぎの段落で「科学の研究に新しいアイディアが生まれるとき、創造的な思考はかならずしも非対称性の論理にしたがっているのではなく、むしろそれまでの研究では分離しておくのがたてまえになってきた異質な領域のあいだに通路が突然見えてきて、別々に考えられてきた領域のあいだにひとつの全体運動があらわれてくるときに、新しい発見がおこなわれるという実例がたくさんある様子なのです」と述べ、つぎのような実例を披瀝している。

ガロアが「五次以上の代数方程式を根号で解くことはできない」という問題への取り組みから、人類の思考の歴史の中でもとりわけ輝かしい「群論」を発見したときにも、そういうことがおこっています。ガロアの思考の中では、それまで誰もそこに全体運動がおこなわれているなどということが見えなかった異質なレベルのあいだで、対称性をたもったまま、ひとつの全体運動がおこなわれている様子が、はっきりと見えていて、それを決闘で死ぬ前の晩に不眠不休で、友人にあてた手紙に書き付けたのでした。[*7]

（二）「対称性の論理」と「非対称性の論理」

このふたつに分けて並べた場合、「アリストテレス論理」は「非対称性論理」であり、これまで具体例を挙げながら見てきた神話を構成する「神話の思考」は「対称性論理」となる。この対称性、非対称性という言葉の使い方には若干の説明が要るだろう。のみならず、立ち止まって思いを至してみることは、この「訳の分からな」いことが頻発する世の中のこれからを生きていく私たちには肝要事でさえある。私たちは非対称性の論理のなかにトップリ漬って久しいため、論理とは非対称性論理のことだと、ほぼ思い込んで暮らしてしまっているからである。繰り返しも多く長たらしいにもかかわらずなかなか意を尽くすことができない説明になるが、試みてくれる格好な先例も見つからないので、お付き合い願たい。

1　「対称性の論理」

私たち人類が文字を持つ以前、まだ国家を作ることを知らなかったはるか昔に成立し、口承されてきた神話、これには祖先たちの思考が色濃く保存されてきている。動物や植物と人間とのあいだに越えられない溝などなく、動物は毛皮を脱いで人間のように振舞い、人間の言葉を語ることはできたし、動物の性的魅力の虜になった女性（また男性）は進んで結婚し、山奥へあるいは森のなかに消えていくこともできた。はるかな世代を越えて語り継がれてきた神話を通し、人間と動植物そのほかの自然界とのあいだ、あるいは人間同士のあいだに「対称性」の関係にある体験を確かめ合い、伝え合ってきた。のみならず、日々の暮らしの習慣的具体的行為ないし掟として定着させることで、対称的な関係を築き上げてもきたのである。

人間が動物に対しいっとき権力を振るうことがあったとしても、動物が人間を懲らしめることで平衡が回復される。そのようにひとつの神話のなかにきまって「対称性の論理」が観察される。それは神話の思考とでも言うほかないもので、要するに、厳しい自然のなかを生き抜かねばならなかったはるかな祖先たちの素裸の知恵だった。

素裸の知恵と言うには補足が要る。神話を語り継いだ祖先たちは、動物たちを一段下に見下すことはしていなかった。人間には、「自然」を生き抜いている動物に対する畏怖さえあった。俊敏で、逞しく、あるいは賢いことに驚いた。「自然」の秘密を身体で知っているのだと見える動物たちの生きざまを、したたかで繊細な祖先たちは見逃さなかった。そうして自らの知恵を蓄えていった。その在り様《よう》は貴重なものとして次世代に渡さずにおれなかった。それが神話だった。自然のなかに投げ出されている徒手空拳の自らにとって、対称性の論理の発見と体得は、そのしたたかさの裏返しであり、素裸の知恵には手離すことのできない気高い泉のごときものが備わっていた。その泉たる所以は、後の世で言う「権力」をものにすることの致命的なリスクを胚胎するものでもあった。

2　「非対称性の論理」

ところが、国家が発生すると、この対称的な関係が崩れてしまう。前四世紀のギリシャ半島は都市国家（ポリス）が乱立。激しい掛け引き抗争に明け暮れる。ポリスのなかで頭角を現わしていたアテネで活躍した哲学者がアリストテレス（前三八四〜三二二年）である。神話の時代からアリストテレスの時代を繋ぐ人間の思考の長い長い径庭は一足飛びに飛び越して、アリストテレスの論理を見ることで、崩れた対称的思考の後に発現することになる非対称的思考の紛れのない端緒に出遭うことになる。しかし彼の原典を探って引用できるほどその提示は簡単ではない。「非対称性の論理」が明快に定式化されるようになるのは一七世紀頃であることはすでに見てきている。

その通称形式論理学に定式化されている思考法則四つの根本原理のうち、「矛盾律」は「非対称性論理」の性格をもっとも分かり易く伝えてくれるので繰り返すことになるが、Aという命題があって非A（Aでないもの）という命題があるときには、Aと非Aは矛盾の関係にあって両立できないという論理である。私たちの日常生活にとっても、社会生活上も、この論理はあまりに当たり前で、この原理に反する論理を振り回すことは、理解不可能なこととされ許されない。こうして私たちは今日なおつまりは「アリストテレス論理」の世界を生きているのである。

「動物」として見れば同類の山羊と人間だが、「種」という観点から見れば異なるカテゴリーに属し、「山羊（A）は人間（非A）ではな」く混同することはない。その整理の仕方を疑う者がない、その延長上で、人間は山羊を柵で囲って飼育し、平然と屠殺もする。神話に出てくる山羊に言わせればどうかなど今や人間にあるまじきおかしなことを思ったりせず、ことを無難に済まそうとしている。みんなで渡れば怖くない信号という次第なのだ。ここで「信号」とは平たく言えば約束事である。

こうして片や生殺与奪の権力を恣にする人間、片や山羊たち、この両者の関係は非対称的である。同じ動物でも両者のあいだは分離分断され、その狭間にあるのは、論理という恐るべき深淵なのだ。ところでさらに思ってみなければならないことがある。論理的にはこの「対称性の論理」及び「非対称性の論理」のふたつの論理の始原には、二項の発見（二項論理、二項操作）があったということである。論理形成の沿革の問題である。

第三章　イメージレベルの「論理の沿革」とその沿革の彼方

この第三章では、イメージレベルに止まらざるを得ないのは口惜しいのだが、私の思い描く「論理の沿革」とその論理の彼方について素描してみたい。

近年の研究では、ヨーロッパとオーストラリア大陸で、今から四万年ほど前、バイカル湖周辺のアジアでは、それから少し遅れて三万数千年前現生人類とも新人とも称されるタイプの「ヒト」が旺盛な活動の痕跡を見せ始めていることが分かってきているという（文末の図1参照）。一方、それまで地球上で二〇万年以上も繁栄を続けてきた「ヒト」であるネアンデルタール人の数は、急速に減っていったとも言われている。ここでは、中沢新一の仕事を参照しながら、ネアンデルタール人とホモ・サピエンスとのあいだの「心」の構造の違いについて考えてみる。[*8]

一　ネアンデルタール人の脳とホモ・サピエンスの脳

ネアンデルタール人の遺跡からは、かなり高度な石器も出土し、墓や供花の痕跡も見つかる。ネアンデルタール人とホモ・サピエンスの外見上の違いは、想像されているほど大きくはなさそうで、背広を着せてボルサリーノ帽などを被せて、ニューヨークの町中を歩いてもらっても、振り返って気づく人はそんなにいないだろうという考古学者もいるという。[*9] しかし、「心」の構造には大きな違いがあったとされる。[*10]「論理の沿革」を辿らんとする当項では、「心」

の構造の決定的違いにスポットを当ててみる。

駆け足にならざるを得ないが、私の理解によれば、「心」の構造は二方面からの探究で明らかにされつつあると言える。有形物でない「心」には化石としての遺物があるわけではないが、第一は、「心」のあり処付近の骨の化石が明らかにしてくれる重要な情報である。まず、ネアンデルタール人の三歳の子供の頭蓋骨の脳の容積が、ホモ・サピエンスの大人と比較して遜色ないことから、ネアンデルタール人は一人立ちが早く、すぐ厳しい環境に投げ出されて生き抜かねばならなかった、つまり親から安全を保障されて養育される期間が短かかったことのそれは重要な証拠であることが分かってきている。また文末の図6からも分かるとおり、口腔構造について咽頭の位置が高く、ホモ・サピエンスが奥の深い位置にある構造と大きく違っていたことも重要な情報で、これはネアンデルタール人の舌が短かかったことの証左。口腔が狭く、舌が短かいことは、複雑な音節の分節を制約し、この「一室性の音声系」は、ゆっくりとしかも限られた音声しか発音できなかった、これが言葉の発達を左右したと考えられるという。[*11]

このようないわゆる旧来の遺跡考古学による状況証拠の方面からの探究の一方で、第二には、新たな認知考古学の方面からの探究も進んできた。ホモ・サピエンスに比較して言葉が初歩的で単純であったというだけでは、ネアンデルタール人がホモ・サピエンスの「神話の思考」を持つことができたか否かの問題の核心には踏み込めずに終る。それに対し認知考古学の探求はこうである。

ネアンデルタール人は高度な技術的才能を持ち、優れた石器を使い、意志伝達体系としての言語も持っていたことは間違いなかったとしても、象徴的思考の痕跡は残していない。彼らの世界からは、象徴的思考の痕跡を示す装飾品も、クロマニオン人（ホモ・サピエンス）のアルタミラ洞窟壁画のような宗教的遺物もほとんど見つかっていない。こうした痕跡があまりに希薄であるところに立脚して認知考古学の魅力的な仮説が立て上げられることになる。

どんな言語も、つまりは差異の体系である。言語が自らを組み立てるために使っている差異は、根本を辿れば二項操作である。ここまで遡って考えると、ネアンデルタール人は、二項操作で作動するコンピューターとしての脳をすでに装備していた。しかし生活の用途として必須ではない装飾品を考案したり、絵を描いたり、神話を創ったり……

多くの異次元にある意味を圧縮して詰め込むことになる「象徴」をつくることはできなかった。「異次元にある意味を圧縮して詰め込む」という言い表わしに関わって「次元」のことに道草しておこう。私たちの暮らす縦、横、高さのいわゆる三次元の世界自体仮想空間で、実際の世界は、少なくともそれに時間という次元が加わっている。その三次元の仮想空間は、現実には時間というもうひとつの次元が加わり、留まることなく歪み続けている世界なのだ。ところでさらに次元を加えて人間の環境を想定することが理論的にはできるという。

さて、次元の圧縮の認識は、それが現出する場である知性がいかなるものであるかと表裏である。その場合の次元の「圧縮」つまりは次元の「重複」について、中沢新一はこう説明している。

> 同じ場所に複数の存在が同時にいても、ちっともおかしくないような世界のことを、神話は語ろうとしています。ひとつの椅子に私が座ってしまえば、もうそこにあなたが座ることはできません。二人が同時に座れるようにするためには、どうすればいいのでしょう?　幻想絵画やCGの表現では、まだ不十分です。こういう場合に数学では、どう考えるかというと、二人の人間を四次元とかもっと上の次元をもった空間に埋め込んでしまえばよい、と言うのです。そういう高次元Multidimensionでは、二人の人間が同時にひとつの椅子に座ることもできるし、テニスボールの裏表をひっくり返すこともできるし[*12]、……略……

「神話の思考」は「対称性の論理」として営まれることについては事例にも当たりながらすでに見てきた。ホモ・サピエンスになって象徴的思考ができるようになった。ホモ・サピエンスの思考の代名詞とも言うべき「神話の思考」は、ホモ・サピエンスの指標（メルクマール）的能力にほかならない。ここで言う能力は知性の謂《いい》なのだが、そこで、いかなる知性であるかがここでの肝要事なのだ。ところで、一見さらにことを複雑にするような感があるかもしれないが、ここにもうひとつ「無意識」という概念をぶち込むことが必要となる。現代の私たちの理解のためには、かえって明断度を加えることになろうからである。一九世紀末から二〇世紀始めにかけてのフロイトやユングあるいは多くのシユルレアリストたちの論じた「無意識」である。夢（あるいは病）、詩（あるいは芸術）との関連で論じられることの多かった、私流に言ってしまえば空無としての無意識ではなく、逆に満ち満ちた意識の溜《ため》の場としての「無意識」の概念である。私たちの理解に馴染む「無意識」は、直系の祖先であるホモ・サピエンスの出現以来受け継いできて今日に至っているものなのだ。

ここに、新しい認知考古学（Cognitive Archeology）の魅力的な仮説が立ち上がることになる。中沢新一の解説によればそれはこうである。

> 象徴的思考には無意識の存在が不可欠です。象徴は「圧縮」や「置き換え」によって、いくつもの意味を横断的につなぎあわせていこうとします。このためには、象徴的思考は自分の内部を自由に流れていく流動的な知性（それはあくまでも「知性」でなければなりません）の活動を必要とします。この流動的知性は、たんに情報伝達をおこなったり、石器を切り出したりする作業に必要な知性とは、根本的に異なる性質を持っているはずです。それは、今日の科学技術の教科書に書かれている言語ではなく、ランボーの詩やシェイクスピアの芝居や錬金術の奥義書などで使われている言語のように、意識下の活動と直結していなければならないからです。つまり、それは無意識の活動を必要としています。*13

この無意識が豊かに発達するには、長い未熟な準備期間ないし偶然が必要である。一般的にはどうか、厳しい現実に常時敏捷な対応を強いられる環境では、外界からある程度自由な、流動が許される知性活動の領域が無意識系として形成される余裕がないことは、私たちの体験に裏打ちされた納得事であろう。さきに見たように、ネアンデルタール人の子供たちの頭蓋の容積が大きいだけでなく、肢体の骨格もしっかりして大人に成長を遂げていた化石の裏付けから判断する限り、無意識の発達に不可欠な未熟期間が十分に与えられなかったことは十分に考えられる。技術的には彼らとそれほどの断絶を見せなかったホモ・サピエンスが、象徴的な表現に関する限り、革命的な飛躍を遂げていた、それは脳の組織に起った革命的な変化の結果であったという仮説の成り立つ所以である。

文末の図7はその図解である。中沢新一に習って若干説明を加えてみる。認知考古学は、すでに言語を使い、優れた技術能力を持ったネアンデルタール人の脳を、いくつもの小部屋に分かれて設置されたコンピューターが、それぞれ作動している状態と譬える。それぞれのコンピューターは言語的領域、社会的領域、技術的領域、博物的領域等に分かれて、各部屋が特化された活動を行うが、小部屋間の連絡通路がないため、互いの思考を横断的に結ぶことができない。そのため象徴的思考を持てなかった。象徴的な思考は異質な領域を横断的に結んでいく神経組織の通路とそのなかを高速度で瞬間的に移動できる「流動的知性」の発生がなければ不可能なのだ。特化した機能を果してきたコンピューターの小部屋を隔てる隔壁が壊されて、それぞれのコンピューター相互のあいだを繋ぐ新しい回路がニューロン接続の組み換えによって実現され、その回路を通して異質な領域を横断していく流動的知性が動き始め、中央のホールのような場所に、それぞれ特化したコンピューター群の働きを統御する汎用型コンピューターが作られるようになった。これがクロマニヨン等のホモ・サピエンスの「心」の構造の素描であり、私たちはその直系の末裔であるというわけなのだ。

二　ホモ・サピエンスは神話を伝承してきた

私たちは、現在、そうした能力を得てはじめて持つことができた無数の神話に接することができる。私たちの祖先が伝承してきてくれた、人類的な深淵に触れる、貴重な賜わり物である。二〇世紀になって急速に進展することになった神話学の営みは、地球上各大陸各地に口伝の物語を文字に起こしてくれている。さきに北アメリカ大陸の神話を見てきたが、つぎにふたつだけほかの大地の事例に触れ、これまで検討してきた「神話の思考」の成り立ち具合いを味わいながら確かめてみたい。

まずひとつは、インドネシアはミクロネシアのボソ族の神話である。

> はじめ人間は、神が縄に結んで天空からつりおろしてくれるバナナの実を食べて、いつまでも命をつないでいたが、あるときバナナの代わりに石が降ってきたので、食うことのできない石などは用はないと、神に向かって怒った。すると神は石を引っ込めてまたバナナをおろしてやったが、そのあとで「石を受け取っておけば、人間の寿命は石のように堅く永く続くはずであったのに、これを斥《しりぞ》けてバナナの実を望んだために、人の命は、今後バナナの実のように短く朽ち果てるぞ」と告げた。それ以来、人間の寿命が短くなって、死が生ずるようになった（松村武雄『日本神話の研究』〔第三巻〕培風館刊[*14]）。

「神が天からつりおろす」イメージは、日本の天孫神話に通ずる（天＝神と地＝人間という二項論理構造）ものがありそうだが、はるかに素朴で成立沿革は相当に古いと考えられている。図7でネアンデルタール人とホモ・サピエンスの頭脳の働きについての説明を受けてみると、当稿でのこれまでの考察も総合しながら、つぎのようなことが考えられる。植物と石の対立はまさに二項論理そのもの。にもかかわらず、肩肘の張った「二項論理」という抽象性は微塵も出てきていない。日常生活の身の回りのありふれた具体であるバナナ／石、しかしそれは柔かいもの／硬いもの、さらに腐るもの／腐らないものと概念は重なりつつも流れるように移りゆき、滑らかにここでのテーマへと迫り上がっている。この具体に即した感覚的対立の移りゆきを味わう必要がある。

ホモ・サピエンスの石器と遜色ないほどの石器を作っていたネアンデルタール人は、バナナと石あるいは柔らかいものと硬いものの二項の認識はできた。でなければ柔らかいものを切り分ける硬い石器は作れない（柔／硬の認識なしには石器を作る発想そのものが不可能である）。しかしさきに見た認知考古学の成果によれば、ネアンデルタール人は、バナナ／石→柔らかい／硬い→腐る／腐らない→生／死の対立へと比喩化（象徴化）の階梯を駆け上がることはできなかった。ところでこの階梯の上と下のあいだにもある二項すなわち生と死の対立は、この神話の肝処《かんどころ》である。二項の認識（それは発見でもある）から二項論理を使って（二項関係の階梯を上ることはこれにほかならない）、巧みにも自分たちの寿命についての考察へと達している。この獲得した考察のレガシーを次世代へ次世代へと伝える。そのこと（つまりある種の実利）へと、対立する二項の発見をみごとに統合している、と「バナナと石」の神話を言い表わすことができる。これがホモ・サピエンスだけの特技だったのか。その意味でネアンデルタール人が墓を作る文化を持っていたか否かについて、考古学界の最終的結論が出ていないとのことであるが、決着が待たれるところである。

「バナナと石」の論理についてもうひとつ確かめておきたい。はじめ神に異議申し立てをした人間の論理には、バナナを取り、石を捨てる「非対称性の論理」が働いているように見える。しかし神は、それとは真逆の「対称性の論理」の託宣を下す。こうしてこの神話では方便の非対称性（つまり人間の使用している論理）は忽然と消えて、ユーモラスで味わい深くさえある対称性が回復されていることが注目されるのだ。この神話における非対称性は対称性と溶け合っていると言おうか、むしろ弁証法的止揚（Aufheben）のイメージを彷彿させる。その大らかさが印象に残る。

原初的な二項論理を援用しているプリミティブな神話をもうひとつ。ベネズエラのテネテハラ族のもので、手触り感をもて余す一篇であると思う。

創造神によってつくられた最初の男は、童貞だったが、いつもペニスが勃起していた。彼はペニスにマニオクの液を振りかけて柔かくしようとしたが、だめだった。最初の女は水の精霊に教えられて、男に性交をしてペニスを柔らかくする方法を教えた（Claude Lévi-Strauss　Le Cru et le Cuit, Paris, Plon. 中沢新一訳）。

水の精霊は邪悪な意図を持っていた。最初の女は困っている男を助けようとして大胆な行為に出たが、それを見た創造神は怒り出す。神話は続けてこう語る。

創造神はぐったりしたペニスを見て怒り出した。「今後お前のペニスは柔かくなれる。そうして子供もつくれる。

それに死ぬようになる。その子供が成長すれば、また子供をつくる。そして、かわりに親は死ぬのだ[*15]（同前）。

これも簡潔な神話ではあるが、論理の展開を辿るとかなり複雑な仕上がりになっている。明らかにここに見えている展開は二項操作である。硬いペニスと柔かいペニスの二項に、男と女の別の二項が重ね合わされ、柔らかいペニスの出現を手伝う女との性交から子供が生まれるわけだが、論理の展開として見れば、神の怒りで二重に重ね合わされた二項は分断される。がしかし、分断のまま放置されるのではなく、二項が合一することではじめて子供という新たな存在が誕生する（神話は分析的に立ち入っているわけではないが、男と女それぞれから受けた素質の合一体としての新しい存在である子供――この正反合の弁証法的洞察がこの神話の深淵域には沈められていると見ないわけにはいかない）。神話に潜められている論理は流れるように展開して、そこにさらに子供と親という新たな二項が発見されることになる。時間の流れは物語のなかに埋め込まれたまま、一項である子供が生まれ、ここに新たな分断が生ずる。つまり、その替わりとして片方の一項である親は死して消え去るのだ。

こうして神話の論理の具体に素朴に面前してみると、二一世紀の今日の私たち人間存在の在《あ》り様《よう》（文化）の根幹を、一切の枝葉を鉈で払い落としたとき現われる姿で捉え尽くしていることに気づく。この神話の深い味わいはそこにある。

中沢新一も指摘しているところであるが、語り手（神話の創造者と区別することはできない）は、たんに剝き出しのプリミティブな関心事を語っているように見えて、聞き手と共に互いにきわめて複雑な現実をひとまとめに理解しようとしていることが分かる。この、現実のものごとをひとまとめに捉えようとするところに「神話の思考」の真骨頂があり、一族が厳しい自然界を生きぬく手立てとして大事にした所以があった。そしてこれはネアンデルタール人にはできないことだったという次第なのだ。

三　「論理の沿革」とその沿革の彼方

ここで私の言う「論理の沿革」は、私自身の苦し紛れの造語であり概念である。と言うのも、じつのところ私に造語を強いて私をして思い巡らしめるものがある。それは中沢新一が感受しているものであり、私の思い（感受）とそれはシンクロナイズする。当稿を私は、昨今の「訳の分からなさ」に言及することから起こした。その「訳の分からなさ」は、私の「論理の沿革」という延長の先端部（それはすなわち現代ないし現代生活なのだが）の様相なのではないかと思われるのだ。中沢新一ならその言い表わしはこのようにスマートになる。

現代生活は、三万数千年前ヨーロッパの北方に広がる巨大な氷河群を前にして、サバイバルのために脳内ニューロンの接合様式を変化させることに成功した人類の獲得した潜在能力を、全面的に展開することとして出来上がってきたが、その革命の成果がほぼ出尽くしてしまうのではないか、という予感の広がりはじめているのが、今なのである。[*16]

私は私なりに立ち向かうほかないというわけで、手っ取り早くイメージ年表を作ってみると文末の図9のようになる。「論理の沿革」とかいう怪しげな造語、そのイメージレベルの年表ということなので、イメージ形成上の課題でもあるその不分明ないわば混濁態を少々なりともクリアにすべく、以下の三点について整理が必要であろう。

第一点は「論理」、「思考」、「思弁」、「思想」、「理論」、「形而上学」の違い（定義ないし意味）の確認である。「論理」は「思考」と同一ではない、という次第で、当稿上はこれで不都合はないと考えるレベルのおおよその定義枠を示せばつぎのとおりである。

論理……議論や思考を進める道筋、論法という意味での思考の形式。そういう意味の論理には、自ずと認識対象のあいだに存在する脈絡や構造、厳密に言えば差異の体系が浮かび上がることになる。

思考……意志や感覚、感情、直感等と区別される人間の知的作用の総称で、物事の表象を分析して整理し、あるいは総合して新たな表象を得ること。

思弁……実践や経験を介さないで、純粋な思惟、理性推論のみによって物事の真相に到達しようとすること、ないし理論。実践や経験を重んずる立場からは、抽象的理論あるいは空論の意となる。

思想……たんなる直感の内容に論理的な反省を加えて得られた、まとまった体系的な思考内容。つまりは人が持つ、生きる世界や生き方についてのまとまりのある見解で、多くは社会的、政治的な性格を帯びることになる。

理論……個々の現象や事実を統一的に説明し、予測する力を持つ体系的知識。実際上の経験や事象から離れて思考のなかで組み立てられた知識である場合、「経験」や「実践」に対立し、否定的な意味で使われる場合も多い。

形而上学……存在者を存在者たらしめている超越的な原理体系。分かり易い例で言えば、神、霊魂、世界、真理などを研究対象にする学問。事実を離れて抽象的次元で組み立てられることになる。日常生活上から見れば、たんなる空論、この現実から隔絶したところでの論の組み立てであるところから、揶揄的名辞として使用されることも多い。


以上を並べて比較すれば、ここでの「論理の沿革」なる生硬な造語に託さんとする意味筋は、少しは浮き彫りになろうか。

第二点は、イメージ年表（文末の図9）に関して、年表にしては飛び石間のアキが広すぎること、しかし間隔が広いからこそ見えてくることがあることである。人類誕生期と神話期のあいだの径庭は、およそ気が遠くなるものがあるし、神話期から古典ギリシャ期のあいだの懸隔にも相当なものがある。後者への期間中に人類は文字文明期へと歩を進めることになり、ギリシャ文明期になると今日の私たちが読める膨大な作品群が現われるようになる。しかし当稿では、それらの作品に沈潜して私がここで言う「論理（自ずと認識対象のあいだに存在する脈絡や構造、差異の体系を浮かび上がらせることになる思考の形式）」を明らかにすることまで深入りはできない。ただし、大鉈を振るって言えることを記すことに努め、先に進むことにしたい。
広めにギリシャ文明の盛期を捉えれば、前八世紀頃とされるホメロスの『イリアス』や『オデュッセイア』からとなろうが、当稿の関心事はそのもっとも栄えた前五世紀〜四世紀頃の古典ギリシャ期の知的営みの検討となろう。後世のジャンルで言えば、文学ジャンルと哲学ジャンルとなろうが、前者の代表にはエウリピデス（『トロイアの女』）やソフォクレス（『オイデプス王』）等三大悲劇詩人があり、後者の代表にはプラトン（諸『対話篇』や『国家』）やアリストテレス（「分析論」や『ニコマコス倫理学』）がいる。このうち文学ジャンルについては、多くが神話と歴史の境界が定かでない長編叙事詩群であることもあり、さきに論じた口承神話期の神話と大いに異なり単純ではない。がしかし、それらの半神話群に埋め込まれている当稿の関心が向かう「論理」は、系譜的に「対称性の論理」を色濃く残しているように思われる。これに対し哲学ジャンルについては、「非対称性の論理」が現われるようになる。後世の論理学の基礎固めになる仕事を残しているアリストテレスに顕著である。彼の博学博識は断トツだったが、イオニアの自然哲学の研究、吸収がその素地になっているとされる。自然に対峙し、その現象を明らかにせんとするとき、厳密な分析が不可欠である。分析は細かな要素に分け入っていくことであり、二項が発見されればそれを厳密に区別しないことには先に進めない。以上が、古典ギリシャ期が「論理の沿革」上の一大エポックであったことの辿りである。
古典ギリシャ期から近代期への飛び石のアキも年表としては大きな欠落ありとせねばなるまい。いわゆる中世期は、現代の私たちにはまだまだ知られていないことの多い思考、思想の宝庫と言わなければならないようであるが、ここでは立ち入ることはできない。ただ優勢だった神学や練金術等には、「対称性の論理」が濃厚な影を落としていたことは特記しておきたい。[*17]
第二の最後に近代期の抜き差しならない問題に触れておく。古典復興期（ルネサンス）を経由し、近代哲学の創始者的ポジションに措かれているデカルトの二元論は、「論理の沿革」上の系譜としては、アリストテレス論理の直系に位置づけられ、その二元論は近代科学の駆動源の不可欠の一翼を担うことになっているということである。[*18]なお、少し遅れるが同時代哲学者であるスピノザの一元論には、当時の哲学の営みとしては珍しいと言えるが論理の系列では、対称性論理の流れが見え隠れしている。その主著『エチカ』には、先を走り今をときめく哲学の巨人デカルトを歯に衣を着せることなく批判する箇所があり、楽しめる。理詰で一元論の成り立ち具合いを解き明かそうとする情熱[*19]は、あらためて対称性の論理を考えてみようとする四〇〇年後の私たち読者を圧倒して余りある。現代日本の若手哲学者の國分功一郎が関心を寄せるのも肯ける。スピノザの業績には、古典の輝きというもの、と言って簡単に済ませないものがある。

第三点は、対称性論理と非対称性論理の二系列の今日についてである。ときには鋭く対立し、ときには絡まり合いながら今日まで命脈を保ってきていることは辿れるとして、現代社会における私たちの生活は、圧倒的に非対称性論理の支配下に展開されていることには疑いの余地はない。

いかに社会なり文明なりが進んでも、哺乳類の一員である私は、生き物としての植物類(米や野菜)を食べ、卵なり肉なりの蛋白質は摂取していかなければならない(ベジタリアン問題は今は措く)。おしなべてすべてのものが化学合成物一色としてしか認識されないことになったとき、私たちが現在までのような仕方で生き延びることは不可能であろう。ここわずか五〜六〇年のあいだにも畜産の経営形態は様変わりしている。養鶏鶏舎は大規模化の一途を辿り、給餌給水はコンピューター管理。技術的経営的に時流に乗れなければ業界から容赦なく排除。鳥インフルエンザが流行すると、一〇万羽オーダーで殺処分埋設され、流行区域は閉鎖され往来途絶。青空の下はおろか、羽搏くことも許されない狭隘な空間で計算された時間を卵を産ませられ続けるニワトリたちと人間たち。この生き物たちのあいだの非対称性は、もはやいかんともしがたい雁字搦めのなかに捨ておかれて、誰もなんとも言わず、なにをしようともしない。ニワトリたちはどう受け留めているのか。他方牛や羊等偶蹄類にとっての口蹄疫ウイルスもまた恐ろしい。伝染力はきわめて強く、即刻殺処分しかない。人間たちもウイルスから身を守るべく、食肉の輸出入禁止をめぐって国同士が争うことになる。牛や羊たちはどう考えているのか。

事程左様にｅｔｃ、ｅｔｃ……。今日の私たちの世の中にあっては、「論理の沿革」上非対称性論理の横行跋扈は止まることを知らず、対称性論理の衰弱希薄化もまた掩うべくもない。この項の冒頭部で示した私なりのおおむねの定義で言う「思想」や「理論」より「思考」や「思弁」は先立つ。「論理」はさらにその「思考」や「思弁」の前提となるもの。その「論理」レベルで非対称性が圧倒的に優越するに至っている。これがつまりは現在の「訳の分からなさ」の決定的遠因であり、私たちの文明のトータルとなってこのまま突き進もうとしているのではないか。すると思われてくる。この「論理の沿革」上の彼方を推し量ることはかえすがえすも至難なことなのではないか。

当稿のモチーフの基本に関わることなので繰り返すことになろうか。私たちの祖先のホモ・サピエンスは、すでに当時としては優れた技術力の持ち主であるネアンデルタール人がすでに発見していた二項論理を引き継ぎ、ネアンデルタール人がなし得なかった対称性論理を開発した。その直系の子孫である私たちは、つい技術の威力に屈服し、偏《ひとえ》に非対称性論理を精練特化させることになった。そのまもなくの後のことだった。今や今日の地球というこの惑星の広義の生態系を壊滅させようとするに至っている。その岐路はどの辺りにあったのか、その地点まで戻ってみることは叶わないことなのか。こうして神話に普遍的に染み亘っている、あるいは神話が心ゆくまで沐浴している「対称性論理」は、同じホモ・サピエンスの一員である私たちのところでは、今、どうなっているのかが私には気に懸かるのである。

第四章　宮澤賢治の「新・神話」群

一　二〇世紀初頭の北方神話研究を遠望する

こうして対称性の論理のことを思うとき、ほんのわずか時を遡ることになるが、私の想念に宮澤賢治の仕事が浮かんでくる。七～八〇年前になる私の幼少期の記憶に照らせば、「金太郎」や「桃太郎」「かちかち山」「舌切り雀」といった類の民話物、あるいは「竹取物語」や「因幡の白兎」等古来の神話由来の童話物はあったが、勧善懲悪のいわゆるイデオロギーが染み付いているものばかりで、ここでにわかに児童文学史を繙く余裕はないが、宮澤賢治の時代も大同小異だったとして差しつかえあるまい。要するに、その世界に対称性の論理を感得するには、その論理は希薄にすぎていたと思う。

ところで二〇世紀に入ると、人類学や神話学の発達は著しかった。とりわけ一九二〇年代には、アメリカやロシア（当時ソ連）における北方の諸民族についての人類学的研究の進み方は目覚ましかった。[*20] そうした研究はフランスの思想家たちを大いに刺激して、そのなかから、C・レヴィ＝ストロースの神話学→構造主義思想の業績も姿を現わすことになることを付け加えておくことができる。

宮澤賢治が生きていた時代、その北方には多くの狩猟民族が住んでいた。文末の図3に示されているように、北海道やサハリンにはアイヌが、サハリン北方にはギリヤーク、対岸のオホーツク海に面したアムール河流域にはオロチやウリチ、その北方にはコリャーク、ベーリング海峡の辺りにはチュクチ、そして海峡を越えると文化的な連続性を保ちながら、エスキモーやアメリカ北西海岸のインディアン諸部族の豊かな世界が広がっていた。

（一）　壮大な奇書『一万年の旅路』に驚愕する

今、手元に壮大な奇書とも言うべき一冊がある。五四〇ページに及ぶ大著。正真正銘のネイティヴ・アメリカンの口承史『一万年の旅路』[*21]である。訳者星川淳は著者ポーラ・アンダーウッドと面会を果たし、文末の図2の「〈歩く民〉のたどった道筋」や編年は著者と共同作業で製作されたものであることが、「訳者あとがき」に述べられている。両者共この方面についての研究の蓄積はぶ厚く、原著と著者そして著者と訳者の出遭いのみならず、幾重もの偶然のうえに成立している点でも奇書と言うほかない貴著である。三〇数年前興味本位になにげなく購入した私との出遭いも偶然にすぎず、当稿のなかでそれら数々の偶然が出遭っていることに感慨を覚える。

（二）　一九二〇年代の北方神話研究の一端を覗く

ここで、この著作の内容に立ち入ることは残念ながら省くほかない。ただ、本のカバー裏面にある文章は、簡潔ながら多彩な梗概ともなっているので引用してみたい。当時の北方神話研究の雰囲気や成果を、口承史のなかに直に確かめることができると思われるからである。また、当時の宮澤賢治の「新・神話群」に移り渡る格好の飛び石にもなる。なお、著作の「はしがき」や「はじめに」からして、読む者には絶句を強いると思う。「口承」という文化伝承法の水面下に静かに沈められている厳しさや覚悟が生《なま》に伝わってくるのだ。ポーラ・アンダーウッドは書き記している。「物心つくかつかないかのころから、父は私の記憶力を試し、鍛えました。一番単純な例をあげると、私が見ていたものから別な方向へ体を向けられ、それまで何が見えていたかを言わされるというようなことをやりました。これをなんの前ぶれもなく何度も何度もやらされるうちに、人によっては、そのとき見えているすべてを頭に焼きつけると、その脳内写真のようなイメージを、たったいま見ているように再現するコツが身についてきます。[*22]」。こうして伝承者は、日々の暮しのなにげないシークエンスの積み重ねのなかで、つぎに伝える受承者を見つけだしていく。その自然さは今思えば絶妙で、娘ポーラがその任に耐えないことを父が判断するに至るや、ポーラに伝承するさまざまなさまざまな試行手続（練習）について、いつなりともごく自然に止めたことだったろう、とも書いている。

当該奇書の表紙裏にある装丁の一環としてのつぎの短文は、出版に至った経緯等が簡潔に記されていて好都合なので、以下に引用する。

> アメリカ大陸に住む、インディアンとも呼ばれるネイティヴ・アメリカンの人々は、その昔ベーリング海峡が陸つづきだったころ、すなわちベーリング陸橋を渡り、アジア大陸からアメリカ大陸へやってきたモンゴロイドの子孫だという説が定着しつつある。
>
> 「一万年の旅路」は、ネイティヴ・アメリカンのイロコイ族に伝わる口承史であり、物語ははるか一万年以上も前、一族が長らく定住していたアジアの地を旅立つところからはじまる。彼らがベーリング陸橋を越え北米大陸に渡り、五大湖のほとりに永住の地を見つけるまでのできごとが緻密に描写されており、定説を裏づける証言となっている。
>
> イロコイの系譜をひく著者ポーラ・アンダーウッドは、この遺産を継承し、それを次世代に引き継ぐ責任を自ら負い、ネイティヴ・アメリカンの知恵を人類共有の財産とするべく英訳出版に踏み切った。

ベーリング陸橋とあるが、必ずしも砂塵の舞うような陸地の橋ではない。口承史のなかでは、迫り上がるような海原を命懸けで浅瀬を探しながらの老若男女の一族の旅であった光景も出てくる。大熊は当然のことマンモスと覚しき〈大いなる獣〉との対峙や、大地震、大津波との遭遇、コミュニケーションの成り立たない異様恐懼そのものの異族集団との出遇いや睨み合い……注記を通して分かるのだが、約七万年〜一万年前のヨーロッパ・アルプスの第四紀最終氷期であるウルム氷期に相当する北アメリカウィスコンシン氷期中の変動（小氷期や亜間氷期）の記述や、〈大いなる寒さ〉や獣たちの糞に塗れて暮らし、糞のなかから草木の実を漁って飢えを凌ぐ一族がいることも出てくる。そうしたなかには、少なからず神話の断片のような噂話や伝聞が挿し挟まれ、混然とした一族の物語の構成要素となっている。なにしろ一族の一万年に及ぶ旅の口承史なのだ。

二　宮澤賢治の「新・神話」群を味わう

　私事ながら、孫の保育園送迎や行事参加の機会を通じて接する近年の幼児たちの絵本や童話等に対する違和感や疑義には耐え難いものさえある。子供向けテレビ（NHKETテレビ等もその筆頭として）やゲームソフト等も同様である。その恣意性や放肆には辟易を通り越して戦慄をもて余す。これが時代相として延々とこれからも続いていくわけなのだ、と。宮澤賢治の童話やファンタジーの古さ加減には、今や異論はないのだとしても、その今日的翻案ぐらいは試みられてみて欲しい。私の異論は、表現の自由マターではなく、今や時間が残されていない世界認識如何の問題なのだ。老人の僻みややっかみではない。いわゆる現代の文学の移りゆきと軌を一にする感性や世相の不可触不可逆な変質の問題として片付けられるものでもない。サンクチュアリ（聖域）化があったりしては論外なのだ。

　私たちに襲い掛かる現実は今や抜き身である。今日なお私は、こうした実感を抑圧したままで宮澤賢治を語ることはできない一人なのだが、それにしてもこの項見出しの「賢治の「新・神話」群」なる造語はこれまた唐突にすぎるか？しかし当稿を綴り、対称性論理、非対称性論理の推移相克を辿ってきてみると、二〇世紀にもなって、私の近くに対称性論理の営みを展開せんとする人がいたのだったという意味で、その切口からあらためて賢治を読んでみようと思うことがあったのだった。するとどうか？　戦前の作家であることは事実だとしても、『風の又三郎』や『銀河鉄道の夜』、『注文の多い料理店』諸篇にしても、大括りに言って軒並み今日の「新・神話」なのではないか？　という次第なのだ。

偶然は重なるものである。私には、戦後文学が、一九七〇年代から一九八〇年代にかけて西洋から流入した構造主義的な風潮の席捲を受けて焼野原となったという脱ぎ捨てることができない理解がある。一九八〇年代に流行することになった俗称ニューアカデミズムの評論は、私には、比喩として言うわけだが格好の療養先となった。そのなかの一人中沢新一の先述したカイエ・ソバージュⅠからⅤの五巻の発刊は二〇〇〇年代前半で、長い療養期を脱しようとしていた私には有益なシリーズだった。そのシリーズⅡ『熊から王へ』のなかで、突如思いがけなくも宮澤賢治に遭遇したのである。しかも賢治は紛れもない「神話」を発表していた。その出来は驚くべきものだった。私の欲しいと思っていた「神話」の宮澤賢治による今日的翻案だった。

驚きは中沢新一の炯眼に対するものでもあった。題名は『氷河鼠の毛皮』。筑摩書房版宮澤賢治全集（全一三巻）は読み通したと思っていたが、振り返れば四〇年ほど以前のことで記憶にはきれいさっぱり消失。中沢に指摘されて初読の味わいだったという次第。当稿では、賢治の「新・神話」群から四作品を素読してみたい。賢治作品は行李に詰め込まれたまま未発表の作品は多かった。四作品中『氷河鼠の毛皮』のほかの三作品は、生前未発表のものである。

（一）「氷河鼠の毛皮」

二〇世紀に入って盛んになってきた神話学、とりわけ一九二〇年代のシベリア、ベーリング海峡、アラスカ、北アメリカ大陸の北西海岸地域の神話研究に賢治がどれだけアクセスできていたかについては、私に情報はない。しかし、一九二三年八月にサハリンに赴いており、この『氷河鼠の毛皮』はそれ以前の一九二三年四月一五日の「岩手毎日新聞」に発表している。この後先は別にして賢治論上の問題のひとつである北方への志向はこういうところにも見て取れ、賢治の北方神話への関心には浅からぬものがあったと思われる。

原稿等はいっさい散失し唯一残存する前記掲載紙から採録された、天沢退二郎や入沢康夫等による『新校本宮澤賢治全集』（筑摩書房）（以下校本版と言う）の第一二巻校異篇から抜き書きしながら辿ってみる（ルビ省略。若干誤字脱字等があるが原文のママ）。驚くほど文章に無駄がなく巧みなので、必要不可欠で適切な抽出引用には苦労するが、慎重に試みるほかない。

×

童話／氷河鼠の毛皮　宮澤賢治

このおはなしは、ずゐぶん北の方の寒いところからきれぎれに風に吹きとばされて来たのです。氷がひとでや海月やさまざまのお菓子の形をしてゐる位寒い北の方から飛ばされてやつて来たのです。

十二月二十六日の夜八時ベーリング行の列車に乗つてイーハトヴを発つた人たちが、どんな眼にあつたかきつとどなたも知りたいでせう。これはそのおはなしです。

×

ぜんたい十二月の二十六日はイーハトヴはひどい吹雪でした。町の空や通りはまるつきり白だか水色だか変にばさ〳〵した雪の粉でいつぱい、風はひつきりなしに電線や枯れたポプラを鳴らし、…略…

ところがそんなひどい吹雪でも夜の八時になつて停車場に行つて見ますと暖炉の火は愉快に赤く燃えあがり、ベーリング行の最大急行に乗る人たちはもうその前にまつ黒に立つてゐました。

…略…

『ベーリング行、午後八時発車、ベーリング行。』一人の駅夫が高く叫びながら待合室に入つて来ました。すぐ改札のベルが鳴りみんなはわい〳〵切符を切つて貰つてトランクや袋を車の中にかつぎ込みました。

間もなくパリパリ呼子が鳴り汽缶車は一つポーとほえて、汽車は一目散に飛び出しました。…略…見る間にそのおしまひの二つの赤い火が灰いろの夜のふゞきの中に消えてしまひました。こゝまではたしかに私も知つてゐます。

×

列車がイーハトヴの停車場をはなれて荷物が棚や腰掛の下に片附き、席がすつかりきまりますとみんなはまづつくづくと同じ車の人たちの顔つきを見まはしました。

一つの車には十五人ばかりの旅客が乗つてゐましたがそのまん中には顔の赤い肥つた紳士がどつしりと腰掛けてゐました。その人は毛皮を一杯に着込んで、二人前の席をとり、アラスカ金の大きな指環をはめ、十連発のぴかぴかする素敵な鉄砲を持つていかにも元気さう…略…

近くにはやつはり《ママ》似たやうななりの紳士たちがめいめい眼鏡を外したり時計を見たりしてゐました《ママ》どの人も大へん立派でしたがまん中の人にくらべては少し痩てゐました。…略…こちらの斜かひの窓のそばにはかたい帆布の上着を着て愉快さうに自分にだけ聞えるやうな微かな口笛を吹いで《ママ》ゐる若い船乗りらしい男が乗つてゐました。

…略…

×

汽車は時々素通りする停車場の踏切でがたつと横にゆれながら一生けん命ふゞきの中をかけました《ママ》しかしその吹雪もだん〴〵おさまつたのか…略…黄いろな帆布の青年は立つて自分の窓のカアーテンを上げました。…略…窓ガラスはつめたくて実によく透とほり向ふでは山脈の雪が耿々とひかり…略…

野原の雪は青じろく見え煙の影は夢のやうにかけたのです。唐檜やとゞ松がまつ黒に立つてちらちら窓を過ぎて行きます。ぢつと外を見てゐる若者の唇は笑ふやうに又泣くやうにかすかにうごきました。それは何か月に話し掛けてゐるかとも思はれたのです。みんなもしんとして何か考へ込んでゐました。まん中の立派な紳士もまた鉄砲を手に持つて何か考へてゐます。けれども俄に紳士は立ちあがりました。鉄砲を大切に棚に載せました。それから大きな声で向ふの役人らしい葉巻をくわへてゐる紳士に話し掛けました。

『何せ向ふは寒いだらうね。』

向ふの紳士が答へました。

『いや、それはもう当然です。いくら寒いと云つてもこつちのは相対的ですがなあ、あつちはもう絶対です。寒さがちがひます。』

『あなたは何べん行ったね。』

『私は今度二辺目ですが。』

『どうたらう《ママ》、わしの防寒の設備は大丈夫だらうか。』

『どれ位で支度なさいました。』

『さあ、まあイーハトヴの冬の着物の上に、ラッコ裏の内外套ね、海狸の中外套ね、黒狐表裏の外《そと》外套ね。』

『大丈夫でせう、ずゐぶんい丶お仕度です。』

『さうだらうか、それから北極兄弟商会パテントの緩慢燃焼外套ね……。』

『大丈夫です《ママ》』

『それから氷河鼠の頸《くび》のとこの毛皮だけでこさへた上着ね。』

『大丈夫です。しかし氷河鼠の頸のとこの毛皮はぜい沢ですな。』

『四百五十疋分だ。どうたらう《ママ》、こんなことで大丈夫だらうか。』


こうしてイーハトヴの大金持の酔に任せた自慢話は延々と続く。今を去る一〇〇年前とは言え、これからベーリングに赴いて一儲けを企てる油ぎった資本家の端くれである。今や高度金融資本主義の惑星規模での収奪システムが稼働しているが、迫り来る既視感がある。目を細くして唇を舐め舐め手当り次第にくだを巻きはじめる。


『ね、おい、氷河鼠の頸のところの毛皮だけだぜ。え丶《ママ》、氷河鼠の上等さ。…略…君、君斯う見渡すといふと外套二枚ぐらゐのお方もずゐぶんあるやうだが外套二枚ぢやためだねえ、君は三枚だから…略…』

『失敬なことを云ふな。失敬な《ママ》』

…略…

『い丶よ。おこるなよ向ふへ行つて寒かつたら僕のとこへおいで《ママ》』

『頼まない《ママ》』

…略…

氷河鼠の上着を有つた大将は唇をなめながらまはりを見まはした。

『君、おい君、その窓のところのお若いの。失敬だが君は船乗りかね《ママ》』

若者はやつぱり外を見てゐました。月の下にはまつ白な蛋白石のやうな雲の塊が走つて来るのです。

『おい、君、何と云つても向ふは寒い。その帆布一枚ぢやとてもやり切れたもんぢやない。けれども君はなか〳〵豪儀なとこがある。よろしい貸てやらう。僕のを一枚貸てやらう。さうしやう。』

けれども若者はそんな言が耳にも入らないといふやうでした《ママ》つめたく唇を結んでまるでオリオン座のとこの鋼いろの空の向ふを見透かすやうな眼をして外を見てゐました。


若者は応じない。『…おい若いお方君、君、おいなぜ返事せんか。無礼なやつだ…』と絡まりは収まらないでいると、『紅茶はいかゞですか。紅茶はいかゞですか』と白服のボーイが来る。大将はさっそく一杯を求め銀貨を渡す。「そのとき電燈がすうつと赤く暗く」なる。賢治お得意の物語の異次元への大転換の手法である。物語中一行分相当の×印（当稿引用でも踏襲のとおり）は風の飛ばしてよこすきれぎれの報告、その区切りであるらしい。当稿のつぎに来る一行分の×印はそれに相当してもいる。×印の一行を挟んで物語はこう急転する。

×

夜がすつかり明けて東側の窓がまばゆくまつ白に光り西側の窓が鈍い鉛色になつたとき汽車が俄にとまりました。みんなは顔を見合せました。

『どうしたんだらう。まだペ《ママ》ーリングに着く筈がないし故障ができたんだらうか。』

そのとき俄に外ががや〳〵してそれからいきなり扉ががたつと開き朝日はビールのやうにながれ込みました赤《ママ》ひげがまるで違つた物凄い顔をしてピカ〳〵するピストルをつきつけてはいつて来ました。

そのあとから二十人ばかりのすさまじい顔つきをした人がどうもそれは人といふよりは白熊といつた方がいゝやうな、いや、白熊といふよりは雪狐と云つた方がいいやうなすてきにもく〳〵した毛皮を着た、いや、着たといふよりは毛皮で皮ができるといふた方がいゝやうな、ものが変な仮面をかぶつたりえり巻を眼まで上げたりしてまつ白ないきをふう〳〵吐きながら大きた《ママ》ピストルをみんな握つて車室の中にはいつて来ました。

…略…

『こいつがイーハトヴのタイチた《ママ》ふらちなやつだ。イーハトヴの冬の着物の上にねラッコ裏の内外套と海狐の中外套と黒狐裏表の外外套を着やうといふんだ。おまけにパテント外套と氷河鼠の頸のとこの毛皮だけでこさえた上着も着やうといふやつだ。これから黒狐の毛皮九百枚とるとぬかすんだ。叩き起せ。』

二番目の黒と白の斑《ぶち》の仮面をかぶつた男がタイチの首すぢをつかんで引きずり起しました。残りのものは油断なく車室中にヒ《ママ》ストルを向けてにらみつけてゐました。

三番目のが云ひました。

…略…

…略…タイチは髪をばちやばちやにして口をびくびくまげながら前からはひつぱられうしろからは押されてもう扉の外へ出さうになりました。

俄に窓のとこに居た帆布の上着の青年がまるで天井にぶつつかる位のろしのやうに飛びあがりました。ズドン。ピストルが鳴りました落《ママ》ちたのはたゞの黄いろの上着だけでした。と思つたらあの赤ひげがもう足をすくつて倒され青年は肥つた紳士を又車室の中に引つぱり込んで右手には赤ひげのピストルを握つて凄い顔をして立つてゐました。

赤ひげがやつと立ちあがりましたら青年はしつ《ママ》りそのえり首をつかみピストルを胸につきつけながら外の方へ

向いて高く叫びました。

『おい、熊ども。きさまらのしたことは尤もだ。けれどもなおれたちだつて仕方ない。生きてゐるにはきものも着なけあいけないんだおまへ《ママ》たちが魚をとるやうなもんだぜ。けれどもあんまり無法なことはこれから気を付けるやうに云ふから今度はゆるして呉れ。ちよつと汽車が動いたらおれの捕虜にしたこの男は返すから』

『わかつたよ。すぐ動かすよ』外で熊どもが叫びました。

……略……

汽車《ママ》は動き出しました。

『さあけがをしないやうに降りるんだ』船乗りが云ひました赤《ママ》ひげは笑つてちよつと船乗りの手を握つて飛び降りました。

『そら、ピストル』船乗りはピストルを窓の外へほうり出しました《ママ》
『あの赤ひげは熊の方の間牒《ママ》たつたね』誰かゞ云ひました。

わか《ママ》ものは又窓の氷を削りました。

氷山の稜《そば》が桃色や青やぎらぎら光つて窓の外にぞろつとならんでゐたのです。これが風のとばしてよこしたお話のおしまひの一切れです。


再三再四この『氷河鼠の毛皮』を読み返しながら、私はなぜ読み返すのかを自問せざるを得なかった。朧げながら私のなかから聞こえてくる答は、この「新・神話」にある底の脱けたユーモア humour ――それが大自然のなかを生き抜いていた人々の恐怖と歓喜のバイメタル的な原初的素朴態としての「神話」、あわせて彼らの大自然の感受、に近似していること――にあった。しかし今日在ってしかるべき宮澤賢治論は、新しい神話論としてこそ立ち上がるといった主張には別稿を要する。

それはここではともかくとして、宮澤賢治の文献考証の決定版であるぶ厚な箱入り一七冊から成る筑摩書房の校異

版のなかから、この埋れた作品を取り出してスポットを当て、私たちの眼前に示してくれた中沢新一の照準は適確である。

> イーハトヴの駅に停車して、いまや遅しと発車を待つ「最大急行ベーリング行」は、神話の想像力の駆動機械です。機関車のボイラーに放り込まれた石炭は真っ赤に燃え、機関車を北方にあるベーリングまで、弾丸のように走らせていくでしょう。そのとき、私たちの中に生き続けている神話の想像力もまた、全身に力をみなぎらせて、北方世界に向かって飛び立つのです。[*23]（傍点大場）

私たちのなかになお生き続けているらしい神話の想像力は賢治のなかにもまた、私たちにも増して脈搏っていた。当稿の二の（二）で、とりわけ（二）の2ではさらに具体的に詳細に、ベーリング海峡経由で北アメリカ北西海岸地域に伝わる神話（「山羊と狩人」）を見てきた。それとほとんど重なる「神話の思考」が『氷河鼠の毛皮』に息づいていることに気づく。帆布一枚で乗り込んだ青年船乗りとぜい沢極まりない、四五〇疋分の氷河鼠の頸の部分の毛皮でできた上着を着るイーハトヴの大金持との落差・分断（非対称性）、そしてそれと絡まり合いつつ大括りされている白熊たち動物と貪欲横暴な人間たちのあいだの分離・分断（非対称性）は、貧乏青年のなかに沈められていた能動精神[*24]（対称性思考）によって宥めすかされる。荒ぶる神は、まあそんなところで仕方がないかと人間の言葉で言えば止むなく妥協させられる。しかしこの妥協は厳しい相務性を帯びている。そしてそれは双方が自己規律（自己抑制）を内在させる生きもの同士の、暗黙の始原的な人間の世界で言う約定（ここでは人間と動物の間の）なのだ（文末の図8参照）。

『氷河鼠の毛皮』のここでの引用ではかなりの部分を割愛せざるを得ず、作品の魅力を含めた読み取りが困難になってしまっていることは残念至極なのだが、一人青年船乗りの目はいつも窓の外の光景に注がれていた。青年がナイフでガリガリ羊歯の葉の形をした氷を削り取った「窓ガラスはつめたくて実によく透きとほり向うでは山脈の雪が耿々とひかり、その上の鉄いろをしたつめたい空にはまるでたつたいまみがきをかけたやうな青い月がすきつとか丶つてゐた」そのすきっと照る月を見る力は、この始原的な約定を守り通す者にはじめて備わることを、宮澤賢治は伝えたかった。私の言う賢治の「新・神話」群に共通して打ち出されている蠱惑的なメッセージである。

ネイティヴ・アメリカンの祖先である『山羊と狩人』の語り手たちは、狩で仕止めた獲物は最後の一片も無駄にせず、その骨は大事に扱っていた。それは、そのさらに祖先の一派の末裔であるだろうサハリンのあるいは北海道のアイヌたちの、熊を獲ったとき丁寧にして壮大な熊祭を催した、その儀式の厳かさとこれまた厳しく通底している。賢治の神話は、その土や埃や泥濘の土着性濃い伝承を、今日風にスマートに翻案しているにすぎない。

（二）その他の「新・神話」

一九八〇年没したアメリカの優れた文化人類学者、生態学者のG・ベイトソンは特有な方法論に立って業績を展開した。「発想は大胆に、検証は繊細明晰に。」これに習って大胆な発想の下に一賢治論を試みていることになる。ブームは去ったと言おうか、私にその現況は分からないが、宮澤賢治学会が組織され、『宮澤賢治研究』という月刊誌が発行され続けるということがあった。しかしその後を通して賢治の仕事が「神話」のサイドから検討されるということがはたしてあったものか否か。私には二〇〇二年にもなって中沢新一によるスポットライトに照らされた賢治が眩しかったことはすでに述べた。

神話の色ガラスで賢治の童話群を読み直してみると、その多くが「神話」として作られていたことに気づく。当稿のこの項では、そうした作品群からとくにその色合いの濃い「氷河鼠の毛皮」とは別の三作品を検討してみたい。いわゆる〝賢治童話〟として一読しては確かにたわいない作品である。無自覚的にアリストテレス論理を振り回してしまうそんな論理しか身に着いていない者にはそうなのだ。つまり対称性論理で組み立てられている作品に、はるかな時代を超えておそらく遺伝子レベルで身に染みてしまっている非対称性の論理癖をもって臨むとき、たわいのないものに見えてくるのは理の当然というものだろう。ここに宮澤賢治の評価が大きく分かれる遠因があるのではないか。

さて、ここで取り上げたい作品はいずれも生前未発表の「龍と詩人」、「フランドン農学校の豚」、「サガレンと八月」の三作品である。が、紙数のこともあり、神話として読むに当たってのそれぞれの作品に関する情報を備忘として記しおくに止めることになろう。

いずれも賢治中期の作品と考えられ、具体的には諸研究の結果から一九二〇年前後の五～六年のあいだに創作されたものと考えられる。この頃と言えば、西洋にあっては前世紀の世紀末的思潮を受けながら二〇世紀に入って、ロシア革命、当時としては新型のコロナウイルスであったインフルエンザの恐怖、その世界的パンデミックを加速させた第一次世界大戦……という時代。シュルレアリスム、神話研究その他の始原学の隆盛はそうした時代の連続上にあった。北方神話学の進展と相俟って当時のこうした知的雰囲気に賢治の感性はシンクロナイズするところがあったと思う。それは、「氷河鼠の毛皮」を含むこれら「新・神話」が生み出された頃の賢治の内的風景だった。

1 「龍と詩人」

この作品の制作は一九二一年八月、賢治二六歳であることが弟清六編の年譜（筑摩書房『宮澤賢治全集』（以下全集版）一二巻）に見えている。なお校異版によると和洋紙の作品末尾に、草稿本文の鉛筆とは異なる鉛筆で、一〇・八・二〇と記入されている。そして「(但し本文の字体から大正十一年以後と推定される。)」とある。

「龍と詩人」は賢治の「神話」中もっともいわゆる神話らしい「神話」ではあるまいか。賢治の生涯を通じた創作営為のトータルをシンボライズしていると捉えると、私の「賢治の神話」観のまん中に不思議なくらいすっきり収まる。ただしここでの「賢治の神話」という言い表わしにつき注記しておく必要がある。「龍と詩人」にはまだ「神話の思考」の本質をなす対称性思考が瞭然と働いているとは言えないことである。つまりここで「賢治の神話」と言うとき、「山羊と狩人」で見てきた神話の神話たる所以、当稿で私が考察している神話の神話らしさ（神話の本質）に向けての形成、彫琢の途上にあるという意味である。それは賢治のなかに備わってしまっている非対称性論理を脱ぎ捨てることの困難性の証《あかし》でもあることだろう。

2　「フランドン農学校の豚」

当稿では、賢治の「新・神話」として当面四作品を俎上にしているが、四作品の「新・神話」形成ないし彫琢上の推移が見えていると思う。まず時系列的には①「龍と詩人」→②「フランドン農学校の豚」→③「氷河鼠の毛皮」→④「サガレンと八月」と形成されてきているのではないか。①と②については逆も考えられるが、少なくともその後に③、④という制作順は動かない。四作品中「新・神話」としてもっとも完成度が高いのは、唯一生前発表の作品③であることも動かない。すでに見てきたように物語の展開も文言表現も巧緻で、端々まで神経が行き渡っていて締まりに締まっている。そして肝腎にも対称性論理と非対称性論理が神話の神話としての骨格を支えている。神話にあっては起承転結の結こそ重要であるが、この物語にあっては、ごく自然でありながら明快で卓抜であると思う。船乗り風青年が「あんまり無法なことはこれから気をつけるやうに云ふから」と約束の言葉を差し向けつつ、屈強な相手を「さあけがをしないやうに降りるんだ」と列車から降ろそうとすると、テロリスト達の親分格の「赤ひげは笑つてちよつと船乗りの手を握つて飛び降り」る。そして船乗りは奪った「ピストルを窓の外へほうり出し」たのだった。こうして賢治の「新・神話」群四作品の神話としての形成、彫琢上の完成度を測るメルクマールは、唯一生前発表作品③「氷河鼠の毛皮」となる。

さてそれでは②の「フランドン農学校の豚」はどうか。③とは、自然界での狩猟と畜産でその物語のシチュエーションは異なるが、動物と人間の圧倒的非対称性がテーマである点で物語の構造はまったく同じである。しかしいろいろな点で違いはある。なによりまず、作品②はダラダラといたずらに続く文章の行間が窒息しそうにもあまりに狭く、神話としては冗長にすぎる。物語の筋が逐一克明に辿られるあまり、肝腎な含みや深みに欠けることとなっている。

全集版第六巻では中期の作品とされている。校異版の詳細な文献考証によると、四百字詰めの原稿用紙にペン書きであるが、原稿冒頭部分は散失していて、賢治が記していたはずの作品題名も不明で、「フランドン農学校の豚」は通称であるという。また、初期形、最終形の別は判明しており、いずれの稿にも膨大な推敲の跡が残されている。さらに加えて、現存稿の一枚目右端欄外には赤インクの大きな文字で「寓話集中」と記されてあり、右半上部欄外には鉛筆による横書きでFantasies in the Faries Agricultural Schoolとあることから、いろいろな推測が促されることになる。

私には、物語本文の印象に加えての文献考証のこうした情報群から、この作品②は賢治の神話創作の形成途上の作品であることは確かだと考えられる。そして作品③は賢治自身の課題であった「寓話集中」を果たし得た作品だったのではないか。新聞紙上での発表は一九二三年という迫り来る外界（時代）への賢治の発信だったのだ、と。賢治に触れていつも覚えることであるが、この発信の大味《おおあじ》さ加減は射程が長いことの証左である。ただ長いだけでなくその真ん中には朽ち果てることのない枢要事（それは発見であり思想である）が一本貫かれている。それは東北地方の文化の奥まった処に静かに命脈を保ち続けてごく稀にキラリと光ることのあるなにものかであるということもつけ加えておきたい。

さて、作品②にあっては、神話の起承転結の結は結晶化への気配さえ見出し難い点も決定的である。むしろ作品②における結の探索・創造の苦悩が、やがては作品②の原稿欠落の原因（あるいは賢治自身が破り捨てたということはなかったか？）となったのであり、同じテーマに取り組むに当たっての物語舞台の選び直しを発想させたのだ。

フランドン農学校では、飼育担当厩務官は餌の量と豚の測定体重記録に首っ引きで厩務に励まなければならなかった。健康のためと野外パドックに追い立てられる豚のつぶらな目には大粒の涙……といった具合いで、背後には冷めたく厳しい教頭の監視の目が光り、そのまた背後には校長が居たことは言うまでもない。ここには近代畜産の構造はあるが、しかし〝資本〟と〝生命〟の対峙は、校長や教頭たちと豚のあいだにしか成り立ち得ない。せいぜい片田舎の小噺に終らざるを得ない。どうしても舞台として社会的な展《ひろ》がりがなければならなかった。北の極地に近い狩場としての北方圏に生きる動物たちと、南方イーハトヴの人間たちの商売（商業資本）の対峙へと拡大させなければならなかった。そのときは一九二〇年前後のことである。北方圏の神話研究の切れ切れの情報が、賢治によれば「きれぎれの風に吹き飛ばされて」耳に届くことがあったのだった。神話も物語ではあるが、時間的空間的に（と言うより意味的にと言うべきか）大柄な物語なのだ。そうでなくては真実に迫ることはできない。賢治はそのことに気づいたのだった。

3　「サガレンと八月」

神話の要諦を発見した賢治は、一九二三年四月発表の作品③でそれを自らのものとしたのだった。その前年一一月最愛の妹トシを喪う。賢治にとりその衝撃は大きかった。当稿はそのことと賢治の北方への志向等々評伝的関心は方法的意識的に避けて進めているが、翌年一九二三年八月にはサハリンに足を運んでいる。作品④「サガレンと八月」はその体験つまりサハリンの現スタロドブスコェ（旧樺太の栄浜）の海岸に立って吹かれた「風や草穂のいい性質」にインスピレーションを触発されてできた作品である。

その冒頭、「何の用でこゝへ来たの、何かしらべに来たの、何かしらべに来たの。[*25]」と繰り返し風から尋ねられて始まっている。私（この物語の主人公即ち賢治）は確かに調べに来ているがそれはなにか？　読者である私には、「はまなすのいゝ匂を送って来る風のきれぎれのものがたり」が伝えてくれるものは各種賢治評伝に散見される妹トシの霊の行方などではなかったと思われてならない。「それらのはなしが金字の厚い何冊もの百科辞典にあるやうなしっかりしたつかまへどこのあるものかそれとも風や波といっしょに次から次と移って消えて行くものか」、それは私（主人公である賢治）には分からないと言っているが、それは評伝の類の多くが言うように、妹トシの霊の行方といったものではなく、「神話とはなにか」あるいは「神話の思考」のことだったと、そう読者としてのこの私には思われてならない。

作品④は、ここで作品の前提部分はプッツリと終わる。物語の表現形式も、突如、前後にそれぞれ一行のアキを配しての※印のみの一行を境として様変りし、まったく異質なタネリの物語となっている。後半部を成すこれは話の運びも体裁も賢治流儀の童話ないしファンタジーであるが、「氷河鼠の毛皮」に続く本格的今日的童話の「胚」である。

誘惑に怺え切れず母の諭しを破ったタネリは、沖合はるかむくむくした雲の向うから現われ、「大きな口をあけたり立てたりし歯をがちがち鳴らす」恐ろしい「ギリヤークの犬神」により海底に拉致され、蟹にされて、海底の主《ぬし》のような「ごほごほいやなせきをする」てふざめ（蝶鮫）に渡される。「つらはまるで黒と白の棘だらけ」の見るも恐ろしいてふざめは、「ぴしぴし遠慮なく使」える小僧を欲しがっていた。

「うう、お前かい、今度の下男は。おれはいま病気でね、どうも苦しくていけないんだ。

ここで物語全部もぷっつり、発語を閉じる鉤括弧もないまま〔以下原稿空白〕で終わっている。さきに神話の「胚」と名辞したのはこうしてひどく未完のまま終わっているからである。しかしこれだけで立派に「神話」となっている。当稿で縷々論じてきた神話の要件も神話の本旨、本質も備えているからである。不要な蛇足を加えるならこうである。現代の日本でなおそうであるらしい高級レストランでしかお目に掛かれない類の珍味キャビアは「てふざめ」の卵なのだ。サハリンで授かったらしい賢治のこの「新・神話」の射程は、一〇〇年後の爛熟した高度資本主義のただなかで喘ぐ私たちに生生しくも届いている。サハリンのすぐ界隈である北方の地のギリヤークやニヴフ、ウリチあるいはオロチといった諸部族（文末の図3参照）の神話の渉猟を賢治がどれほど為し得ていたものか否かは私には分からないが、そのいずれであっても当稿には支障はない。

このタネリの神話の起承転結の肝腎な〝結〟は確かに欠けているが、私には見通せる気がするのだ。下男としてのタネリの働きで大病から快復したてふざめからタネリは感謝される。そして母の待つ大地に戻るかどうかは、〝結〟の主要な要素ではない。白髪のタネリでなく、どんなタネリとして戻るものか、それとも否か？　こうして日本古来の浦島太郎神話群の一画を占めることだけは私にも分かる。神話の今日的翻案、私が賢治の「新・神話」と言ってみたい所以である。

全集版の一三巻目に相当する別巻には、宮澤賢治に関わる膨大な研究文献目録が収められている。その渉猟範囲は単行本書籍だけでなく、日々の新聞や「週刊読書人」、「図書新聞」、全集物の付録「月報」、大学の研究紀要の類等……広範に及んでいる。賢治に関する研究書も多い小倉豊文が一九六九年一月に作製したもの。インターネット検索がなかった時代の驚嘆すべき仕事であるが、細字で八〇ページに及ぶ膨大な文献群のなかに、「神話」の文字は皆無。数ある個別作品論のなか、文言上から当稿で取り上げた「新・神話」四篇になにかしら関連するのではないかと判断される情報は四件。備忘の意味も込め時系列で拾えばつぎのとおりである。「龍と詩人」、「サガレンと八月」関連がまったく見当たらなかったのは私には意外である。

一九六三年七月（「四次元」一五巻七号）西田良子「『いかり』と『あらそい』の否定から克服へ」

一九六四年七月（「四次元」一六巻七号）小澤俊郎「つらい『豚』のはなし」

一九六五年八月（「四次元」一七巻八号）續橋達雄「氷河鼠の毛皮」

一九六七年一二月（「宮澤賢治全集月報」第五号）生野幸吉「フランドン農学校の豚」

小倉のリストアップ範囲は一九六八年一二月で終わっている。それ以降のこの種の仕事についても情報は欲しいところであるが、一九六九年以降については私に情報はない。ネット検索も果たし得ていない。二一世紀に入って中沢新一がクリアにも「氷河鼠の毛皮」にスポットを当ててくれるに至った、その彼の資料的背景（ないし参照先）がないものか否か。少なくとも「サガレンと八月」論があれば是非アクセスしてみたいところである。

三　宮澤賢治という作家の作品の射程

私が生まれ育った東北という土地柄もあるのだろうか、思春期の頃（あるいはさらに以前？）から私には宮澤賢治という人物（？）は気に懸かり続けている人間（詩人）の一人であった。七八歳になり、その懸かり様《よう》の靄は、払い除《の》けてみたいものへとある種変様しつつあると言えるか。

振り返ってみると、筑摩書房の全集は二種類全巻を書棚に埃を被ったままにしてあるだけでなく、評伝類や研究書やらの単行本も手放せないまま抱えてきていた。このたびはその埃を払いながら靄を払おうとしている自分に気づくこととなった。東北古代史には、岩手や宮城等の表東北を「荒エビス」、秋田や山形等裏東北を「熟《にぎ》エビス」、青森は別格に「ツガル」と分ける捉え方がある。若かった頃はとくに、熟エビスの末裔として鬱々生きる自分には、アテルイを典型とする荒エビスの剛毅には一目置く精神構造を自己観察してきたようなところがある。賢治への関心にはそんな背景もあった。夭折を度外視すれば、同時代人としての宮澤賢治と齋藤茂吉の対比とも言えようか。

再三繰り返すことになるが、当稿において宮澤賢治に遭遇することとなった導き手中沢新一から、目の覚めるようにも鮮やかな色ガラスを頂戴することとなった。当稿での賢治論はそっくり中沢新一の賢治論とも言える。たとえば中沢のつぎのような賢治観には、付け足すべきなにものも、差し引くなにものもない。

宮澤賢治という人は、二一世紀の人間が直前することになる、ほとんど解決不能な問題のありかを正確に言い当て、それにひとつの明確な解答を与えようとしているように思えます。ここには、神話的思考の可能性というものが、緊迫した危機的な状況の中で、ふたたび息を吹き返そうとしているのが感じられます。私たちが神話的思考を捨てたことを、人類にとっての吉兆と見ることなど、とうていできません。それによって、まるでパンドラの箱を開けたように、「野蛮」の子鬼たちがいっせいに人間の世界に飛び出してきたからです。だから神話について考えることは、現代を考えることに直結しているのです。[*26]

この言葉を中沢が講義で学生たちに差し向けた二〇〇二年一月二一日から一九年経過して、緊迫した危機的状況は、その緊迫の度をさらに深め、今や文字通り「野蛮」の子鬼たちが暴れ出してやりたい放題。それがどこまで拡大するものやら、というのが私の生きる二〇二〇年一〇月一六日の現在である。私の「訳の分からなさ」はこれにほかならない。当稿は、とりあえずこの現在のこの国の「野蛮」の子鬼たち（この国では、安倍、菅政権を駆動させている人々もその一部）と現在のアメリカの「野蛮」の子鬼たち（D・トランプVS.J・バイデンの大統領ポスト獲得の争いに蠢く人々）に挟撃されたトポスでの、たんなる政権論上のものとしてではない、むしろその背景・下地として在るものについての考察のつもりである。

第五章　昨今の「訳の分からなさ」の象徴

――アメリカ大統領選挙劇（共和党D・トランプVS.民主党J・バイデン）――

当稿の冒頭部で述べた「訳の分からなさ」は、少し腰を据えての歴史的洞察に立てば、限られた特定の世代の世界認識の炙り出しにすぎないことになるのだろうか。その世代とは、第二次世界大戦後の半世紀、アメリカの圧倒的な軍事力を背景に敷かれてきたパックスアメリカーナの下での平穏という僥倖、そしてなおその継続進展を願う、といった類の世界認識の持ち主たちということになる。そこだけが世界のすべてなどではまったくなかったのに、というわけである。

これでは、しかし、いかにも歯切れが悪い。戦後の日本人の、しかもさらにそうした人たちに限るわけではないだろう、日本人の枠を越えてアジア、さらに広く世界の人々を視野に入れて考えることができるのではないかという配意から、このように持って回った言い方になるのだが、しかし、あえて端的に言い切ってみるべきか。この「訳の分からなさ」は、平穏平和な戦後日本の民主主義教育下に豆もやしのように育った世代に固有のものなのではないか、という自問の言い表わしとしてである。

しかし、どうもしっくりこない。そうした訳が分からないという世界認識の持ち主たち（ここでの考察は、その価値づけ如何問題は度外視のつもりである）の外側に生きる人たちからすれば、「訳の分からなさ」という切実な認識は理解し難いのかもしれない。これまたありていに言えばあまりに当たり前のことじゃないか、というわけである。

ところで、このとき、その外側の人たちにも内側の人たちにも、暗黙下に共通して流れ通《かよ》っている認識がある。これこそは厄介極まりない「時は移ろう」なのだ。それに抗うも棹差すもまるごと全心身で不安を担う営為となるのは言うも野暮というものだろう。そのとき、その「不安」とはなにか？　良いものなのか良くないものなのか？　いずれでもないのか？　全心身で担うことになるその不安は、その「時は移ろう」の素裸の〝正体〟を見極め得ないところに立ち籠めるものなのであろう。

その「時は移ろう」は、先人たちがいわゆる時代の転換期には一人ひとり振り鉢巻きで四つに組んできたものなのだ。たとえば史上初の総力消耗戦だった第一次世界大戦後の世界、アジア太平洋一五年戦争に完敗した日本などはまさに「訳の分からなさ」に満ち満ちていたことだろうと思う。

この「訳の分からなさ」に正面するに当たり、私の思いのなかに端的にはM・フーコーのエピステーメー論が浮かぶ。「時代における知の枠組」の問題である。私の「訳の分からなさ」問題は、しかし、スケールの点でM・フーコーの矮小版ではないにせよ、限局版ではあるか。限られた時代の限られたトポスにおける知的枠組の問題ではないか、と。しかしまたさらに考えを及ぼしてみると、M・フーコーのエピステーメー論にしても、ある意味では限局版であったことを免れない。論の具体を探ってみても枠組の捉え方に関しては、個別事例を鮮やかに示す（例『監獄の誕生』一九七五年）のみで、それがあまりにみごとであったが故にであるのだが、新しい枠組探しの競争を煽るように機能してしまったのではなかったか。脱線するが、ここにもいわゆる構造主義思想の散開の一因があったように思う（例・M・フーコーと吉本隆明の対談企画もその競い合いの構図のなかのひとつの〝無意味〟でなかったか？）。そこで私はエピステーメー論についてつぎのようなイメージを持つのだ。

〈「訳の分からなさ」に関わるエピステーメー論〉

〈M・フーコーのエピステーメー論〉

さて、論の展開としては跛行気味の駆け足となるが、最後なのでお付き合い願う。右イメージはエピステーメー論の適用エリアの広さ如何の比較上のそれである。エピステーメー論の思想軸ないし本質軸とも言うべきものは、右のみっつのエリアを貫き通しているイメージであることは言うまでもない。そのことを踏まえてであるが、つぎのように言うことができる。あり得るさらに大枠のエピステーメー論の思想軸ないし本質軸の核心は瞭然である。非対称性論理に対する対称性論理の浸潤透徹とそうした事態への断固たるこの身の留保とも言うべき荘重壮大なものなのだ。ここでの「留保」とはなにか？　明快である。留まり保つことである。反省（Reflexiōn）に留まり反省（Reflexiōn）を保つことである。

一　フォーカスの一・日本の今における「訳の分からなさ」

当稿の第一章の二で〝内〟における「訳の分からなさ」について述べた。ここではそのなかから一点に焦点を当てて再論を試みたい。一点に絞っても「訳の分からなさ」はいかにも広くかつ深く絡まり合っていることが分かる。二〇二〇年九月六日菅政権が日本学術会議の会員任命を拒否する事態が発生した。科学が太平洋戦争に利用された切実な教訓を踏まえて一九四九年に当会議は設立された。根拠法である「日本学術会議法」は、二一〇人（任期六年で三年毎に半数の一〇五人が改選）で構成される会員の任命について第七条二項で「会員は、第十七条の規定（大場挿入…「日本学術会議は、規則の定めるところにより、優れた研究又は業績がある科学者のうちから会員の候補者を選考し、内閣府令の定めるところにより、内閣総理大臣に推薦する」）による推薦に基づいて、内閣総理大臣が任命する」と定める。[*27] もともと投票による公選制だった会員の選び方が一九八四年に改定され、首相が任命する仕組みとなった。しかしこの「任命」は法改定に当たっての第九八回国会審議に際しては、政府側から一貫して形だけの推薦制で、会議側から推薦された者の任命は拒否しない旨の答弁*28が行われた。当時の中曽根首相の「政府が行うのは形式的任命にすぎない。学問の自由、独立はあくまで保障される。*29」と学問の自由まで敷衍しての明言は決定的であった。

こうして、少なくともこの件に関する限りは、一九八三年、一九八四年時の行政機関、立法機関の運営の常であるという意味で、健全性は保たれていた。しかしこのたび当該現行法の規定に基づいて学術会議が三年毎の一〇五人の候補者を推薦したところ、菅首相はうち六人は外して九九人を任命した。任命制になって以来前代未聞の出来事だった。しかも任命されなかった六人は全員人文科学部門（ほかに生命科学部門、技術工学部門の三部門で構成）で、程度の濃淡はあれ特定秘密保護法や集団的自衛権を可能とする平和安全保障法、共謀罪法等の法律制定時に反対の意思表示をしていた候補者たちだった。首相を筆頭に国会の質疑等の場では、任命から外れたのはたまたまであり、それ以上は人事に関することなので答弁を差し控えるの答弁に終始したままである。

この事象が菅首相の気まぐれその他の偶然によるものでないことを証明する事実は省く。七年余に及ぶ長期の安倍政権の官房長官を全うし、日銀総裁や内閣法制局長官その他諸官庁の官僚人事等に明らかな露骨極まりない人事管理の方法のささやかな一環でしかない。この出来事については大いに話題性ありで、国会のみならず新聞、テレビ各社を挙げて大騒ぎの一〇月当初だったが、まだ一か月も経っていない現在メディアでの話題も散発的になってきている。話題性はこうして消費されていく。それにしても「時は移ろう」のスパンの短かさも異状レベルではあるまいか。

法解釈の変更はないとか理由の公表等は人事に関することにつき馴染まないといった政権及びその周辺の支離滅裂な対応の加減に対座して、ここで任命拒否の撤回しかあり得ない法理を整理確認しておきたい。なお任命を拒否された一人である刑法学畑の松宮孝明立命館大学教授のテレビインタビューへの応答知見が私の参照先のひとつになっていること、及びこの知見についてはその後のメディア解説等ではほとんどお目にかかっていないことを付言しておく。

整理のポイントは「任命」とはなにかにある。現憲法第六条には、「天皇は、国会の指名に基いて、内閣総理大臣を任命する（傍線大場）。」とある。日本学術会議法第七条第二項は「会員は、（大場挿入…学術会議の推薦に基づいて）内閣総理大臣が任命する（傍線大場）。」とある。このふたつの「任命」は同一概念でなければならない。天皇が、国会の指名に基づく内閣総理大臣の任命を拒否することがあれば、それはどういう事態か。憲法第四十一条によれば、「国会は、国の最高機関であって」とあり、国の最高機関は天皇ではない。それはなぜか？　主権は国民にあるからである（憲法第一条）。その全国民を代表する選挙された議員で組織（同第四十三条第一項）された国会が指名した者を、憲法第六条に違反して天皇が任命を拒否することは許されない。

　他方、日本学術会議の会員を内閣総理大臣が任命するに当たり、それを拒むことはどうか？　法理上できないと解される。それはなぜか？　法理上三点の根拠がある。複雑な法理論に立ち入らざるを得ないが、肝腎な点なので避けることなく言及するならこうである。

　憲法第十九条は「思想及び良心の自由」を定め、同第二十一条は「表現の自由」を保障する。それに加え重ねて第二十三条は「学問の自由」の保障を掲げる。諸外国にこれだけ重ねての例はほとんどないが、思想、良心、表現、学問に亘り重畳する自由を三か条を費して宣明していることにはわけがある。このことについてはどの憲法学のテキストも指摘している。旧・明治憲法では唯一第二十九条に「法律ノ範囲内ニ於テ言論著作印行集会及結社ノ自由」が定められているのみであった。この決定的違いは、科学（学問）が戦争に利用される事態を許してしまった、その過去への猛省に由来している。

　ところで、学術会議の会員候補一〇五人の推薦は、所定の手続きを踏んでの、思想、良心、表現、学問の自由を体して「優れた研究又は業績」を挙げている「科学者」のうちからの選考によるものであり、その結果としての推薦は、科学者の合議体としての学術会議の自由の表現にほかならない。憲法学のテキストには、学術会議という具体的組織の憲法上保障された自由についての見解は見当たらないがその有無は別にして、行政機関たる内閣総理大臣に、拒否することで、学術会議にも保障されている自由を侵害することは法理上認められないと言わなければならない。これが第一点である。この法理をより明断なものに磨き上げテキストにも掲げられる通説まで定着させることは、憲法学に残されているこれからの課題であると思う。

もう一点は、従前の学問の自由の内容についての通説を踏まえ、そのよりいっそうの強靱化が要請される法理である。「学問の自由」とはなにか？　その内容としては憲法学上の通説としてみっつのファクターが挙げられる。[*30] ①学問研究活動の自由。②研究成果発表の自由（なお、この内容に焦点を絞るとき、第二十三条の「学問の自由」は、第十九条「思想、良心の自由」及び第二十一条「表現の自由」に対して、自由の内容を局限したうえで屋を重ねて保障する特別法的性格を有することは留意に値する）。及び③この研究成果の発表の自由に関連しながらの大学における「教授の自由」である。学術会議という組織活動体は法律に基づきひとつの機関として設置されている。構成員としての科学者一人ひとりが、こうした学問の自由を行使する主体であるが、その組織活動体もひとつの主体である。その学術会議というひとつの主体が行う推薦は、現憲法が保障する当該みっつの自由の権利行使であることに変りはない。これを行政機関にすぎない内閣総理大臣が侵害し、任命を拒否することで会員になることを不可能とすることは認められない。考えを至せば、組織活動体である学術会議の当該推薦の完遂は、同じ組織活動体である大学における「教授の自由」に限りなく近い性格を帯びている。

第三は、「学問の自由」を人事権の面から考察するとき明らかになる法理である。大学という組織体における学問の自由を確保するために、大学という組織体は自治権が保障されなければならない。これは憲法学上も自明とされており、たとえば一例として注記＊30に掲げたテキストのひとつを参照すると、「「大学の自治」の内容をなすべきものとして、従来、通説・判例は、①教員・学長の人事における自治、…略…」とある。[*31] さらに言えば、そのとき「自治の主体は、自治の存在理由からいって、教授その他の研究者の組織であるべきであって、より具体的には、教授会がその中心たるべきものと解されている」[*32] とあることから、当然帰結する法理なのだ。

一九八三年の日本学術会議法に任命制を導入する国会審議における中曽根内閣総理大臣の答弁「政府が行うのは形式的任命にすぎない。学問の自由、独立はあくまでも保障される」は、以上三点の法理を踏まえての簡明な言い表わしだったのである。そして当該法第七条第二項の「任命」は、憲法第六条第一項の「任命」と同一概念であり、このたびの会員六人の任命拒否は違法であり許されない。

にもかかわらず、任命制への法改定時の「解釈を変えてはいない」「推薦された方をそのまま任命してきた前例を踏襲してよいのか考えてきた」がこのたびは「法律に基づいて任命を行っている」[*33]と、公然と白《しら》を切って公式の記者会見の場で公言する菅内閣総理大臣の憲法違反ともなる現行犯営為の横車が、このままこの国の公道のど真ん中を通り過ぎて「時の移ろい」の彼方へと紛れ込み消えてゆくことがあるとすればどうか？　これは前述した集団的自衛権を認める閣議決定とそれを踏まえての平和安全法制（通称戦争法）、共謀罪法、……等々の国会の場で繰り返されてきたシーンと重なり、この既視感の重畳は、当稿で正面しようとする〝内〟における昨今の「訳の分からなさ」の内実であるという次第なのだ。

この内実に関係してここに付け加えておきたい私の最近の一見聞がある。この任命拒否が明るみに出て三週間の現在、早々とメディアの取り上げが少なくなってきたことは述べた。そうした折、二〇二〇年一〇月一九日のＢＳ・ＴＢＳテレビ九〇分番組「１９３０」で、「混迷する任命拒否問題」の放映があった。登場コメンテーターは片や元学術会議会長の広渡清吾氏、片や元大阪府知事その後大阪市長の橋下徹氏による激論番組だった。広渡氏は「違法違憲」、弁護士でもある橋下氏は「違法にあらず」の延々と続く対立。ここに記しておきたいのは、終盤での橋下氏の結論的主張である。「仮りに百歩譲って違法であるにしても、最終的に決めるのは国民である。つまり次の選挙で菅政権にどのような審判が下されるかで決まる」と。「違法にあらず」以外一切論拠なしのこのような法律家にあるまじき主張は橋下氏一流のポピュリズム以外のなにものでもない。一見否定しようのない正論に見えて、少し退いた位置から眺めると、時流にどっかと乗っかっているのが見えてくる。一九九四年の選挙制度改変で衆議院は基本に小選挙区制が組み込まれていて、このところ二〇年来激動し不穏な国際情勢（とりわけ東アジア情勢）下にあって、自民党公明党連立政権は容易に崩れそうにない。ポピュリズム主導下では、戦後七〇年余に亘る憲法学の法理の積み重ねはあったとしても、今やそのレガシーの行方はいかにもこころもとない。

さて論を戻す。この国の昨今の「訳の分からなさ」に正面せんとするとき失念してならないものがある。背後から迫り来たるものに私たちが包み込まれているというその図柄の広がりと深まりである。アメリカ社会の内外に亘る激動、中国の内政に密接に絡む国際的覇権拡大への野望、北朝鮮独裁の行方、ヨーロッパにおけるEU域内国民国家間の軋轢、旧ソ連邦内国民国家間の確執とロシアの強権発動の動向、そしてアジア、アフリカ、中南米の国民国家の苦汁にまみれた動向……世界は相互に絡まり合いつつ同時進行の新たな激動の時代へと突入している。このなにかしらしかし確かに歴史的な転換期に臨み、七〇年前の日本国憲法を金科玉条として固持せんとすることは危険極まりない退嬰ではないのかという問題意識の今日的存在感である。

しかし他方、そもそも深浅緩急はあれ「時の移ろい」はそれらの情況の前提として古来の理《ことわり》である、とそこで思考を停止してしまうことの是非、その問題の重要性もまた諸情況の認識に勝るとも劣らないものであることを忘れるわけにいかない。たとえば阿片戦争に向けての東アジアはどうであったか、日清、日露戦争、太平洋一五年戦争前夜の政治的、経済的、社会的状況はどうであったかについては、これまでも考証研究は重ねられてきている。が、さらに一段掘り下げた考証研究の余地は必ずやある。なぜなら、今や、惑星大でこの地球に生物、人間が生き伸びる手立てを探る問題がミッションとして私たちに降りかかってきているからである。

さて、この項は「日本の今における「訳の分からなさ」」であった。そのなかで菅政権の学術会議会員の任命拒否問題にスポットを当てて、「訳の分からなさ」が現象するに至っている機序の理解のためその分析にあえてやや深入りしてみたことになる。その結果として確認できたことがある。ここでは略言にとどめるが、表現の自由なり、また思想、良心の自由にせよあるいはずばり学問の自由にせよ、その自由という権利の本質には、そこに前提として区別なり差別なりが生起し存在する場合のそうした二項対立を本質とする論理（非対称性論理）、それに対する原理的否定の論理（対称性論理）が遍在している。菅政権の当該任命拒否という行政行為はこの自由という論理（対称性論理）に対する暴力にほかならない。憲法に定められているこれらの条項に遍在している論理に抗って、それをこそ標的にするようにして、そこにもうひとつ別の論理（つまりは非対称性論理）を権力という暴力によって外部からこじ入れ、遍在している自由ひいては平等の論理の本質を無に帰さんとする力が姿を現わしているということなのだ。

「学問の自由」という長年の歴史のなかで培われてきた対称性の論理がいとも易々と扼殺される。こうしてこの平等

（科学的学説である限りにおいては、この学説は良いものなので認められるが、この学説は悪いものだから存在することは許されないといった区別はできない）であることに現われている対称性論理、その衰微、逆から言えば非対称性論理の増長が、菅政権の行政運営下で進行している。これが、「日本の今における「訳の分からなさ」」の正体である。してみると、私たちに降りかかっているミッションはこの動向との闘いなのだ。私はここでたんなる痩せた政治的ミッションを言っているつもりはない。

二　フォーカスの二・アメリカの今における「訳の分からなさ」

（一）揺らぎの激しい「近代民主主義」の政治学的リサーチ

この見出しの言い表わしは風呂敷の広げすぎの感が否めない。この問題を本格的に整理するには別稿を要するのかもしれないが、残念ながらここではさておくほかない。前項における菅政権による学術会議会員任命拒否の問題の検討も、近代民主主義の理念と制度の揺らぎの一現場の考察だった。当項では、〝外〟における事例として「アメリカの今における「訳の分からなさ」」についてやや立ち入って考察する。アメリカ社会は世界の昨今を先取りするところがあると思われるからでもある。そこでまず冒頭、〝内〟と〝外〟の昨今の「訳の分からなさ」のそれぞれの事例に共通して進行中の「近代民主主義」の理念と制度の揺らぎの激しさについて、近年の政治学的リサーチの現場の状況を概観しておきたい。

近時いやがうえにも高まりつつあるこのテーマについての政治学ジャンルにおける考察は、ネット上のブログや諸サイトに溢れかえっている。一方単行本も多いが、ネット上の情報を渡り歩くことで組み立てられているものが多いことにも驚く。ここでは、刊行され邦訳市販されている書籍で入手し得た情報に基づいて考察する。

書籍の著者、タイトルだけでなく、大要の把握上重要な要素となる著者の国籍ないし原典初版の出版国及び発行年を年代順に示すとつぎのとおりである。後の叙述の便宜上、冒頭に大文字アルファベットを付す。

A――ニック・ランド著『暗黒の啓蒙書』、イギリス、二〇一二年。[*34]

B――D・ヴァン・レイブルック著『選挙制を疑う』、オランダ、二〇一三年。[*35]

C――トム・ニコルズ著『専門知は、もういらないのか――無知礼賛と民主主義』、イギリス、二〇一七年。[*36]

D――ジェイミー・バートレット著『操られる民主主義――デジタル・テクノロジーはいかにして社会を破壊するか』、イギリス、二〇一八年。[*37]

E――スティーブン・レビツキー、ダニエル・ジブラット共著『民主主義の死に方――二極化する政治が招く独裁への道』、アメリカ、二〇一八年。[*38]

F――デイヴィッド・ランシマン著『民主主義の壊れ方――クーデタ・大惨事・テクノロジー』、イギリス、二〇一九年。[*39]

G――浜本隆三著『アメリカの排外主義――トランプ時代の源流を探る』、日本、二〇一九年。[*40]

H――渡辺将人著『メディアが動かすアメリカ――民主政治とジャーナリズム』、日本、二〇二〇年。[*41]

D・トランプ大統領は、二〇一六年一月から二〇二〇年一月がその任期であった。右列記の書籍の原典中A及びBは、その期間より三～四年前に刊行されているが、それを含めてHまでの八冊すべてに「D・トランプ」と「民主主義」に関する言及がある。と言うより逐一その内容を通覧すると、八冊は共にそれぞれ「D・トランプ」と「民主主義」の関わりについての著作とさえ言える。副題を含めたタイトルから名辞を拾い上げるだけでかなりのことが分かる。第一に、「暗黒」「選挙制」「無知礼賛」「操られる民主主義」「デジタル・テクノロジー」「民主主義の死に方」「(同前)壊れ方」「二極化」「独裁」「クーデタ」「排外主義」「メディア、ジャーナリズム」等はいずれもD・トランプやアメリカのみならず、近代民主主義国の現状を考える際のキーワードである。第二に、アメリカについて言えばD・トランプが大統領として登場するかなり以前から、巷間に言い古されている「トランプ現象」は始まっていたことが分かる。

それはAやFやGにとりわけ鮮やかに描かれている。したがって第三に、D・トランプ大統領は現代という時代がこの世界の舞台に招き入れた人物だったということが分かるのだ。

以上の所感を学的肉付けをし、理路を整えて体系的にまとめ上げることができれば、私の言う「昨今の「訳の分からなさ」」をかなりのところまで分明にすることも可能なのかもしれない。しかし当稿の趣意は政治学的整理にあるわけではない。素養も準備や蓄積もなしにできることでもない。ここでは政治学的リサーチの達成から私の言う「訳の分からなさ」の分析に資するところを拾い、当稿のモチーフの考察の条件（ないし資料）の準備に努めてみたい。

（二）政治学的リサーチ上に「日本の今における「訳の分からなさ」」を晒してみる

ここでは、政治学的リサーチからのふたつの成果について紹介し、いわばそれを浸した大きなシャーレ（研究用ペトリ皿）に「日本の今における「訳の分からなさ」」を晒してみよう。シャーレに満たすのは二種類。右掲著作Aから「新官房学 neo-cameralism」論と同Eから「新しいタイプのクーデタ」論である。

1 「新官房学（neo-cameralism）」論

フリードリッヒⅡを頂点とするプロイセンで栄えた「官房学」から着想を得て現代政治に適用した概念で、著作Aの著者N・ランドが頻繁に引用するブロガー兼作家のカーチス・ヤーヴィンが打ち出しているものである。それによると、国政が王の限られた重臣によって小さな部屋を意味する「カメラ＝官房」で暗黙に執行される統治を確立するための学問がプロイセンの「官房学」。シニカルで露悪的でさえあるN・ランドは言う。「国家が消しされないものだとしても、すくなくともそこから民主主義を（ないし体系的なかたちで退化をもたらすような悪しき統治を）取り除くことはできる、そしてそのための方法は国家を**形式化**することだ。それこそが、彼（大場挿入…C・ヤーヴィン）が「新官房《ネオカメラリ》学《ズム》」と呼ぶアプローチである」[*42]と。そしてC・ヤーヴィンの二〇〇七年八月のブログ記事「政治的自由に抗して」からつぎの一節を引用する。

新官房主義者《ネオカメラリスト》からすれば、国家は一つの国を所有するビジネスとなる。他の大規模なビジネスと同様に国家は、形式上のその所有者を、それぞれが国益の正確な一部分に対応するような流通性のある株式へと分割するかたちで経営されるべきものとなる。…略…それぞれの株式には一票の投票権があり、株主は経営陣の雇用や解雇を決定する役員を選出する。

このビジネスにおける顧客はその住人である。収益を生みだすものとして経営される新官房学《ネオカメラリズム》的な国家は、他のビジネス同様その顧客にたいし、効率的で効果的なサーヴィスを提供する。したがって統治の不振は経営の不振を意味することになる。*43

（傍線大場）

一読しては分かりにくいが、比喩の辛辣さに気づくとこの言い表わしに沈められている意味は小気味よいほど巧みでかつ深長である。内外のメディア報道から伺い知るトランプ政権下のアメリカを捉え得ているだけでない。トランプと親近した日本の安倍政権及びそっくり引き継いだ菅政権下の政治のあり様《よう》を言い当てているのは不思議なくらいである。引用文はこう言っているからである。国家というビジネスの顧客である住人＝国民は、国家の形式的所有者として産業なり労働なり医療あるいは福祉、教育、環境……等々のいくつもの利害集団に分離分割され、相互関係の貸し借り、交渉等利害関係を通した流通流動性関係に置かれることになる（引用文中傍線A）が、その所有株式は選挙制度という擬制を通して、経営人の雇用や解雇を決定する役員すなわち国会議員ひいては首相、閣僚、上層官僚等を決定することになる（同傍線B）。こうして新官房学的な国家は、住人＝国民に対し効率的で効果的なサーヴィスを提供することになる（同傍線C）という次第なのだ。

竹中平蔵元大臣をブレーンとする小泉政権下で顕著化する日本の「新自由主義」は、アメリカのそれに対する免疫ないし護身的対抗策の側面が仮りにあったにせよ、素地土壌の異なる日本社会にもたらした激しい反応には苛酷なものがあった。ところで新自由主義はまさにそれ故に新官房学と親和し、その一大巣窟と化す。傍線C中の「効率的で効果的なサーヴィス」はそこに生み出されるものなのである。

2 「新しいタイプのクーデタ」論

前掲著作Fの著者D・ランシマンは、アメリカの政治学者ナンシー・ベルメオの二〇一六年の著作から、クーデタの六つの分類を紹介している。軍事力を背景にした従来の「ザ・クーデタ」もその一類型であるが、最近の新しいタイプのクーデタとして顕著なのは「政権上層部の権限強化」すなわち「支配者層が政変を起こすことなく裁量によって民主制度を弱体化させる（挿入大場…そして権力を一手に掌握する）」タイプである。日本の今を知る者にはこれ以上の説明は不要といったところだが、D・ランシマンは言う。ここには野党絡みの現況までが射当てられている。

ベルメオは、徐々に進行するタイプのクーデタに対抗することは難しいと指摘する。民主主義は、「一気に破壊されるのでなく、徐々に浸食されていくと、対抗しようという危機感が生まれにくい」のである。民主主義の脅威に対して、対抗勢力を形成するきっかけがない。それどころか、政治的な内部抗争が起きて、それぞれ意見を異にする対抗勢力が作り出される。政権の対抗勢力が「クーデタだ！」と叫んだところで、相手からは逆に、大袈裟でヒステリックになっていると非難される。*44

とくに安倍政権そして菅政権下の一〇年余の日本で静かに展開されている事態は、まさにこのタイプのクーデタである。なぜなら国家の大原則を定めた根本法である憲法の秩序は徐々に変質を続け、まもなく裏返ったものになろうとしているからである。

二〇二〇年一二月七日、アメリカ大統領選挙の大勢は明らかになるも引き下がろうとしないトランプ政権下であったが、リチャード・アーミテージ元国務副長官及びジョセフ・ナイ元国防次官補等の研究グループから「二〇二〇年の日米同盟」と題する報告書が公表された（通称第五次アーミテージレポート）。この報告書は日本側の近年のリーダーシップを高く評価しており私には驚きであった。当稿の当項（二）の2の内容をアメリカ側から裏打ちしてくれている点でも印象深い。R・アーミテージと言えば、たとえば二〇〇三年の三月に始まるイラク戦争時、アメリカを中心とする多国籍連合軍に憲法を盾に参加を渋る日本に対しBoots on the ground!（派兵せよ！）と圧力を掛けた本人として知られた。小泉政権は特措法を制定し、自衛隊の赴く所は戦闘地域にあらずとの国会迷答弁の下、イラク戦地に自衛隊を派遣しShow the flag!（軍旗を掲げよ！）に応じた頃とはその変様振りには隔世の感がある。

こうして「新官房」に栖籠った少数の面々が、「新しいタイプのクーデタ」を慎重巧妙に着々と推進することで、爛熟資本主義の最終（?）の汁を貪ろうとしている。これが「日本の今の「訳の分からなさ」」の実像なのだ。今、株式配当の不均等等は株式所有者間に一大格差を拡大し続けている。私たちはその止まることを知らぬ惰性態に面前している。

（三）　近代民主主義の揺らぎ、その激震——アメリカ大統領選挙劇

1　アメリカの今における「訳の分からなさ」その一・一大結節点

当稿で言う「訳の分からなさ」という事態は、政治的、経済的、社会的、歴史的な広範囲の事象の絡まり合いのなかで形成されてきていることは言うまでもない。しかし、冷戦終結後とくに二〇〇一年九月アメリカで発生した同時多発テロ以降、グローバリズム、IT革命が牽引する経済発展、経済格差、移民及び排外主義、メディアの多様多重化、中国の覇権主義、EU問題とブレグジット、D・トランプのアメリカ大統領就任……等々が同時併行で進展するなかで、近代民主主義の揺らぎが顕著になってきていることは確かである。二〇二〇年のアメリカ大統領選挙劇は、その揺らぎにかつてない激震をもたらしている。

「トランプ現象」と昨今聞く名辞は、アメリカの今における「訳の分からなさ」を象徴的に言い当てていると思う。

ところでこのたびの大統領選におけるトランプ及びその支援者たちの言動には理解に苦しむことが多い。しかしその「訳の分からなさ」は、アメリカを外から眺めるだけの私あるいは私たちには当然のことかもしれない。トランプ現象というアメリカ現地の生《なま》の現象と私たちのあいだには内外の諸々のメディアが介在する。そのうちアメリカのメディア事情については、前掲八冊の著作中Hにみごとに描き出されているが、それによれば、メディアが「トランプ現象」を駆動させ増幅させている側面があり、「訳の分からなさ」の無視できない要因にもなっている。

猛烈な勢いで進む技術革新やデジタル経済の進展に伴って、アメリカにおけるメディア界も変転してきている。二〇世紀的なネットワークテレビ（CBS、ABC、NBCの電波テレビ三大ネットワーク等）やラジオ網→エスニックメディア（無数のローカルメディア）→ケーブルテレビ（CNNやFOXニュース等の有線テレビ）→ソーシャルメディア（ブログやサイト等のインターネット通信をはじめツイッター、フェイスブック等々その他諸アカウントの無限大化）といった大筋の流れは、それぞれ生き残りを賭けながらの競争のなかで、複雑に重複し多様化、多重化上を推移してきている。

こうしたメディア事情が「トランプ現象」の抜き難いファクターを構成しながら、選挙戦を駆動させている。メディアのそれぞれの局の営業成績（視聴率競争→広告収入）と選挙戦の帰趨が密接に絡むことは言うまでもなく、ここには、結果的な民主主義の空洞化への資本の露骨極まりない介入事象が起こっていることになる。こうして「トランプ現象」は、アメリカの今における「訳の分からなさ」の一大結節点となっている。

2　アメリカの今における「訳の分からなさ」その二・乱立し流動する思想あるいは思考トレンド

（1）　進歩派と保守派

アメリカ合衆国にあっては、独立以来、民主主義は戦闘行為のない内戦だった。その歴史をなぞってみるとそういう言い方もできる。そして政党名の変遷はあるが、それは進歩派と保守派の対立だった。なにをもって進歩とし保守とするかは、時代とともに移ろってきた。定着しているネーミングに民主党と共和党がある。前項で見てきたとおり、とりわけ二〇〇一年の同時多発テロの発生以後、民主党の進歩、共和党の保守は、それぞれ多様化する主張を孕みながら激しい対立を見せ、アメリカ社会の分断、分裂の傾向を顕著化させつつある。
二〇一六年の大統領選挙戦にあっては、D・トランプの出現でこれまでになかったトランプ現象という異様、意外な動きが激しさを加えてくる。辛勝したD・トランプ、他方苦杯を仰いだH・クリントンを熱く支援したバラク・オバマ前大統領の、片や勝者の弁、片や敗者の弁には、両陣営の考え方が、その質の相違まで含めて象徴的に現われているので見ておこう。なお、文末の図10は二〇一八年頃の都市と地方に広がる政治的状況を伝えている。

あまりにも長い間、わが国の首都にいる一握りのグループが政府の恩恵を享受し、国民にツケが回されてきた。ワシントンは繁栄しても、国民がその富に与ることはなかった。政治家は潤ったが、仕事はなくなり、工場は封鎖された。*45

（D・トランプ）

みなさん、この国が歩んできた道は決して平坦なものではありませんでした。道は曲がりくねっており、ある人は前進していると言い、またある人は後退していると思うようなものでした。でも、それでいいのです……重要なことは、国民の善意を信じ、前進することです。国民の善意を信じることは、力強く機能する民主主義を生み出すために欠かせない条件なのです……だからこそ、アメリカが成し遂げてきた驚異的な旅路はこれからもつづくと確信しているのです。次の大統領が同じことをできるように、私は全力を尽くします。*46

（B・オバマ）

五大湖南岸部の重化学機械工業の低滞でさびれる一方のラストベルトの白人層労働者等を取り込んだD・トランプ共和党陣営に対し、移民やヒスパニック系を取り込みながら、従前のアメリカの威光を享けて居坐り続けるエスタブリッシュメントを牛耳るH・クリントン（B・オバマ後継候補）民主党陣営の対立の構図が歴然である。
その両陣営のあいだには複雑な深い亀裂がある。今やかつての覇権は地に落ちたアメリカは、これまで軍事面のみならず各方面に亘って世界秩序をリードしてきた。そのポジションをかなぐり捨てて自国中心主義を貫き、世界の保護主義、排外主義の震源地を買って出るのだとするトランプに対し、人権問題のみならず、地球温暖化対策や国際協調主義等これまでの良識ある民主主義国家としての経営を貫こうとするクリントンの決定的な対立だった。

（２）乱立し流動する思想あるいは思考トレンド

前項（１）の対立を軸としながら、数知れないローカルないしエスニックメディアや無数のケーブルテレビ、圧倒的なインターネット、ソーシャルメディア網を通して、さまざまな思考トレンドが主義、主張として乱立し飛び交い、発信されるようになる。これらが選挙戦の進行に併走しそれぞれの陣営の活動と一体化する。うちでも露骨露悪さないしシニシズムの点で新鮮に映るトランプの主張に絡み、一体となってトランプ現象を増幅させる動向は広がりを見せるようになる。そうしたなかで目立ってくる思想ないし思考トレンドの主なところをあえて拾い挙げればこんなものがあると言えようか。思想と言うには必らずしもしっくりこない、思考傾向とでも言うべき流行する時代風潮のようなものである。

前掲八冊の参照著作中、Aは発行年が二〇一二年で最も早いが、その情報源としてはネット上のブログその他諸サイトを渡り歩き尋ね回るようにして仕上げられているアップデイトな、しかし注目される書籍であると思う。暗黒であることとそのものについて広く啓蒙するのだと言う、そのシニカルなタイトルからして本書がトランプに親縁することを伝えて余りある。本書邦訳版に寄せている木澤佐登志の序文から、前記思考トレンドのいくつかをつぎに列記してみたい。いずれもきわめて説明しにくい対象なので、説明するにはこの借用が適切であろう。

①　加速主義

九〇年代、ランド（大場注…『暗黒の啓蒙書』の著者N・ランド）は資本主義の暴力的な力を加速度的にドライヴさせることで特異点《シンギュラリティ》、すなわち未知の領域へのアクセスを目指す思想を、熱に浮かされたような文体とともに打ち出していた。こうした思想は二〇一〇年代に入ると「加速主義」と呼ばれるようになり、にわかに注目を集めるようになる。その象徴となる出来事が、二〇一〇年九月にロンドン大学ゴールドスミス・カレッジにおいて開かれたシンポジウムであり、そこでの討論のテーマは加速主義についてだった。シンポジウムの参加者は、マーク・フィッシャー…略…の六名で、このうち最後の二名であるスルニチェクとウィリマムズは、ランドへの批判を通じて左派加速主義という立場を打ち出すことになる。[*47]

② リバタリアニズム

二〇〇八年に起きた世界金融危機以来、右派も左派も資本主義に対する新たな戦略《ストラテジー》を必要としていた。その一つが加速主義というわけだが、他方でリバタリアンの側からもアクションを起こす者たちが現れてきた。そのなかの一人がピーター・ティールである。

世界最大のオンライン決済サービスPayPalの共同創業者、フェイスブック創業時における初の外部投資家、そしてイーロン・マスクをはじめとするシリコンヴァレーの大物起業家たち、俗に言う「ペイパル・マフィア」を束ねる首領《ドン》として知られるティールは、大学時代にはフランスの哲学者ルネ・ジラールに師事する一方で学内の保守系新聞を編集し、卒業後はシリコンヴァレーで特異なリバタリアン起業家として頭角を現してきた。

念のため確認しておくと、リバタリアニズムとは「自由」を至上とする「自由原理主義」であり、国家による介入を良しとしない、市場原理による経済活動を是とする思想であり、一般的にヒューマニズムや平等を良しとするリベラリズムとははっきり区別される。

…略…先の金融恐慌において頂点に達した国家＝政治と市場の関係の矛盾は、ティールによって「私はもはや自由と民主主義が両立するとは信じていない」と言わしめるに至る。そうして至った結論、それは考えうるすべての「政治」からの出口《イグジット》を目指すこと、これこそがリバタリアンが掲げるべきプロジェクトとなる。[*48]

なお、以上の引用による説明に付え加えておいていいことがある。右のシリコンヴァレーで幅を効かす思想家（?）

にして起業家P・ティールは、D・トランプを公然と支持し、さらにトランプ政権が誕生した際には政権の有力な政治顧問の一人となり、シリコンヴァレーを動揺させることがあったのだった。[*49]

③　新反動主義

こうしたリバタリアンの側からなされるリベラルな価値観の否定は、やがて異常な共振性を伴いながらティールの周囲に特異な思想を醸成させていくこととなる。「新反動主義」と呼ばれることになる思想がそれである。

新反動主義を代表する論者の一人、カーティス・ヤーヴィンはシリコンヴァレーを拠点に活動する起業家兼ソフトウェア・エンジニアで、Tlonという彼が設立したスタートアップ企業にはティールも多大な出資を行っている。…略…ヤーヴィンによれば、現代において普遍的な価値と見なされている啓蒙的な諸価値——ヒューマニズム、人権、民主主義、博愛主義、平等、等々——は、その実まったく普遍的ではなく、…略…それは自らの起源（大場補注…西洋のローカルな宗教であるピューリタニズム）を巧妙に覆い隠したままいまも世界中をウイルス＝ミーム（大場補注…ミームは、個々の文化の情報を持ち、模倣を通じてヒトの脳からの脳へ伝達される仮想の利己的遺伝子）のように覆い尽くしている、という。ヤーヴィンはこれを「普遍主義」と名付け、こうした啓蒙主義的価値観は、これもヤーヴィンが「大聖堂《カテドラル》」と呼ぶリベラルな教育機関やメディアから成るネットワークによって間断なく布教されているというのだ。[*50]

右の叙述は、かつて世界大で思想界を風靡した構造主義思想の最奥に潜む機微の洗礼を受けて魂が蒼白になった経験の持ち主には手に取るように了解できるが、逆に洗礼を受けたことがない者はその真下に身を置きながら大聖堂《カテドラル》そのものに気づけないかもしれないことを付記しておく。しかしここに登場するN・ランドをはじめ、P・ティールにせよC・ヤーヴィンにせよデジタル技術への通暁を唯一の因《よすが》にするようにして、構造主義、ポスト構造主義の荒野を踏み越えてきた経歴の持ち主たちであるか。ここに私がなぞろうとしている「（現代アメリカを中心とする）思想ないし思考トレンド」をアメリカの現代思潮と名辞するとして、それに触れる際に覚える私たち（少なくとも私）に初発する違和はその辺り（つまり「荒野を踏み越えてきた」などと言えるの？　といった疑問）に生ずるものなのだろう。構造主義の超克の完了はさらに先のことということなのか。

④　オルタナ右翼

アメリカ合衆国において二〇一〇年代以降に顕在化してきた右翼思想の一種。既存の共和党的保守本流やエスタブリッシュメントに対する反発をベースに、ポリティカル・コレクトネス（政治的正しさ）、リベラリズム、フェミニズム、アイデンティティ・ポリティクスなどに対する攻撃姿勢を主な特徴とする。二〇一六年の大統領選挙ではドナルド・トランプの支持層としてオルタナ右翼の存在が広く知られるようになった。*51

なお、新反動主義が一部のオルタナ右翼に思想的な霊感を与えることになったとの言われ方もする。

以上は、二一世紀に入って像を結ぶようになって、やがてトランプ現象と親縁親和し波長同期を来たすようになる保守系サイドの思想ないし思考トレンドである。このほかにも、従前からの白人至上主義や排外主義、分離主義、反知性主義等があり、共和党系保守派の一部の主張の主な構成要素となっている。

これに対し民主党系進歩派の主張のバックボーンとなる思想も劣らずさまざまである。普遍主義、平等主義、ヒューマニズム、フェミニズム、熟議民主主義……等々ということになるが、いずれも前世紀、前々世紀以来の思想、今日的には古色蒼然の観がある伝統を重ねてきたタイプの考え方である。

複雑多様な余り、それぞれ両サイドの特徴を〇〇〇〇であると括ることは不可能であるが、伝統的二大政党制下のアメリカ合衆国における大統領選挙戦となると、具体的な個々の政策を打ち出すにも、大国であるだけに、そのベースになる考え方の大枠（これは思想ないし思考トレンドとなる）が問われることになる。今回の選挙戦でアメリカ国民（のみならず世界）の注目が向かった先は、個々の諸政策の彫琢のためのベースになければならなかった考え方の大枠であったと思う。

この両サイドの二者はそれぞれになにであったか？　大鉈を振るって約言すれば、それはこうだった。大鉈は振りに振るって考え方の大枠の芯のその髄を露出させるなら、片や新思考トレンドのヒリヒリするような切迫感であり、片や勝手知った穏健鷹揚なアットホーム感、この両者の二者択一であった。前者こそは自国の閉塞状況を打ち破るための世界との闘いを、後者こそは破滅を避けて前進するための世界との連携を——その選択だった。（ここには保守派、進歩派のそれぞれの矛盾に満ちた逆転が起こったりもしていたが、これらの問題はここでは捨象して先に進むほかない。）こうした思想的バックボーンから、さきに引用の辛勝したD・トランプ及び苦杯を仰いだ側のB・オバマの演説は立ち上がっていたのだった。

さて、この「アメリカの今における「訳の分からなさ」その二の「訳の分からなさ」は、そんなつまり薄氷を踏むようなこのたびのD・トランプの選挙戦の戦い振りが、どうしてアメリカ国民の七四〇〇万人の支持を得て、八一〇〇万人のJ・バイデンに迫ることができたかにあるということになる。超速で惑星大を行き交うデジタル情報の交叉交換のなかで、ようやく像を結び始めた思考トレンドに身を委ねるような仕方で、思いつくところを躊躇なく言い表わし続け、敗れて後なお相手方が票を盗んだと敗れたことを認めないD・トランプ。それを喝采して支えようとするいわゆるトランプ派民衆——。

高度資本主義経済のど真ん中で、ディールに明け暮れて身を立ててきた経歴の持ち主、そうしたアメリカ現代の時代の申し子にしてはじめて可能だったにせよ、苦闘に満ちた国際政治の積み上げの、その階梯を突然外すことがまかり通ろうとする事態。その根本構造は私たちに考えることを強いる。そうして私は対称性論理と非対称性論理という、そこにあるふたつの論理構造の現在如何の問題に誘われることになるのだ。

3　アメリカの今における「訳の分からなさ」その三・本音の抑圧という歴史の澱《おり》

（1）　アルゴリズムとビッグデータで武装する政治家

二一世紀に入ってからの進歩派（民主党中心）と保守派（共和党中心）の確執は、二〇〇八年のB・オバマ民主党政権の誕生、その二期八年の政権運営下で激しさを加えてきていたと言える。人種、移民問題、経済格差、国民医療保険問題、地球環境、核兵器問題……等々の内外の政治における進歩派系・民主党の一歩前進推進政策は、保守派系・共和党勢力の抵抗に遭い、それとの抗争に明け暮れざるを得なかった。このあいだにやがてトランプ現象となって現われることになるその前駆現象が像を結び始めていたと振り返られる。その素地には止まることを知らないITテクノロジー革命の進展、ソーシャルメディアの普及普遍化その他があった。

得票数では二〇〇万票も上回ったH・クリントン民主党候補が、結局選挙人確保数でD・トランプに負けるという二〇一六年の大統領選挙結果を予想した人は国の内外を通じて稀だったとされる。D・トランプには政治経歴はほとんどなく、政治的力量はまったく未知数だったことが逆に働いたことも考えられる。しかしこの結果は、B・オバマ政権八年間の評価に加え、国内外を襲っていた諸情勢の変動の大きさを物語っていたことも否定できまい。

前掲八著作中のDは、その諸情勢の地殻変動の一画を克明に描いてくれている。二〇一六年五月、D・トランプが経営する会社の不動産部門のウェブサイトの立て上げで縁を得た人物へのD・トランプからのオファーがきっかけとなり、D・トランプの大統領選挙戦の準備が始動する。その人物のところで選挙キャンペーンの〝デジタル・プラン〟づくりのための「プロジェクト・アラモ」が立て上げられたという。〝デジタル・プラン〟は、チームリーダー、コンテンツプロデューサー、ターゲティング広告など見る目には涙が滲んでくるほどの膨大な数字で作られた計画書を意味する業界用語で、今では選挙という選挙で主役を張るに至っているという。

ここでは詳細に立ち入ることはできないが、今や幾重にも張りめぐらされたインターネット網は、地上を覆い尽くしている。その網目上を刻々行き交っている膨大な情報はあたかも成層圏のように地球を包み込むこととなっている。その情報の雲《クラウド》のトータルをビッグデータと称するわけだが、そのビッグデータにインターネットデジタル機器等を通じてアクセスし、取り込み、アルゴリズムを駆使して編集することで、前記の選挙用〝デジタル・プラン〟は策定される。アルゴリズムはこのところ重用される用語（概念）であるが、コンピューターのプログラムに適用可能な問題解決のための一定の演算手順といったところである。

公共ベースの情報源に基づく所得記録、納税記録、投票記録、図書館の貸出し、閲覧記録、公共施設の利活用記録……、商業ベースの情報源から購入したインターネット閲覧記録、商品購入記録（どの地区のどれだけの人々がいつなにをどれだけ購入しているか等々この情報からだけでも驚くほど多様で有用な情報が得られる）……もあれば、フェイスブックや独自電話調査等で収集される情報もある。これらが個人、家族、コミュニティ単位で、あるいはさらに広く地域……州単位で掌握される。こうしてどの州のどの地域、コミュニティ、家族、個人がこれまでどのような候補者に投票し、今回はどうか、さらに世論調査を組み合わせることで、勝利のために投票を誘導するには、候補者から誰にあるいはどの地区にどんな施策を公約として訴えかければいいか……等々が打ち出されることになる。選挙対策本部の戸別訪問部隊にとっても、こうした情報は貴重である。こうしてその策定プランの質の如何が選挙の勝敗を左右することになり、デジタル・プランナー（企業体）の腕の見せどころとなる。勝利すればそのデジタル・プランナー（企業体）の受託料金が引き上げられるという競争原理が働くことになることは言うまでもない。要するに、D・トランプは金に糸目をつけずアルゴリズムとビッグデータで武装した政治家の第一人者だったことが了解されてくるのだ。

（2）　掻き回された歴史の澱《おり》

①　「本音」の〝抑圧〟現場の目撃

私にとってのアメリカの今における「訳の分からなさ」は、二〇二〇年の大統領選挙劇で頂点に達した。世界の舞台の中央で、あれよあれよと民主主義の崩壊が進行しているように見えてならなかったからである。二〇二一年一月二〇日、民主党のJ・バイデンが二万六〇〇〇名の武装州兵に守られて、特設防護柵で民衆の立ち入りが禁じられたホワイトハウス前で大統領就任演説を挙行した。しかしそれで「歴史の澱」の「掻き回し」が止んだわけではなかった。

前掲八著作はいずれも私にとっては有益で、アメリカの今における「訳の分からなさ」の諸方面の道案内を果たしてくれているが、なかでも発刊年月が最も早いN・ランドの『暗黒の啓蒙書』が奥まった所にも分け入ってくれているのでありがたい。N・ランドのシニカルで露悪的な文体は、バタイユを経由しつつもいわゆるポスト構造主義のドゥルーズ＝ガタリの真っ当な研究に鍛えられているところがあるのだろう。著述界でお目にかかるいわゆる韜晦への逃げがないと言おうか。その鋭敏な眼力を抜きにしては、二一世紀現代の複雑極まりないアメリカ社会の混沌を、歴史というぶ厚い不透明態に置き換えて、その歴史の層の奥に抑圧されている本音を嗅ぎ当て、見透《すか》し、明るみに引き摺り出すことはできないということなのかもしれない。列記したほかの七冊は、いずれも奥まったところに抑圧されている本音の界隈を結果的にはそれぞれの仕方で行き来はしているとも言えるのだが、それ以上のことは著作Aのように鮮やかには表現し得ていない。*52

叙述が行ったり来たりするのは私の本意ではないのだが、ネット上のブログその他ウェブサイトを広範に渉猟することで編まれている著作Aは、イギリスの哲学者でブロガーのN・ランドにより二〇一二年に断続的にオンラインで発表されたものだという。当該著作の仕上がりとしてはPART1から4で構成されているが、PART4（見出しは「ふたたび破滅へと向かっていく白色人種」）が発表された後、それに続くPARTは5ではなく、4a、4b、4c……と続き、同fで終わり、当著作はそこで全一冊が終わっている。そのPART4aから4fまでの章は、全一冊総ページ数の優に半分以上を占めている。PART4のつぎに述べられている同aから同fまでの章は、形式上はPART4の付録のような位置づけにも解されるのだが、合わせると全一冊の半分以上になる4aから4fまで六つの章は、内容的にはいずれも人種問題に絡んだ記述であることに気づく。そしてPART5以下が欠けたまま終わっている仕上がりなのだ。すると当該一冊はオンライン上に垂れ流して終わるわけにはいかないというN・ランドの思いのあり処が見えてくるように思われる。「思い」ではなく歴とした「主張」である。アメリカの〝今〟の真っ只中でいろいろな意味で一大禁忌そのものである〝人種問題の本質〟に迫ろうとしているのだ、と。それが私自身のここでの言い表わしである〝本音の抑圧としての歴史の澱〟の本体なのだ。

このことを論ずるにはアメリカ合衆国史を繙く必要があるだろう。しかし幾冊かの史書に当たったところで、この問題に正面（それはしかも核芯としての的を射当てたものでなければならない）から出遭うことはほとんどないくらいではあるまいか。こう言うのも、ある意味ではきわめて異色なN・ランドという著述家による異色な当該書に出遭って目を開かれた〝私〟の認識にすぎないものであるかもしれないからである。そこで当稿では、私にはほとんど不可能な史書に分け入る真っ当な道行きを断念して、アメリカ合衆国の歴史年表を拾い読みして見つつ、前記のほか七冊も参照しながら、私の言うその〝人種問題の本質〟についてのなにがしかの言い表わしに努めてみることにする。

アメリカ合衆国の誕生とその発展は、近代民主主義政治の成立発展の歴史の典型事例として語り継がれてきたことは確かである。その文脈はつい最近まで揺らぐことはなかったと思う。しかしその華やかでさえある晴ればれとした歴史の下地には思うも耐え難く忌まわしいものが放置され続けてきた。アメリカという国の外に生きる私たちには、その塗り込められた下地の世界については、文字や言葉では頭を通り過ぎることはあっても（たしかにそういうことは繰り返しあった）、体験的には理解不能ないしは未知の領域。その歴史の下地は仮りに泥水のようなものだとして、私にとっての「訳の分からなさ」はそれが掻き回されることから来ていた。

前掲著作Eの「第6章アメリカ政治の不文律」は、アメリカの政治史をオーソドックスに辿ってくれていて参考になる。イギリスの旧政治の圧政から逃れて新天地に降り立ち、近代民主主義の模範的な国家を建設することになる建国の父たち以来、けっして平坦とは言えない厳しくダイナミックな歴史を重ねてきている。分類的に言えば本国と異なり成文法国家であるが、その政治史は崩壊してはまた作り直さなければならない政治の不文律形成史でもあった。当該著作Eが政治の「規範」と言い「寛容」と言い、「民主主義のガードレール」と称するのはそれである。それらが、合衆国憲法はたび重なる修正条項を加えて一体を成すが、そうした実際上のつまり法的概念としての成文律の隙間を補ってきている。政治の運営はそうしたガードレールを破壊したり、そこから逸脱したりすると修復に大きな政治的エネルギーが求められることになる。大括りに言えば、アメリカにあってはそれが二大党派それぞれの結束と結束の弱体化相互入り乱れの交叉の繰り返しのなかで展開されてきた。二〇一六年からのD・トランプの四年間は、国内局面に留まらず国際的局面にも絡むそうした破壊、逸脱の近年にない破格の事例で、私の言う「訳の分からなさ」の震源となっていたのだった。

ア　南北戦争と「本音」の〝抑圧〟の広域化

さて、アメリカ合衆国歴史年表に戻る。

アメリカで生まれたばかりの規範は、建国の父たちがなんとか抑え込もうとしていた問題によってすぐに崩れていく――奴隷問題だ。一八五〇年代、奴隷制に関する対立がみるみる激化し、国を二分する事態に発展した。…略…南部の白人農場主と彼らの味方である（大場挿入…当時の）民主党にとって、黒人奴隷制度廃止論――新たに（大場挿入…北東都市部を拠点に）誕生した共和党が掲げる理念――はきわめて大きな脅威だった。*53（傍線大場）

右は当該著作Eの一節であるが、傍線aは建国以来の苦闘の政治史に携わる人たちのあいだにようやく形成された先述の政治運営上のルールであることは言うまでもない。傍線bの問題は近代民主主義制度創建者としての誉れも高かった建国の父たちにとってはなんとしても抑え込み続けたい問題だった。この際アメリカ文学の諸作品から例証を引く余裕はないが、それらを読んで得ている知見等と併せると、ここに本音の抑圧の現場が描かれている。

そのとき、私の言う「本音」は二重のものとして存在する。南部の白人農場主にとっての動産（不動産の対語）だった黒人奴隷とその売買の制度は、不可欠の経済的ファクターだったことがひとつである。しかしこの点における抑圧は、近代民主主義理念と正面から齟齬を来たすとは言え、その当時は傍線bのレベルのものであった。これに対しもうひとつがあってこちらは、容易に表に出ることはないが、人種の異なる白人たちにとっては切実な問題だった。

しかし本音のうちの後者については、それがなにであるかを言い表わすことはきわめて難しい。人種差別の輻輳して止まぬ発生機序に分け入ることが求められるからである。それがなにごとであれ一般に差別は、歴史的、社会的、経済的、宗教的、習慣的、あるいは身体的、精神的、知能的、生理的……な数限りないファクターが、そのそれぞれの濃淡、個的差異を含めて複雑に絡んだところに生起する現象である。人種差別はその典型としての複雑さを帯びた事象なのだ。

私のここで言う「本音」への気づきを促してくれたことになるN・ランドの著作Aに三たび立ち戻ることになるが、今、前段落で眺め渡したところを踏まえ、さらに続けると、著作AのPART4以降で言えばその全体の三分の二のボリュームを費して述べている人種問題に関わる言述中その付録的記述の始めの章に当たるPART4aのタイトルは、「人種にかんする恐怖をめぐるいくつかの副次的脱線」となっている。そして以下同b、c、d、e、fでは、著者N・ランド自身の確証バイアスの求めないしは導きの赴くままに、ネット情報の大海をリンクし尽すようにしながら人種問題を太い縦糸にして編み上げられている叙述――そこには、住む地域の問題や宗教、結婚、遺伝、知能……等々と差別との関わりへの言及はあるが、私のここで言う「本音」(その第二のファクター)への直截な言及はない。その文体が私の文体とはまったく異質であることもあり、隣接点を探そうにも意味がないのかもしれないが、しかし読み通してみると、一冊を通してきわめて特異な仕方で、つまりこれ以上ないレベルの鋭さで、シニカルに、私の言おうとする「本音」に照準を当てようとしていることが分かる。

ここでは、私の粗漏極まりなくも冗長な文体のなかで、このもうひとつのファクターに的を絞って言い表わしに努めてみたい。日頃の暮らしのなかで、体臭の強い人とそうは感じられない人があること、あるいは過度にワインを呑む、ニンニクを常食する等による吐く息の臭い等ではなく、その人の近時の体調や加齢に伴う生理的機序に起因する体臭の変化があることは、私たち誰もが経験的に体得しているのではないだろうか。その遺伝的スパンで蓄積する結果として生起する個体差については容易に想定できる。雑駁ながらそのようにして出来ているものを、その人の身体の生理的特性として片付けることにしよう。単純にその延長上で片付けようとする雑駁さは許容の域を超えるのか、黒人には特有な体臭があり、身体的精神的ストレスが重なっているときには相対的にキツくなる。白人にはそれが耐え難いということがあるとする。故郷から暴力的にはるばる遠く拉致されて、言葉も習慣もままならない劣悪環境下で苦役を課されて幾世代の黒人、その所有者である白人にとりその体臭はときに耐え難いものがあることは容易に思い描くことができる。

まったく唐突ながら、田山花袋の小説『蒲団』に臭いの話が出てくる。主人公の小説家が、いなくなった弟子（女）の蒲団の臭いを嗅ぐ場面である。日本近現代文学研究者の真銅《しんどう》正宏は、この場面について「あの場面を読むと、文化的な人間として生きている私たちが普段は隠している本能の世界に戻されるような、のぞき見したような感覚がある」とし、「文学作品とは、基本的に文字しか存在しない穴だらけの世界です。読者は無意識のうちに、穴を埋める作業をしています。文字でかかれたにおいを思い浮かべる作業は、まさに文学の豊かさそのものです*54」と言っている。「思想」もまた「言葉」しか存在しない穴だらけの世界にほかならない。人種差別を批判する平等主義思想も思想としての醍醐味を発揮するのは、穴だらけの世界を埋める作業がなされるときである。

この穴だらけの世界を埋める作業を完遂するに当たり、その作業主体（それは思想営為者にほかならない）に無化し難いものとして体臭への違和がある場合はどうか。忌避したいその「本音」を〝抑圧〟して無いものにしてしまうことで始めて平等思想は白無垢の乙女のように辺りを払う気品を湛えてそこに立ち上がることになるのではないか。映像で簡単に再現できる視角や聴覚と必ず直接接触することが求められる味覚や触覚のあいだにあって、その点では嗅覚は特殊である。真銅は「嗅覚のあいまいさ」の文学との親和性を指摘するが、人間同士が共に暮らす日常にあっても特殊な働きが観察される。私たちは普段自分の臭いを隠している。隠すべきものとされる臭いにはそれ故に、真銅流儀の背徳的なエロチシズムだったり、思わず内心の頰を赤らめてしまう羞恥心だったり、その感覚の広がりや深さの全身性から、気づかれることなく遣り過ごすための空惚けへの誘惑だったりがある。これは文学への親和性に留まらない。あからさまに言って体臭をめぐる「本音」の〝抑圧〟という思想の機微に及ぶ機序の問題に必ずや通底する。

これは土地柄や時代等歴史的、文化的諸条件にも左右されて区々であるにせよ、一〇〇万年単位の時間的オーダーで受け継いできているその突端にあっての、ホモ・サピエンスの、さらに今日に至るグレート・ジャーニー（偉大な旅路）上の一〇万年オーダーで身につけている人種の身体上の生理的特徴としての体臭の違い、それに対する異人種間の違和、これはいかんともしがたい現存であることは真実だろう。こうして生物学的進化の道行き上接点のなかった異人種間にあって、あるいは四六時中を共に生きていくことが耐え難いことであることはあり得ることである。この違和の「本音」について、白人が日々の暮らしにおいて私有財産である黒人奴隷を遠ざけることで本心（ここでの「本音」）を表に晒すことがあるとすれば、それが人種差別という社会的現象の核心にほかならない。これがここで私の言う「本音」の第二のファクターである。この「本音」は普段は取り立てて言葉にして言い募る性質のものではない。態度が言外に自ずと表現してしまうことがあっても、そこに「本音」は無いも同然である。これが私の言う「本音の抑圧」なのである。

さて、一八六一年に始まった南北戦争によって、それまで築き上げられてきたアメリカの民主主義は崩壊も同然状態に陥った。上下院選挙には三分の一の州が参加せず、上院五〇議席中二二議席、下院の四分の一以上の議席は空席となった。そうした混乱のさなか、リンカーン大統領は違憲ぎりぎりの大統領令を乱発し、その命令のひとつが奴隷解放に繋がったのだった。[*55]

そのいきさつは単純ではなく、一朝にしてアメリカ全土の奴隷が解放されたわけではない。リンカーン大統領が布告した奴隷解放宣言について約言しておくならこうである。一八六二年の九月戦況が北部リンカーン側に有利になった局面で予備宣言を発したが南部諸州が条件に応じなかったため、一八六三年一月本宣言として布告。内容は①反乱中の州（実質南軍）の奴隷をすべて自由とし、②解放された黒人に暴力を慎しみ、適切な賃金で忠実に働くよう警告し、③彼らに連邦軍（北軍）に参加する機会を与える等を規定している。しかし複雑なことに連邦（北軍側）に忠実な奴隷州の奴隷は除外されており、アメリカ合衆国内で奴隷制が法的に廃止されたのは、一八六五年発効の憲法修正第十三条によってである。しかし元黒人奴隷の実質的な身分的立場の不安定の解消には、一九六〇年代を待たなければならなかった。

ところで、リンカーン率いる北軍（奴隷制廃止を掲げる連邦軍で、北東の都市部諸州中心）が勝利を収めると、旧南部連合の大部分（奴隷制存続を主張する農村部諸州中心）は、連邦軍の統治下におかれるが、この時期の政治史は複雑で正確を期すのは難しい。ざっくり辿れば北軍サイドの主導政党は繰り返しになるが共和党で、私のここでの黒人奴隷制反対は民主主義の平等理念（それは前述したいわゆる人の常からすると「建前」の側面が濃い）の立場を取り、南軍側は奴隷制存続（逆に「本音」に正直な側面が濃い）を主張する民主党であった。そして内戦（南北戦争）の後、民主主義的な規範と寛容のルールを再び築き上げるには時間を要することとなり、それは人種問題が棚上げされ、いったんはという形で政治の課題から取り除かれた後のことだった。

この皮肉に満ちた冷徹な歴史は、年表からふたつのできごとを拾ってみただけで十分に推し量ることができる。ひとつは有名な一八七七年の「妥協」であり、ひとつは一八九〇年の連邦選挙法案の「否決」である。前者は、連邦軍が南部から引き揚げることを条件に（南部における民主党勢力の地固め成立）、共和党のラザフォード・B・ヘインズが合衆国大統領に就任するという「妥協」の成立であり、後者は、連邦議会の監視の下に黒人に参政権を保障する法案が「否決」されたことである。一八六五年の憲法修正第一三条で奴隷制は法的には廃止されたことになっているが、黒人に市民の自由と選挙権を与えることは、南部の民主党支持者の多くにとっては根本的な脅威であった。だからこそこれらの問題棚上げの両陣営の合意は相互的寛容の土台となる。後に長くアメリカ民主主義の基盤として機能することになる規範は、人種差別の固定化とそれを保障する南部における民主党独裁の強化という非民主主義的な取り決めから生まれたものだった。

こうして南北戦争を契機に、法的に奴隷制が廃止されたことにより、存続を望む「本音」は表舞台には登場することはできにくいものとして〝抑圧〟され、建前として広く国内の公的な場での主張ができなくなるというモヤモヤした事態は、なんと一九六〇年代まで続く。このあいだこそは、第一次世界大戦、大恐慌、第二次世界大戦……とアメリカは近代民主主義大国としての覇権を恣いままにすることができたのだったということになる。

イ　公民権運動と「本音」の〝抑圧〟の深化

一九六四年の公民権法と一九六五年の投票権法の成立へと本格的な道を拓いたキング牧師に代表される公民権運動によって、黒人差別問題は大きく解決に向かうことになり、二大政党間の人権問題棚上げ了解下の取引で政策が進められる時代は終わる。黒人に参政権が与えられ、ついに南部も民主化されて、政党システムの再編が長期に亘って進むことになる。

なお、ここで脱線することになるが、長期に亘って進むことになるこの「政党システムの再編」に纏って、二一世紀の今の政党システム状況との繋がりの理解のため、前掲Eの一節を挿入しておく。

二〇世紀の終わりまでに、それまで民主党の地盤だった地域は、共和党の地盤に変わった。同時に、ほぼ一世紀ぶりに（大場注…南北戦争以来の意と解して可）投票権を与えられた南部の黒人たちにくわえ、公民権運動を支持してきた北部のリベラル派の共和党支持者たちはこぞって民主党支持にまわった。南部が共和党色に染まっていくなか、北東部はみるみる民主党色に染まっていった。[*56]

しかし、政治的、経済的、社会的な具体的場面場面にあっては、差別問題が解決されたとはとうてい言えない状況が続くことになる。前項アで〝抑圧〟の広域化と銘打って、広くアメリカ国内にあって奴隷制存続を公然と主張することは許されなくなったことを見た。ところが公民権運動期を境にして、人種問題はある意味で一段と深刻なものへ変化するようになる。ありていに分かり易く言えば、〝抑圧〟は奥深く沈められることになる。

N・ランドに触発されつつ、私が整理してみるにはそれはこうである。「人種差別はあってしかるべきだとは言わないまでも、あって止むなし」という「本音」が、言葉にして口外することはないが、アメリカの白人等一部の人々の個人の内部に一段深く抑え込まれることになりはしなかったかということなのだ。アメリカ社会からも暴力殺傷事件のニュースは届くが、人種問題絡みのできごとも少なくない。二〇二〇年の大統領選の期間中発生した警察官による縊死者まで出す取締まりでも幾人かの黒人犠牲者があった。そのことに賛否の意思表示のデモが直ちに起こる。今日にもなってなお存続するアメリカ社会の雰囲気としてここに指摘しておく。そして日常生活では、目配せや自ずと滲み出る態度はともかく、話題になることはごく自然に避けられ、ましてや二大政党間の表立った協議のテーマになることはなかった。

一九六〇年代は、これまで植民地として支配されてきた民族や地域、あるいは国家が陸続して独立を果たし国連加盟が続く時代である。近代民主主義覇権国アメリカ合衆国にとって人種差別問題のプライオリティは遠く霞む一方の、むしろ禁忌事項であり続けることになる。選挙権を得た黒人たちが選挙戦を勝ち抜いて州議会、連邦議会の議席に多数就くことができるようになるにはさまざまなケースがあって一般化は不可能ながら、それ相当の時間を要し、二〇世紀の後半は差別される人たちにとって遣り切れない苦難が続くいかんともし難い、一方差別する側の人たちにとってはさしたる痛痒のないいたずらに長い時間だった。そしてそれは国外という外野席に居て、知ろうともしない私たちには知る由のない状況だった。

② 追い遣られた右派たちの袋小路〈クラッカー・ファクトリー〉

南北戦争及びその後の悪名高い一八七七年の「妥協」等によって歴史化ないし社会化されることになった「本音」の〝抑圧〟は、一九六〇年代の公民権運動を通して皮肉にもより性《たち》の悪い〝抑圧〟として個々人の内部の深いところに抑え込まれることになる。N・ランドによらずともアメリカ合衆国が抱えている人種に関する「原罪」は根本的なもので、それは黒人奴隷制はおろか、アメリカ合衆国誕生以前のヨーロッパ人入植者たちによる先住民の一掃というできごとに遡る。黒人奴隷は少なくとも動産でありその棄損は避けたい対象だった。しかし先住民は入植者たちにとっては生存の場の争奪を賭けた廃絶の対象だった。この原罪の源については下地に塗り込め終えた地点に立ってのN・ランドに耳を傾けてみよう。彼によれば、「奴隷制の歴史は、アメリカの黒人と白人の関係についての旧約聖書に相当し、「人種にかんする新約聖書は、…略…一九六〇年代に書かれた。公民権運動、一九六五年の移民国籍法の大改正、（かつて南部連合を形成していた諸州に暮らす不満を抱えた白人たちにアピールするための）共和党の南部戦略*[57]」。

N・ランドはこの言い表わしで、公民権運動の歴史的意味を表現している。「奴隷制の歴史」すなわち「アメリカの黒人と白人の関係についての旧約聖書」は、「事実考証と道徳的な戒めが分かちがたく溶けあって存在する」歴史である。つまりその「アメリカにおける社会的虐待のあり方は、西欧の伝統における道徳と政治の両面にかかわる原初的な神話を反復しながら、隷属とそこからの解放という物語を、すべてを凌駕する歴史的経験の枠組として設定しつづけてきた」姿であった。ここにN・ランドが「旧約聖書」と名辞する所以がある。それ（旧約聖書）は、南北戦争を闘った両陣営やその妥協といった諸事情を凌駕超越するところに、重苦しく立ちはだかる歴史の壁のようなものとしてあったのだった。その旧約聖書の「わが民を去らせよ」の『出エジプト記』よろしく、拘束状態から脱出すべしという神意、それを分かり易く伝える新しい物語（つまり新約聖書）がなければならなくなる。キング牧師たちはこの「新約聖書」を提示してみせたのだった。それが公民権運動の歴史的な意味というわけなのだ。

続くこの辺りがまた複雑で当稿の読者にも分かりにくいかもしれない。当項見出しの言い表わしにある「〈クラッカー・ファクトリー〉」について明快に描き得ることは、当稿叙述の二大難所のひとつであるという思いがあるが、立ち向かうほかない。N・ランドによれば「体系的で優生学的な人種主義の歴史と妥協してきた進歩主義運動（大場注…都市部である西岸北東部の奴隷解放を主張する進歩主義運動＝旧リンカーンの共和党）と、伝統的に南部の白人の頑迷さやKKKと結びつけられてきた民主党という双方にとって、公民権運動の時代は、賠償や儀式的な浄化や贖罪の機会を提供する」時代であった。ざっくりした言い方をすれば、私のいわゆる「本音」は内面の奥へと抑圧されて、眩しくも建前が表通りを行き交う時代だった。すぐ続けてN・ランドがこう言うのもその辺りのことである。「だが対照的に、アメリカの保守主義（およびその媒体であり、次第に方向性を失っていった共和党）にとってそうした進歩（大場注…公民権運動の進展に象徴される動向）は、ようするに死を意味するものだった。彼らはもはや、なんとか理由をつけてそれを回避し、先延ばしにしていくしかなくなる。結果としてアメリカという理念は、過去に対する激しい拒絶と切っても切り離せないものと化し、そしてそうした拒絶は同時に、それがいまも過去によってかたちを与えられているかぎりで（大場注…人種差別が実質的になくならず続くことを指すと解される）現在にたいしても及ぶことになる。その勢いを鎮めることができるのは唯一、「これまで以上に完璧な団結」[*58]しかなくなる」[*59]のだ、と。

「これまで以上に完璧な団結」などと合衆国憲法前文の言葉を適切にも巧みに引用して大統領演説を行うB・オバマたち政界の人たち（エスタブリッシュメント）の政治ごっこはいいかげんにしてほしい——こんな思いが、ネットブログやSNS等を通じて発せられ続けたことが、二〇二〇年の大統領選挙中諸メディアから伝えられた。その多くはトランプサイドの白人保守系支持者たちだった。それが選挙戦最後まで崩れることがなかった岩盤支持層だった。『暗黒の啓蒙書』においてN・ランドはJ・ヴァレンティ（ブロガー・作家）のブログから、論点を明確にしていると評しつつつぎのような引用をしている。

ある種の者たちは人種主義を、すぐに突きとめられるような、あからさまではっきりと声に出していわれる差別やヘイトのことだと考えようとするが、問題はそれだけには留まらない――人種主義とは同時に、外来者嫌悪的《ゼノフォビア》な政策を押しすすめ、体系的な不平等を支持することでもある。…略…ダービーシャーのようなただ一人の人種主義者か、それともアリゾナの移民法（大場補注…二〇一〇年不法移民取り締まり強化の州法で、疑いのある者が罪を犯したら令状なし逮捕も認めるものだったため、人種差別に繋がると二〇一二年連邦最高裁で大半の条項が憲法違反と判断された）か。あるいは一本のコラムか、組織的な投票妨害か。一つの出版物から一人の人種主義者を追いはらったところで、保守たちの掲げる議題が一方的に有色人種を処罰し差別するものであるという事実が変わるわけではない。だから、どうか聞いてほしい――構造的な不平等を支持するようなことがあってはならない。それをやめたときにはじめて人は、自分はどこからどう見ても人種主義者でないと胸をはっていえるようになるのだ。*60

これこそは困難極まりないことで、この問題の解決は今日のアメリカ社会のあり方の根幹に直達することを指摘していることになる。N・ランドによればこうなのだ。

保守主義者たちが、当意即妙かつ洗練された政治性をもってこうしたダブルバインド（大場補注…文脈からここでは資本主義経済の推進と人種主義廃絶政策の両極の板挟み）をうまく処理することを期待するのだとしたら、二〇世紀後半という時代がもつ意味を間違いなく捉えそこねることになる。…略…（大場補足…現在のアメリカにおいて）保守主義が辿りついたのは、大聖堂《カテドラル》（大場補注…注記つきで既出であるが肝腎な概念なので繰り返すと、目下アメリカのみならず世界大での覇権を握っている平等主義的で民主主義的な価値観・普遍主義を信奉する世界の支配者層がものにしている世界大の〝構造〟。これを悪意さえ滲ませながら、これ以上ない皮肉を込めて言い表わしているN・ランドの仲間のC・ヤーヴィンの造語）の影として、あるいはそのなくてはならないパートナーとして作りだされた、おぞましい化け物小屋のような場所だった。したがって右派は、一度たりとも自分たち自身の団結を手にしたことはないことになる。それは与えられたものだったのだ。与えられたその団結をここでは、〈クラッカー・ファクトリー〉と呼んでおこう。[*61]

アメリカの今を知るために手当たり次第に入手した前掲八冊の著作中、この「クラッカー・ファクトリー」という名辞は、N・ランドは多用するが、その著作Aつまり『暗黒の啓蒙書』以外ではお目にかからなかった。おそらくネット・スラングの一種か？　しかもN・ランド自身この文章のさまざまなシークエンスで使っているので、それはこれこれこういう意味だと概念を把えることも、説明することも難しい。その点で訳者五井の訳注[*62]は親切で参考にもなる。その訳注を借りることで、ここでの私の言い表わしをより鮮明にすべく補強したい。

Cracker Factory　この表現は〝cracker〟という語の多義性を最大限に利用したもので、五井自身意味を限定する日本語を当てることは困難であり、また避けるべきでもあろうと言いながら、少なくともつぎのみっつの意味で使われている、と表示してくれている。

その一――まずそれが黒人英語として用いられる際の「人種差別主義者」という意味。白人以外にアピールしない政策しか掲げることのできない右派たちは、「人種差別主義者《クラッカー》」であることを余儀なくされる。したがって右派という立場は、「人種差別主義者の収容所《クラッカー・ファクトリー》」となる。

その二――そして出口のないその場所は同時に、狂気にも接するホワイト・ナショナリストたちを生み出していく「製造所《ファクトリー》」として、（俗語の慣用表現として言われるとおり）「精神病院《クラッカー・ファクトリー》」でもある。

その三――さらにまたこの〝cracker〟という語は、語それ自体が持つ歴史的・地政学的意味として、進歩に取り残された〈遅れた〉者というニュアンスを含みつつ、「南部の貧しい白人」という特定の人々にたいする蔑称としての意味をもつものでもある。したがって右派という立場は、「貧乏白人の温床《クラッカー・ファクトリー》」なのだともなる。

以上の要素を踏まえ、五井はこれをあえて日本語にするとしたら、「差別的で頭のおかしい貧乏白人の吹きだまり」とでも訳せるだろうか、と言っている。

③　二〇二〇年アメリカ大統領選挙劇――共和党D・トランプvs.民主党J・バイデン――

N・ランドのこの著作は二〇一二年イギリスで発刊されているわけだが、二〇二〇年のアメリカ大統領選挙での、日本の新聞、テレビ等で知るできごとの数々を、どの著作なりメディアなりが伝えてくれる情報よりありありと理解、納得させてくれるところがある。二〇二一年一月のJ・バイデン大統領の就任式を前にした、ワシントンDC界隈でのトランプ陣営の反バイデンデモのテレビ影像情報は印象深い。たまたまジョージアから駆けつけたという参加者を紹介しながら、一人ひとりは素朴な人柄の人物であるとの記者の印象を伝えていた。ジョージアと言えばアパラチア山脈南の平野部すなわち旧南軍の本拠地だったようなエリアである。視聴者としては勝手ながら、おそらくこの参加者たちはクラッカー・ファクトリーから馳せ参じたクラッカー・ファクトリーの一人ひとりかと妙に生生しく独り合点させられたのだった。

警備の壁を突破し、窓を破壊して議事堂に乱入し（なかには銃器をかざす者もいた）、民主主義の殿堂の只中で、五人の死者を出す乱闘が発生することはまったく「訳の分からない」事態だった。しかしトランプを連呼しながら議事堂へ向かう陽気でさえある一行のなかには、地方から馳せ参じた旧南軍の末裔ないし亡霊とも言うべきクラッカー・ファクトリーの集団があったことを知ったとき、私には「訳の分からなさ」の一画に氷解するところがあったのだった。

前掲著作Aの発刊は二〇一二年でありながら、D・トランプがけっこう登場する。現代アメリカのど真ん中でディールに明け暮れていた彼には、N・ランドの「暗黒」は馴染みの時空だった。その喩としての「暗黒」の強欲かつ残忍な触手は、留まることを知らないグローバリズム化の下、地球上を食い荒らすなかで、国家間の格差は進む。それはアメリカ国家内での経済格差のみならず、文末の図10に見られるとおり地域的分断と同期する。そしてまたさまざまな要素を孕みつつ、エスタブリッシュメントたちの共和党と民主党の分断、対立も激しさを増す。こうして民主党B・オバマ大統領の二〇〇八年から二〇一六年の八年間は、山積みの国際的国内的課題は深まりこそすれ、解決に向けてのアジェンダの推進は必ずしもはかばかしくなかったとされる。

おりから、前掲著作DやHに詳しいごとく、この期間は、デジタル・テクノロジーのさらなる革新と普遍化が著しく、他方連動してのネットメディア、ソーシャルメディアへの流れは、アメリカ社会を大きく動かし激変せしめることになる。これはアメリカ社会に限ったことでなく、こうして前掲著作B、C、D、E、F、Gの描き出す世界の民主主義制度の揺らぎとなって私たちの身の回りに現象し始めたという次第なのだ。大きく蠢き始めているアメリカ社会と民主主義制度の揺らぎは一如であった。資本主義経済活動の現場からD・トランプはそれを見逃さなかった。そこにはD・トランプなりのあるべき政治はなかった。自由、平等、民主主義という民主党の建前は、アメリカ民衆からあまりに乖離している。民衆は「暗黒」のさらなる深まりに怯えている。しかし議会出入りの共和党の対応もエスタブリッシュメントのそれでしかないではないか。こうしてD・トランプは単独、共和党の一匹狼として決然二〇一六年の大統領選に打って出て、勝利する。二〇二〇年までの四年間を、唯一のアジェンダ「アメリカン・ファースト」を掲げ続けて、アメリカ国内のみならず、世界を股にかけて暴れ回ることになる。私の言う「「本音」の〝抑圧〟」は南北戦争、公民権運動を通して国内、国民に広域化、深化することになったとは言え、建国以来のアメリカ社会の鰓《あぎと》であり続けてきた。こう言えば唐突の感があろうか、D・トランプ大統領は「「本音」の〝抑圧〟という歴史の澱」を掻き回すことになったのである。こうしてD・トランプは、いきなりアメリカ社会の混沌と「訳の分からなさ」を世界へと解き放ってしまった。

アメリカン・ファーストは、TPP離脱から気候変動パリ協定離脱、メキシコ国境の壁建設、新型コロナウイルスが世界各地に蔓延し出すやWHOからの脱退等々文末の図11のような施策を通じて断行された。多くは時の流れのスタンダードに逆行するもので、顰蹙を通り越して世界を不安と恐怖に陥れることになった。にもかかわらずD・トランプ大統領は、国民から喝采は浴びても、その支持は揺るがなかった。人口二億五〇〇〇万人の大国アメリカの「訳の分からなさ」を維持し続け、偉大な国を取り戻すべく二期目を期しての二〇二〇年の選挙戦に突入することになった。

当稿では、選挙戦の経緯や詳細は関心の外である。ただ、茶の間の私に届く情報から印象に残る二点を書き留めておく。ひとつはD・トランプの選挙戦の先頭に立っての八面六臂の活動で、フェイクやヘイト如何にはいっさいお構いなく、シリコンヴァレー等の有能なスタッフを動員して、デジタル・テクノロジーやネットメディアを巧みに使い熟していたことである。これまで共和党や民主党のエスタブリッシュメント（政治屋?）連中にはなかなか自分たちの声が届かなかった、別言すれば、ラストベルト等（旧重化学工業地帯）時代の動向から取り残されて光の当たらなかった中下層の白人層。彼らに語り掛け続けていたD・トランプのそのエネルギッシュさ加減についてである。もうひとつは、敵陣営民主党の揚げ足取りを中心に、人種や移民その他社会的な諸々の分断、二極化に油を注ぐようにそれを強調する主張が目立ったのではないか、という点である。

一歩引いて眺め直してみると、この二点は、D・トランプの「アメリカの今」のリアルの把握の腕前であることが分かる。その捉え方が巧みであるだけに、D・トランプの選挙運動そのものが、その「アメリカの今」と同期することになっただけでなく、その「アメリカの今」を勢いづけ強化することになっていった。それが私の「アメリカの昨今の「訳の分からなさ」」そのものを巧みにコーディングしているのではないかという次第なのだ。

第六章　昨今の「訳の分からなさ」の彼方へ——対称性論理の発掘と創造

　今や「地球が危ないのだ！」と叫ばれている今日である。「昨今の「訳の分からなさ」」が気になるからと言って、その典型であり一大発震源であることは確かな「アメリカの今の「訳の分からなさ」」にアクセスしようと詮のない深みに嵌まってしまった感がある。しかし思い立った当稿のモチーフに沿ってこの背伸び見え見えの考察の一端を記してエピローグとし、私自身のこれからの一里塚としたい。

一　昨今の「訳の分からなさ」の彼方は

　恐怖の新型コロナウイルスパンデミックのさなか、二〇二〇年アメリカ大統領選挙の結果は、二〇二一年一月六日世界に向けて発信された。民主党のＪ・バイデンが八一〇〇万票を獲得して、Ｄ・トランプの七四〇〇万票を上回り、各州に割り当てられた選挙人もバイデン三〇六人、トランプ二三二人。この結果を法的に確定すべく連邦議会が開催されたのがこの日。その議事堂が議事の途中、堂内に雪崩れ込んだトランプ支持者の暴徒たちに蹂躙され、五人の死者を出す事件に発展した。いわゆる民主主義精神の立場に立って眺めるとき、それは民主主義国家の代表として世界に君臨してきたアメリカ合衆国の、世界の舞台で演じた目も当てられない醜態だった。

　しかし、「アメリカの昨今の「訳の分からなさ」」のリアルは、そこで完結しているわけではまったくない。二〇二一年二月七日の朝日新聞は一面トップに「『選挙は盗まれた』と信じた末　米大統領選　議事堂に侵入し逮捕」と大見出しを掲げ、乱入者の一人のその後を写真入りでリポートしている。野球帽、迷彩系のカジュアルジャージ姿のがっしりした体軀、温厚そうに見える白人の名はダグラス・スイート（五八歳）。離婚後溶接や大工仕事で日銭を稼ぎ、今はトラック運転手で娘を育ててきているという。当日はバージニア州のグウィンアイランドから駆けつけた。逮捕され保釈中だが、これから刑事裁判が続くという。記者はインタビューで多くを聞き出している。どこも満員だったトランプ集会、その雰囲気の暖かさ、盗まれた選挙、郵便投票のイカサマ……等々日本のメディアでも伝えられていたパターンの数々。そのなかでしかしつぎのようなことも話している。「ただ、私の声を聞かせたかったんだ。『ウィー・ザ・ピープル（我ら人民）はここにいるぞ』って。だって、それこそが米国が大事にしてきたことだろう。一人ひとりに意見があり、互いに耳を傾けることが」「大統領への支持を見せることが、義務だと感じたんだ」「後悔はしていない」。記者はリポートする。トランプの話になると、スイートは表情を崩し、文字通り目尻を下げて話す。「トランプは米国の歴史を大事にした。南部の遺産を守ろうとしてくれた」「トランプは国を愛しているだろ。同じ空間にいると、居心地がいい」。

片や、就任の日一月二〇日心配された目立った騒動もなく、議会前での静かな就任演説を済ませてホワイトハウス入りしたバイデン新大統領は、執務室に直行し、直ちに署名をして多数の大統領令を発している。その内容は文末の図11の通りであるが、ほとんどは前任トランプの施策を取りあえずそっくり裏返す内容となっている。そのバイデン就任の状況は、世界から好感と安堵、さらには期待の念で受け留められていることが、私の茶の間にも届いたが、詳細は当稿マターではない。

ところで、その後のD・トランプの動きはどうか。今朝の新聞紙面から一リード文を拾ってみる。その見出しは、「トランプ氏　人気健在　フロリダに拠点　活動再開」である。

支持者を扇動し、米連邦議会議事堂を襲撃させたとして弾劾《だんがい》訴追された、トランプ前米大統領の弾劾裁判の審理が9日、上院で始まる。退任以降、フロリダ州の邸宅で暮らすトランプ氏は支持者からの根強い人気を背景に、少しずつ政治活動を再開している。ただ、共和党内では、「ポスト・トランプ」の路線をめぐる対立が表面化しつつある。*63

J・バイデン大統領の八一〇〇万票に対する七四〇〇万票の重味は、政治学に疎い私にも、半端でないだろうことは想像することができる。茶の間で耳にするメディアのコメンテーターの解説では、弾劾裁判の結果次第でこの先大きく別れるらしい。定数一〇〇人の上院は、共和党、民主党それぞれ五〇対五〇で伯仲している。この場合単純過半数の案件の場合、民主党のC・ハリス副大統領の一票で決まる。ところで弾劾が成立すれば、法的諸制約等があって再起は極めて困難な道となるらしいが、しかしその成立には三分の二以上で決まる案件であるため、共和党から一七人の寝返りが必要で、両陣営の現状からそれは考えられないという。弾劾が否決されれば、D・トランプに法的制約はなくなり、再起は大いに可能とのこと。

ここで、上院の議席伯仲については、些細事ながら思い起こされることがある。上院議員の選挙は、このたびの大統領選挙と併行して行われた。弾劾問題が専ら関心を集めるさなか、最終議席としてジョージア州（二議席）の帰趨に一躍全米の注目が集中することになった。この二議席共ギリギリの票差で民主党が制し、上院議席伯仲を実現することになったのだった。さて、そのジョージア州こそは、前記にもあった通り、旧南軍の故地、N・ランドの言うクラッカー・ファクトリーの故郷だった。

さて、まもなく、D・トランプの弾劾は否決されることになった。こうして「アメリカの昨今の「訳の分からなさ」はこれからも続くことは確からしいのである。

二　対称性論理を点検する――いよいよ幅を効かす非対称性論理の時代

私の準備と力量に照らせば、エピローグなどと気易く口にすることは慎しまなければならないのかもしれない。このことについて記述できることはあまりに限られている。当たりまえと言えばなんの変哲もなく当たりまえなのだが、難事と言えばあまりに難事だからである。

「対称性論理」については、神話のなかに活きていることを確かめながら、古代ギリシャのアリストテレスによって明確に彫琢されることになるその「非対称性論理」と対比しながらなぞってきてある。そこで定義めいた説明を繰返すのは避けたいのだが、「山羊と狩人」の神話のなかでは、山羊たちと狩人は対等であり、特定のトポスにあっては晩毎にどの山羊とも心ゆくまで番《つが》うことができた。山羊と狩人は互いにベネフィットを得て神話の世界からワープしてそれぞれの境域に戻る。神話のなかでは、同じ生きものとして山羊たちと狩人のあいだに働いていた論理はそのあいだの分断がそもそもない越境そのものとしての「対称性論理」だった。宮澤賢治の「氷河鼠の毛皮」が私たちを魅きつけるのも、その物語を浸している「対称性論理」の味わいなのである。

当稿第五章の素材、構想の準備のための取材フィールドとなった前掲八冊の著作には「分断」とか「分裂」、「対立」あるいは「格差」や「差別」、「乖離」といった文言は頻出する。その場合、しかし、二項をたんに分ける（分けるときのその鮮かさ、明快さの腕前を競う時代？）のみで、その二項のあいだを埋める、あるいはその関わり具合いの闇の境域に思考の触手を伸ばそうとする叙述は見受けられない点で綺麗に共通している。

しかしこの指摘は、学問に対するお門違いのいちゃもんで、現在は、一笑に付されて終わる、そのような話でさえないことだろう。大括りに言って少なくとも近代以後の学問は、まず「分析（それも厳密な分析ほど是）」を尽くしてそこにはじめて可能となる「総合・構成」の模索ということで成立している。綺麗に共通していると私が記した事態は、政治学なり社会学あるいは歴史学といった、いわゆる学問たろうとするそれぞれの著者たちの矜恃のなせるところであり、その淵源は直近では近代のデカルトに遡る。その深刻な反省（Reflexiōn）に踏み迷って（?）しまうことはここでは避けて、気を取り直して先に進むことにする。*64

前掲八冊中、しかし、唯一『暗黒の啓蒙書』には「対称性」や「非対称性」の文言が、そして「弁証法」という文言がわずかながら、当稿のモチーフにストレートにリンクする使い方でないが、登場する。それは、N・ランドがフランス哲学から出発している経歴の持ち主であるのに対し、他の七冊は政治学、歴史学ないしジャーナリズムジャンル出身の著述家であることからくる当然のなりゆきなのかもしれず、気に留めるに値しないことなのかもしれない。しかし同じ社会事象を対象として考察する私としては、ここでの私のこだわりの無意味、無価値を断ずることは早計であり、受け容れ難い。七冊のもの足りなさを、私のモチーフの位相の取り方との相違にほかならないと片付けてしまうことはできない。昨今の「訳の分からなさ」つまりは混沌（カオス）を理解し、そのトンネルから脱け出す道をまさぐるには、むしろかえって重要なポイントであるかもしれないからである。民主主義の揺らぎの研究（考察）もそのポイントに届いていてしかるべきである。

しかし、ところで、残念ながら、N・ランドの「対称性」や「非対称性」、「弁証法」の捉え方も、ほかの七冊の二項論理を限りなく突き詰めるところで、つまり非対称性論理という壁に突き当たったところで、終わっている。その意味ではほかの七冊（七著者）と同列である。N・ランドの述べている具体を点検するならこうである。その文体はニヒルそのものと言えるほどシニカルである。それはある種の鋭敏さと繊細さを踏まえてのその結果としての文体なのだが、したがって訳者五井も指摘するように、分かりにくい。たとえばN・ランドは、「非対称的な構造のなかで圧勝するリベラルとその宗教的恍惚《エクスタシー》（傍線大場）」との小見出しをつけた箇所でこう述べる。

> アメリカの黒人と白人が、…略…おたがいに恐怖しあい、相手の側から被るかもしれない被害を予想しあう関係のなかで共存しているということは、都市の発展やその構造、学校の選択、銃の所有、警察の機能状況や犯罪率など、任意の社会的配分や治安に関係する、…略…**結果としてあきらかになる**選択のほとんどすべての表現の

なかに、はっきりとしたパターンが確認できることによって証明されている。補いあいつつ相容れることのない被害者至上主義と被害の否認という態度によって、おたがいに対する恐怖は、可視的な領域から消しさられつつ客観的な均衡を保ちつづけている。だがその一方で、人種にかんするリベラルと保守の立場のあいだには均衡などまったく存在せず、ほとんど保守にとって壊滅的な敗北といえるような状況だけが見られる。保守は完全にこの問題を恐れているが、リベラルにとってそれは地上の楽園のようなものであり、彼らがこの問題のなかで感じている愉悦は、およそ人間の理解の限界を超えたものである。*65

右長引用はD・トランプの訴えとその集会の盛り上がりの秘密を明かしてくれてあまりあるだろう。右派のうっぷんをみごとに受け留めるところがあった。私の言う「本音」の〝抑圧〟さえもが透けて見えてきはしまいか。こうしてアメリカ社会にあっての黒人と白人の共存関係は、明確に表明されたものでなく結果としての現われとしての差別のパターンのなかで現象している。それは「共存態」として現われているとしても、そのことに対する保守とリベラルの立場は、N・ランドによれば残忍な仕方で断絶している。

人種の話題になると保守主義がかならず魂を破壊する拷問のような屈辱を受けることになるとしても、それで誰も驚いたりはしない。現代の政治において保守が果たす主な役割とはようするに、辱めを受けることなのである。…略…一方でリベラリズムは、新たなピューリタニズムの宗教的真理を支持し、それを守る者であるというその本質的な性格ゆえに、弁証法に対する並ぶもののない支配権を与えられ、あるいは反論にたいする絶対的な耐性を与えられている。…略…この点についてはたとえば、リベラル派の信条の基礎教義であり、その最初の項目である次のような命題を考えてみるだけで十分だろう。人種にまつわる公共の場での議論や、アカデミックな発言や、法的な決定をとおして広められているその命題とはすなわち、ある人種が別の人種を搾取し、抑圧するために用いる社会的構築物として以外には、人種など存在しないというものだ。この命題を受けいれることはそのまま、

> 絶対的なものがもつ凄まじい権威を前にしてその身を痙攣させることを意味する。…略…理性は崇高にいたる直前で恍惚《エクスタシー》とともに蒸発することになる。[*66]
> （傍線大場）

人種問題になると保守主義は圧倒的に分が悪く、片やリベラルは宗教的真理という凄まじい権威を背負って威圧してくる。『暗黒の啓蒙書』に言うその〈大聖堂《カテドラル》〉は、南北戦争そして公民権運動を通じて威容を整え、アメリカ民主主義社会を覆うこととなっているという次第で、その歴史的構築物はあまりに激しい現代という世の変化に耐え得ない居心地の悪いものと化してしまっている。

こうしてN・ランドが別のところで、たとえば、保守とリベラルの、

> それぞれの立ち位置は形式的には対称的なものだが、しかしアメリカの人種問題に並外れた歴史的なダイナミズムと普遍的な意味を与えているのは、両者のあいだにある実際上の政治的な非対称性である。[*67]
> （傍線大場）

と言うとき、傍線を付してある「対称性」あるいはその裏返しとしての「非対称性」は私が価値づけて捉える神話「山羊と狩人」の、対立を超越した一体性という意味での山羊と狩人の対称性（その裏返しとしての非対称性）とは微妙に異なるものであることに気づく。もっと言えばN・ランドの「非対称性」は対立の果てに決定してしまった対決結果としての、一方の他方への支配（逆に従属）態の説明概念として使用されている。対等な両者が対峙ないし対面し合っている場に必須な生《なま》の動的緊迫感などは皆無の概念にすぎない。つまりここには、俗に言う本音と建前のドン詰まりにその結果として現出している黒人と白人という二項間、そこに繰り広げられている（ないし繰り広げられてしかるべき）弁証法的止揚への視線（思考の触手）は欠落している。二項を二項丸ごとにM・ハイデガーの言う「現存在 Dasein」としては見ない思考態度が透けて見える。黒人と白人の対立分断のその「二項丸ごと」の存在間には繰り広げられているものがある。自らが黒人であれ白人であれ、その自らのなか及びその両者間に繰り広げられている対立のリアルに

自らがどう臨み参加するかが問題であり、ことはそれに尽きるのだ。宗教的教義ないし教義化した思想を〝利用〟することなど論外である。こうしたかつて日本でも大いに論じられた実存主義で言う個の実存とは別の捉え方になろうが、N・ランドは保守とリベラルの立場の関係に纏《まつわ》って言う。「それぞれの立ち位置は形式的には対称的なものだが、しかしアメリカの人種問題に並外れた歴史的なダイナミズムと普遍的な意味を与えているのは、両者のあいだにある実際上の政治的な**非対称性**である（＊34の一三四ページ。傍線大場）」のだと。このN・ランドの問題意識は個の実存云々ではなく、もっとマクロなところにあるのだろうが、しかしこれではなにを言ったことにもならないのではなかろうか。それは、この世にあっての「ダイナミズム」なり「普遍的な意味」ではなく、ありていに言って、その二項（人種問題にあっての黒人と白人）の絶望的な対立・分断の解決にはいずこともしれない世界への出口を見出す以外にないとの、N・ランドのシニカルでニヒリスティックな結論、それへ到達するうえでの「ダイナミズム」であり「普遍的な意味」にすぎまい。そこには「両者のあいだにある実際上の政治的な非対称性」のフェティッシュ化がある。

このことは、「弁証法」という名辞を使用するときの彼特有の〝軽さ〟ないしは〝薄っぺらさ〟の印象と通底する。「人種に関する弁証法は目下、分離や逃走を禁じようとしている」とか、「弁証法に追いやられた右派たちの袋小路〈クラッカー・ファクトリー〉」あるいは「左派は弁証法のもとに繁栄し、右派は弁証法をとおして崩壊する」といったフレーズ（出てくるのは稀だが）がすらすらと出て来はするが、当稿のここに引用するに値するだけの、形式上のボリュームを含めて思考、思索の固塊としての言い表わしにお目にかかれない所以はそこにあるのだろう。

N・ランドはJ・C・ベネット（実業家、リバタリアン）の著書の英語圏の文化的特徴の記述に鋭い反応を示し、つぎの一節を引用している。

そうした特徴のなかでももっとも衝撃的だったのは、統合された領土内部での革命的な改革の代わりに、領土的な分裂や分離主義、あるいは独立や移動を選択することによって、意見の相違を時間ではなく空間のなかで処理する文化的な傾向だろう。英語圏の人間たちのあいだで意見の不一致が生じた場合、おうおうにして彼らは、空間のなかで関係を絶とうとする。完全な解決（すなわち体制の変化）の代わりに方針を増殖させ、権力を制限して、統治のシステムを多様化しながら（つまり体制の分割をとおして）、いくつもの不決断状態を追求するわけである。*68

J・C・ベネットのこのアングロサクソンの文化的伝統についての考察、ここには対立二項的対称性なり弁証法なりの不在は観察されても、同格二項的非対称性の超克の認識なり弁証法的止揚への志向性は見出されない。そういう見解（思考のあり方）がありありと前景化している。この英語圏の文化的特徴はN・ランドの思想の決定的特質でもある。自らの確証バイアスに導かれてJ・C・ベネットに思考の同質性を見出しているのだ。そのときN・ランドは自らの思考のなかに居座っている反弁証法的な性質を自覚している。そしてD・トランプの思考を動かしているものも同じそれであることを予言していたかのように書き記している。二〇二一年のことであった。

分裂や逃走は、それ自体ですべて出口《イグジット》となるものであり、そして（取りかえしのつかないかたちで）反弁証法的な性質をもつものである。英語圏の伝統の内部においては、そうしたことこそが基本的な自由の源泉なのだ。したがって〈クラッカー・ファクトリー〉の機能があらゆる出口《イグジット》を塞いでしまうことだとすれば、次にそれが作りだされる場所はただ一つ——分裂や逃走が見られる地点以外に他ならない。*69

二〇二一年一月六日のホワイトハウス前での支持者の群衆に呼びかける（弾劾訴追する民主党からすれば煽動する）D・トランプ演説は、その発露の典型のひとつだった。自発的に馳せ参じて目の前に居る〈クラッカー・ファクトリー〉たち、長く陽の当たらないところに置き去りにされていた彼らに、〈ファクトリー〉（収容所）内に閉じ込もって出口《イグジット》を塞いでいないで拳を挙げよ！——とこう煽っていたわけなのだ。連邦議会の共和党の腰抜け共の尻を叩きに行こうとの促しは、〝党派分裂〟と〝人種差別〟の焚き付け以外のなにものでもない。そしてその〝分裂〟は〈クラッカー・ファクトリー〉自体の自己分裂なのではなく、逆の結束の呼びかけ（→それは〝党派分裂〟、〝人種差別〟へと帰着する）なのだ。

ここには、N・ランドの文体の露悪趣味が災いして韜晦を弄していると投げ出したくなるほどの分かりにくさがある。立ち止まって私の〝読み〟を確かめておかないと牽強付会の愚を犯しかねない。右引用箇所で言う「分裂」「逃走」は、自分たちクラッカー（白人）の、黒人たちからの「分裂」「逃走」ではなく、自分たち〈クラッカー〉仲間を裏切るようにして、クラッカーであることから逃げ去り、自らのアイデンティティを放棄することを意味しているのだ。すぐ続けてN・ランドは言っている。

地獄や、あるいはアウシュヴィッツと同様、〈クラッカー・ファクトリー〉の入口の上には、シンプルなスローガンが掲げられている。すなわちそれは、逃げ出す《エスケイプ》ことは《・イズ・》人種主義的《レイシスト》であるというものだ。*70

そしてこの章（PART4c〈クラッカー・ファクトリー〉）の最終行を、「断固として、かならず次のサイトを見なくてはならない……そうすればきっと間違いなく……（大場補注…これがこの最終行の当該シラブル全部である。）」と思わせぶりたっぷりにネットリンクを促す誘惑の一行で終わっている。そしてN・ランド自身が原注でこのサイト名をアクセスできるばかりに紹介している。五井によるこの原注の訳によると、このサイトは「南部諸州の分離を目指す政治団体である南部同盟（League of the South）」の実態を紹介する左派NPOの南部貧困法律センターのもので、この記事は、南部連合の動きに応じて随時加筆され更新されているという。

N・ランドの『暗黒の啓蒙書』は、前にも見たように、体裁上未完の著作であったが、訴えている結論は明らかである。帯文のキャッチコピーは的確である。「〝現代思想の黒いカリスマ〟が放つ、」「民主主義と平等主義の欺瞞を暴け。資本主義を加速せよ。」そして一段小さな文字で解説的にこうダメ押ししている。「民主主義を棄て去り、資本主義を極限まで推し進め、〈出口〉を目指すのでなければ、真の自由は獲得できない――。」

最終章に当たるPART4fのタイトルは「生物工学的な地平へのアプローチ」。ここにはN・ランドの前段落に引用した帯文に帰着するとりあえずの結論の表明があるわけだが、これを読者に紹介するにはさらに相当の紙数を要する。訳者五井のこの章でのリード文がまた簡潔で巧みである。「目下確認される遺伝主義的決定論と社会構築主義のあいだにある（ひいては自然と文化のあいだにある）対立は……」と述べ、ネットブログのリンクを恣ままにしての情報の渡り歩きで綴る観のあるN・ランドの当著作のドン詰まりに読み取れるところを、五井はこう要約する。

新たな科学技術を媒介にして自然と文化が往還することになるそうした回路では、人間とはなんであるかを定義することと、それを「技術的に可塑的な存在」として再定義することは同義である。したがって、静的なものとしての人間のアイデンティティは消えてなくなる。ゲノム編集をその典型とする生物工学によって、いまや人間は「進化の新たな段階」に入ろうとしているのだというわけだ。

進化生物学者ジョン・H・キャンベルの議論を援用しつつ、新たな進化の能力を手にした人間のことをランドは「怪物」と呼び、怪物になること、あるいはまったく新たな種を形成することをもって、人間にかんする弁証法の外へと向かうことを呼びかけていく。[*71]

N・ランドが言う「出口《イグジット》」、そこを出て誘《いざな》うその先が、生命遺伝子工学の媒介を経てのという留保があるとは言え、この世から離脱したところにあるのだとすれば、……？　たしかにティー・パーティ運動をひとつの目印として議会外の反リベラル派を宛先としたN・ランドの当該著作による介入は、アメリカ社会におけるリバタリアニズムの期待（あるいはリベラルへの不信）のヴェクトルと軌を一にするところはあったかもしれない。しかし五井も言うとおり、その新反動主義的な発想は、スティーブン・バノンのような人物に利用され、トランプ政権誕生を招いたことは、決定的な誤算だったとせねばなるまい。S・バノンがトランプ政権発足時の首席戦略官だったことは、日本のメディアも伝えていた。五井によるとS・バノンは自らのブログ上で「暗黒はいいものです Darkness is good」と公言し、その政治的な「力」を積極的に評価しているという。

当稿においては五井とともに、この世から離脱したところのことに付き合う気はまったくない。N・ランドの当面の結論部分のみを論《あげつら》えばであるが、低質なオカルトないし腐臭を漂わすアナーキズムにも劣ると言わざるを得ない。しかしそのことを離れて当稿における私のモチーフに絡めて考えれば、N・ランドの思想に居座っているのは傲岸な非対称性論理であり、それへのN・ランド自身の屈服とせねばならない。彼の鋭敏、潔癖な思索も、現代というこの時代の非対称性論理の圧倒的優越の前には平伏するほかなかったのだった。

三　対称性論理の新たな発掘とさらなる創造——その困難性

昨今における「訳の分からなさ」を前にして蒼ざめている自画像を描く絵筆の代わりに、と手に執ったペンであったが、自画像にもなりそうにない。立ち尽くす自らの像も定かにできないとすれば、である。そこで当稿の末尾は立ち尽くす自らのトポスを示すことに努めることになる。

トポスτόποςは場所を意味するギリシャ語で、構造主義思想の流行とともに文学や思想の分野で内容的に豊かな概念として一般化されるということがあったと思う。そのときそれは痩せたたんなる一空間ではない。現代のアメリカはその意味での「昨今における「訳の分からなさ」」の典型的なトポスである。そのアメリカは、つい最近まで模範的民主主義政治制度の下で世界の資本主義経済を牽引してきた。ところがここに来て、あれよあれよとまたたくまにその民主主義制度は揺らぎ始め、今やその崩壊、壊滅が囁かれるようになってきている。そこに私にとっての「昨今における「訳の分からなさ」」の蠢動態があると私には目された。そこで現代アメリカの民主主義制度ないし政治に纏る著作を掻き集めるようにして、その八冊に沈潜しながら、揺らぎの原因、理由、さらには揺らぎのその先に訪れるものに思いを巡らしてみることとなった。言い方を換えながら繰り返し言ってきたことである。

その結果は前段落の通りである。民主主義の揺らぎの原因、理由がどこにあるか、つまりその必然性についてはおおよそ見当はついたように思う。しかしやはり肝腎なのは、揺らぎのその先に来るものである。それを探り当てることはできなかった。ただ備忘のため、八冊中の著作B（『選挙制を疑う』）は、制度技術論の視点からの労作であるが、今後に有益であることを記しておく。いわゆる「籤引き民主主義」の推奨である。これは古典ギリシャ・アテネの制度にも垂鉛を降ろす詳細な研究であり注目に値する。八冊中それ以外では傾聴するに足る見解に出遭うことは叶わなかった。政治学や歴史学あるいはジャーナリズムの学は、長期スパンでの人間の世界認識の展望に資するといったようないわゆる思想、哲学の書としても通用するものたらんとするには、ハードルはよほど高いということなのだろう。そのような意味で、哲学者兼ブロガーと紹介されるN・ランドの著作A（『暗黒の啓蒙書』）は注目されて、当稿では重用し辿り来てみたのだった。しかしその到達域にあったのは、つまりは非対称性論理への平伏であった。N・ランドに限らず、そうした論理の暴走的横行が民主主義の揺らぎを発現させていた。

イギリスの宰相ウィンストン・チャーチルと言えば、民主主義連合国の側に立ってナチスドイツと闘い、祖国イギリスを守った政治的逸材として語り継がれている。一九四七年の述懐にあるというその言葉は有名で、今日なお色褪せていない。孫引きすれば、

これまで多くの政治体制が試みられてきた。これからも過ちと苦悩の中で試行錯誤していくことだろう。民主主義が完全で賢明だと見せかけようとする者はいない。実際、民主主義は最悪の政治体制だと言われてきた。ただし、これまで試みられてきた民主主義以外のすべての政治形態を除けば、である。*72

このたび、八冊に沈潜してみて、民主主義の揺らぎの先に思いを巡らしてはみたが、二〇二一年の今日に至ってこのW・チャーチルの述懐を凌ぐ見解に出遭うこともできなかった。

するとこういうことになるのではないか。W・チャーチルのここでの述懐にあっては、まず人々が就く思考の特性（対称性思考優越か、非対称性思考優越か）については度外視したうえでであるが、少なくとも二〇世紀中葉の近代国家イギ

リスから観る限りでは、民主主義は最悪の政治体制であるとしても、人々が捨て去っていい政治体制ではない、と。そして言外にはこれからも人々が使い熟していくに値するものであろうとの考えが聞えている、と。したがって、さらに敷衍するなら、私たち人々が就く思考の特性については、この政治体制を活かしていくうえでも大いに関心の赴く課題となろう、と。人々が就く思考の特性によっては、つまり活用する人々の対称性思考優先あるいは非対称性思考優先の具合いにより、活用される政治体制の変質があるのではないか、と。

いわゆる政治屋ならぬ老練な辣腕政治家W・チャーチルの言葉には弾き返される思いがする。『コモン センス Common Sence』は、アメリカ・フィラデルフィアで一七七六年一月、匿名で発行されたパンフレット名。まだまだアメリカの独立革命に反対する者が多い情勢を見て、イギリス本国からの独立とこれからの進むべき道を示した小冊子は、またたくまに当時としては一〇数万部の超ベストセラーになった。良識とか共通感覚とかを意味するイギリスの言葉 common sence、これをそっくりそのまま取ったこの小冊子のタイトルには絶妙な味わいがある。あらためて背筋を伸ばし、当稿の言葉もこの際はこのレベルのものでありたいところである。が、しかし、言葉には大きくふたつの機能がある。伝達の機能と開示の機能である。『コモン センス Common Sence』は優れた伝達の言葉だったとすれば、ここでは言葉の暗黒の先を拓く開示の機能に望みを託してみることになる。優れた伝達の言葉だったとしての『コモン センス Common Sence』にはこの望みを触発するだけのものも備わっているのか。

さて、私のなかに像を結び始める当稿のモチーフの沿革を遡って、その結び始めた像の定式化を試みるなら「人々の就く非対称性思考が優越の度を濃くするにつれて、民主主義的政治体制は揺らいできているのではないか」ということであった。これをここでの論考の仮説とすれば、当稿の第五章では、事実として成り立つことを証明できたということができる。現代アメリカにおけるトランプ現象とそれに伴うアメリカ民主主義制度の揺らぎのリアルを辿り得たと判断されるからである。これは読者に判断を仰げば足りることである。すると、つぎに、さらに闇の彼方を拓いていくうえでの課題が見えてくる。それはつぎのふたつである。

その一——民主主義的政治制度が揺らぐことに歴史的必然性はあるか。あるとしてその社会学的機序を明らかにすることはできないか。

まで可能か。

その二――非対称性思考の優越化に歴史的必然性はあるか。あるとしてその対抗概念である対称性思考の再生はどこ

すると、つまり、このパースペクティブに立ち得てみると、つぎに、右のその一とその二には架橋があってしかるべきことが見えてくる。対称性思考の再生が可能である場合、その限りにおいて非対称性思考の優越化の必然性は否定され、その優越化の歴史的必然性が否定されれば、民主主義的政治体制の揺らぎには、その社会学的機序を遡行することを通して、必ずしも歴史的必然性があるわけでないことが明らかになる。この課題その二からその一への架橋は、その一からその二へ渡り直されること、その架橋の積み重ねを通して、民主主義的政治体制を揺がしめることなく、私たちは対称性思考を私たちのものにすることが可能となる。繰り返せば、私たちが対称性思考に就くことは、民主主義的政治体制を堅持することと両立する。

以上の見通しは言葉上の辿りにすぎない、つまり屁理屈にすぎないと一蹴されることがあるかもしれない。しかし一蹴されることがあったとしても、〝私にあっての「昨今における「訳の分からなさ」」〟と〝二〇世紀中葉のW・チャーチルの、民主主義的政治体制へのなけなしの、ドン詰まりに追い詰められての信頼(信念)〟との出遭いの重さだけは減ずることがない。私自身の当稿の運びを振り返ってみると、明確な定式化はなされずに来たが、前記課題その一及びその二は、課題として明滅し続けて来た。その一についてはアメリカの昨今を考察のフィールドに据えて、手当たり次第に直近の著作八冊を入手し分け入ってみた。それはその課題に迫らんとする作業であった。屁理屈云々の批判を返上するには、参照文献や多角的な取材範囲をまだまだ広く確保しさらに考察を深めてみる必要がある。それは当稿の仕残し課題の大きなひとつである。

一方、一夜漬けさながらの神話学習は、課題その二への取り組みであった。この課題には課題その一とは比較にならない難しさがある。当稿では当稿なりのフィールドの見定めすらできず、山形市内の東北芸術工科大学の公開講座で接し得た中沢新一と私の想念に懸かり続けてきていた宮澤賢治の仕事に学ぶことしか、手立てとしては持てなかっ

た。こうしてホモ・サピエンスの思想史というこの遠大なテーマも私のこれからの課題であり続けることになる。

私にとっての「昨今における「訳の分からなさ」」（カオス）は、仮説として定式化すると「人々の就く非対称性思考が優越の度を濃くするにつれて、民主主義的政治体制は揺らいできている」のではないか、となる。それは、アメリカの昨今の顕著なリアルであることを見た。その事実を超えるためには、前記したとおりのその一及びその二の課題がある。この事実を超えていくには、この課題の理解が前提として不可欠である。その解明に取り組もうとしたのが当稿であった。しかしそのいずれもが道半ばである。〝宮澤賢治も片手に「昨今の「訳の分からなさ」」に正面し〟てみての、これが結論である。

予感としては私のなかにあった通り、腑甲斐のないエピローグであるが、そのエピローグのなかのエピローグとして、稚拙な一考察を認《したた》めておく。ふたたび出て立つときの出発点はこの辺りであろうことは動かないと考えるからである。

『基点』という標を建てて。

私にとっての「昨今の「訳の分からなさ」」、その一部分を端的に対象化して言い表わせば、再三繰り返すことになるが、いとも容易に民主主義的政治体制が崩壊しつつある姿、その原因、理由を尋ね（①）、その防止、再建を考えたいと入手した八冊の著作は、それぞれ力作ではあった。がしかし私の後者（②）の意図を満足させてくれる著作はなかった。このことにふたたび思いを沈めてみると、八冊の著作を串刺しにしている思考の論理（それは思想の本質を決定する）上の共通性が見えてきたのだった。それはこれまで当稿ですでに触れてきた繰り返しにもなるが、対立二項的対称性という問題認識なり欠落する弁証法認識、その不在ないし不能が放任放置されていることである。それは神話の論理（同格二項的非対称性認識ないし弁証法的止揚認識）からの訣別以来の、すなわち古代ギリシャのアリストテレス論理（矛盾律や同一律に代表される対立二項的対称性論理、ここがひとつの肝腎な点だが言い換えれば二項対立貫徹の論理。以前はこれを非対称性論理と私は名辞してきた）、そして近代初頭のデカルトの二元論の系譜上に安穏自足してあることから帰結する事態なのだ。思想的近代の幕を開いたデカルト、その徹底した精神・物質二元論やその論理を基軸にしてはじめて可能となる機械論的自然観は、近代哲学や科学の基礎となった。その延長軸上（私の舌足らずな言い表わしによれば、惰性軸上）での知的営為にすぎないことになるこの八冊の成果の、私の前に晒されてある正味なのだ。

思考論理の位相でさらに一歩進めるならこうである。八冊の著者たちを含めて私たちは、〝分析〟を好む徒党の一員であり、当然ながらその〝好み〟については無自覚的である、と。政治学なり社会学なりといった社会科学も自然科学の数々とまったく同様、〝分析〟がなければそもそも成り立つはずがないではないかというところから学的営為に就き、まずその基礎を固めるのだと嬉々として〝分析〟に勤しむことになる。その出出《でだ》しの安直さの反省（Reflexiōn）が大問題なのである。

当稿での文脈でそれを捉え直してみる。私たちは物事を認識するとき、「対立」や「分離」、「分断」「分裂」……「差別」「格差」……等々二項対立の関係を見つけ出し（私の強調の言い表わしを付け足せば、鵜の目鷹の目になって漁り出し）、措定し（信じて決めつけてしまい）そこに安住する、ということがないか？　ということなのである。私に言わせればそれが在る。それは私たちが物事を認識するときの「明晰さ」、それを得たときの快感に直達する。それすなわち快感の境域での自足が「昨今の「訳の分からなさ」」の奥深いところに見えなくなっているのだ。信ずることで生起する快感。もし信じたことが幻想であれば、快感も幻想にすぎまい。そして「昨今の「訳の分からなさ」」の放置、それはたんに「信ずる（幻想）＝快感（幻想）」の放置に留まらないところに今日の大問題があるのだ。

限りない深さを期して省察してみると、それぞれ留まることを知ることなく先鋭化せんとする二項の絶望的な狭《はざま》に置き去りにされてなお、思考（＝生命）の触手を伸ばそうとしてきたのが、この地上のあらゆる生命体の今日ある証なのではないか。そこにあったのは〝飢餓〟である。その生命体の進化の頂点か否かは別にして、生命体の一員であることは疑い得ず否定すべくもない私たちにあっては、そのある種の飢餓の〝欠如態〟が日常化している。神話の時代、狩人にとってはある恐怖の暗黒の夜の、山羊との野合を契機にした飢餓からの帰還は、これから飢餓と闘わねばならない後輩たちに語り継がねばならない貴重な体験だった。獲物としての山羊と狩人としての人間、その対立する二項のあいだに達成される対称性認識の獲得の営み、それは、神話の時代を生きていた人々の絶望的境域にあっての思考（＝生命）の触手の賜物にほかならず、それはある種の飢餓と表裏するものなのだ。非対称性思考に汚染されている者の言い草ながら、そのとき「ある種の」という形容語は不要なのかもしれない。不分明な精神的・生理的飢餓態だったであろうことは言うを俟たないからである。

件の八冊は、この世界での作物であるが、私たちが生きているのは、端的に、象徴的に言っての〝飢餓〟が決定的に欠如している世界なのだ。人口に膾炙している譬えを借りるなら、私たち〝茹で蛙〟が漬かっている湯温を高め続けているのは、私たちがまったく無自覚的にそのコード上に思考している二項論理のコードそのものである。[*73]そのコードは、そもそもそれ自体が湯温を高めるコードでしかないので、そのコード上でいかように思考を巡らそうにも湯温を冷ますどころか、湯温の高まりを止めることすら不可能なのだ。

こうして、当項見出しの通り、対称性論理の新たな発掘とさらなる創造は、現代を生きる私たちには決定的に困難な問題である。忸怩たる思いを繰り返すことになるが、これが当稿のとりあえずの到達点である。そして付け加えておきたいことは、私のアンテナに懸かっている唯一の思想家としてグレゴリー・ベイトソンのことが思われるという次第である。G・ベイトソンの破天荒な向日性を帯びる思想の基本的キーワードは精神 mind である。デカルト流儀の二項対立論理に就いて物（→自然）と心（→人間）があると認識するとき、G・ベイトソンはその両者に精神 mind があることを認める。このデカルトの物心二元論に対し、決然と異議を申し立て、いわば物心一元論を説く。中興の祖デカルトによって強化された二元論が現今の生態系の崩壊・地球の危機の元凶であると断ずる思想の抱懐者なのだ。なおこのG・ベイトソンの私にとっての序の序については、現在月刊詩誌『潮流詩派』に連載中である。[*74]

〈注記〉

＊1　クロード・レヴィ＝ストロース『野生の思考』（大橋保夫訳、みすず書房刊、一九七六年、なお原著は一九六二年）。

＊2　中沢新一『対称性人類学（カイエ・ソバージュⅤ）』（講談社刊、二〇〇四年）、一七～一八ページ。

＊3　＊2に同じ、一九ページ。

＊4　以上の「山羊と狩人」の要約紹介は、中沢新一『熊から王へ（カイエ・ソバージュⅡ）』第一章及び同『対称性人類学（同Ⅴ）』

＊5　序章で中沢が紹介しているところを照らし合わせて綴ったもの。なお中沢の典拠は、テイト『ブリティッシュ・コロンビア州のトンプソン・インディアン』（一九〇〇年）、ハワード・ノーマン『エスキモーの民話』（松田幸雄訳、青土社刊、一九九五年）。

＊6　中沢新一『熊から王へ（同前Ⅱ）』、三六ページ。

＊7　＊2の三六ページ。

＊8　＊2の三七ページ。

＊9　＊2の第二章六四ページ。なお、以下この第三章の知見は中沢新一のカイエ・ソバージュシリーズのⅠ（『人類最古の哲学』講談社刊、二〇〇二年）、Ⅱ（『熊から王へ』同、二〇〇二年）及びⅤ（『対称性人類学』同、二〇〇四年）に負っている。そのほかの典拠文献はその都度該当箇所に注記する。

＊10　二〇二二年一〇月三日、この年のノーベル医学生理学賞がドイツのマックス・プランク進化人類学研究所のスバンテ・ペーボ博士（67）に授与されることが発表された。

二〇二二年一〇月四日付朝日新聞の伝えるところによれば、ネアンデルタール人は約四〇万年から約三万年前までヨーロッパや西アジアに住んでいたとされる。ペーボ氏は、一八五八年にドイツで見つかったネアンデルタール人の骨の一部を使って、ネアンデルタール人のミトコンドリアDNAを解析。一九九七年、ミトコンドリアDNAの配列の解読に成功した。

二〇一〇年、さらに細胞の核DNAの配列を解読し、アフリカ人を除く人類の全DNAの一～四％がネアンデルタール人から受け継がれていることを明らかにし、現生人類の祖先がネアンデルタール人と交雑していたことを突き止めた。

＊11　＊2の六四ページ。

＊12　クリストファー・ストリンガー、クライブ・ギャンブル著『ネアンデルタール人とは誰か』（河合信和訳、朝日選書、一九九七年）。＊2の六四ページ。

＊13　＊2の三九ページ。

＊14　＊2の六八～六九ページ。

＊15　中沢新一『人類最古の哲学』、三一ページ。

＊16　＊14の三五～三六ページ。

＊2の二～三ページ。

＊17　この辺りについては、手近にはモリス・バーマン『デカルトからベイトソンへ――世界の再魔術化』(柴田元幸訳、文藝春秋刊、二〇一九年)が有益であり、目が洗われるところが多い。将来について考察したい読者には必読書の一冊である。
＊18　この辺りについても、＊17は貴重な参照先である。
＊19　たとえば『エチカ』第四部定理三八及び証明(畠中尚志訳、岩波文庫、一九五一年)下巻、五三ページ。
＊20　アメリカではフランツ・ボアズの指導の下で、イヌイット(エスキモー)から北アメリカ大陸北西海岸沿いのインディアン諸部族の神話や儀式やさまざまな生活習慣について、膨大な資料が収集されていた。ロシアでも、シュテルンベルクとボゴラスの指導の下若い研究者たちが、つぎつぎシベリアに出掛けて優れた人類学の調査を行なっていた。以上＊5の二五～二六ページ。
＊21　ポーラ・アンダーウッド『一万年の旅路――ネイティヴ・アメリカンの口承史』(星川淳訳、翔泳社刊、一九九八年)。
＊22　＊21の「はじめに」のvii。
＊23　＊5の二五ページ。
＊24　ここでの能動精神という言い表わしは、唐突ながら、二元論者デカルトと対立した同時代人哲学者スピノザを参照先とする概念である。主著『エチカ』における物心一元論の展開のなかで、第四部「人間の隷属或は感情の力について」は圧巻である。ここにも随所で物心一元論の思索構築が読める。スピノザは「能動精神」という名辞を提出しているわけではないので参照関係を示すのは難しい。しかし、直接する言及ではないがたとえば定理三十八及びその証明(岩波文庫下巻五三ページ)は、私には注目される。ここに出てくる「身体」は青年船乗りの「身体」である。また定理六十七及びその証明(同前八二ページ)の死より生を採る考察も通底している。
　ここには当稿を試みる私自身の思想の重要なポイントがあるが、デカルトの二元論に対するスピノザの一元論の対決問題と併せて、この「能動精神」を明快な論旨に定着させることは私に残された遥かな課題である。
＊25　この項の宮澤賢治の文の引用は校本版本文篇からのものである。
＊26　＊5の三四ページ。
＊27　当該法は過去一〇回改定されて今日に至っている。詳細は省略するほかないが、戦後日本の政治、経済、社会の変化に沿った改定であった。改定要件の厳しい硬性憲法と違って世の移ろいに合わせて改定され易いのが法律であるにせよ、行政は、法治

国家である限りは、当該現行法に従って執行されなければならないことは言うまでもない。

＊28　たとえば、一九八三年の参議院文教委員会では、内閣官房総務審議官は、「推薦されたうちから総理がいい人を選ぶのじゃないかという感じがしますが、形式的に任命行為を行う。実質的なものだというふうには理解しておりません。」と答えている（二〇二〇年一〇月三日付朝日新聞）。

＊29　二〇二〇年一〇月六日付朝日新聞。なお、近年になってもこの中曽根首相の答弁について言及している書籍は多く、例示すれば、佐藤学外二名編『学問の自由が危ない――日本学術会議問題の深層』（晶文社刊、二〇二一年）、二五七ページ、人文社会系学協会連合連絡会編『私たちは学術会議の任命拒否問題に抗議する』（論創社刊、二〇二一年）、二一ページ等。

＊30　たとえば、佐藤幸治『憲法』（青林書院新社刊、一九八一年）、三四六ページ。芦部信喜『憲法　第四版』（岩波書店刊、二〇〇七年）、一五九ページ。

＊31　佐藤幸治『憲法』（同前）、三四八ページ。

＊32　同前三四八ページ。なお、当該書は同ページで「学校教育法五九条は、大学には、「重要な事項を審議するため」教授会をおくべきものとしている」と述べ、教授会は任意の会ではなく、法律に基づく公的な機関であることに言及している。

＊33　以上鉤括弧を付しての引用はいずれも二〇二〇年一〇月六日付朝日新聞。

＊34　五井健太郎訳、講談社刊、二〇二〇年五月二〇日発行。

＊35　岡崎晴輝訳、法政大学出版局刊、二〇一九年四月一五日発行。

＊36　高里ひろ訳、みすず書房刊、二〇一九年七月一〇日発行。

＊37　秋山勝訳、草思社刊、二〇一八年九月二五日発行。

＊38　濱野大道訳、新潮社刊、二〇一八年九月二五日発行。

＊39　若林茂樹訳、白水社刊、二〇二〇年一一月一〇日発行。

＊40　平凡社新書、二〇一九年一月一五日発行。

＊41　ちくま新書、二〇二〇年九月一〇日発行。

＊42　＊34の三四ページ。

＊43　同前。

＊44　＊39の五七ページ。

＊45　二〇一七年一月二〇日の大統領就任式での演説の一節。＊39の一八ページ。

＊46　二〇一六年一一月九日、選挙の翌日、ホワイトハウスの芝生の上で行なったB・オバマの演説の一節。＊39の二二ページ。

＊47　＊34の一二〜一三ページ。なおこれだけの言い表わしではほとんど意味不明かもしれない。この著作には何度も「加速主義」が出てくるが、文脈のなかで意味を汲み取るほかなく、ここではこれ以上は省略せざるを得ない。

ただ、あえてここで敷衍しておくとすればこうなる。私たちの一般常識的な思考機序に従っても、止めようのない必然として進展していくであろう高度資本主義システムの行き着く先の絶望的なイメージ（つまりは従来の思考で言う〝非人間的〟なシステムイメージ）は持つことができる。その特異点《シンギュラリティ》を超えて生きてゆこうとする者の思想なので、「捉えようがない」と言うほかない思想ということになる。そこで、言ってみればその暗黒のアナーキー性を批判する立場が、ここに言う左派加速主義と解してよいようである。

＊48　＊34の一三〜一四ページ。

＊49　＊34の一五ページ。

＊50　＊34の一五〜一六ページ。

＊51　＊34の一七ページの訳注の（6）。

＊52　しかしこの『暗黒の啓蒙書』について、私はその結論まで含めて全一冊に賛同し、賞讃、評価するわけではない。その点では訳者五井健太郎が「訳者解説」の末尾で表明していることに賛同する。N・ランドが結語として言う「出口《イグジット》」にせよ、「外部」への脱出にせよ、結局は〝マユツバ〟ものである。N・ランドの主張する「暗黒の啓蒙」にしても、五井が言うとおり「いまあるこの世界と地続きのものでしかない」からである。つまり、「出口」や「外部」はあろう筈がない。ただしこの結論の直前までのN・ランドが描き出し得ている「暗黒」解明の鋭利さには脱帽である。

＊53　＊38の一五四ページ。なおここに言及されている民主党、共和党が二一世紀の現在のそれとは、党名は同じでも党是なり主張なりがまったく別であることは注記するまでもない。

＊54　二〇二一年一月二六日付朝日新聞。

＊55　＊38の一五五ページ。リンカーンの所属する北東都市部を中心とする共和党に平等主義的理念があったのだとして、その「平

等主義」には「本音」の〝抑圧〟という思想の機微に及ぶ機序があった。ことのついでにここで言及しておくべき重要なことがある。真っ当な普遍的な「平等主義」があるとすれば、この機序を解体したところにはじめて起ち上がるものなのだ。その解体は「平等主義」を標榜する一人ひとりの内部で完遂されていなければならないことは言うまでもない。

＊56　＊38の二〇八ページ。

＊57　＊34の一八七、一八八ページ。

＊58　訳者五井の訳注によると、原語はever more perfect unionで、合衆国憲法前文における一節「より完璧な連邦（a more perfect Union）を踏まえて、二〇〇八年の大統領選の際の演説でB・オバマが強調した表現とのこと。

＊59　＊34の一八九ページ。

＊60　＊34の一九八〜一九九ページ。

＊61　＊34の二〇〇〜二〇一ページ。

＊62　＊34の二〇一ページ。

＊63　二〇二一年二月一〇日付朝日新聞。

＊64　重要でありながら、学問（広くルネサンス期の「文藝」及びそのレガシーのうえに営まれてきている営為と言うも可）の世界でこの反省（Reflexiõn）の動きはほとんど見当たらないのではないか。こうした私の驚きを呼び覚ましてくれたのは、モリス・バーマンの『デカルトからベイトソンへ——世界の再魔術化』（柴田元幸訳、文藝春秋刊、二〇一九年）である。私にはその日は訪れるものかいつか挑戦してみたい別稿である。

＊65　＊34の一三四〜一三五ページ。

＊66　＊34の一三五〜一三六ページ。

＊67　＊34の一三四ページ。

＊68　＊34の二〇二ページ。

＊69　＊34の二〇二〜二〇三ページ。

＊70　＊34の二〇三ページ。

＊71　＊34の二四四ページ。

＊72　＊39の一九五ページ。

＊73　私たちがそれに就いて思考を運び進める二項論理、そのコードそのものが、抽象化を経た、つまり抽象化が施された後の抽象のコードである場合、それが孕む問題から私は視線を外らすことができない。この問題を神話の思考に学ぶことを通して明らかにしたいところであるが、別稿に譲るほかない。

＊74　G・ベイトソン（一九〇四～一九八〇年）は、アメリカの文化人類学者で、邦訳書に『精神の生態学』（佐藤良明訳、新思索社刊、二〇〇〇年）、『精神と自然――生きた世界の認識論――』（佐藤良明訳、思索社刊、一九八二年）等がある。なお連載中の『潮流詩派』は二六三号から四回シリーズ。

〈図１〉

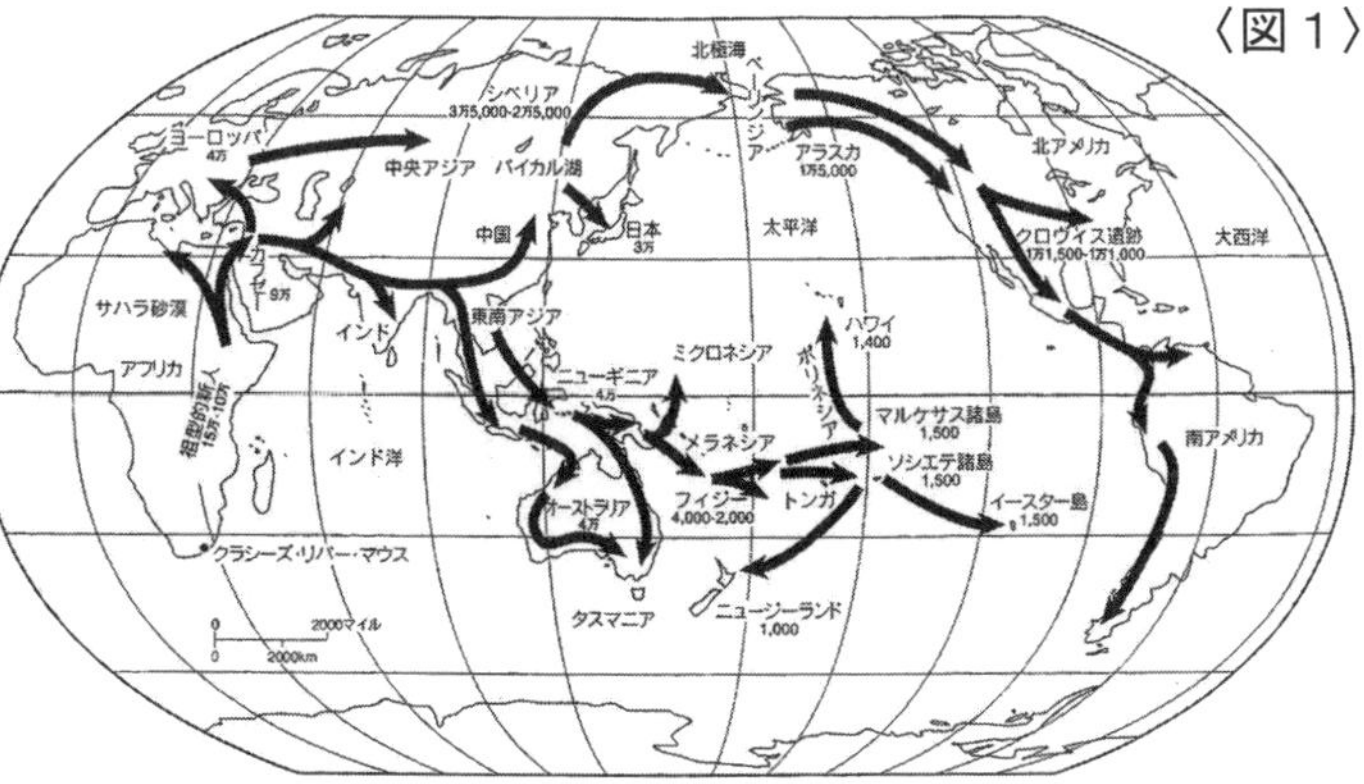

現生人類の移動の模式図

新人が初めて住みついた大体の年代を示してある（数字は～年前）

（クリストファー・ストリンガー、クライヴ・ギャンブル『ネアンデルタール人とは誰か』河合信和訳、朝日新聞社）　　　（中沢新一『対称性人類学』講談社刊、P.74）

〈図２〉

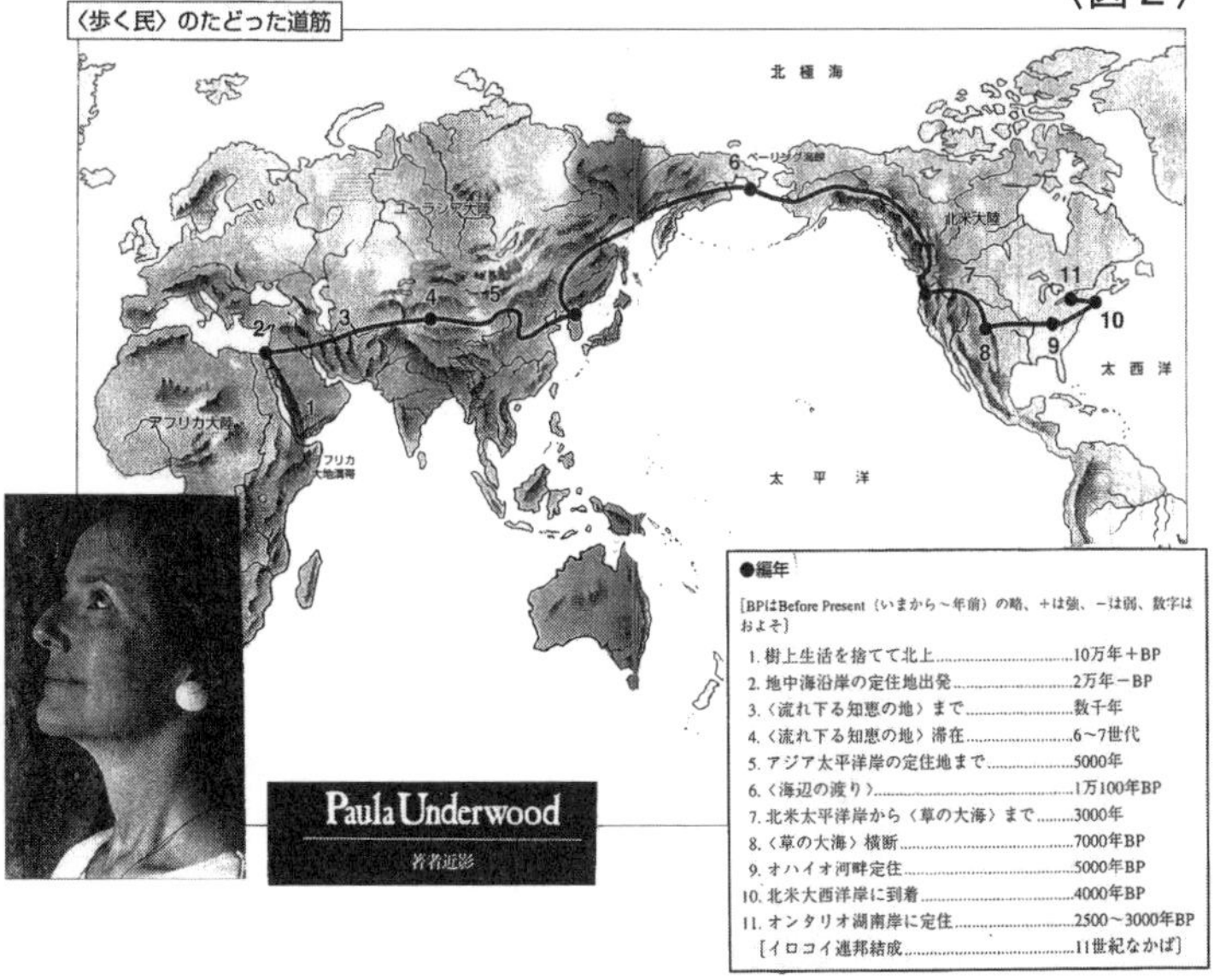

（ポーラ・アンダーウッド『一万年の旅路』翔泳社刊、扉の地図）

〈図3〉

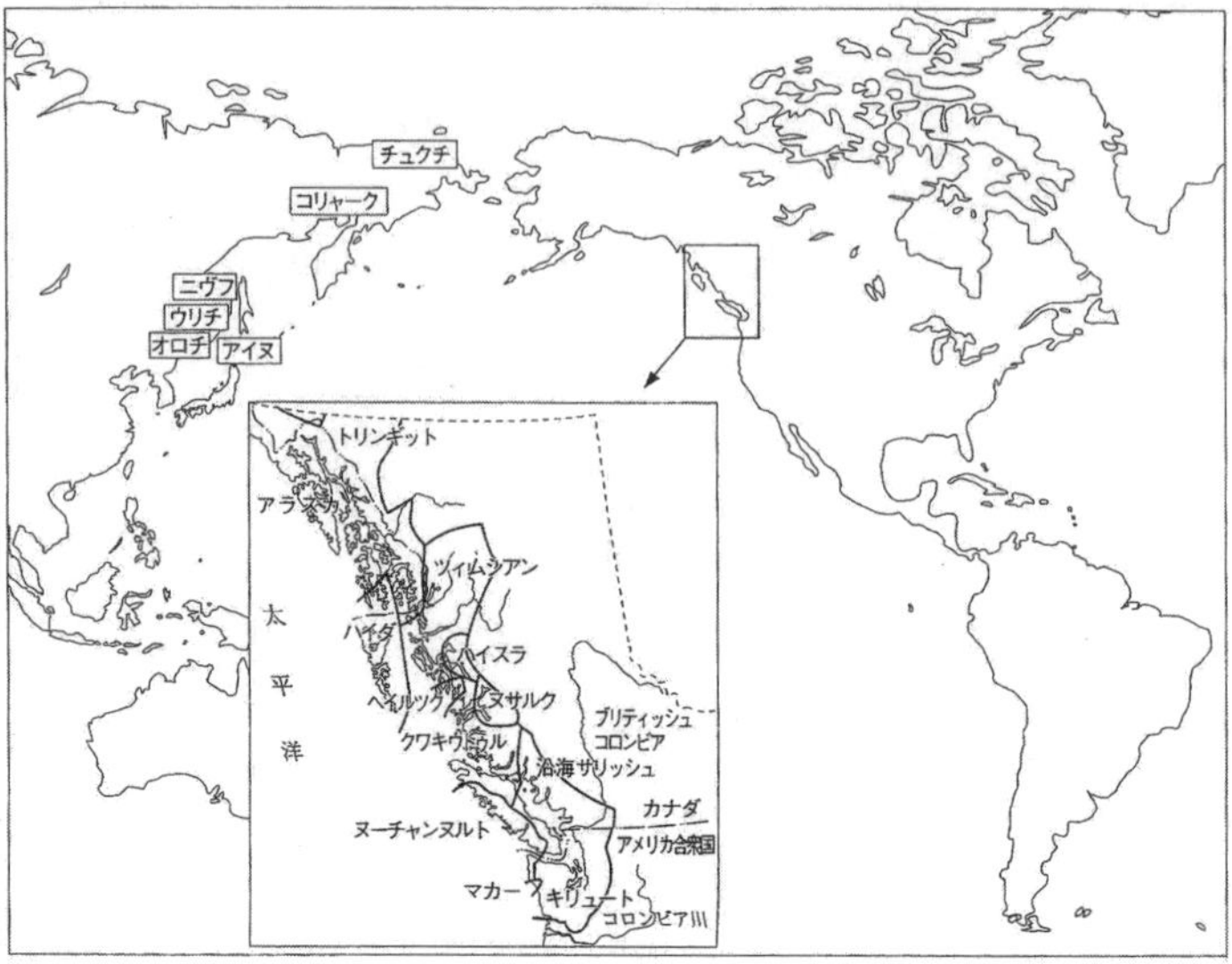

（中沢新一『熊から王へ』講談社刊、P.27）

〈図4〉

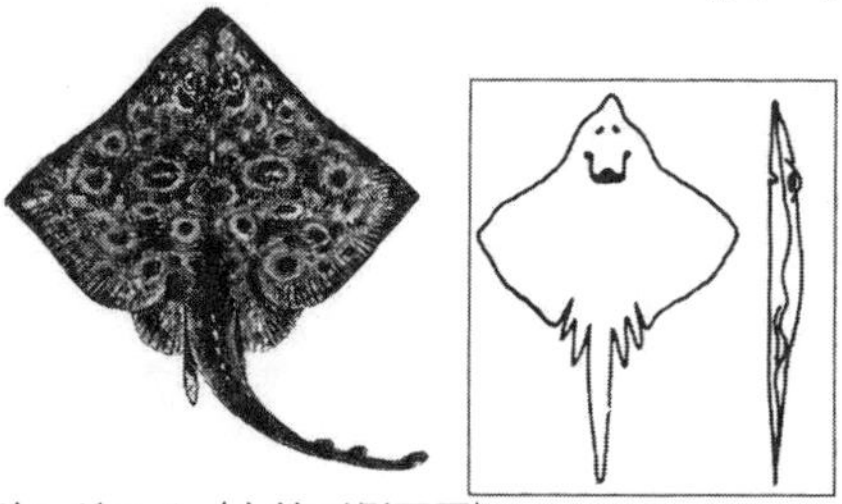

ガンギエイ（右端が側面図）

（右２点：Claude Lévi-Strauss, *L'homme Nu,* Plon）

（中沢新一『対称性人類学』講談社刊、P.20）

〈図5〉

トランスフォーム・マスク

（*Boas "Smithsonian Report",* National Museam, 1895）

（中沢新一『対称性人類学』講談社刊、P.41）

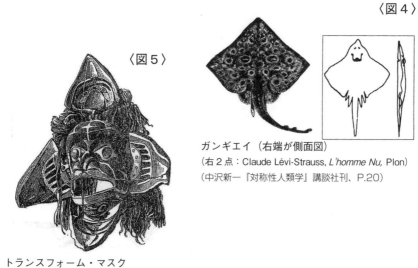

〈図６〉

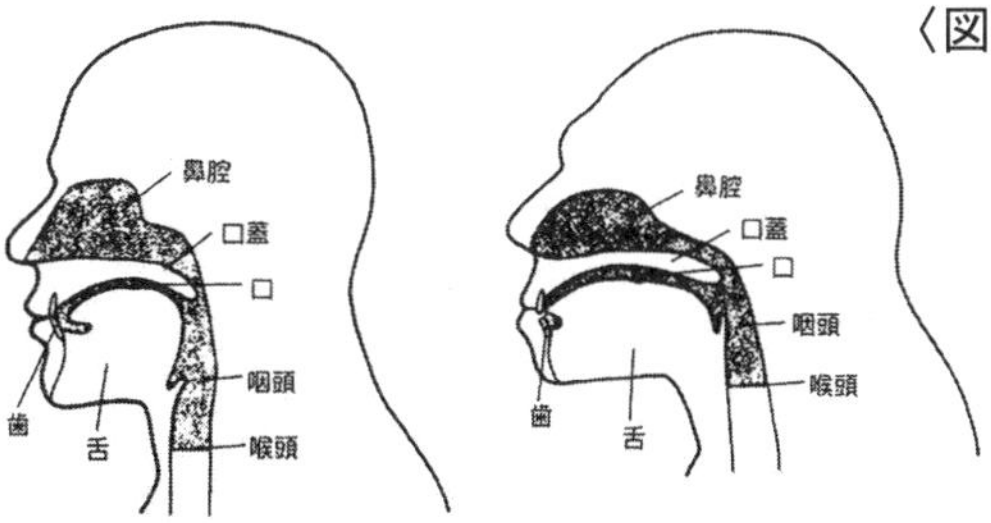

ネアンデルタール人の発声器官（右）と現生人類の発声器官（左）
（クリストファー・ストリンガー、クライヴ・ギャンブル『ネアンデルタール人とは誰か』河合信和訳、朝日新聞社）
（中沢新一『対称性人類学』講談社刊、P.65）

〈図７〉

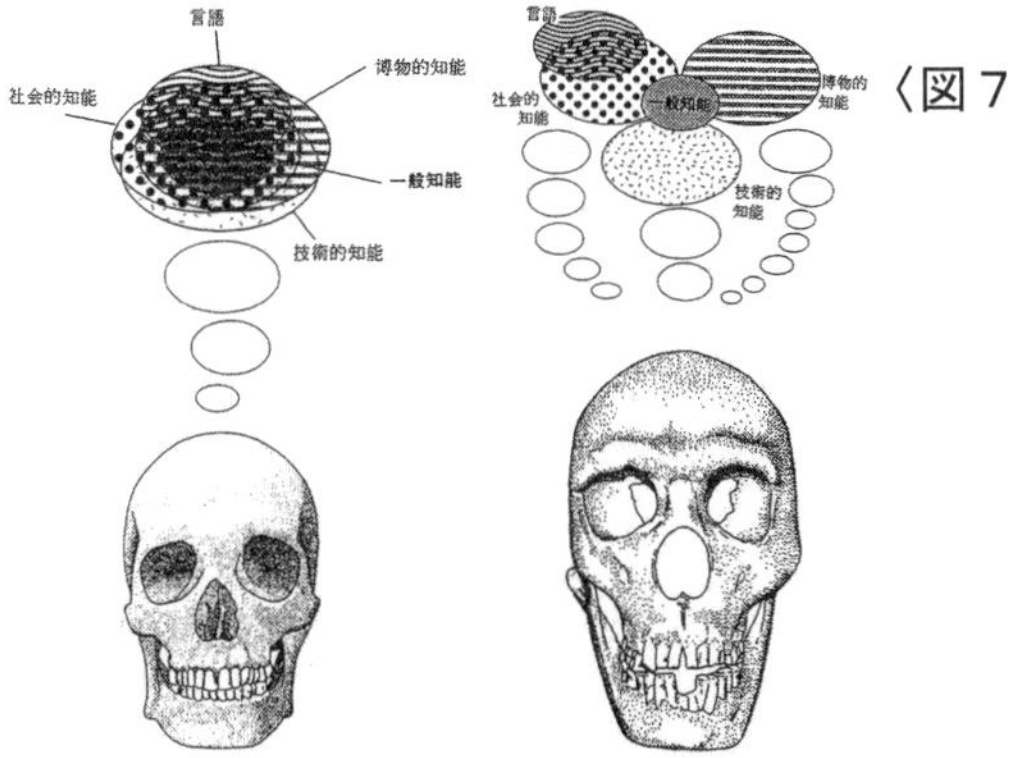

ネアンデルタール人の心の構造（右）と現生人類の心の構造（左）
（スティーブン・ミズン『心の先史時代』松浦俊輔、牧野美佐緒訳、青土社）
（中沢新一『対称性人類学』講談社刊、P.71）

〈図８〉

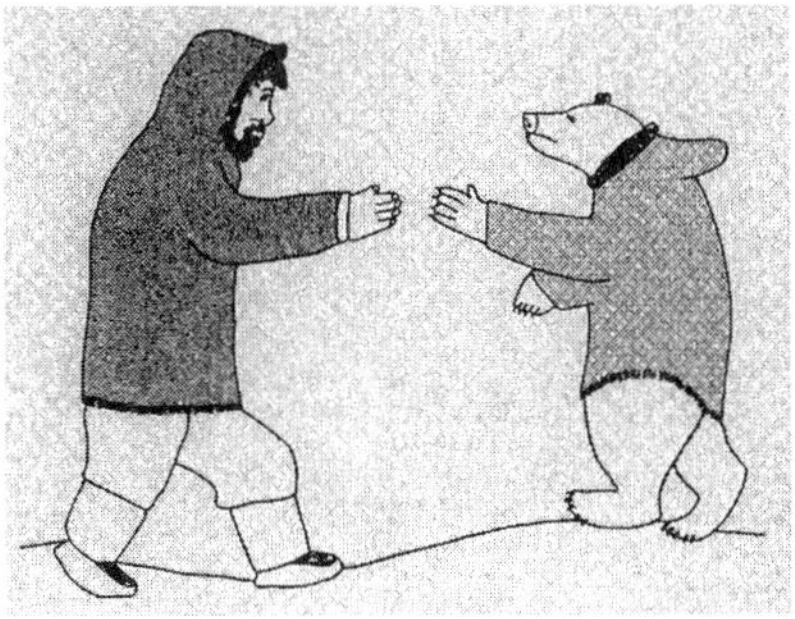

イヌイットの服を着て狩人に挨拶する北極熊
（スティーブン・ミズン『心の先史時代』青土社）
（中沢新一『熊から王へ』講談社刊、P.81）

〈図9〉

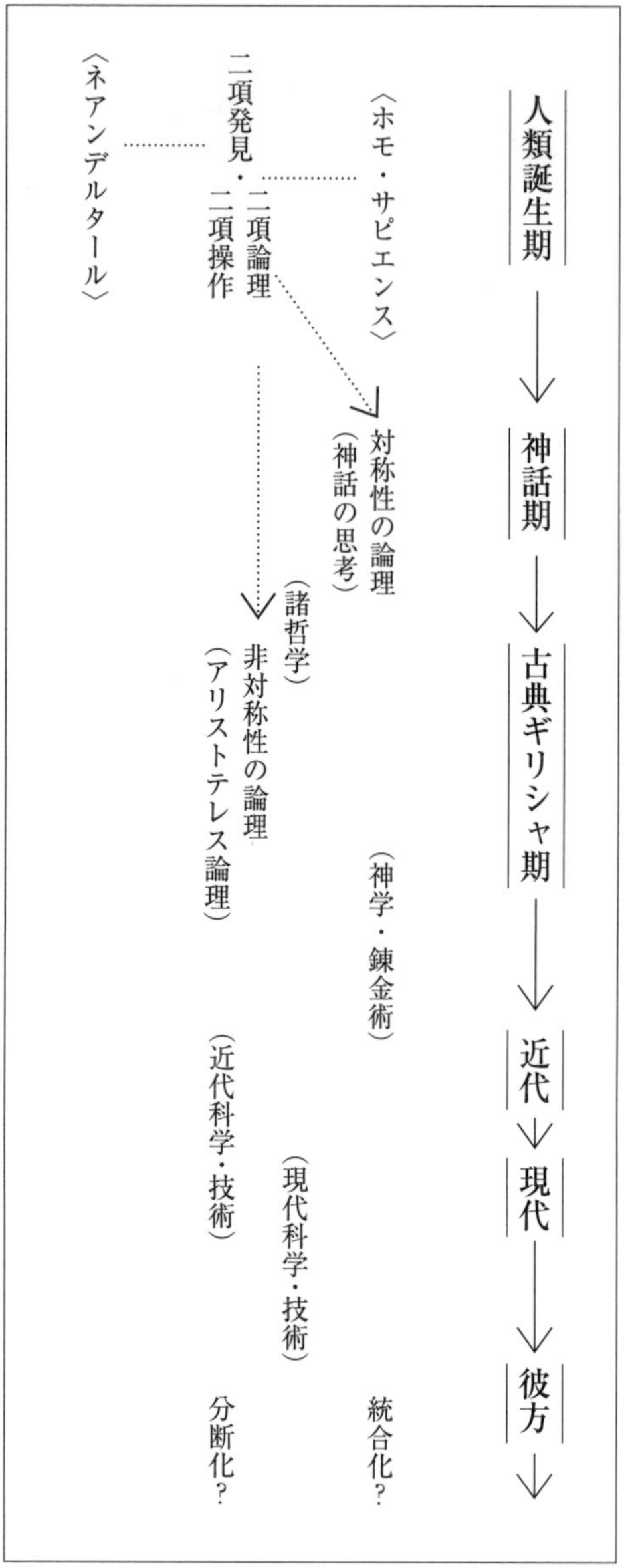
人類誕生期
神話期
古典ギリシャ期
近代
現代
彼方
〈ホモ・サピエンス〉
対称性の論理
（神話の思考）
（神学・錬金術）
統合化？
（諸哲学）
（現代科学・技術）
二項発見・
二項論理
二項操作
非対称性の論理
（アリストテレス論理）
（近代科学・技術）
分断化？
〈ネアンデルタール〉

〈図 10〉

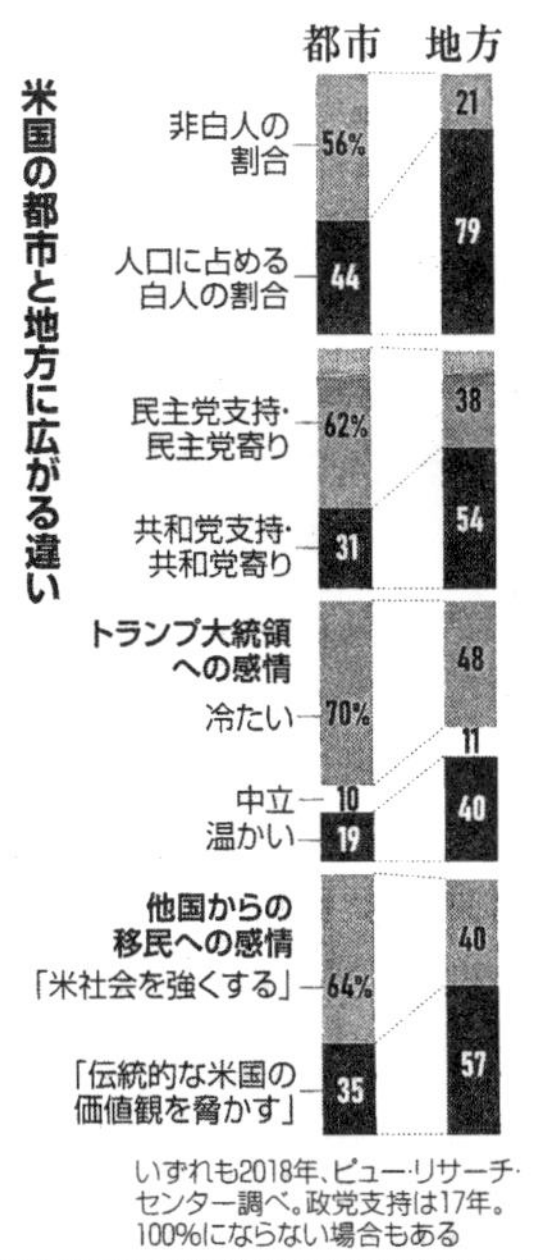

いずれも2018年、ピュー・リサーチ・センター調べ。政党支持は17年。100%にならない場合もある

（2021.10.5.「朝日新聞」）

〈図 11〉

トランプ政権からバイデン政権へ

★は就任直後に大統領令発令

トランプ前政権		バイデン新政権
科学者の助言無視 WHOから脱退	コロナ対策	国家戦略発表 マスク着用要請★ WHO脱退手続き停止★
学生ローン返済免除に拒否権	経済対策	住居からの強制退去を3月末まで猶予★ 学生ローン返済猶予を9月末まで延長★
温暖化対策のパリ協定から離脱 化石燃料重視	環境エネルギー	パリ協定復帰★ 米加原油パイプライン建設許可取り消し★
白人至上主義擁護	人種差別	閣僚の過半数が人種的少数派 人種間格差是正へ対策本部設置★ 職場での性差別防止★
イスラム圏など13カ国からの入国規制 対メキシコ国境に壁	移民	入国規制撤廃★ 壁建設中止★
国際合意から脱退	核兵器	米ロ新戦略兵器削減条約5年間延長意向

（2021.1.31.「赤旗」日曜版）

第二部　黒田喜夫の領野・その逍遥

第一編　郷里の詩人黒田喜夫の詩業について

――詩とはなにかを考える[*1]――

一　はじめに・このたびの考察に当たって

ただ今、もったいないご紹介をいただきまして、大場でございます。

え、まずもって、この源氏物語を読む会の一五周年記念のつどいの開催、まことにおめでとうございます。

今、鈴木さんのお話にありましたように、この席上で黒田喜夫について話をいただきたいというお願いを受けまして、私としては固辞したつもりなんですけども、そこは鈴木さんという方は、いい意味でですけども、たいへん押しの強い（笑い）方でありまして、押し切られてしまったと言いますか、私、生返事をしてしまったんです。

それには私なりの事情といいますかね、ふたつあるんです。

ひとつは黒田喜夫という、山形県出身の詩人なんですが、彼について私がいったい、ご紹介というか話するだけの能力なり蓄積なりが私にあるだろうか、というのがまずもっての迷いと言いましょうか、疑問であります。

ふたつ目は、この黒田喜夫がですね、源氏物語という古典とどこでどう結びつくの、と。これがまた私にはほとんど挑発的な、答えを拒むほどの難題でありまして、したがって、断ったつもりが生返事と、その結果がきょうの私の苦境と言いますか惨めな姿、ということでのお話になります。

それで、まずはじめに、黒田喜夫の名前を聞いたことがある人は？　お手を挙げてみてください。その作品、詩作品を読んだことがあるという方は？　きょう、この会場に七〇人くらいいらっしゃるでしょうか、そのなかでお一人ですか、少ないですよね。これが今の山形県の実態と言いますかね、ほとんど今ではすっかり忘れ去られた方なんじゃないか。もう四半世紀、三〇年も前に、亡くなっていますし、やむをえないといえばやむをえないですが、まあ、そんなことでまずですね、黒田喜夫という人はどんな生涯を送った人かを、ごく概略、そこからいかないとと思いまして、資料のナンバー9の(1)、（きょうは立派な資料として配っていただいていますが）、最後のページですね、お開きいただきたいと思います。

（以下、こぢんまりした会場ですので、申し訳ありませんが、私、座ったままでお話をさせていただきます。）

最後のページ、右肩のほうに(1)黒田喜夫の略年譜とあります。

大正一五年生まれの人で、米沢の最上屋という旅館に生まれましたが、お父さんが直ぐ亡くなりましてですね、たちまち旅館を畳まなければならなくなって、お母さんと暮らすことになりますが、暮らしの手立てがつかないということで、お母さんがもう直ぐノイローゼになってしまいます。で、生きる術がないということで、いわゆる実家に出戻りと言いますか、寒河江の皿沼という所なんですが、農家のお兄さんの所に身を寄せます。が、なにせ昭和初年代、ものすごい厳しい時代ですね。お兄さんも二人の子連れで帰ってきてもですね、抱えるだけの余力その他のこともあったと思います。裏の納屋、入口は筵一枚だったそうですが、そこで、暮らすことになります。相当厳しい幼少期を過ごします。

で、一四歳で東京の町工場にですね、昔あったわけですが、いわゆる丁稚奉公に出ます。そこでの暮らしも非常に厳しかったわけです。

で、時代の雰囲気はいよいよ戦争へとのめり込む時代なわけで、昭和二〇年、一九四五年に徴兵検査に合格しまして、出征ということでその準備のために郷里寒河江に戻りますが、幸いと言いますか、そこで敗戦を迎えます。

彼は翌年、日本共産党に入党します。で、専門の職業革命家になろうと心底思って活動に入りますが、なにせ肺結核を患いまして、非常に悪くなってしまってですね、肺の空洞化してしまった所に合成樹脂充塡の手術を受けます。当時としては先端の技術だったらしいのですが、それが病巣を悩ましましてですね、後々までそれで苦しむことになります。

二九歳ですか、東京にもう一回戻りまして、以後山形に帰ることなく、文学に興味を持ちながら暮らしを立てます。で、一九六〇年、詩集『不安と遊撃』で、第一〇回H氏賞を受賞します。これは詩の世界でいう芥川賞と言われるぐらいの、権威のあると言うか注目される賞で、これを受けますと一躍有名になってと言いますか、いろいろ文筆の世界で活躍が始まりますが、病気との闘いがずうっと続く。

そして晩年の頃には、七〇年代後半、八〇年代になると、すっかりあれはアナクロなマルクス主義者だというレッテルを貼られましてですね、誰も相手にしなくなって、という、一九八四年、静かにと言うか、寂しくと言うか時代に葬られるようにして、ちょうどこの国の高度資本主義制も頂点を迎え、華やかな時代です。その時代の片隅で亡くなったという、そういう生涯を送ってる方ですね。

そうしますと、いかがでしょうか、源氏物語と彼って、どう結びつくの？（笑い）

そんなことで、そうするとですね、こういうものを結びつけるにはですね、根本まで遡るほかないんですね。つまり「詩」とはいったいなになのか、「文学」とはいったいなになのか、というところまで遡らないと、リンクしてこない。

ということで、きょうは、副題にもありますように「詩とはなにか」を考えることにもなるというふうになるわけです。

ところで、「詩とはなにか」がこれまたたいへん厄介なテーマなんじゃないでしょうか。

私はそれを「文学とはなにか」ということとほとんどイコールできょうは考えたいんですね。あんまり細かいことは言わないでですね、「文学とはなにか」、たいへんなテーマじゃないでしょうか。

広く捉えればですね、われわれ、人、人間をしてですね、生きることへ誘惑し、生きることへと導くと言うか、楽しませ、野辺送りまでしてくれるのが「文学」なんじゃないか、というくらいまで広く捉え、それが「詩」なんじゃないか。

ごく狭く捉えればですね。一篇の詩が読者たる私を刺し貫いてですね、刺し貫かれた私は頭が真っ白になると言いますか、どう生きていったらいいか分らなくなるという恐ろしいものでもあるんじゃないでしょうか、というふうに「詩」は言えると思いますね。

で、それもですね、時代の変遷と共に考え方は変わると思いますね。

それでは、二一世紀の現代の最先端では、「詩とはなにか」「文学とはなにか」、どんなふうに考えられているだろうかなあ、ということになりますね。

私なりに、これがひとつの考え方じゃない？　というのをまず最初に。

資料の1をご覧下さい。左肩上に番号をふっていますね、資料1。ミラン・クンデラというチェコスロバキアの現代詩人であり、現代小説家の文章なんですが、ちょっと、読んでみます。

（1）
私もまた、フロベールが自分の芸術と他の者たちの芸術のことをどう考えているのか知りたくて、彼の書簡集をしばしば読み返す。とはいえ、それでも書簡集というものは、たとえどんなに魅力的だろうが、傑作でもなければ作品でもないことに変わりはない。なぜなら、作品とは手紙、手帖、日記、論説など、ひとりの小説家が書いたすべてのものではないからだ。作品とは、ある美的な計画に基づく長い仕事の成果なのだ。
私はさらに一歩進めてこう言おう。作品とは小説家がみずからの人生の総決算のときに認めることになるものなのだと。なぜなら、人生は短く、読書は長いのであり、そして文学は（講師挿入…今日では、という意味ですが）無分別な増殖によって自殺しつつあるからだ。どの小説家もまず隗《かい》より始めて、二義的なもののすべてを排除し、自分のために、そして他の者たちのために、本質的なもののモラルを説くべきだろう。[*2]
（傍点原文、傍線大場）

また、もうひとつだけ読んでみましょう。

（2）
音楽と詩には絵画にたいして一つの利点があるが、それは抒情（Das Lyrische）だとヘーゲルは言う。そして抒情においては、と彼は続ける、音楽は詩よりももっと遠くに進むことができる。なぜなら、音楽は言葉には近づきがたい内的世界の、もっとも秘めやかな動きまでも捕捉することができるから。だから抒情詩それ自体よりも抒情的な芸術、この場合は音楽が、存在することになる。私たちはここから、抒情という概念が文学の一部門（抒情詩）に限定されず、ある種の存在様式を指すのであり、この観点からすれば、抒情詩とは自分自身の魂およびその魂をひとに聞かせたいという願望によって眩惑《げんわく》された人間の、もっとも模範的な化身にほかならないと演繹《えんえき》（講師挿入…まあ、結論）できる。

久しい以前から、私にとって青春時代[A]とは抒情的な年齢、すなわち個人がほとんどもっぱら自分自身に専心し、自分のまわりの世界を見、理解し、明晰に判断できない年齢である。もしひとが、（必然的に図式的だが、図式としては正当だと私には思える…クンデラ原文）このような仮説から出発するなら、未熟から成熟への移行は抒情的態度の超克だということになる。

ある小説家の生成を模範的な物語、「神話」のかたちで想像してみるとすれば、その生成はある回心の物語だと私には思える。サウールがパウロになるのだ*3（講師挿入…ここにちょっと注書きしてありますので後で読んでみて下さい）。小説家[B]はみずからの抒情的世界の廃墟のうえに誕生するのである。*4

（傍点原文、傍線大場）

ということでですね、あの、傍線引いてあります、（1）の傍線A、「作品とは、ある美的な計画に基づく長い仕事の成果」、作品の端緒にあるその「美」、これが狭い意味の「詩」ですね。

それから（1）の傍線B、「自分のために、そして他の者たちのために、本質的なもののモラルを説く」、の「モラル」、それが広い意味の文学なんじゃないでしょうかね。

で、（2）でも同じことを言ってるわけです。真ん中ごろに傍線A、「青春時代」というのが狭い意味の「詩」と関わる時代といいますかね。に対して、それが文学の全てではないと、美しいもの、それが全てではないと傍線B、「小説家」はと来るわけです。「みずからの抒情的世界の廃墟のうえに誕生する」ものが小説家なんじゃないの、と。

ということで、狭い意味の「詩」から広い意味の「文学」まで、詩とはなにか、文学とはなにか、考えてみると〝相当のスペクトルをなす塊〟として捉えるほかないのじゃないのかなと思いますね。そういうなかでですね、相当スペクトルは広いですから、自分にとっての「詩」はここだと思うというのが、その人の文学観であり、詩観になるのではないのかな、と。

それで、このミラン・クンデラという詩人は、この方は今、生きて活躍している方ですが、そういうふうに、しかしはっきりと言っているわけです。

それでですね、まあ、そんなことをまず前段で前置き的にお話し申し上げて……。

二　文学という分野の詩というジャンルで考察してみる

きょうのレジメで、二。

今、申し上げたようなことをですね、文学という分野の詩というジャンルで考えてみたい。具体的な作品に当たって、今のようなことを考えてみたい。

それで資料の左肩上にあるナンバー2を開いてみていただきたい。（小さい文字で申し訳ないんですが）右半分、これは三好達治という詩人の作品です。

左側半分の方は渡部良三という山形県出身の方のものです。その短歌です。

まず、三好達治というのは有名な詩人ですので、例の「太郎を眠らせ、太郎の屋根に雪ふりつむ。／次郎を眠らせ、次郎の屋根に雪ふりつむ。」の「雪」の三好達治ですね。彼には(2)として引用しましたが、「甃のうへ」という作品もありますね。甃《いし》というのは石畳の甃という意味ですね。読んでみます。

あはれ花びらながれ／をみなごに花びらながれ／をみなごしめやかに語らひあゆみ／うららかの跫音《あしおと》空にながれ／をりふしに瞳《ひとみ》をあげて／翳《かげ》りなきみ寺の春をすぎゆくなり／み寺の甍《いらか》みどりにうるほひ／廂《ひさし》々に／風鐸《ふうたく》のすが

たしづかなれば／ひとりなる／わが身の影をあゆまする甃《いし》のうへ[*5]

読んだことがあるし、教科書などでね、あるいは教材として扱ったという経験をお持ちの方もあるいは皆さんのなかにはいらっしゃるかもしれない。なかなか、いい詩じゃないでしょうか。私なども「まいったな」と思う作品のひとつとも言えるんですが、で、(3)の「少年」とか(4)の「谺」とかこういう詩をたくさん書いています。四季派というグループのリーダー格でした。

ところで、三好達治にはつぎの(5)の「乾盃」というような作品もあります。読んでみます。「一葉の寫眞に題す」という副題、一葉は樋口一葉の一葉でなくて、一枚のという意味ですね。

見よ／これら逞ましき腕を／これら逞ましき腕いま頭上に高く盃をささげたるを／彼らいま青空の下に　海上に乾盃す／狹苦しき潜水艦の甲板に／彼らその年若き艦長をとり圍み／いま出陣の萬歳を唱ふるなるべし／艦は十全の意志を藏し　人は滿腔の機略を祕む／聲なき一葉の寫眞の上に／我は見るたゞ莞爾たる彼らの眉宇を／波静かなる祖國の埠頭に／纜《ともづな》はすでに解かれたり／任を萬里の外にうけ／兵らみな盃を擧ぐ／一葉の寫眞の上に／我は見る／金光燦たる天日にむかつて／新しき今日の歴史飛沫を蹴つて疾航するを！[*6]

これは昭和で言いますと一八年発行の詩集『寒柝』の一篇です。柝《たく》というのは拍木のこと。まあ、こういう詩が、三好達治の昭和一八年の詩集にあるわけです。

同じ昭和一八年に、こういう詩（短歌）もあるというのが左側です。一八年といえば、パールハーバー急襲が一六年ですから、もう日本は戦争一色、皆さんで、ご記憶、思い出される方もあるいはいらっしゃる、あの時代に、あの明治神宮外苑で、学徒出陣式があったのも一八年なんですね。

あのゲートル巻いて革靴姿で雨のなかを行進するあの場面、あの出陣式に出席していた一人に渡部良三という方がおられます。彼は学徒動員で中国戦線に配属されます。配属されて二か月くらい経った頃ですか、食堂で、みんなで五〇人の小隊なんですが、朝食を摂っていたとき、つかつかと上官が入ってきてですね、「いいか聞け！」「お前らにきょうは大事なチャンスを与えてやる！」「食事が終わったら前庭に集まれっ！」と、こういうことがあった。箸音はピタッと止まったそうです。で、食事が終わって前庭に行ってみた。すると、「あっ」と思ったというんですね。その朝早く起こされて深い穴を掘らされたんですね。穴の前に五本の柱が立ってある。そこに中国人捕虜が目隠しされて括りつけられている。五〇人編隊ですから、一〇人ずつ五列に並ばされ、そして上官は言うんですね。「いいか、きょうはお前ら、これから激しい戦場に向かう経験をしなきゃならないんで、肝を作る大事なチャンスだ、ありがたいと思え！」ということで、突けというわけです。銃剣を捧げつつ持って聞いているわけですから、一〇人ずつ並ばされてですね、そのなかの一人に渡部良三という方がいたんですね。

精神は真っ白になります。だんだん順番が近づいてくる。で、列の最初にいた方が今野という、渡部さんと比較的親しかった戦友で最初に突くことになり、突撃するんです。資料の左側の(8)、

殺人《さつじん》演習の先手《さきて》になえる戦友《せんゆう》も人なればかも気合かするる[*7]

あるいは(9)、「戦友《とも》の振るう初のひと突きあばらにて剣《つるぎ》は止まる鈍き音して」。そうするとですね、上官から、(11)、「「やりなおし！」命うけ戦友は剣《けん》を引く殺すおののき背《そびら》に深し」、後姿の背に、おののいているのが伝わってきた、と。こんな短歌を彼は書きます。書いて、それをですね、上官や戦友に見つかったらとんでもありません。書くところも見つかってはなりませんね。彼は雪隠《せっちん》（トイレですね）で見つけられないように書いて、しまって、しまい通して、持ち帰ったんですね。また彼はですね、そういうふうにして二、三年ですか、戦場を戦いますが、弾を一発も撃たなかったというんですね。とんでもないことで、さっきの朝の殺人演習でも拒否して上官の命令に従わなかったんですね、その場でも上官に張り倒されます。終わってからも、上官からも古参兵からも後々までリンチですね。重営倉にも入

れられますし、なんとか、でも生き延びたんですね、彼。持ち帰ったわけですから。

というふうな、戦場の、なかには、ある拷問の場面なんかもあってですね、(24)、ご覧下さい。中段です。

双乳房《もろち》を焼かるるとうにひた黙す祖国を守る誇りなるかも

中国人の女性の捕虜の拷問。注書きにあるように、「拷問に乳房を焼くのは主に、女性に対する方法で、ロウソク又は菜種油の灯で乳首から焼いてゆく」。この女性は一言も吐かなかった。が、命を失った。

まあ、そんなことで、どの一句どの一句もですね、私は……（はあぁ、深い溜息）

ここでは十分な時間があるわけでないので、後で読んでみていただければ……。

そういう詩がある、私はこれも詩だと思います。三好達治の詩も詩だと思います。そうすると、詩にはですね、同じ一八年ですよ、潜水艦の甲板で乾盃！　と気勢を挙げている、「金光燦たる天日にむかつて／新しき今日の歴史の飛沫を蹴つて疾航するを！」と詠った詩があります。一方、「双乳房を……」という詩があります。私は両方とも切なる詩だと思いますが、両方のあいだには相当のスペクトルの幅がありますよね。

じゃあ、私にとっての詩はどれかという問題になってくるんじゃないかと思います。

そんなことで、つぎにもう少しそういうことを具体的作品で見てみますが、資料の3をお開き下さい。

これで、左側は黒田喜夫というきょうのお話の詩人の作品です。さきの話のH氏賞を受けた『不安と遊撃』という詩集のなかの一篇です。それから右側の方は一ヶ瀬治夫という人の詩です。

(5)の「毒虫飼育」から読んでみます。

アパートの四畳半で／おふくろが変なことをはじめた／おまえやっと職につけたし三十年ぶりに蚕を飼うよ／それから青菜を刻んで笊に入れた／桑がないからねえ／だけど卵はとっておいたのだよ／おまえが生れた年の晩秋

蚕だよ／行李の底から砂粒のようなものをとりだして笊に入れ／その前に坐りこんだ／おまえも職につけたし三十年ぶりに蚕を飼うよ／朝でかけるときみると／砂粒のようなものは微動もしなかったが／ほら　じき生れるよ／夕方帰ってきてドアをあけると首をふりむけざま／ほら　生れるところだよ／ぼくは努めてやさしく／明日きっとうまくゆく今日はもう寝なさい／だがひとところに目をすえたまま／夜あかしするつもりらしい／ぼくはゆめをみたその夜／七月の強烈な光りに灼かれる代赭色の道／道の両側に渋色に燃えあがる桑木群を／桑の木から微かに音をひきながら無数の死んだ蚕が降っている／朝でかけるときのぞくと／砂粒のようなものは／よわく匂って腐敗をていしてるらしいが／ほら今日誕生で忙しくなるよ／おまえ帰りに市場にまわって桑の葉をさがしてみておくれ／ぼくは歩いていて不意に脚がとまった／汚れた産業道路並木によりかかった／七十年生きて失くした一反歩の桑畑にまだ憑かれてるこれは何だ／白髪に包まれた小さな頭蓋のなかにひらかれてる土地は本当に幻か／この幻の土地にぼくの幻のトラクターは走っていないのか／だが今夜はどこかの国のコルホーズの話しでもして静かに眠らせよう／幻の蚕は運河にすてよう／それでもぼくはこまつ菜の束を買って帰ったのだが／ドアのまえでぎくりと想った／じじつ蚕が生れてはしないか／波のような咀嚼音をたてて／瘠せたおふくろの躰をいま喰いつくしてるのではないか／ひととびにドアをあけたが／ふりむいたのは嬉しげに笑いかけてきた顔／ほらやっと生れたよ／笊を抱いてよってきた／すでにこぼれた一寸ばかりの虫が点々座敷を這っている／尺取虫だ／いや土色の肌は似てるが脈動する背にはえている棘状のものが異様だ／三十年秘められてきた妄執の突然変異か／刺されたら半時間で絶命するという近東砂漠の植物に湧くジヒギトリに酷似してる／触れたときの恐怖を想ってこわばったが／もういうべきだ／えたいしれない嗚咽をかんじながら／おかあさん革命は遠く去りました／革命は遠い砂漠の国だけです／この虫は蚕じゃない／この虫は見たこともない／だが嬉しげに笑う鬢のあたりに虫が這っている／肩にまつわってうごめいている／そのまま迫ってきて／革命ってなんだえ／またおまえの夢が戻ってきたのかえ／それより早くその葉を刻んでおくれ／ぼくは無言で立ちつくし／それから足指に数匹の虫がとりつくのをかんじたが／脚はうごかない／けいれんする両手で青菜をちぎりはじめた[*8]

こういうですね、黒田喜夫の詩を読んで一ヶ瀬治夫という人は一行の詩も書けなくなります。その一ヶ瀬治夫はですね、黒田喜夫に全てをぶっつけるつもりでですね、玉砕するつもりで詩を書き、詩集を発行します。そのなかから採ったのがこの右側の方です。また読んでみます。(1)の「わたしはあなたに立たれ……」は、

あなたは真っ白い真綿を被った一本の杭／くっきりした一本の青い影を置いて雪のなかに立つ孤独／／否、あなたは小川にはりつめた氷にあらざる氷／早春の音にあらざる水音／／　　わたしはあなたに立たれ／　　わたしはあなたを流れる

(2)は「なんとあかるい……」という題で、

わたしの胸のいちばん奥に仕舞ってあるもの／日に晒すことのできないもの／日に晒したら／わたしがわたしでなくなってしまうもの／／それをわたしはあなたに晒す／さらさら、さらさら音がするような／あなたのしずかな視線に晒す／わたしがわたしでなくなってもいいと／そのときわたしは／ただ、空になる／／なんという希薄なもの／わたしをわたしでなくしてしまう／それでいてわたしを覚ます／なんとあかるい非常なものよ！／あなたよ[*9]

ざっとこういう詩が続く詩集です。じつは一ヶ瀬治夫という人は、なにを隠そうここにいる者（私）のペンネームなんですね。

ということで、資料のこのページの左側、右側にも、詩とはなにかと考えたときの、文学とはなにかと考えたときの、スペクトルがあるんじゃないでしょうかね、とらえどころのないほどのスペクトルが。

もうひとつ、もっと新しい、二〇一〇年頃の話をしてみましょう。つぎの、資料の4をご覧下さい。

右側の方は、柴田トヨというおばあさんの、詩集『くじけないで』からのものです。読んでみましょうか。

今はですね、一五〇万部、新聞広告によりますと、もう二〇〇万部いってるかもしれません。売れに売れて、それだけ読まれてる、読まれたんでしょうね。現在この国におおいに迎え容れられている現代詩ということになるものなのでしょうか。題して「くじけないで」、

ねぇ　不幸だなんて／溜息をつかないで／／陽射しやそよ風は／えこひいきしない／／夢は／平等に見られるのよ
／／私　辛いことが／あったけれど／生きていてよかった／／あなたもくじけずに

また「貯金」という短い詩がありますね。

私ね　人から／やさしさを貰ったら／心に貯金をしておくの／／さびしくなった時は／それを引き出して／元気になる／／あなたも　今から／積んでおきなさい／年金より／いいわよ[*10]

（会場にフフフ笑い）

一方ですね、それでは現代詩の最先端を行く若手の現代詩人はどういう作品を書いているでしょうか、という例として、資料の左側です。タイトルは「一万年後に高レベル放射性廃棄物を管理するのは誰か」、岸田将幸の作品です、読んでみますと、

朝7時から電車の中で目覚めいい中年男の土足のような視／線を一斉に浴びる女子学生の友人だった俺は、いつか彼女／の体に触れた中年男の娘待つ家に押し掛けたものだ、一人／でじゃない、高校の愛国的な連中と凶器準備集合罪に間違／いなく問われる量の不思議なガラスの棒を持って好きだっ／たからじゃない、彼女のことは嫌

いではなかったけれど、／その子を好きな友達もいたから同世代には暗黙の自治があ／るからとてもじゃないけれど黙っているわけがなかった誹／謗中傷なんて、電子掲示板なんてなかったからそれにいち／いち書き込む丁寧さなんて俺たちは持ち合わせていなかっ／たから、若い夜は長いし昼は長いから集まりたい時に集ま／れた性的な中年男にも性的な親はいるんだ、だから言った／買い物好きな子育ては内在的に悪だったと、俺たちは何も／振り下ろさなかったその向こうで泣き叫ぶ家族はかわいそ／うではなかった、一つの家族が乾くように失われたから俺／たちは急いで逃げた十五年経ち、中年男になった俺はいま／だに逃げていて彼女は、家族を持って家を買ったその表札／には草書で「新しい国」と書かれていた何もおかしくはな／かった何一つ笑えなかった、聴いたことのない歌がいやに／響いた歌いたくなった、耐え忍ばない国には出発の朝以外／に決して照されぬ路地がありこどもたちを遊ばせたかっ／た敵対する、偽ロマン主義を捨てられぬ場合の生き方が何／を揶揄するのかよく理解している何を潰すのか理解してい／る

——「読売新聞」３月20日[*11]

私はどう朗読していいか、ちょっと分からない。読点にしたがって？（にが笑い。）

これは読売新聞という大きい新聞に発表された作品で、ここに『現代詩手帖』という月刊詩誌（二〇一〇年一二月号）があります。現代詩としての、言ってみれば非常に評価の高いと言いますか権威のある、いわゆるステータスの高い（という言葉は私は嫌いですけども）現代詩の雑誌ですね。現代詩をやる人はこの雑誌のこんな感じで評価が高いという、これに載っている作品、というわけです。しかも「２０１０年代表詩選１４０篇」の一篇としてですよ。

それでですね、この作品「一万年後に……」で、一、二点考えてみて欲しいんですけど、まず、タイトルと本文の関係は？　あえてきょうは当作品の全文をそっくり読んでみたんですが、まったくないと言えるんじゃないでしょうか。

あるいは二点目に、本文を読んでいくと、本文の脈絡のなさ、と言いますか、脈絡はまったくないものとしか、意

味筋を頼っていった人（たとえば私自身）には、脈絡はなにもないものとしてしか読めない、脈絡がないことそのものに面白さを覚えるのでない限り……。だいたいが句読点というもの、小学校で習う文法、「、」を読点、「。」を句点と言うんですか、ところで、この作品の場合は、この「、」読点だけでできていますが、その読点さえ打ち方が全然、ある意味でめちゃくちゃですね。

これが現代詩である、と。今、こういう作品が優れた作品として、この思潮社の『現代詩手帖』という月刊詩誌から引用していますから間違いない、ここに載っているんです。

ここにも要するに、（ちょっと時間がないなぁ）どうですか、柴田トヨさんの詩とこの岸田将幸という若手現代詩人の詩。両者のあいだには相当の広がりと言うか、幅がありますね。

さて、お手元の資料の三枚を使っていくつかの詩、具体的作品を読んでみていただきました。そうすると、皆さん一人ひとり、「私にとっての詩はこの辺だ」となってこざるを得ないのではないでしょうか。「詩とはなにか」、なんて言ったって、たいへんな問題であり……。

三　現代（いま、ここ）を生きる〝自分〟にとって詩とはなにか

まあそういうふうなことがありまして、つぎにレジュメで言うと、三の、「現代（いま、ここ）を生きる〝自分〟にとって詩とはなにか」ということになるんですが、その場合にけっこういろんな人がいろんな事を言うなかでですね、韜晦しないではっきりとものを言ってると思うのがあります。

私からするとだいたいが相当はぐらかしてけっきょくのところなに言ってるかわからないような人もいるんですが、はっきりしたことを言ってると思う例を。

資料の5を開いてみて下さい。で、左側の方に朝日新聞からの記事がございます。昨年の六月の記事で、またちょ

っと読んでみます。

M・バルガス＝リョサ（75）、ペルーのノーベル文学賞作家。記事の伝えるところによると、20日から26日まで日本に滞在、都内など各地で講演した。文学は欠点の多い世界を変えていくための原動力となると述べ、自作を振り返りながら文学が持つ力の意味を説いた。／22日、東京大での講演テーマは「文学への情熱ともうひとつの現実の創造」だった。文学が描き出すもうひとつの現実には私たちすべての願望が入っており、現実の世界に足りないものを教えてくれると語った。／「文学を楽しみのためだけのものと見なすのは誤りで、文学は私たちに現実の世界がうまく作られていないことを教えてくれる。批判的な精神を養い、権力に従うだけではない人を作るから、いろいろな体制のもとで支配したい人たち（講師挿入…つまり権力者たちですが）は文学に不信感を持つのです。[*12]

一九九〇年にペルー大統領選に出馬（落選）するなど積極的に政治参加し、ラテンアメリカの現実を批判的に描いた作品も多い。二一日の講演では、「私たちの世代は、作家は自分の時代にかかわらねばならないとするサルトルの考えを深く心に刻んでいた」と振り返ったとあります。記者は「作家の社会参加が問われなくなって久しい日本で、その真っすぐさがまぶしく見えた」と記事を結んでいます。

けっこう、要するに繰り返しになるかもしれませんが、バルガス＝リョサによりますとですね、文学作品は、詩でもありますが、「もうひとつの現実」なんだ、と、ここではまずこの点をおさえておきたいものです。

いま、ここ、という現実の模写でも単なるたとえ話、比喩でもない。青ざめた比喩、それでしかない、そういうものではない。もうひとつの現実には私たち皆んなの願望が入っている。現実の世界に足りないものがなにであるかを教えてくれるんだ、と。「いま、ここ」という現実と互角に対峙する「もう一つの現実」なんだ、作品というのは、と。

まあそれで、バルガス＝リョサによりますと、文学を楽しみのためだけのものとみなすのは誤りだ、と。

文学は私たちの現実の世界がうまく作られていないことを私たちに教えてくれるんだ、ということになりますね。作品つまり詩は批判的な精神を養い、権力に従うだけではない人を作るから、いろんな体制の下で支配したい人たちは、文学を煙たがるし、敵視するし、場合によっては弾圧するといいますかね、そういう時代もあったわけですね。ということを現代のペルーの詩人が言ってるんですね。

で、三〇年も前に、誰からも見放されるようにして亡くなった黒田喜夫は、私が読んでみると、同じことに近いことを言っています。

ということで、じゃ、黒田喜夫はどんな言い方をしていたかというのを、資料の右側の方に引用しています。

> われわれの日本的な表現の世界では、個人があって、その個人が感情をもって一つの自然を景物として捉えて、個人の感情のパターンを仮想された自然とのあいだでたえず一つの型としての感情のやり取りをする。そういうところで日本的な抒情の世界は成り立っているんだと思うんですけど、そういう意味での日本的抒情の伝統は日本の近代詩の中につながっているし、だからそういうふうに逆に規定されて成立している個人の心境と、自然の景物とのあいだで対応するような抒情の世界は、じつはわれわれには根底から覆えっているんだというね。それと同じように日本的市民社会の個人の成立は、日本の近代では一つの虚構なんだということですよね。それはあると思った瞬間にもいわば前近代と超近代に引っぱられ、相互浸透しているようなものなんですね。それが戦後にはもっと二重の様態になっているという感じなんです。[13]
>
> （傍線大場）

作りごとなんだ。「個人とは……」とかよくわれわれは普通に言いますけれど、だいたいが虚構かもしれませんよ、あなたの考えている「個人」は虚構なんだと思うんですね。傍線部などはなるほどと納得されてくるんじゃないでしょうか。

つまりですね。また繰り返しになるでしょうが、黒田喜夫によると、まず個人があって、その個人が自らの感情のなかで、自然を景物として捉えて、その個人の感情を景物・対象とのあいだで、たとえば、「はらはら散り行く桜、をみなごに花びら流れ……」そうした個人からすると外界、対象ですね、と個人とのあいだの感情のやり取りをする、それを言葉の平面で書くと、それが抒情詩でしょう、と。普通に言われている詩でしょう、と。

ところで、と黒田喜夫は考えるわけです。

ここには他者はなにも、いや誰も出てこないんですね。個人というのは、集団の、他者のいるところで、たとえば共同体などは他者同士ですよね。そのところでいろいろ苛められたり苛めたりと言いますか、葛藤のなかで悩み苦しみ、行き詰まり、場合によっては喜びという、集団のなかで、揉み込まれて揉み込まれているそうした時空、つまり集団のなかにいる人がはじめて「個人」なんだと思うんですよ、と。そういう個人が書く作品、それはいわゆる抒情詩にはとどまらない、あるいは収まらないいじゃないでしょうか、と言わんばかりなわけです。

では、そう言う黒田喜夫はどんな作品を書いていたのか、さっき皆さんといっしょに読んでみたわけですけど、資料の6をご覧いただきたい。いずれも黒田喜夫の作品ですが、(1)の「燃えるキリン」を読んでみましょうか。

燃えるキリンの話を聴いた／燃えるキリンが欲しかった／どこかの国の絵かきが燃やした／ながい首をまく炎の色／その色が欲しかった／藁で作った玩具の馬に火をつけた／にぶく煙り／残ったのは藁の灰の匂い／それから外に走りでた／泣いているのは悲しいからじゃない／燃えるキリンが欲しいだけ／だが見えるのは渋に燃える桑の葉／死んだ蚕をくわえる桑園から逃げる猫／我慢ができない／世界のどこかでキリンが燃える／燃えるキリンが欲しいと叫びだした／桑園のむこうにある隣村／隣村には必ず一人の白痴がいて／日ごと決った時刻にあるいてくるが／いまはかれが道に現われるまえの／夏の午後の静寂の時／異様な静けさに抗い叫びだした／四つ角に隠れる番小屋に走り／軒から吊り下がった鐘／戸のかげの古いポンプ／懐しく暗牢屋にむかい／鳴りひびく鐘とともに／黒装束の影たちの／ホースの銃口をつきつけられた／それから詰めよせる影たちの中で／訊ねられた／燃えているのはどこだ／燃えているものは此処にある／ぼくの此処が火事だ／だがそれは掟破りだ／ぼくは掟な

んか欲しくない／燃えるキリンが欲しいだけ／と答える瞬時もなく／水の槍がするどく／胸をつらぬいていった…[*14]

この詩もですね、私には長く心に残る作品です。

で、麒麟麦酒ありますね、ラベルありますね、たてがみをふさふさした麒麟という、走っていますよね、あの麒麟のたてがみは燃え盛った黄金で、体全体が黄金の塊だということですね、それが疾駆する、あの麒麟というイメージを黒田喜夫は提供してくれるんですね。

そうするとどうでしょうか。バルガス＝リョサの文学論、詩論とオーバーラップしてきて、たとえば、このたび福島原発事故がありました。いっさい省略しますけども、その原発事故が起こっての混乱、無責任体制、いたたまれない、この現状のなかに自分はいます。今私たちはいます。そこには、東京電力の社長さんもいらっしゃる、役員もいらっしゃる、今でもゆうに年一〇〇〇万円を超える報酬を貰っています。辛い仕事かもしれませんが、政治家がいる、実業界がある、学者がいろいろ解説する、産業界がある、電気止められたらたいへんだ、そのなかに及ばずながら私も一人いる。

そういうものすごい世界のなかに居る自分だという捉え方をしないと、本当の個人、私という個人は、もう空想の仮構の個人でしかない、と。

そういうふうに立つときですね、その私が、はらはら散る桜を見てですね、「をみなごに花びら流れ、み寺の春……」云々、そういう作品がありますが、これをとても私は「もう一つの現実」だとは思えないんですね。そこに在るのは歯が浮くようなセンチメンタリズム、つまり虚構でしかない。現実ではない。自己慰めでしかない。あるいは逃避？

むしろ、そういう原発事故が迫ってそこから抜け出せない自分こそが自分だったのだということに、その自分に気がついたときですね、「燃えるキリン」が私のなかに甦ります。そして、新聞読んだりして、あまりに情けない、どうするんだと思ったときですね、私のなかに〝燃え盛る麒麟〟がいるからこそ私はやっと、きょうを生きてゆけるみたいにして、なんとかこの麒麟を見たい、俺のなかにありありと見つけ出したい、つまり私を動かすものにその作品はなっている。

つまり「燃えるキリン」という作品には、もうひとつの別の現実があると私は思う。

その作品という現実は、原発事故以下の現実と対等にれっきとして存在する現実なんじゃないのか。それはただの自己慰めの抒情詩というものではない。

それで、ところで、たとえば詩、「燃えるキリン」を私は詩だと思うのですけれども、二〇一〇年の現在、今はもう二〇一二年になりましたが、現代詩の錚々たる詩人と言われる方々は、どんな詩を書いているかと言いますかですね、けっして特別なものだけ抽出したわけではなくて、少なくとも最近までもっとも権威のあると言われてきて、今もおそらくそうかもしれない、俺は権威など感じない、認めないと言えばそれまでですけど、そういう二〇一〇年一二月の『現代詩手帖』にですね、その一年でもっとも優れた詩というんで一四〇篇ほど選ばれてずらーっと載っている詩、そのなかからまた抜き出したのがお手元の資料の7の諸作品です。

たとえば、その(2)「エデンホテル素描」。野村喜和夫という詩人の作品で、『文藝春秋』に掲載されて全国に出回りました。(3)「電車の中で」は中尾太一氏、若手です。朝日新聞に掲載されていますね。(4)水無田気流氏、(5)は荒川洋治氏、山形市でのシンポジウムに来県されたことがあり、私も講演を聞いたことがありますが、この作品は『文學界』に発表されている作品です。

というふうにですね、メジャーなと言いますか、非常にいわゆる権威のあると言いますか、全国紙の新聞や文学関係の諸雑誌にいずれも載せられて、「これが現代詩ですよ」「すごい詩ですよね」と。言ってみればね、これが現代詩だと現在の日本社会がそう評価づけていると言えるんじゃないでしょうか。

ということで、読んでみます。時間が惜しいので早口になりますが。
(5)の「裾野」。荒川洋治氏の作品。（少し熱が入ってきたので、失礼して水を）

少女たちは　父親の顔をして／先頭を歩いた／十年もたつのに／重心は高く／山の雲がふくらむ／／軽い荷物には

／焼菓子が　紙に包まれて／曲がり角のたびに／宕々と物を落とす／楽な気持ちをつづける詩も／きれいな心にさしむかう歌も／よく開墾された散文も邪魔になる／人は人のそばを通りぬけるので／先頭は見えない／裾野からは／努力であることしか見えない／きょうも／大きな岩が落ちていた

――「文學界」２月号

これを読んだ私はですね、「なんかこう、狐につままれた感じ」がせいぜいの印象と言いますかね。どの詩を読んでもらってもいいのですが、たとえば、じゃあ２番、(2)「エデンホテル素描」はどうでしょう。野村喜和夫という詩人の、詩に対するいろいろな考え方、つまり詩論と言いますか、それは山形新聞なんかにも時折載りますね、何回も私は読ませてもらっていますが、その人の書いた作品で、全国でいま評価されているひとつの例というわけですね。読んでみます。

名も失われた街道に沿って、街道は湖に、／湖はこの世の果てに、つづいている、リゾート、／その手前、うっすらと、地階のバーでは水だけが供され、／部屋のドアノブは壊れている、あるいは歪み、／すなわち蛇、ふたたび、脚をもつことを許されるという、／旋転する夢、沈み込むベッド、軟泥めく愛の営み、／尻を、街道の騒音になぶられながら、そうしてあさ、／無頭の柔らかい子が、湖へと、光の茅のあいだ、／喃語する棕櫚のあいだを、歩み去るまで、／エデンホテル、エデンホテルを見出せ、

――「文藝春秋」７月号

なんかさっきの詩と変わっているのかな、いやぁ、皆さん、各々、ご感想はいかがですか？　ちょっと極端に、私、きょうは言っています。各々の受け止めはあるかと思います。

これはですね、読んで狐につままれた感じというこれらの詩はですね、さっきも言いましたようにじつは二〇一〇

年一二月のこれ（『現代詩手帖』）に載っている、これが今の詩というわけなんですが、こうした傾向は今に始まったことでないんですね。

一九七〇年頃、あるいはもう少し前、もうかれこれ五〇年近くも前から始まっていると言えます。

ということで一九七〇年代、新星、彗星のごとく現われた若手詩人としてもてはやされて、その後長く、この国の詩壇で大活躍されて詩の指導をしてきてくれた平出隆という詩人の作品を、(1)に載せています。これは当時も有名だった詩です。題して「余白の凧は碧ぞら」。

> 碧ぞらは凧、巨大な。／陰惨な雲にふれる方法を／盗もうとして、黒い／一点を探すのは誤りだ。／／正午の箒星は、／光の森に蔽われながらきみの方へ／静かな疾走をつづけている。／かきなびく、／その白髪を追え！――刺し違えて、／山や河を頓狂に吐き出すのはおれたちさ。／たかが一枚の二枚の三枚の／街々の腹のうえ、／限りのない余白　という語義矛盾を盾に／寝そべって恋文など刷るんじゃあなかった。／／たかが一枚の二枚の三枚の、／たかが一枚の三枚の千枚の、／いだきうる恋人は極微の蒼穹。／だが、なぜ髪が抜けるのか？／電話の黒い、ポストの赤い、洞穴の淵の星雲の方へ。／／　かきなびく、／その白髪を追え！／限りのない余白　に誓って、／限りのない余白　にむかって、／なぜならばそれこそが　支援スベキ敵、／おれは碧ぞらという凧を揚げる。／／きのう夜、罅割れる鏡にむかい奇怪な姿勢で／そっと抜いたはじめての／ひとすじの白髪《しらが》を糸とする[*15]。

どうでしょうか。さっきの詩とさっぱり変らない。少なくとも私が読む黒田喜夫の「燃えるキリン」とはどうも違う、どこか違います。

じつはですね、この詩人、たとえば(1)のような詩を書く平出隆という人はものすごく注目されて、現代詩をひっくり返したぐらいに評価された詩人のこの詩はですね、注意深く読んでみますと、ある考えがあって書いていると私は思います。

たとえばどの行でもいいんですが、第三連目を見てみましょうか。「たかが一枚の二枚の三枚の、／たかが一枚の三枚の千枚の、／いだきうる恋人は極微の蒼穹。／だが、なぜ髪が脱けるのか？／電話の黒い、ポストの赤い、洞穴の淵の星雲の方へ」

この作者は意図してこういう言葉を連ねている。というのは、意味筋を追う書き方ではないんですね。むしろ、できるだけ違ったイメージ、奇抜な展開、そうした言葉をわざと選んで並べているんですね。

だって、「恋人」「極微」でしょう、そしたら突然「蒼穹」でしょう、一行のなかに。つぎの行は「なぜ髪が抜けるのか？」ときて、「電話の黒い、ポストの赤い、洞穴の淵の星雲の方へ」でしょう？

しかも巧みなのは、電話と書いたら言ってみれば黄色いとか、白とか緑とか書いたらいいのに、この頃の受話器は黒かった、ポストと書いたら金色とでも言えばいいのに、赤いと、わざと従来のイメージをひょいと乗っけて、ますます解らなくするみたいな、意味筋を辿る私には解らなくしていますよね。そこにこそ、じつは、さわやかな経験したことのない新しい詩の世界が現われる、とそう考えているふしがあるわけです。

あの、音楽にですね、ちょっと古くさい事例かもしれませんが、音楽に短調の曲、長調の曲ってあるでしょう？あるいはギターをやる人はコード、このコードでなくこっちのコードにすると……みたいなあのコード。言ってみれば約束事です、それが思想とか思考、考え方にもコードがあると考えればわかりやすいんじゃないかと思います。

彼、平出隆はですね、言葉、思想、考え方のコード、わざと関係のない、あるいは逆の言葉をできるだけ繋げていくということで、新しい世界が表現できるという、言ってみればコードですね、従前の意味筋を追い理解するという、思考の回路を解体してしまう。

そうすると、さっきの高名な野村喜和夫という詩人、さまざまにある文学賞の審査員の委嘱を受けることも多い荒川洋治という現代詩人の言葉もそういうなんらかのコードで書いていると読むと読めるのではないでしょうか。*16

四　まとめ・ここでの主張をあえて締め括ってみると

で、ここがですね、たいへん厄介な問題だと思うんです。

きょうは、源氏物語とどう関係するの？　という話をするのにですね、ちょっと、と皆さんあるいはお思いかもしれませんが、この厄介なところを越えないときょうの話が始まらないという、それで、この話をすると長くなっちゃうので困るのですが、これはですね、背景にはフランスから入ってきた、とくにヨーロッパの構造主義思想、構造物の「構造」ですよね、その構造主義思想という思想が一九六〇年代の後半、この国に入ってきます。そして七〇年代、八〇年代、どーんと大流行します。言ってみれば津波に洗われるようにわれわれは席捲されます。

思いっきり雑把な言い方をすると、そのときに大学教授の方々が、フランス語ですから翻訳の世界、この思想こそは新しい思想だともてはやします。みんなそれに飛びつきます。もう思想上の流行ファッションになりました。

詩を書く人たちは、詩っていうのは新しい世界を拓いていくのが詩ですから、きわめてざっくり言えば……、これこそが新しい世界を開拓するんだという詩を書き始めたということだったんですね。

なお、時代はいわゆる東西冷戦、つまりマルクス共産主義を基本に据えた国造りをしてきたソ連邦、東欧、中国、北朝鮮等々の東側諸国が立ちゆかなくなり出した。これに対し繁栄を謳歌してきた資本主義の西側諸国にもさまざまな矛盾が噴き出してくる。七〇年、八〇年代はそういう時代だったんですね。構造主義流行には、そうした東西イデロオギーの対立にこそ問題があるのであり、そうした構図、構造を解体しリセットする必要があるといった主張も込められていたと言えると思います。話が難しくなるのでここでは深入りできませんが、一言だけ付け加えておきます。

さて、話を戻しましょう。詩の世界で新しい世界を拓く、その先鞭のようなところで、平出隆さんという詩人のみごと（本当にみごとと言うべきなの？）な「余白の凧は碧ぞら」が出た。

それから長々と四〇年、あるいは五〇年間同じことがこの国の詩の世界では続いている、ときわめて大括りにはということになりますが、言えると思います。

で、構造主義思想の日本の思想界での、いや、というのはですね、もう少し話を身近なところで言うと、タケシという才能が日本に現われますね、今は芸大教授をなさってると聞くタケシ、マスコミの寵児として茶の間に、あのタケシ軍団ですね、彼が現われたのが一九七〇年代後半の筈です。

背景には私からすると構造主義思想流行の雰囲気がすごく重なってくるんですね。

つまりあの頃ギャグという言葉が始まった、言われるようになったんじゃないですか。突然、スタジオでですよ、それまでわれわれ、テレビを茶の間で見ていて、スタジオというのはけっこう権威のあると言いますかテレビ、あの場でなにか、こんな真赤なポリ製の棒を持ってスコーンと殴ったり、ピタッと叩いたり、とんでもない、失礼な話乱暴な話で、あれはギャグの文脈なんですね。

つまり、今までの考え方、思い込みをぶち破る、意外に思わせるものをわざと拾い出して、言うし、そうすると、それに喝采する若い人たち。それがたちまちに拡がる、若い人たちがそれにまた喝采して盛り上がるみたいにして、ギャグがまたたく間に私たちの茶の間の常識になった。

なんていうことを思い出していただくと、現代詩とどうでしょうか。同じ文脈、同じコード上の話として……。ところがですね、これは、私は構造主義をマイナス面から言っているみたいなところがあるのですが、じつは非常に鋭い側面を持って機能する思想だと思います。

あの、皆さんのなかで年配の方々、昭和の生まれの方々がお集まりのなか、と言う私もそうですが、八月一四日までの天皇という神様の存在が、一日過ぎたら人間であると言いますか、戦後すぐのあのできごと、私たちの行動は、今までの教科書は、暗記しようとしていたいわば神聖な教科書に「墨を塗れ」となったという、あれは、墨を塗らせている先生が言うには、あれはじつは昨日までのあの「物語」は、今で言えばリセットですか、ちょっとご破算にしていかないとだめなんだと。これが思想的局面での分かり易い例と言いますか、まさに言ってみればコードの変更、つまり違いなんですよ。

ということですから、たしかに昔のコードに捉われていると問題だ、というのはありますよね。

それを世界レベルの思想、哲学レベルで打ち出したのが、構造主義という思想なんですね。

思想レベルの面から例を挙げるとすれば、端的にはですね、世界史を私たちは勉強してきました、「世界史？　それはね、あれはひとつの西洋物語だったんですよ」と。たしかに言われてみると、産業革命があり、こうあり、こうありというのが進んだ社会で、歴史というのは進んでいくものだと思い込んでいましたね、とんでもないですよ、オーストラリアの原住民、その後裔の方々はさまざまな苦難の適応を経てなお現代オーストラリアに暮らしておられるわけですが、一九七〇年代頃はなお生地に留まり昔ながらの生き方をしていた人々も奥地にはいた、その原住民アボリジニの思想と現代人のわれわれというのは本当は同じことを考えていますよ、こういう証拠がありますよ、という思想なんです。

ですから、新しい思想、美も同じなので新しい美、物事それは理解、了解の仕方でもあるわけですが、それはいったん解体してこそはじめて、新しい、いやこうだったんだ、こうしていくんだというのが見えてくることが大事でしょう、と。非常に大雑把な言い方をあえてすれば、昔に捉われているのは反動的だと言いますかね、保守的だ、右翼的だと言いますか、簡単に言いますと、革新的でない。に対して、非常な激しい革新性を秘めていると思いますね。ですから、そういう思想なので、この構造主義思想を批判することは非常に難しいと思います。こういう私が今申し上げているような見解は、今なお身の回りには皆無に近いのですが、私にはそう思われるのです、この国で四、五〇年このかた、先端を走る詩とは、に対する考え方は残念ながら変っていないのでは？　と。これは構造主義思想批判の不完全性とどうやらパラレルな問題だと思われるのです。

ということと表裏一体なのですが、皆ですね、なにかストンと呑み込めないまま、それを流行ファッションにしてしまっちゃっているんです。少なくとも現代詩の世界ではそうしてしまって今日《こんにち》に及んでいる。その線上で詩を書いてる。現代詩にも幅があります。もうひとつ雑把に括ったときの一群に「私小説」ならぬ「私詩」のさまざまがあると思うのですが、ここで踏み込むことはできません。

さて、話を八〇年代に戻しますが、黒田喜夫という人は、私から言わせると当時はほとんどただ一人でした。あの頃、

〝おかしい、違う〟と呟いていたんです。しかし病気が進んでまいります。そして最晩年には寝たきりになります。と、かつては、マルクス主義とさっき言いましたが、黒田喜夫は言ってみれば、戦後思想で言いますと、進歩的なと括られるような考え方で仕事をし、詩も書いていますが、マルクス主義は革新思想とされていた、それが構造主義的雰囲気が吹き暴れるようになると、あれはマルキストなんだと、とてもじゃないけどと、一九八〇年代になりますとね、マルクス主義？　それは北朝鮮の世界でしょ、と、こうなってくるんですね。

そういうラベルを貼られちゃってるものですから、誰も相手にしなくなります。そこが非常に黒田喜夫としてはたいへんだった、というので、誰も、友だちが一人去り二人去りして、その離れていった友だちもなにも書かなくなるのですね。

で、最晩年、自宅を見舞ったという人、石毛拓郎さんという人に会う機会があったのですが、私が彼から聞きましたけども、もう外に出ることは医学的に禁じられていました。しゃべることさえできない。肺の力がなくなっていた彼がですね、新聞の広告の裏紙かなんかをちょっとよこしてくれと言って、「こんなことになってくやしい」という趣旨のことを書いて渡したというんですね。私に、直に聞きましたが、歯嚙み切歯扼腕の思いで、この世を去ったという。

（――うーん。）

以上、私のきょうの話は、狐につままれた感じがありましょうか。

講演とかいう場合ありがちな事というか、脱線が多かったりして時間がなくなりましたので、しかし私の話は、きょう言いたかったことはということになりますよね。

取って付けたように思われてしまうかもしれませんが、冒頭の話に結び付けると、二一世紀の最先端で、詩とはなにか、文学とはなにかに対してですね、ミラン・クンデラという人の考え方、あるいはバルガス＝リョサという人の考え方を皆さんにご紹介しましたね。それこそが文学とはなにかを決める試金石だと私はかかりに言うことができると思うんです。

試金石というのはお分かりですよね。これが本物かどうかを擦ってみて確かめる土台になる砥石みたいなものが、試金石ですよね。

さてそこで、わが源氏物語、日本文化の代表的古典、源氏物語をそういう試金石に当てて擦ってみると、どうでしょうか、と、思えばなんとエキサイティングな問い掛けになりますでしょうかね。

そんな読み方も源氏物語の読み方として、ひとつあるのではないでしょうか、と深読み源氏物語ですか。私たちの代表的な古典は答えてくれないのだろうか、というわけですよね。

そんなことをきょうは私から、読む会一五周年記念の日に話をしてみたいというのが、きょうの話でございました。

一五周年記念を迎えられおめでとうございます。

長時間に亘りまして、ご清聴ありがとうございました。（拍手）

――質疑――

質問１　詩の世界は分からないのだが、だからこそ詩という文学作品には、句意、詩の言葉や意味が分からないと困ってしまう。大衆迎合しないならなおのこと困る。作品の「意味」についてはどうなのでしょうか。

答　意味筋を無視して詩は成り立つのでしょうかと、そういう疑問でもありますね。

私ももっともだと、そう考える一人でございます。

というのが答にならない答なんですが、ところがですね、たとえば野村喜和夫さんとか荒川洋治さんという押しも押されもしない現代詩人からすると、「意味筋にこだわって書いても、それはきまって日常を生きる人たちの手垢で汚れた、旧来の考え方に縛り付けられた、伝統的な考え方をひょっと書いたにすぎないことになりますよ、ほとんど少し下手すると、化石人間がごちょごちょ言ってることになりますよ。それにしても三好達治の詩なんかは、意味筋に従って特別な意味の分からない造語や文法はいっさい使っていない詩ですよね。それでもですね、現代詩の立場（考え方）からすれば、「そんな古めかしい、言ってみれば従来にこだわったコード、昔の言葉のコードに襟首を摑まれていては、本当に新しいものは得られない、新しい世界は開けないですよ」ということになるのでしょうね。

ということで、現代詩人の考え方に対して私たちとして、「そうなんですか」「ご無理ごもっとも」と言うんではどうなんでしょうか。悪口ではなくて、たとえ代表的詩人荒川洋治先生が言ったとしても、だから「ご無理ごもっとも」と言うのはどうなんでしょうか？　私からすると、過激な言い方をすると、裸の王様に「あなた、裸ですよ」と言うのは、じつはですね、宮殿に出入りしている人方ではないんです。むしろせっかく作った米なり麦なりを国税・税金で吸い上げられて食うや食わずの人にはじめて見えてくる、敵意でも悪意でもない「あーっ裸じゃないの、あの王様」。そんなことが現代詩の世界に起こってやしませんかというわけなのです。しかし比喩の世界を解することができなくては問題外だということがひとつガーンとしてあるわけですがね。

私は、黒田喜夫という人は、別に義理も恩義もないと言うか、原稿が売れなくたってということになるかもしれませんが、彼は、そうした現代詩の詩壇という言葉がありますね、あまりいい言葉じゃないが、その一員ではなかった。美術にも会員、その実力を認められて、会員の一員として迎え入れられているそういう会員が描いた描かないがあるかもしれませんが、そういった類の会員ではなかった。むしろ、別に、さっきのある王国における比喩で言うと、農家の一農民だった。だから「現代詩、あれは裸ですよ」「裸の王様の、言ってみれば、みにくい裸体ですよ」と、黒田喜夫は言ってたように思うんです。

少し、分かり易くあえて言うと。これがお答えになるかどうか。

その辺、あとはね、なにも決まってないと思います。誰も決めてくれない、これが文学ですよとか、意味筋を辿るのが文学ですよとか、いや、それを無視するのが文学ですよなどと、誰か決めてくれたとして、はは あーっ、なんてひれ伏すように思う必要なんていっさいないと私は思うんです。寂しく一人、孤独になるかもしれませんね。しかし大事なことは、現に生きている世の中は厳として在り続けますよね。

質問2　プロレタリア詩人の黒田三郎とはなにか関係があるのでしょうか。

答　まず作風が違うと思います。戦後思想、いわゆる革新系かと言えば、革新系の立場で詩を書いた人と言えるのかな？　縁戚上もぜんぜん関係はないようですし、書いている作品の世界も相当に違うと思います。あえて言えば同時代に詩を書いていた仲間の一人、同志であったということですかね。

質問3　昭和二四年に黒田喜夫は左沢の、現在の大江町左沢の光風園で喀血をして大きな手術をします。そのときに主治医に当たった光風園の院長の、手術を執刀してくれた人から、共産党の方だったのですけど、「黒田喜夫よ、お前の思想は日本共産党の本筋から外れている、とんでもない、除名する」ということを言い渡されたというのです。

それで当時の農村の次三男対策のために、長男じゃない次三男、山形の〝アンニャ〟という差別された貧農の次三男のために、一所懸命に運動しましたし、また、それで黒田喜夫は自分の思想をきちっとした形で詩に残すために言葉にした、そういう才能を持っていた数少ない詩人だったと思います。

それでそのことは、先ごろ亡くなった吉本隆明なんかも、きちんと黒田喜夫を評価しています。

それから、そうした意味では、あのころの、今から五〇年位前のマルキスト、日本共産党の考えはマルクシズムではなくて、むしろ、スターリニズムとは言えますけども、たとえばあのレーニンやボルシェヴィキ、それからトロツキーなどの、革命に貢献する具体的な指針は何も持たなかったのじゃないか。

それがあの私、学生時代に五〇年位前ですが、民主青年同盟「民青」といういわゆるグループがありました。共産党の熱烈な支持者でしたけども、その人たちはえーと、アメリカとソ連が、当時同時に核実験をやっていて、アメリカの核実験はダメだがソ連の核実験は正しいということを主張していました。それで私、納得できなくて「どうしてなの？」と訊いたら、民青の女子部の部長さんがわーと泣いて、「理由はいえないけど、ソ連のは正しい」と、「えー？　どうしてなの」って、そういうのが真面目にあの、日本共産党の上の方からそういうふうに言えと言われているんだということでした。

そういうので、民主主義運動というか、革命運動やってるならつぶれるなあと思いましたけれども、やはりその後歴史は移ってめちゃくちゃになり、ソ連は解体され、中国もわけのわからない資本主義の国になっていて、北朝鮮だけがスターリニズムの、たったひとつの世界で最後のスターリニズムの国として残っている。

そういう意味では、黒田喜夫の考えもいわゆる共産党ではなかったと思うんですね。マルキストだから誰も、相手にするなと最後はいいますけど、山形では『詩炉』のグループが黒田喜夫を中心に活躍し、そのなかで教員やっていた安食昭典《あじきあきのり》氏は黒田の理論を実践しまして、教え子の連帯保証人になった結果は破産しまして、ホームレスになってしまった、と。

安食昭典、永山一郎ら、寒河江西村山の若い教員達は支持しましたし、けっして誰も相手にしなかったというような状況ではありえなかったと思います。そうでなければ、『詩炉』という雑誌があれだけ続くはずもありませんでした。

ですから私はやっぱり黒田喜夫は、きちっと自分の思想を、詩を読めばたしかにショックですけど、「毒虫飼育」にしても「空想のゲリラ」にしても、あの四季派の三好達治さんの、授業で何回も取り上げた詩なんかとは全然違うんで、かなりショックなことは間違いないんですけども、あれだけの詩を書ける詩人が寒河江にいた、山形県内にいたということを私たちは誇りにしていいんだと思います。

答　今のお話、私ももっともだとうなずきながらお聞きしました。ただ共産党除名のことや一九五〇年頃の『詩炉』の時代、その交友のことなど若干気懸かりなところもありましたが、二点ほど補足的に思いついたことを申し上げてみます。

ひとつは、吉本隆明氏、先だって亡くなられた、戦後最大の思想家というのが昨今の通り相場のようですが、黒田を吉本さんは、評価するとも、取り立ててけなすことも言ってなかったと思います、七〇年代ぐらいまではね。しかし細かい話になりますが、一九八四年になると、はっきり吉本さんは黒田喜夫に対し、著作のなかで「おまえに本当の苦労が分かるか、俺がどういうことを言ってるか分かるか、俺のことにケチをつけているけど、とんでもない。おまえはスターリニストだよ、スターリニスト崩れがなに言ってるんですか」という趣旨のことを驚くほどの口調で書いています。

黒田喜夫は最晩年に、清瀬の自宅で寝たきりの生活になりますが、そのときにさっき言った切歯扼腕の思いで書いた文章のなかにですね、吉本さんの詩について書いてるんです。簡単に言うと、「吉本さんという詩人は底の浅い詩を書く、底が見えていますよね」と書くんですよ。

黒田さんはジェントルマンだと私はつねづね思う、他人の悪口を言わない人で。ところが最晩年非常に焦ってきますよね。手厳しい批評も目につくようになる。そういう焦りのなかで黒田さんはちょっと言ったわけです。そしたら、吉本さんがもの凄い剣幕で「とんでもないことを言うなよ、お前、お前はスターリニスト崩れなんだよ」というわけです。

吉本さんはカミサマみたいに若い人たちなどは評価しましたから、私などから見るとほとんど黒田喜夫ラベルはそれで定着完成みたいなやり取りになってしまっているんですよね、そこがちょっと違うのでは？　というのが第一点です。

もうひとつ、今では山形県では黒田喜夫を知る人はほとんどいなくなったと申し上げましたが、ちょっと乱暴な言い方だったかもしれませんね。西郡の方々で、郷里の大先達ですから当時評価した人もいるし、今も評価している人はいると思います。

しかし、たとえば山形新聞というひとつの圧倒的な発行部数を誇る媒体がありますよね、ああいうところに、今どき黒田喜夫こそ読み直してみる必要があるんじゃないか、と、はっきりと立場を打ち出して言ってる方は、ほとんど存じ上げないです。ただ、今お話を聞いて、そういう方がいる場合、なにか機会があったら黒田喜夫について語り合えればなあと思いますね。

その二点だけ申し上げさせていただきます。ご指摘ありがとうございました。

質問4　簡単に。絵を描いている者です。途中から来てミラン・クンデラの話のところから聞いて関心をそそられたのでしたが、絵画、音楽、文学（詩）の関係の話が講演ではなにも出てこない。三者の関係については？　簡単に。

答　簡単に。遅れて来られて配布の資料がお手元にないままお聞きになったとすれば、ごもっともと思いますが、あのところはミラン・クンデラという、チェコスロバキアの詩人が言ってる言葉を取り上げて、でもそのことにここでの話の主眼があるのではなくて、文学とはなにかが主題だったのですね。そこにたしかに絵画と音楽と詩が出てきていますね。あの意味はですね、絵画というのは、抒情詩とはなにかということを考えた場合、ちょっとジャンルの違った世界です、と。詩と音楽を考えた場合、音楽の方がずっと先まで進めます、という言い方をしています。つまり、抒情という問題について言葉でなんだかんだと言い出すと、なにかと中間物が介在してくるからあれですが、それに引き替え音楽は言葉では言い尽くせない世界をストレートに入っていくみたいに心に直接訴えかけますね。つまりもっとも繊細微妙な奥の方まで音楽というのは届くんだという言い方をしています。

絵画についてもおそらく、ミラン・クンデラは述べよと言われれば、抒情という問題との関連でなにごとかを言うと思いますが、あの文章は、まったく別の文脈上でちょっと絵画に触れただけだったというわけなんです。

〈注記〉

＊1　この一文は、「源氏物語を読む会」主催の「第一五周年記念のつどい・記念講演」を起こしたものである。（二〇一二年五月一三日、於遊学館〈山形市内〉）

＊2　ミラン・クンデラ『カーテン――7部構成の小説論』（西永良成訳、綜合社刊、二〇〇五年）（原典の刊行は二〇〇五年）の一一六ページ。なお彼は、二〇二三年七月一一日パリにて死去したことが伝えられた。享年九四歳。

＊3　パウロは初期キリスト教の偉大な伝道者だが、ローマのユダヤ人の家に生まれ、ヘブライ名をサウールと言った。最初パリサイ人としてキリスト教を迫害していたが、ダマスカスで復活のキリストの声を聞いて、突然の回心を経験した。（なお、以上は原注にあり）。

＊4　＊2の一〇六～一〇七ページ。

＊5　三好達治詩集『測量船』（一九三〇年）より。(3)も(4)も同じ。引用は『三好達治全集1』（筑摩書房刊、一九六四年）から。

＊6　三好達治詩集『寒柝』（一九四三年）より。引用は『三好達治全集2』（筑摩書房刊、一九六五年）から。

＊7　これらの短歌等は渡部良三『歌集　小さな抵抗――殺戮を拒んだ日本兵』（岩波現代文庫、二〇一一年）による。

＊8　黒田喜夫詩集『不安と遊撃』（飯塚書店刊、一九五九年）から。

＊9　一ヶ瀬治夫『詩集　あかるいカメラ』（土曜美術社出版販売刊、二〇〇三年）から。

＊10　柴田トヨ詩集『くじけないで』（飛鳥新社刊、二〇一〇年）から。

＊11　月刊『現代詩手帖12』（思潮社刊、二〇一〇年）から。

＊12　二〇一一年六月二八日付朝日新聞。

＊13　黒田喜夫『自然と行為』（思潮社刊、一九七七年）の一七九ページ。

＊14　『黒田喜夫全詩』（思潮社刊、一九八五年）の二六八～二七〇ページ。

＊15　『新鋭詩人シリーズ1平出隆詩集』（思潮社刊、一九七七年）に収載の詩集『旅籠屋』から、八八～九〇ページ。

＊16　野村喜和夫の詩集『美しい人生』が第四回（二〇二二年度）大岡信賞を受賞。「現代詩を牽引」が理由のひとつとか。

第二編　文学と政治

——夏目漱石『それから』に学ぶ——

標題は、今どきのこと、あるいは古色蒼然として余りありはしないか。それに夏目漱石とくればなおのこと。しかし、しばしお付き合い賜りたい。

今朝のことである。漱石が若い読者に向けて語った文学観を、聞き書きした文章がこのたび確認されたことを、新聞で目にした。[*1]一九〇八（明治四一）年九月発行の雑誌『青年評論』第4号に、「文学志望者のために」という題名で掲載されていたという。

文学とはなんの学問かという問いは、私のかねてからの問いであることもあり、記事内容中の漱石の言に引き込まれた。と言うべきか、それはあまりに短い文章であるため何度も反芻して読まなければならなかった。記事によれば、小説を書くために学問が必要かを問う「文学の基礎学」と、小説に作家の人格が反映するかを問う「作品と作家の人格」のふたつのテーマに答えているという。

私のとりあえずの関心はより前者にあったが、記事によると、小説を書くとき「作家は如何《いか》に世の中を解釈するかという点に帰着する（傍点大場）」と述べ、そのために「準備のできた眼《め》が欲しい。此《この》訓練は即《すなわ》ち学問である」と説いているという。なお、後者の「作品と作家の人格」では、フランスの作家フローベールの小説「ボヴァリー夫人」に「生命」があるのは、ボヴァリー夫人の不倫を「善とも思わず悪とも思わ」ず、作家が感じるままを偽りなく描いたからで、フローベールが「道徳の束縛を受けて自己の人格を偽って、柄にもない懲罰の筆を振るったなら、出来上がるものはいかさまものである」と言ったという。

前者にある「帰着する」という言い表わしが私の印象には深く止《とど》まる。要するに、漱石の文学観（文学の認識）のエリア内に「学問である」ことが収まっていることだけは確かだ、ということになる。後者に述べている作家が道徳の束縛から解き放たれるのも、学問であることに与っていると言えよう。

記事にはまた、「6千字弱の文章で、聞き書きに漱石が「厳密なる添削」をしたと記されている」とある。この記事を手にしながら、それでは文学とはどのような学問かという問いを、あえて直接漱石に向けるならどうか。この短い漱石の文言から判ずる限りでは、漱石の答えは「総合学」とでもなるのかどうか、このたび発見された全文を読めば、少しははっきりするのかもしれない。

かねてからの我が問いに対する我が仮置きの解は「人間と社会の関係についての学問である」ということだが、さて、漱石自身による厳密なる添削が施された解はどうだったのかと関心の程は膨らむことにもなる。

機会があって、過日、ブックオフ店で角川文庫の『それから』[*2]を一〇〇円で購入し読むということがあった。この作品は一九〇九（明治四二）年発表の長編小説で、漱石の代表作品のひとつとされる。ここにそのストーリーを辿る紙幅がないのは残念だが、そこで私のここでの関心に添った作品の大要の捉え方を試みるとすればつぎのようになる。明治末期の、ヒーロー代助とその親友平岡という二人の人となりの関係を主軸とした、ヒロイン三千代を介しながらの周囲の市井人、そして世の中に繰り広げられる人間模様である、と。

ヒーロー代助は事業家の父の脛を齧って暮らす知識人青年である。エピキュリアン[*3]としての生き方（妥協を知らない内面的自然体の魅力を湛えている）から脱け出すことができないのに対し、平岡は自らが稼いで世の中を渡るほかはないまた一人の好青年で、無自覚ではないがご都合次第の体制順応主義の生き方を採る。この二人の対比に小説『それから』のエキスは籠められている。日本文学史上漱石の業績の大なることは、一作品『それから』が長きに亘って多くの研究者から論じられ続けてきた一事からも分かる。そうした研究者の研究のなかには、「代助」論もあれば「平岡」論もある。その二人の物語のなかでの挙動に引き込まれていくとき、その作品のなかでの二人のリアルは私に、「文学とはどのような学問か」を考えてみることを強いるのである。

この文庫本『それから』の末尾に、三人の同時代作家（武者小路実篤、阿部次郎、芥川龍之介）の『それから』に対する、それぞれに持ち味のある作品論が載っている。そのなかで、芥川の原稿用紙二枚に満たない短評「長井代助」は、ズバリ前記「代助」論のひとつである。言い表わすにはなかなか複雑にして難しいことをサラリと言い退《の》けていて、さすが芥川である。

「我々と前後した年齢の人々には、漱石先生の「それから」に動かされた者が多いらしい。その動かされたという中でも、自分がここに書きたいのは、あの小説の主人公長井代助の性格に惚《ほ》れこんだ人々のことである。その人々の中には惚れこんだどころか、自ら代助を気どった人も少なくなかったことと思う」と文を起こしている。そして、「めったにいぬような人間が、かえって模倣者さえ生んだのは、めったにいぬからではあるまいか。むろんめったにいぬということは、どこにもいぬという意味ではない。どこにもいぬとは言えぬかもしれぬ、が、どこかにはいそうだくらいの心持ちを含んだ言葉である。人々はその主人公が、手近に住んでおらぬところに、惝怳《しょうけい》の意味を見いだすのであろう。そうしてまたその主人公が、どこかに住んでいそうなところに、惝怳の可能性を見いだすのであろう」と受け、こう断じている。

だから小説が人生に、人間の意欲に働きかけるためには、この手近に住んでいない、しかもどこかに住んでいそうな性格を創造せねばならぬ。これが通俗に言う意味では、理想主義的な小説家が負わなければならぬ大任である。[*4]

この断言の全体重をまるごと受け留めるには、芥川と「前後した年齢の人々」の時代に身を置くことが求められるのだろうが、そこに身を置き得たとき、ここに芥川が言おうとしているところに文学の要諦があることに気づくことができるはずなのだ。言い換えて外縁から言えば、表現と実践の関係の問題、それに対する芥川の見解にほかならない。「大任」という言葉が眩しい。

廻りくどい言い方を止めて、こう言ってみようか。「文学は、人間と社会の関係についての学問である」という仮置きの定義は、手垢や汚れは剝ぎ取って「文学は政治についての学問である」とまで掘り込み、在る筈の解に接近しなければならない、と。なぜなら、明治四〇年代の日本にあっては、人間と社会の関係を問題にする場合、代助のような人物にこそ、期待されるところは大きかったからである。そこのところを突き止めることと文学の創造は一体であるが、その一体は、そこを突き止めることから作品は立ち上がり、立ち上がりながらその突き止めの程が確かめられるという機序が埋め込まれている一体にほかならない。そして、そこのところを突き止めるのは学問に課された課題なのだ。この「一体」の機序のなかに埋め込まれている突き止めなしには文学は立ち上がらないのである。

一方、平岡なる人物はどうだろう。その人物のリアルさ加減を、私はつい最近一作品を読むことで身につまされるかたちで認識することができた。ローマ法を専門とする碩学・木庭顕の一作品である。[*5] それは、私自身をその一人として、いま身辺にごく普通に生きるあまりに多勢の人々の姿でもあった。その、つぎに引用する文章は『それから』研究の「平岡」論のひとつということになる。

> 夏目漱石『それから』の平岡なる登場人物が大変に参考になる。まるで現代のことであるかのように深く腐敗した金融の闇から弾き出された彼は、主人公（大場注…親友である代助）を陥れるべくその父と兄に密告し、同時に彼らの会社のスキャンダルを材料にゆする。ゆすりゆすられ、双方は結託する。平岡のような分子が大陸に渡るということを作者（大場注…漱石）は示唆するが、その場合を含めて、ゆすりゆすられ関係は結託コンフォルミスムの密度を「弾き出され＝再吸収」の度毎に極大化させるであろう。…略…これをむなしくカヴァーすべく、高密度コンフォルミスムは過度に軍事化する。…略…いずれにせよ軍事化はこの種のコンフォルミスムに不可欠である。コンフォルミスムは、まあ構わないじゃないか、その方が常識に適う、実際的だ、という雑な思考の蔓延により外堀を造る。私は、憲法9条を葬るものはさしあたり以上のことではないかと疑っている。[*6]

辞書にも見当たらず、著者木庭の説明もいっさいないが、コンフォルミスムはconform（動詞…慣習、規則などに従う、順応するの意味）から来る語と解し、ここでは体制順応主義、事なかれ主義くらいの意味と受け留めて誤まりはあるまい。

『それから』が朝日新聞に連載されたのが一九〇九（明治四二）年六月二七日から一〇月一四日まで。翌一九一〇年には日本が韓国を併合し、一九一五年対中国二一箇条要求、一九一八年シベリア出兵と続き、やがて、さらに本格的な満州事変（当時、侵略であることが明らかな軍事衝突や戦争をも事変と称することが常だったことは周知のとおり）、上海事変、日華事変への歴史。これらの動向は、『それから』という一文学作品が暗示的に予言する道筋上を歩むことだった、と言える。代助、そして平岡等々の登場人物たちの織り成す葛藤や人間模様は、これらの事象そのもの、ないし遠因と絡み合っていたのである。

さきに私は、代助は時代がひそかに期待していた人物であるが、そこを突き止めることと一体となったそのところから、作品は立ち上がるという趣旨のことを述べた。『それから』の発表の前年に当たる一九〇八（明治四一）年の『青年評論』に漱石が言う「学問」とは、私の言う、作品が一体となって立ち上がる、そこを準備するもののことである。その「準備の出来た眼」を確かなものにする「此訓練が即ち学問」なのだ。

すると、こういうことにならないか。時代に抗うことでその当の時代からひそかに期待されていた代助にせよ、時流に順応することで時代に呑み込まれていった平岡にせよ、その小説上のステージはきわめて政治的な空間なのである。

「政治」を感受し、しかと嗅ぎ分ける感覚が研ぎ澄まされていなくては、代助というパーソナリティも平岡という人となりも、とうてい創造され得ない。したがって、「文学とは、政治についての学問である」との私の極言の是非は、かりに、大いに論の残るところであるにしても、文学は政治との関わりを抜きにして語れないのは確かなのではあるまいか。

〈注記〉

＊1　二〇一九年六月一五日付朝日新聞。

＊2　夏目漱石『それから』（角川文庫、一九九〇年、改版五〇版）。

＊3　古代ギリシャの哲学者エピクロスの考え方を主義として生きる人。感覚を知識の唯一の源泉としかつ善悪の標識とするところから、快楽主義者と言われるが、その快はわずらわしさ（それは苦しみでもある）を伴ってはならないから、享楽であるより苦しみのない、平静でなくてはならないということになる。

＊4　＊2の三五一ページ。
＊5　木庭顕『憲法9条へのカタバシス』（みすず書房刊、二〇一八年）。
＊6　＊5の二〇五〜二〇六ページ。

第三編　阿Q考

一　文学ってなに？

文を綴ったり、ましてや文を創ってみたりしたことのない御仁[*1]は、書いてみようなんてことはめったにない。それを端的に言ってみるなら、人類学的思念を打ち払うことができないからである。

だいたい人類の進化の歴史を振り返ってみるならどうか。アフリカでチンパンジーとの共通祖先から枝分かれしたのは七〇〇万年前。大型肉食獣に襲われる恐れのない樹上空間があり、実り豊かな熱帯雨林のなかだった。四五〇万年前頃からサバンナに進出した。霊長類ヒト科のなかでヒトだけが世界中に散らばることになった契機はそれだった。サバンナは逃げ場隠れ場がなく、さぞや不安だったことだろう。

狩猟具を持ったのは五〇万年前、大きな獲物を協力して狩るようになったのは二〇万年前。ということで、人類の歴史のほとんどは、肉食獣から逃げ隠れし、集団で狩り、また守り合う時間だった。安全にしてようやく安心。だから人類の体の奥底には、ここが肝腎なことなのだが、互いに協力しないと安心が得られない。これが深々と刻み込まれ、社会性の根深い基礎になっている。

安心を作り出すのは、相手に対面し、見詰め合いながら、状況を判断する「共感力」。類人猿のコミュニケーションを継承したもので、協力し、争い、慮ったりしながら互いの思いを汲み取り合って信頼関係を築き、安心を得る。人間だけに白目があるのも、視線のわずかな動きを捉え、相手の気持を摑めるように進化した結果なのだ。

脳の大きさは、組織する集団の人数に比例する。構成人数が多いほど高まる社会的複雑性に脳が対応してきた。現代人と同じ脳の大きさになったのは六〇万年前で、集団は一五〇人程度に増えていた。ゴリラ研究のフィールドワーク等で広く親しまれている霊長類研究者山際寿一[*2]によると、年賀状を書くときに思い出す人数、つねに顔を覚えていて、信頼関係を持てる人の数とほぼ同じだという。

ところで、人類が言葉を得たのは七万年前だから、それは言葉なしに構築した信頼空間にほかならない。万事ものごとに臨むに当たり認識上グリップしておくべきは、人間の体が覚えているこの信頼空間。日頃言葉を駆使してこそ人間関係を持し得ているのだと考えるとすれば、そこにはあまりに能天気な素っ飛ばしがある。と言うより、そう考えるのは大きな間違い。人間存在のトータルにとって言葉はその程度のものなのだ。かならずしも言葉の周辺をうろついたことのある者に限らず、腹にストンと落ちる話じゃあるまいか。

論をさきに進めるとして、現代は？　土地とも人とも切り離され、社会のなかで個人が孤立している時代。直近では、人々はいわゆるソーシャルメディアを使い、対面不要なバーチャルコミュニティを生み出した。人間の歴史にかつてなかった集団のあり方である。嗜好や時間等々に応じ出入り勝手なサイバー空間で、「いいね！」と言い合い、安心し合う。その集団はまずは一五〇人の信頼空間より小さく、いつ雲散霧消するか分からない。だが、事と次第では、さまざまなメディアを始めとする人間の営みの網の目により、その空間はたちまち膨満化し、かえって雲散霧消の不安は際限なく散開し深化する。

ツイッターをいの一番のツールとするトランプに大統領職を委ねてしまったアメリカ、テロ対応を理由に非常事態宣言を延長し続けるフランス、移民規制を優先しEU単一市場完全離脱を選択するイギリス、国務院（政府）と同格の組織を新設して公務員の腐敗の取り締まりの標榜の下で権力集中が進む習近平の中国、混迷深まる韓国そして日本……etc、重ねて化学物質等々による環境汚染、温暖化、遺伝子操作、人工臓器、人工頭脳……そしてあの事故後も臆面もなく再稼働する原発は、自然界に存在したことのなかった六〇種とも七〇種ともされる放射性核種を新たに生み出し続ける。その典型核種のプルトニウム二三九の半減期は二万四〇〇〇年、同二四四に至っては八一〇〇万年。それだけの時間を地上の生命体は脅かされ続ける。これらの事態は、人類が言葉を獲得し得て以後の仕儀結果である。その同じ言葉の駆使の営みが文学？

そこで御仁は問わずにおれないのだ。文学ってなに？

二　「師匠いらず」ってどういうこと？

ところで、御仁にもこういうことはままあることだ。「これはいいよ」などと聞かされ、それが気軽な短編集だったりすると、そのいわゆる文学作品とか言われるやつを、読んだりしてみるのである。という次第で、折あってまた、これで何度目になろうか、魯迅の『吶喊』を読むことになった。

驚いた。これまでも読む毎になにがしかの感懐はあったわけだが、また別品だったからである。その一冊を手にしながら、御仁はしきりに一九一〇年代末から一九二〇年代始めの中国を読まされていた。その一篇「小さな出来事」や「故郷」、「村芝居」だって、それぞれその頃の中国の一コマのリアルだから、こうして御仁の体に沁みてくるということが否応なく納得されてくる。

「故郷」の末尾には故郷を後にする船のなかでの母の話が見えている。家を出払うに当たって片付けが始まってから毎日、豆腐屋小町と言われた楊おばさんがやってきていた話である。炉の灰のなかに一〇個あまりの碗や皿が見つかった。楊おばさんは犯人は主人公の幼馴染みの閏士《ルントウ》であると言い募った。その炉の灰は閏士が買い受けることになっていたからである。母によると、彼女は、

この発見を自慢にして、いきなり「犬じらし」[*3]をつかんで…略…一目散に逃げていった。底の高い纏足《てんそく》の靴で、よくも駈けられたと思うほど早かった。[*4]

「故郷」の最末尾は「希望」について語って終わる。魯迅の「希望」は「絶望」と合一表裏態であることは言うをまたない。この一篇では「絶望」はその文字すら伏せ通されている。一九二一年の中国の隅々にまで満ちていた殷々たる「絶望」は、「故郷」という絵画の味わい深い下塗りとして処理されている。

一九二一年と言えば、孫文が広東政府総統となり、また中国共産党が結成された年。同じその年、魯迅は「阿Q正伝」を造出している。「故郷」では下塗りとして塗り籠められていた「絶望」は、ここでは異様な程臨場感に富む音（殷殷）として解き放たれている。

一台の幌なしの車に担ぎ上げられ処刑場へと街中を軛き回される道すがら、阿Qは喝采する民衆の方をもう一度眺めた。阿Qのその最期はすぐ続けてこう描かれている。

> その刹那、彼の思考は再び旋風のように頭のなかを駈けめぐるような気がした。四年前、彼は山の麓で、一匹の飢えた狼に出あったことがある。狼は、近づきもせず、遠のきもせず、…略…彼は、恐ろしさに生きた空もなかった。さいわい、鉈《なた》を一丁手にしていたので、そのお蔭で胆を鎮めて、どうにか未荘《ウェイチョワン》まで辿りつくことができた。しかし、そのときの狼の眼は、永久に忘れられない。残忍な、それでいて、びくびくした、キラキラ鬼火のように光る眼、…略…ところが、今度という今度、[*5] これまで見たこともない、もっと恐ろしい眼を、彼は見たのである。にぶい、それでいて、棘のある眼。とうに彼の言葉を噛み砕いてしまったくせに、さらに彼の皮肉以外のものまで噛み砕こうとするかのように、近づきもせず、遠のきもせずに、いつまでも、彼の後をつけてくるのだ。
> それらの眼どもは、スーッと、ひとつに合わさったかと思うと、いきなり彼の魂に噛みついた。
> 「助けて……」
> だが阿Qは、口に出しては言わなかった。彼は、とっくに眼がくらんで、耳の中でブーンという音がして、全身こなごなに飛び散るような気がしただけである。[*6]

御仁どもの父祖たちが協力して獲物を狩るようになるのは二〇万年前。ところで今阿Qと協力する者はいる？　とすれば、人類の祖先が遭遇することがあった、二〇万年よりはるか以前の五〇万年前の、まさにそうした局面に、単身阿Qは遭遇したのである。言葉をまだ持てなかった時代の恐怖を、阿Qは思い起こしたかのように「言葉を噛み砕いてしまったくせに」と言い表わしたのだった。それは阿Qによる「絶望」の名指しにほかならない。

刑場への道すがら、阿Qは彼自身にとっての彼方をまさぐっている。それは「若後家の墓参り」でもなければ「悔ゆとも詮なし」でもなかった。「鉄の鞭をば振りあげて」にしようとしたが、手を縛られているので、それもオジャン。口から飛び出したこの死刑囚の辞世は「師匠いらず」だった。すると、〈「よう、よう」群集中から、狼の遠吠えのような声が起こった〉という。それは「絶望」と表裏合一の期せずしての阿Qによる「希望」の名指しの現象態にほかなるまい。

阿Qが終の局面で目の当たりにした恐怖（五〇万年前の人類が日々曝されていた恐怖）は、戦場の最前線のほかにも、記録にもない虐殺現場等々拾い集めたら際限なく、今日なお日常茶飯事であることを誰が否定できる？

御仁によれば、極寒猛暑のさなかをさまよう難民集団のリポートにも事欠かない、そうした事態の数々こそは御仁どもを刺し貫いて余りある文学の最奥のテーマである。なにやかやと言い繕って気の効いた論点（テーマ）を漁り出してきては、仲間（サロン）内に見せびらかし合っても詮なきこと。ところが批評家連を引っくるめて今日の文学者風情の現在は如何？

いわゆる戦後文学へと言及領野の風呂敷を拡げても、異貌の持ち主たる黒田喜夫を除いて、この恐怖域を凝視し遠望し続けていた阿Qを、御仁は知らないという次第なのである。そもそも戦後文学は……だって？　だいたい戦争体験とは最前線の弾を潜ったか否かなどにだけあるのではないことは当たり前ではないか。

黒田の苦渋に塗れた膨大な作物からひとつだけ採ってこの駄文の読者と共読してみようか。『不安と遊撃』から「原点破壊」。ここにあるのは、戦争のこのうえなく上質で立体感に富む描写でもある[*7]と言えるからである。

全文引用が最適なるも、全三連中からそれぞれ選ぶなら、まず第一連、

のけぞる婦を／しようことなく眺めてると／肢のあいだに袋のようなものが現れてきた／産声はなくぐしゃりと
肉色の包みが落ちてきた／おれはすばやくよつん這《ママ》いになり／べとつく胎皮をなめ取ると／破れた袋から螢烏賊

に似た軟体がうようよ這《ママ》いだした／座敷いっぱいひろがる軟体群のうえに／みんなあなたの種よ／うっとりした声がひびく／…略…

第二連はこう始まる。

妊婦によりそって囁いていた／おれたちの多産系／飢餓と貪婪といううつくしい言葉／婦はやすらかに息づく下腹を幻の土地よといった／骨盤は無限に広いなんて撫でてると／土地の奥に踞んでる人の形をさぐりあてた／肉の奥に踞んでるいびつなマッスの／休みない胎動にふれてると／にがい近親憎悪がきた／おれに似た仔か／農奴誕生か／いまはこの肉の鎖の断種こそ希う／…略…

そして第三連をこう結ぶのである。

…略…／おれはすばやくよつん這《ママ》いになり／口で捕えては噛《ママ》みつぶしはじめた／噛《ママ》みつぶしてると悲鳴があがる／血縁の血の味とともに覚える叫びはおれの／喉のなかからあがってきた／そのたびに悲鳴をあげるのはおれの喉なのだ

三　阿Qって誰のこと？

阿Qって誰のことかを考えてみるに有効な、判然と二分できる分類がある。ひとつは自らに阿Qが生息し、つまりは自分が阿Qであることを覚知している阿Qであり、もうひとつは自分が阿Qであると思っていない阿Qである。その中間はない。生息の覚知、不覚知あるのみだからである。なにせ二〇万年はおろか五〇万年にも及びかねない古の生息記憶想起如何という機微に関わることなのである。

魯迅は阿Qであった。御仁はもう一人挙げることができる。黒田喜夫である。だらだら御託を並べるつもりはない。ところで自らは阿Qでないと思っている阿Qは、なぜか阿Qの存在が気になるものらしい。

二〇一六年の秋、『現代詩手帖』とか『季刊びーぐる』で黒田喜夫特集が組まれるということがあった。生誕九〇周年記念とやらの企画らしい。こうした企画当事者や寄稿者連は、いかなる事情あってか後者の阿Qたちで占められているのは残念である。

『現代詩手帖』の特集は鼎談[*8]の空無で始まっている。鼎談に参加するに当たって赤坂は黒田喜夫を読まないで来てしまった、その理由は、とある詩人の黒田評である「デロレン祭文のわからない男」を信用したからである、とか。あるいは在形中山形の人たちと交流して暮らしていて黒田喜夫の名を聞くことは絶えてなかった、とも。[*9]「彼（黒田喜夫…御仁注）は、村を知らないということを知っていたと思う」[*10]だって？　知識人とか称されることも多い後者の阿Qたちの生《なま》の言葉（自己の卓越を匂わす粋な言い廻し）群のなかでもギラつくこの言葉よ！　空疎極まれりじゃないか。

鼎談者の一人鵜飼によれば、「『詩と反詩』（一九六八年）には、『言語にとって美とはなにか』を擁護する評論も含まれています」[*11]だって？　そこにはむしろ深く痛烈な批判はなかったの？　「批評としては六〇年代半ばの月村敏行さんの一連の論文が重要ですね」[*12]？　重要だって？　浅読みしかできていない月村が黒田をどう片付けていたの？　その内味の程はどうなる？　吉田文憲文壇史にしても、黒田の前では空無以外のなにものでもあるまい。

長谷川龍生の文「主体は薄くなりつつあり」は一見気の利いたタイトルながら、御仁には、その当人の文体の印象の薄いことよ。北川透の聞き飽きられて久しい細り切った信念吐露。その文の『燃えるキリン　黒田喜夫詩文撰』讃歌に尽きる河津聖恵。……そしてこのたびの特集企画に企画の起動者然として収まっているその詩文撰の発行者下平尾直。

『季刊びーぐる』にしても大同小異。神山睦美や長濱一真等の論外な文は目に障る。こちらにも見えている河津聖恵の、たとえば「「世界」とは、詩が書かれるたびに見出されては消える、窺い知れない生命体のような無限の虚空だと考えてみたい。」[*13]といった行句には、当該文章の素っ裸の姿態部分がさらけ出されている。「世界」とはなにか、リアルそしてシュルレアルとは？

こうして御仁が、二〇一六年にもなってのふたつの黒田喜夫特集を、口を極めて扱き下ろす、この行為の由来はどこにあるか？　さすがの阿Qも自らの品性を気に病むかこう省みるのである。するとたちまち阿Qたる御仁自身に言い訳ともつかぬ抗弁が湧く。四、五〇年前この国を風靡したのだった流行思潮の表層性の残滓が御仁のイラつきを増幅するのだ、と。『季刊びーぐる』誌の下平尾直の文の末尾にある黒田喜夫の未刊行資料（日記、書簡等）提供者黒田憲、愛子夫妻への謝辞[*14]に対する御仁の思いはまた別である。原資料の公共財化への……。

御仁のイラつきの標的は時代相なのかもしれない。しかしなにはともあれつぎのことは言える。特集雑誌二冊を一括するに、ここでは黒田喜夫は体よく商品化され、消費され終わろうとしている。当該二冊は高度消費資本主義制下の一泡沫以外のなにものでもない。しかしこの事（事実＝情報）は、最期の床に歯咬みして伏せっていた、そして今は冥界への闇に置かれたままの黒田喜夫には届く筈もない。阿Q黒田の恐慌の叫びは、この期に及んでなお、自らが阿Qであることを知らないその阿Qたちには届いていないのだから言うも野暮といった次第――。

つまり、原発再稼働だの憲法九条改定だの世の中の片隅においてだけは喧しい二〇一七年の一月末日のこの国で、このことを記してとりあえずの筆を擱く。少なくとも、この国の今をこうして生きる御仁どもは、魯迅のなかに生息していた阿Qよりさらに阿Qらしい存在であることだけは今断言しておかねば済まぬ。

〈注記〉

＊1　なにごとにつけ自分についてては手を焼き持て余している人すなわち筆者自身のこと。吾人と言うも可。

＊2　御仁の人類学的思念なるものを、手っ取り早くしかし必要にして十分に示すためにここに記す知見は、二〇一七年一月一日付朝日新聞の山際寿一からの聞き取り記事に負う。現京都大学総長で、一九七八年からアフリカでゴリラの野外研究を続け、類

人猿の行動や生態を基に、人類社会の由来を探っている。

＊3　本文中に以下のとおりの括弧書き注記がある。（それは、私たちのところで、鶏を飼うのに使う道具である。木の皿の上に柵が取りつけてあって、そのなかに食物を盛る。鶏は首をのばして啄《ついば》むことができるが、犬にはできないので、見ていてじれるだけだ、というのだ）

＊4　『魯迅選集第一巻』（竹内好訳、岩波書店刊、一九五六年）、八三～八四ページ。

＊5　御仁注…轢き回される車上で。

＊6　＊4の一三四～一三五ページ。

＊7　黒田喜夫の作品仕儀を、いわゆる流儀で評するならリアリズムである。但し現われ方はシュルレアリスムのそれである。その異色は独自な価値であり、端的に例を取って異国のアンドレ・ブルトンを凌駕すると御仁は評したい。

＊8　『現代詩手帖』二〇一六年一一月号。鼎談者は赤坂憲雄、鵜飼哲、吉田文憲。

＊9　赤坂は、一九九〇年代から二〇一〇年代の二〇年間、山形市内の東北芸術工科大学の教授として教壇に立ち、一九九九年には東北文化センターを創設。二〇〇七年には同センター内に文学部門を置き、作家育成講座まで開設。御仁には、その評判に期待し自らの二冊の『わが黒田喜夫論ノート』を、刊行の度毎赤坂研究室の赤坂氏を宛名に贈呈するということがあった。が、受領の応答等を受けることはなかった。

＊10　＊8の一六ページ。なお、これは赤坂憲雄の発言である。

＊11　同右の一九ページ。

＊12　同右の二三ページ。

＊13　『季刊びーぐる　詩の海へ　第33号』（澪標刊、二〇一六年一〇月号）の二一ページ。

＊14　＊13の三八ページ。

第四編　「「政治と文学」理論の破産」ってなに？

――G・ベイトソンの『精神の生態学』の学的方法論瞥見――

一　カオスの真っ只中で思う

（一）　カオス態

このところ鬱々として楽しまない日々が続く。鬱々には草木の生い茂るさまの意味もありとすれば、今の私の内実の形容にはこれがふさわしいのだろうか。草木の生い茂る只中にミクロ次元の潜入を試みるなら、そこに繰り広げられているのは無秩序そのものとも言うべき闘争態の筈。時あたかも梅雨、二〇二〇年六月一七日、第二〇一通常国会は、安倍政権下、野党の会期延長を求める要求を蹴散らすようにして一五〇日間の会期を閉じた。

まさにそうなのだ。無秩序そのものとでも言うべき闘争態は私の内実でもある。この一文はいわゆる「政治」に正面せんとするものではないが、首相主催の「桜を見る会」の税金の私物化（公職選挙法違反）疑念、東京高検検事長の諮意的定年延長問題、国有地払下げ森友文書改竄問題等々。しかもひとつとして釈然とした政府説明も解決もなしの累重の果てに、国民主権や立憲主義、三権分立等のいわゆる近代民主主義制度の屋台骨の止《とど》まるところを知らない腐蝕の進行……。そこに到来して蔓延する新型コロナウイルスの不気味。つぎつぎと世界の五大陸に広がるウイルスの脅威は至る所でその地その地の政治、経済　社会の諸制度の積弊を露呈させつつあり、かえって目が醒めるばかりの鮮やかさである。

今や不可逆のグローバル化のなかでのパンデミック。日本に限らず地球規模で炙り出され可視化されつつある情況は、カオス態と名辞するほかない。

この地球上の長い時間軸を遡れば、私たちはその広狭深浅はあれさまざまなカオス態をくぐり抜けてきている。こうして私たちは生きているのだから、広狭深浅さまざまな新しい地平を拓いてきているということもできる。そう理解してみると、このたびのカオスの只中で私は考えてみないわけにはいかない。自らの来し方上の岐路のあたりについてである。私個人の来し方ではなく、時代時代を生きてきた人々のものの見方、考え方の来し方である。それは可能であろうとこのところ折に触れて反芻する。大仰の観があろうか思想、哲学史、科学史の問題である。今日のこの地上の悲惨（カオス態）には来し方上の岐路があったのではないか、と。

（二）今、手元に置き読み返したい二著作

郷里の山形に長く続いた同人誌『山形詩人』に加わっていた頃のことである。「風土」という今や手垢で汚れた概念について議論となった折、私が「深層の風土」などと思いつきの言葉を漏らして、そうした風土を体する詩人を挙げる必要に迫られ、今世紀になって一〇年近くも経ってから、郷里出身の詩人・思想家黒田喜夫を集中して読むことがあった。一九八四年に没して当時まだせいぜい二〇年にもならないのに、私の身の回りに彼のことを話題にする人はまず無く、文壇、論壇なるものがあるとしてこうした世上彼は過去の人としても登場することはなかった。やがて私はそのわけを了解することになる。

私が覚える黒田喜夫の魅力をもてあますうちに、黒田喜夫と吉本隆明のあいだに静かだが深い確執があったことに気づき、当時この国の文壇、論壇が見舞われる（どうやら見舞われていることの自覚も覚つかなかった）こととなった構造主義思潮の席捲振りに、その一部分にではあるが、面前してみることとなった。その席捲のされ方にはこの国に固有なものがあったと思うのだが、そうした輸入思潮にその自覚なしのままいっせいに軽乗りする面々があり、そうした彼らに黒田喜夫は生き埋めにされたも同然であることを私は了解することとなったのである。

一九八〇年代を前後してこの国の文系諸学諸領野は、とりわけ詩壇を典型として、構造主義的思潮の壊滅的な負の影響を受けたと思う。それは私の個人的見解にすぎないものなのかどうかそのこと自体確かめることができず、つまりこれといった参照先も得られずに今日に至っている。そのため私の読書の関心のひとつは、その私の見る構造主義的思潮の席捲を受けての焼野原状態からどのように立ち直りつつあるかに向けられてきたと言える。

さて、二〇二〇年の現在に戻る。そんな鬱々としたある日、新聞書評欄でモリス・バーマンの『デカルトからベイトソンへ――世界の再魔術化』[*1]を目にした。はっと驚いた。一冊の言わんとするところを一瞬にして直覚した。まさかそんなことがあるだろうかとの思いも打ち消し難く、その日に書店で求め、数日を措かずの四五〇ページの読了は、このところない快哉事であった。「世界の再魔術化」とはなんと巧みな言い表わしであることか。

今手元に置き読み返してみたい二著作を私に引き遭わせてくれたのはこのモリス・バーマンの著作である。末尾の解説をドミニク・チェン（肩書には情報研究者とある）が書いている。私の言うここでの一冊はそのドミニク・チェンの『未来をつくる言葉――わかりあえなさをつなぐために』[*2]である。湯気の立つ新刊にもかかわらずもう絶版で、書店のみならず私には絶えてなかったことながらアマゾンネットでも品切れで、入手不可。図書館でも予約待ちを強いられた。もう一冊は、グレゴリー・ベイトソン（遺伝学者の父ウィリアム・ベイトソンと区別するため、以下G・ベイトソンと表記）の『精神の生態学』[*3]である。これも絶版で書店からの入手は不可。アマゾンでは在庫はあるが、七〇〇ページというこの大冊の定価は六五〇〇円のところ、三万九九〇〇円と私には超高価で手が届かない。図書館で借りて、借り替えを繰り返しながら読むことになった。

素読した限りでは、前著は後著の読了態となっている。別に言えば、前著はG・ベイトソンに深く傾倒するドミニク・チェンによるG・ベイトソン思想の実践展開版の仕上がりなのだ。この二著がともに容易に入手し難い現状は、この二著が現在静かに読み込まれているなによりの証左で、二作家をはじめて知る私には驚きがある。構造主義思潮の超克に現在それほどまで多くの人々の関心が集まっているのか、そのことをこの数十年気に懸け続けてきた自分が、はじめて知る作家たちであったとは、という次第なのだ。

ここまで書いてきて、六月二二日の今朝、ページの半面を占める文化欄の「文化人類学　より身近に」の新聞記事に出遭った。いっとき私の単なる一人相撲でなかったことを客観視させられる思いがした。リード文にはこうある。「アジアやアフリカで植民地化が進んだ20世紀初めころに欧米で確立した学問。人間集団を成り立たせる様式や価値を扱い、比較分析する。長期滞在や言葉の習得によるフィールドワーク（現地調査）を駆使したアプローチが特徴とされる」

と。さらに「近年の潮流「人々について」から「人々とともに」」とも。そしてマルセル・モースやレヴィ＝ストロース、梅棹忠夫や山口昌男、川田順造等の著作が列挙。簡明、無難な紹介記事である。このスペースの大きな記事中Ｇ・ベイトソンへの言及はいっさいなかったが、ここでの私の昂揚感がクールダウンすることはなかった。Ｇ・ベイトソンこそは外すことのできない文化人類学者の一人という確信は揺るがなかったからである。当論考はその主著『精神の生態学』に見る構造主義思想に向こうを張った彼独自の学的方法論にスポットを当てた考察なのだ。

二　評論「「政治と文学」理論の破産」

（一）奥野健男の幕引き評論

「大正・昭和の文学理念の中心軸であった「政治と文学」理論の破産は決定的である」に始まる見出しの評論が一九六三年六月号『文藝』に掲載され当時話題になったことは、私には記憶に新しい。文学に携わる者にとっても敗戦は抜き差しならない体験事象で、戦後しばらくは当然ながら陰に陽に政治と文学論争の趣きは続いてきていたが、これはその幕引きに相当する評論となった。

「「政治と文学」の関係をめぐって熱っぽくたたかわされた数々の議論は、今日の状況や文学を考える上に、三文の値打ちさえ持っていない」とはそのとおりで、時代は移っていた。野間宏の『わが塔はそこに立つ』や堀田善衛の『海鳴りの底から』の「こけおどかし的な壮大な外貌にもかかわらず、むざんにも失敗した非文学」性を酷評し、安部公房の『砂の女』や三島由紀夫の『美しい星』の新しさや画期的な意義を絶賛。縷々〈政治の中での文学〉に対し〈文学の中での政治〉を説くものだった。

今から読めば身も蓋もない空気のような主張で、誰からもイチャモンいっさいなしで読み過ごされるだろう。私の記憶を掘り返せば、以後「政治と文学」を語る文章は、この国ではきれいさっぱりお目に掛かれなくなったと思う。

しかし竹を割ったようなあっけらかんとしたこの評論には逆に重苦しい違和感がある。今日なお文学に興味を抱く者は、それでよしとして済ませるものなのだろうか、と。その鈍痛のような違和感は、わが内なるカオスと同期して静かに暴れ出すと言うべきか。当論考のモチーフはそこにある。

（二）構造主義思潮の席捲と黒田喜夫の孤軍奮闘

文体と言おうか、奥野健男の晴ればれ然と表面をおさらいするような言い表わしは、読者の胸底に言いようのないものを置き去りにするところがあったと思う。一九八〇年代に掛けての晩年の黒田喜夫の孤軍奮闘事象の種《たね》は、ここあるいはこの辺りで撒き散らされていた。気の抜けたビールをいくら呷らされても、胸奥のストレスの固塊が融けることはない。一九六〇年代後半から一九八〇年代に掛けての黒田喜夫の仕事は、奥野流儀を一典型とし陸続することになるお気軽なあるいは柔《やわ》な文学ないし時代認識に対する異議申し立てだった。

奥野流儀の物分かりのよさと言うより、それに異を唱える者のいない時代相の軽さを遺伝子レヴェルで埋め込まれているような種子は、多様な芽噴きを見せて、温暖湿潤な戦後のこの国の時空を謳歌することとなる。この辺りについてはけっこう複雑で、私は二冊[*4]もの紙数を費やしてもかならずしも整理し切れなかった恨みがあるが、ここに繰り返すわけにはいかない。

これを要するに、一九八〇年代に掛けてのこの国の少なくとも文学領野は、西欧構造主義思想席捲の煽りを受けて足元を掬われてしまった。苛烈な夏の心地悪いわけではないビアホールと言おうか、夜のクラブと言おうか、その騒ぎ（宴？）から醒めてみると、一九九〇年代のこの国の文学領野は夢の跡そのものだったとだけ振り返り、先を急ぎたい。

三　いま、なぜG・ベイトソンか？

（一）異色の思想家G・ベイトソン

いわゆる読書家的な知的渉猟、その狭隘さに掛けては人後に落ちない私が、G・ベイトソンを知らずに今日まできたことには、一理あるのかもしれない。その経歴、人となりといい、思索、主張といい、重畳輻輳の具合いにおいて彼はあまりに異色だからである。

そのプロフィールは略記するにも不可能に近いが、あえて私なりに試みるならつぎのようになろうか。これまた異色であった遺伝学者の父W・ベイトソンの深い薫化を素地にしてであるが、まず遺伝学の教育を受け、文化人類学者としてニューギニアやバリ島のフィールドワークを積んだ後に、情報工学、サイバネティックスの世界の感化を受け、人生の後半は精神分析とコミュニケーション理論そして広くいわゆる哲学の研究に疲れることを知らなかった。――しかしこれでは疎漏にすぎる。

G・ベイトソンの『精神の生態学』の原題は「精神の生態学へのステップス」。訳者の佐藤良明によれば、「このステップスの一歩一歩で、〝正統派〟の諸学に対する闘いが仕掛けられている。文化研究、学習理論、精神病理学、生物進化論、情報理論、一般意味論、動物記号論、無意識論、性格論、芸術論、環境論……。切り離された個ではなく、関係が基本となる思考領域をひとつひとつ覗いていって、その領域での立論の甘さを検証しながら、長い時間をかけ、ひとつの思索体系をいわば素手で築いていった、そんな冒険者の物語がこの本に潜んでいる。*5」

前記ドミニク・チェンの紹介の言を借りれば、これで言い尽されているわけではまったくないが、G・ベイトソンの捉えどころのない思想営為の別の角度から見た一端を伝えている。G・ベイトソンが一貫して考えたのは、「「人間が機械的な思考ではなく、生命的な思考を持つにはどうすればいいか？」という問いだった。彼は、精神分析家カール・

ユングの用語を借りて、主観の影響を受けない非生命的世界［pleroma］ではなく、主観的な知覚の差異から情報が発生する生命的世界［creatura］にこそ着目するべきだと考えた。[*6]」

しかしこれだけ引用を重ねてみても、私自身としては、G・ベイトソンの思想営為の核心にある巨視的ダイナミズムと微視的緻密さ加減の取り合わせの妙を伝えるには物足らないものがある。G・ベイトソンには自ずと揺るぎなさを加え続けた、研究に臨むに当たってのカント流の格率（主観的な行為準則）があった。それは、着眼・発想は能う限り大胆に、考察・検証は能う限り「細かな目配りによって遺漏なき」を期すこと、これであった。

当該著作の随所で私たちが遭遇する着眼・発想の大胆を一、二例拾えばこうである。文章表現上の修辞の類とは真逆の言述であるから度肝を抜かれる。

まずひとこと、わたしの信念を述べておきたい。動物の左右対称性という問題も、植物の葉の配列パターンも、二国が競って軍備拡張するプロセスも、愛の進行過程も、あそびの現象も、センテンスの文法構造も、生物進化の謎も、現在危機的な状況を迎えている環境問題も、わたしの提唱する観念の生態学の視点からのみ、理解することができるのだと。[*7]（傍線大場）

自然界のあらゆる分野の現象に、同じ種類のプロセスを探っていくことができるのではないか。そんな神秘的な考えに、わたしはすっかり染まっておりました。結晶の構造と社会の構造とに同じ法則が支配しているかもしれない、とか、ミミズの体節の形成プロセスは溶岩から玄武岩の柱が形成されていくプロセスと比較できるかもしれない、とか。

今のわたしなら、同じことをこう表現するでしょう。——ある分野での分析に役立つ知的操作が、他の分野でそのまま役立つことがある。自然の枠組（形相《エイドス》）は分野ごとに違っていても、知の枠組はすべての分野で同じである、と。しかしかつてのわたしは、そのことをより神秘的な表現において信じたのです。…略…ヤマウズラの羽のパターンを分析しているときでも、いま自分は自然のパターンと規則性という大問題と向かい合っているのだ、その答えの一かけらを摑もうとしているのだ、という意気込みを持つことができました。…略…人類学の研究に、自然科学の分野で学んだことが役に立つということをわたしは疑いませんでした。

…略…

…略…生き物と社会とのアナロジーが不健全だと思ったことは一度もありません。…略…今日では、この種の「分野主義」を貫く学者の数は減り、一つの複雑な機能システムの分析に役立った方法が、それに似たどんなシステムの分析にもしばしば役立つのだということが了解されてきています。[＊8]

（傍線大場）

G・ベイトソンも言うとおりのこうした神秘主義的でさえある大胆極まりない着眼・発想一つひとつの、緻密な考察・検証の例をここで辿ることはできない。それは一見してはだが、冗長であり（この冗長性がまたG・ベイトソン思想にあっては枢要な鍵概念なのだが）、膨大であるため、にわかには不可能だからである。当論考の論の運び上、三の（二）の2及び3の項でその一端を後述する。

なお、右引用傍線部に関連し付記しておいていいことがある。二〇二一年一〇月五日、真鍋淑郎の当該年ノーベル物理学賞受賞が発表された。対象業績は二酸化炭素の温暖化影響予測。選考委員会が「現代の気候の研究の基礎」と評価するこの真鍋の仕事は、一九六〇年代の自らの地球気候に関するモデル開発にまで遡る。地球面が太陽から受け取ったエネルギーから宇宙に逃げていくエネルギーを差し引いた放射収支と空気の縦の動きが互いにどう影響し合うかのシミュレーションである。このたびのノーベル賞の対象となった業績は、その大気モデルにさらに海洋モデルを合体したシミュレーションである。G・ベイトソンが一九四〇年四月の講演で語った右引用の言述中傍線部の「分野主義」の障壁は真鍋によりつぎつぎと乗り越えられ取り払われて今日まで積み上げられてきた成果であることが分かる。素粒子物理学、核物理学、宇宙物理学等の物理学の諸分野にとどまらず、気候学、気象学、地理学、海洋学……等々数限りない分野に亘る学問の成果がその「分野主義」の障壁が取り払われることで総合化されている。その延長上に当該シミュレーションは可能態から現実態へと姿を現わすことができた。二〇二一年に生きる私たちは、この業績に深い感慨を覚えずにおれない。

　コロナパンデミックのさなか授賞式は取り止められ、二〇二一年一二月七日居住地アメリカで受領した真鍋は、記者団を前に「科学者と政策決定者のコミュニケーションの重要性」について語っている。これはまさに四〇年前に没したG・ベイトソンの思想の核心部に熱く火照っていたメッセージでもあったことは言うまでもない。

（二）G・ベイトソン思想の脈搏つ精髄について

1　G・ベイトソンにあっての構造主義思想との問合いの取り方

構造主義の静かながら深いところでの衝撃、その大きさはつぎのような事案から容易に推し量られよう。「野蛮人とは野蛮を信ずる者のことだ」と手厳しいC・レヴィ＝ストロースの西洋文化の偏見（自民族中心主義《エスノセントリズム》）に対する根底的批判、あるいはM・フーコーのエピステーメー論等である。前者から私は、自らが学んできた世界史は、世界の歴史などではまったくなく、この地球上の陸地からすればその一隅でしかない西洋、その歴史にすぎないことを納得させられた。後者もまた私には衝撃的な知見だった。それは各時代時代に固有な物の見方、考え方の枠組ないし思考の台座を問うもので、諸学、諸思想に対しそれぞれ根底的な相対化の認識を促して止まぬ破壊力を持っていた。従前の諸学、諸思想の側から言えば、初期化・リセットの必然を突きつけられる側面があった。他方構造主義思想の側にも、破壊・リセットを迫って終るわけにもいかないといった思索努力も必然であった。ポスト構造主義と括られたりするJ・デリダやG・ドゥルーズはその系譜で読めるだろう。

　こうした思想・思潮の錯綜・混乱からの脱却ないし超克の問題意識はG・ベイトソンにもあったことはその言述から分かる。と言うより、彼の異色の思想遍歴と形成のトータルがそれそのものだった。それは一時代を風靡するなんらか特定の流行思想に異を唱えるといったこととはまったくスケールを異にする。そこにG・ベイトソンの捉え難さもあるのだが、リセットの不可避云々で終わるのではなく、新たな学の再建を希求した。つまり書斎における概念操作ではなく、つねに常識の側に立ち、明晰さだけに導かれながら、学の再建を目指しながら、反語的になるが具体の場で実践することでしかなかった。精神分裂病（現統合失調症）のダブルバインド理論は、精神分析学界を揺るがし、その再建の礎となったと言って過言でないG・ベイトソンの業績のひとつ。それはイルカ研究所でのイルカ調教体験や精神病院での家族の治療に当たるなかで発見し、練り上げられたものだった。

一九〇四年に生まれ、一九八〇年に没したG・ベイトソンの生涯は、西欧におけるシュルレアリスム勃興期から構造主義終焉期に掛けてに当たる。そのある意味では思弁の世紀におけるきわめて独創的な手探りの思想の建設であっただけに、その形成に当たっては、時代風潮として吹き荒れ、流通する構造主義の負の側面との対峙は不可避だった。しかし『精神の生態学』にあっては、構造主義的な思弁に対する直接思弁による言及にはお目に掛かれない。思えばそれは当然である。その場がG・ベイトソンには書斎ではなく、徹底してフィールドでなければならなかった必然は、そこに炙り出されている。この著作の随所に繰り広げられている彼の、思弁的ではないという意味での一見して平易な言述には、抽象性に特化した構造主義の限界性の玩味が沈められていると私には読める。その構造主義の鋭利さを一方では享けながらの限界性の玩味である。

たとえば、一九四〇年の「科学と哲学の方法」をめぐる学術会議での講演で、つぎのように語っている。「わたしの信念を貫くには神秘主義の支えが必要だった」と振り返ったうえでの言述である。

> 神秘主義の世話になったもう一点は、今日のお話のポイントに密接に絡んでくるものです。A新しい、より厳密な思考法や表現法を見出して科学者としての自信を強めるとき――つまり、見出した象徴論理に思考を委ね、このやり方で行けばいいのだという「操作主義」に走ってしまうとき――新しい思考を行なう能力が減退するということが起こる。もちろん、B形式主義の持つ不毛な厳密性に反発するあまり、勝手な考えを連発していったのでは何にもなりません。科学的な思考の前進は、ゆるめられた思考と引き締められた思考の合体によってもたらさ

れるものであり、両者のコンビネーションこそが、科学研究においてもっとも大切な道具であると思うのです。[*9]

（傍点原文、傍線大場）

右引用中の傍線Aには、当時の西欧の思想界にやがて広く流布すべくトレンド化しつつあった構造主義的方法論の限界性についてのビビッドな考察、玩味が沈められている。この傍線Aにある「操作主義」、傍線Bの「形式主義」はいずれも構造主義的思考の典型的属性。傍線BにはG・ベイトソンの自らを振り返っての自戒を込めた省察が読める。

傍点部分の「合体」、ここにG・ベイトソンの構造主義思想との間合いの取り方がある。それは構造主義に対する単なる外在的批判ではない。これを一歩退いて眺めてみればどうだろう。超現実主義《シュルレアリスム》から構造主義への思弁の世紀、その時間軸の連続性は、思想空間的にもまた地続きである。G・ベイトソンの生きたこの時空に深く思いを至してみると気づくのである。感覚の側面からスポットを当てればそこには超現実主義《シュルレアリスム》があり、論理の側から注目すると構造主義が現われる。そのふたつの曰く言い難く混じり合うそのあわいで、片やその長所は能う限り解き放ち、片やその短所は能う限り矯め直すという独得な心的態度ないし習慣をG・ベイトソンは編み出し育て上げていくことになった。

ふたたびG・ベイトソンの言い表わしを借りるなら、「この二重構造をもった思考習慣」すなわち「思考のゆるやかさを保証しておいて、そこから生まれてきたものを、ただちに具象のレベルに引き戻して厳密にチェックする。[*10]」この手探りの方法は、成果が得られるようになるにつれ、手応えを増していく。こうしてフィールドが広がるにつれ、方法は方法論へと錬磨されていく。ここにG・ベイトソンが自ら銘打つことになるSteps to an Ecology of Mindすなわち『精神の生態学』が立ち現われることになる。ここに見られる学的方法論は、ユニークさにおいて例を見ないだけでなく、さらに肝腎なことには、私たちの未来はこの先にしかあり得ない——この考え方が体系化された精神の生態学と不可分であることは言うまでもない。

2　G・ベイトソンによる「科学者の仕事」の図解

G・ベイトソンは、「序章　精神と秩序の科学」の本論部分で、「科学者の仕事を示す図」だとして「三つの欄《コラム》」を提示している。「図」と名辞しながらいわゆる図の提示はなく「三つの欄《コラム》」の話体による説明である。これは学生への講義の導入部での話である。彼によれば、「彼ら（学生…大場挿入）はデータから仮説へと帰納的に思考と議論を進めていく訓練は受けていても、科学と哲学の基本原理から演繹的に導き出した知識を仮説と照合していく訓練に欠けて（傍点原文）」いる。そこで講義の冒頭G・ベイトソンは、これからを生きる学生たちには身につけて欲しいと自らが依って立つ思想営為上の原理原則を説諭する。これは学的方法論にほかならない。

G・ベイトソンの文章ないし説明は、一見ざっくばらんで親しみ易く平易なのだが、訳者佐藤良明の慎重丁寧な翻訳技もさることながら、その文章の隅々に精緻にして明晰な思考が行き渡っていて驚かされる。精緻平易の代償としての冗長性もあって略記は至難。だからと言ってズルズル全文を掲げるわけにもいかない。以下、「　」はG・ベイトソンの文言そのままであることを断わりながら試みれば、「三つの欄《コラム》」の大要はつぎのとおりである。

（1）　第一の欄《コラム》は「未解釈のデータ」（左の欄）

G・ベイトソンが学生たちに並べてみせたのは、「人間と動物の行動を映した記録フィルム、実験の記述、甲虫類の足の記述または写真、人間の発話の録音テープ等々」。しかし「〝データ〟というのが事象eventsや対象objectsそのものではなく、つねに事象と対象の記録、記述、記憶である」と述べ、「科学者と対象の間には、つねになまの事象を変換し、別のコードに移し変えるプロセスが介在する。物体の重さは他の物体の重さとの比較によって、または計量器による測定によって得られる。人間の声は、テープの上の磁気的な変化として記録される。そのうえ、手にしたデータがつねになんらかの選択を経た後のものだということも避けられない。（傍点原文）」「厳密には、〝なまの〟データというものは、存在しない。すべての記録は、何らかのかたちで、人間か器具による編集と変換を受けたあとのものである」と留意を喚起する。「そうはいっても、データが最も信頼のおける情報源であることに変わりはない。科学者はデータから出発し、データに立ち返っていくのでなくてはならない。」

（2）第二の欄《コラム》は「〝研究促進的〟概念」（中央の欄）

つぎに並べたのは、「定義が不完全のまま行動科学で一般に用いられている説明概念のかずかず」。その例示として、「〝自我〟〝不安〟〝本能〟〝目的〟〝精神〟〝自己〟〝固定的動作パターン〟〝知性〟〝愚昧〟〝成熟〟など」。これら〝研究促進的〟概念の実質はといえば、「ほとんどがその場その場で適当に作られたバラバラの観念であって、したがってそれらが寄り集まったときには、理解を曇らせる暗雲しか形成しない。」それで彼は言う。「これでは学問の進歩を遅らせるばかりだと、おそれる次第である」と。

（3）第三の欄《コラム》は「基底の知」fundamentals（右の欄）

これには二種類があって、

①「「真である以外ない」truistical 命題または命題系」

これは、「人間の定めた公理と定義の通用する範囲のなかだけで同義反復的 tautological に成り立つ命題のこと」で、「数学の、いわゆる「永遠の真理」は、ここに含まれる。「もし数というものが適切に定義され、もし足し算の演算法が適切に定義されたなら、その仮定のもとでは、5＋7＝12である」ということである（傍点原文）」。

②「どのようなケースにも一般に真である命題——いわゆる「法則」」

この「科学的に（すなわち経験一般について）真である命題には、質量とエネルギーの保存の法則や、熱力学第二法則などが含まれるだろう。」

「しかしトートロジカルな真理と、経験に基づく一般法則との境界は、実は明瞭でない。わたしのいう「基底の知」のなかには、まともな人間なら誰も「真」であることを疑わない命題でありながら、それが「経験的」なものか「トートロジカル」なものか容易に見定められないものが多いのだ。情報理論におけるシャノンの定理もそのひとつである。*11」（傍線大場）」

この傍線部分には、「三つの欄《コラム》」のなかでもっとも肝腎な「基底の知」のことであるだけに、思想家であり哲学者であるG・ベイトソンの高度に学術的レベルでの留保の表明があり、読者の目を引くが、このことへのこれ以上の敷衍は私の力に余る。しかし訳者佐藤はわざわざ訳注を付してシャノンの定理をこう説明してくれているので貴重な参考としてここに記しておきたい。曰く「16枚のトランプから、Aが1枚を心の中で選び、Bがそのカードがどれか「イエス・ノウ」の質問で言い当てるという状況では、Bは少なくとも4つの質問をする（4つの「情報」を得る）ことが必要である。この「4」という答えは、シャノンの公式によると、$\log^2 16=4$として導かれるのだが、しかしこの、いつでも必ず正しい事実は、純粋に経験的ともいえないし、純粋に数学的ともいえない。[*12]」

（4）「三つの欄《コラム》」についてのとりあえずのまとめ

こうした「三つの欄《コラム》」の説明を慎重に読んでみると、ここには、構造主義思想が立ち上がる（ないしはその思想そのものとしての）方法論と同質の厳密な吟味が働いている（ないしは駆動している）ことに気づかされる。隠されたモチーフであるかのように。まずその指摘をしたうえで、この項ではG・ベイトソン思想の脈搏つ精髄についてとりあえずのまとめをしておきたい。

G・ベイトソンによれば、「このように図示してみると、科学という営みの全体について、また個々の研究が立つ位置とそれが向かう方向について、多くのことがいえるようになる。――「説明」とは、「基底の知」の上にデータをのせて地図を描くことだ、とか、しかし科学の究極の目標は基底的レベルでの知識を増やすことにある、とか」と、「三つの欄《コラム》」の図示の試みの成果を確かめ得ることになる。別に言えば、ここに読者の意表を突く一見奇妙な「三つの欄《コラム》」の図示の試みの成果があるということになる。またここに、「三つの欄《コラム》」の整理がG・ベイトソンの学的方法論の提示ということにもなる所以がある。

これは、G・ベイトソンの単なる調子に乗った自画自讃などではない。すぐ続けて当時（一九四九年）の学術界を平易な言葉で批判する。その仕方は、おそらく学術的には辛辣そのものだった。彼の言う「五十年あまり」と言えば、構造主義思想の駆動源となった構造主義言語学の祖F・ド・ソシュール（一八五七～一九一三年、主著『言語学講義』の出版は一九一六年）の仕事が想起される。しかしここでこれはそのソシュール批難として言うわけではない。なんと言ってもソシュールの業績は不朽である。その言語学の偉業は破天荒なものだっただけに、異を唱える余地がないほどの明晰さをもって仕上げられるまでには至らなかった。知的営為に携わるものとして学術界には、その衝撃を自ら咀嚼し得ぬままの、つまり構造主義理解ないし批判の不徹底に起因する底の浅い展開のみ蔓延するようになる。無自覚的の故にであるが結果的には、臆面もなく自ら高度化に向けて驀進する資本主義経済のサーキュレーターを任ずるようになっていく。学術界の一隅でG・ベイトソンは苦々しくその様子を見透していた。

> 科学研究の進行プロセスが圧倒的に帰納的である、また科学は帰納的に進んでいくべきだと信じている研究者が多く見られるようだ。さきの図でいうと、彼らは〝なまの〟データを検討し、そこから〝研究促進的〟概念に移行していくことが進歩なのだ、と考えていることになる。それら〝研究促進的〟概念は、〝いまだ検証中〟の仮説であって、さらに多くのデータによってテストしていかなくてはならないけれども、そうやって徐々に修正と改良を加えていけば、最後には「基底の知」のリストに加えて恥ずかしくないものが完成する、というわけだ。ところが現実はどうだったか。何千という頭脳明晰な人間が五十年あまりも、そのやり方で研究に励んだ結果、できたのは数百に及ぶ〝研究促進的〟概念の山ばかりではなかったか。真に基底的な知が、ひとつなりとも生まれただろうか。*13
>
> （傍点原文、傍線大場）

これは一九四九年の民族学者としてのカリフォルニア州パロアルトの退役軍人局病院での精神科の医学実習生相手の講義。そのシチュエーションは学術会議等の学界の場であるわけでもなく、この講義のなかでの言述を私のここでの引用文脈に嵌め込むのには無理があるように見える。加えて限られたこの講義の対象相手という言述上のシチュエーションの狭さもある。しかしこの言述には、二〇世紀中葉のトレンド化しつつあった構造主義思潮下の諸科学諸思想の混乱した実情の一端を垣間見ることはできると思う。蛇足ながら、傍線を付した「帰納的」方法へのG・ベイトソンの見解は、「〝なまの〟データ」などというものはあり得ないという情報科学のイロハに根を降した透徹した思考の帰結であることは見落せない。

実際すぐ続けてのつぎの言述からは、さらに具体的に、広く西欧の学術界に対する相当な苛立ちが聞こえてこないだろうか。国際的なさまざまな学界等諸大陸を股に掛けて活躍していた彼の言葉であることを考慮すれば、これが当時の世界の学術界の実情だったと私には推断される。曰く、

現代の心理学と精神分析学と人類学と社会学と経済学で用いられている概念のほとんどが、科学の基本原理がつくる知のネットワークから完全に浮きあがったものであることは、あまりにも明白である。[*14]（傍線大場）

なお、この言述中傍線Aが掲げる諸学は、G・ベイトソン自身が自ら踏査研究を重ね、具体的業績を残している分野ばかりであるのはいかにも彼らしく、注目されていい。そして傍線Bのネットワークは、当時かならずしも世に自明のものとしてすでに存在していたものではなく、むしろG・ベイトソンが断出してこれから世に示さずには済ませない可能態としてのネットワークと言うべきものだった。そのことは、当該『精神の生態学』を熟読するほどに納得の度を深めることができる。

傍線Cは当時の学術界への苛立ちの枢要点である。先述したソシュール思想の咀嚼の生煮え振りが根にあるということでもあろう。話は飛ぶことになるが、フランス経由の構造主義思潮の席捲に見舞われた日本の文学領野の焼野原を見たことがある者にはまさにデジャビュで、これまた納得というものだろう。

ことのついでに記憶を掘り起こし私見を畳み掛けておくなら、先述G・ベイトソン講義の頃からはやや時代は下るが、日本の現代詩分野についてはその浮き上がりはさらに歴然だった。大きくふたつの傾向があって、ともに席捲する嵐の凌ぎ方としては惨めだった。片や文学者としての自らの身を滅ぼし、片や自信喪失から自己を見失う結果を招く。平出隆の詩「余白の凧は碧ぞら」[*15]や吉本隆明の評論「修辞的な現在」[*16]は、構造主義の風雨に向かって漕ぎ出そうと

しての前者の典型例である。これに対し、後者の事態はけっこう複雑である。多くの同人誌があったが、咀嚼の困難から構造主義を敬遠ないし回避したと括られようか。また前者の盲目的模倣という崩れ方も混在していた。旧態依然今日に尾を引くこうした多様な後者の有象無象の一群に詩を書く理由の喪失があるとすれば、それもまた悲惨というものだろう。

3　近代科学・哲学の病原診断と未来展望の処方箋

壮大この上ないG・ベイトソンの思想営為のトータルは、この見出しの言い表わしに尽きる。当稿のこの項では、その最奥部分の一画にスポットを当てながら、当稿の結論の前提を整えてみたい。

（1）　近代科学・哲学の病原探索

①近代冒頭のデカルト等の二元論・二項対立論理

近代科学・哲学の病原探索は、厳密にはギリシャ以前にまで遡る必要があろうが、近現代という時代の駆動要因と名指しされて逃れようのない近代科学が問題である限りは、近代の始まりに当たるデカルトの二元論（その心身二元論を見れば分かり易い）近辺とするのが当を得ている。この近辺の二元論者（思考の運びの基底に二元論を採る人）の一群には、ほぼ同時代人として近代科学の雄ガリレオやニュートンもいるが、こうした二元論（二項対立論理の源泉でもある）が、以後世界を領導し、私たちの現代にまで至ることになる。

G・ベイトソンは近代科学・哲学の病原探索上照準を外すことができない一画はまずこの近代の始まりにあることを強調して止まない。ここではこれ以上立ち入ることはできないが、二項対立論理の典型たる「矛盾律（Aと非Aは両立不可）」に代表されるアリストテレス論理学の延長上に近代科学・哲学は組み立てられてきた、その今日まで延命しているのが近現代の科学であり哲学。その巨星として疑う者はいないだろうたとえばダーウィンやフロイトの理論に対するG・ベイトソンの批判には容赦ないものがある。彼らの業績には動かないものありとするのではなく、彼の主張は、私流儀に解すれば、私の言う今日のカオス態へと至る淵源のひとつとして私たちを追い込み苦しめていると言わんばかりなのである。

この辺りについては、モリス・バーマンの膨大な科学・哲学史的仕事が巧みに描き出しているので注記（＊1）の著作に譲りたい。壮大なG・ベイトソンの思想の敷衍化と普遍化のその先に「世界の再魔術化」を見ようとし、そこに今日のカオス態へのこれからの私たちの向かい方があることを暗示するものとなっているのだ。

②G・ベイトソンの学的方法論の具体

もう一画は、G・ベイトソン自身の学的方法論の具体が明かにしてくれているのである。さきに一九四九年頃のそれを「三つの欄《コラム》」を見渡すことで確認した。彼にあっては、この方法論は晩年に至るまで陶冶されることはあっても揺らぐことはなかった。彼の思想の本質に関わることでもあり当然である。ここではそのことを、その後のG・ベイトソンの言い表わしで確かめておきたい。その方法論の揺るぎない厳密性には驚かずにいられない。

ア 〝研究促進的〟概念の検証――〝本能〟について

さきに三の（二）の2の（2）で見た〝研究促進的〟概念のひとつとして例示されていた〝本能〟という概念が、いかにいい加減な概念であるかについて、みごとな説明をしてくれている。つぎは、『精神の生態学』の第一編「メタローグ［F（父――G・ベイトソン）とD（娘――メアリー・ベイトソン）の対話の形を取っている］」の最終章からの引用である。

D　パパ、本能って、何なのかしら？

F　本能とはね、一つの説明原理さ。
D　何を説明するもの？
F　何もかもだ。説明してもらいたいことなら何でも説明してくれる。
D　うそでしょう？　重力は説明してくれないわ。
F　それはだね、誰も〝本能〟で重力を説明したくないからだ。その気にさえなれば、立派に説明してしまうよ。「月は、距離の二乗に反比例する力で、物体を引きつける本能がある」とかね。
D　そんなのナンセンスじゃない。
F　そうさ、だが「本能」なんてことを言い出したのはおまえだぞ。パパじゃない。
D　いいわ。でも、じゃあ、パパ、重力は何で説明したらいいの？
F　重力を説明するものか。それはね、ないんだ。なぜなら重力が一つの説明原理だからだよ。[*17]

（以下略）

説明原理、それはたしかに〝研究促進的〟概念にすぎない。興味深い対話はこの後も続き、私たちの常識とされるに至っている知見はつぎつぎ覆えされていく。ニュートンの重力の発見は〝発見〟ではなく〝発明〟だと指摘、本能も誰かが〝作った〟概念にほかならないことを明らかにする。

〝本能〟といえばフロイト理論のキーワードのひとつ。しかしそれはこうして精神分析学の学術用語termとしての成立（ないし定義）さえ妖しげなものであることを説明（ないし検証）されてみるとどうか。近現代科学史上不朽のレガシーとして、今日なお将来に向けて参照され続けるのかもしれないフロイト理論に対するこれ以上手厳しい皮肉はあり得まい。精神分析学の屋台骨はどうなっているのか？　は、G・ベイトソンに指摘されてみると私にも起こる疑念となる。

イ　〝基底の知〟についての検証——〝差異〟について

〝基底の知〟の一例として〝差異〟の基底性について、G・ベイトソンの学術論文から抜き出して確かめてみる。

> きこりが、斧で木を切っている場面を考えよう。斧のそれぞれの一打ちは、前回斧が木につけた切り目によって制御されている。このプロセスの自己修正性（精神性）は、木—目—脳—筋—斧—打—木　のシステム全体によってもたらされる。[A]このトータルなシステムこそが、内在的な精神の特性を持つのである。
>
> 正確には、次のように表記しなくてはならない。［木にある差異群］——［網膜に生じる差異群］——［脳内の差異群］——［筋肉の差異群］——［斧の動きの差異群］——［木に生じる差異群］……。サーキットを巡り伝わっていくのは、差異の変換体の群れである。[B]その差異のひとつひとつが「観念」——情報のユニット——であるわけだ。
>
> ところが西洋の人間は一般に、木が倒されるシークエンスを、このようなものとは見ず、[C]「自分が木を切った」と考える。それればかりか、〝[D]自己〟という独立した行為者があって、それが独立した〝[E]対象〟に、独立した〝[F]目的〟を持った行為をなすのだと信じさえする。[*18]
>
> （傍点原文、傍線大場）

これ以上平易で分かり易い文章はめったにない。それでいて深遠な哲理が表現されている。深遠であるが故にこそであるわけだが、それに止まらず、R・デカルト（一五九六〜一六五〇年）からJ・デリダ（一九三〇〜二〇〇四年）までの近現代西洋哲学史のエキスの鷲摑みがここには現出している。このことを味読する意味でも、付した傍線部分について注解を加えてみたい。

傍線Aのなかの「精神」の原語がmindであることはすでに述べた（当稿注記＊7の訳者佐藤の訳注）。この精神という概念がいかなるものであるかについては驚くほかない。自動調速器のついた蒸気機関やバイメタルや水銀の膨張を応用したスイッチにより自動的に熱源を制御する屋内温度調節用サーモスタット、生き物、人間の身体はおろか精神までをも通底する概念で、そのあらゆる「内的な精神の特性」はベイトソン思想を支え貫く基底概念である。このことをストンと腹の底に落とすためには、物心二元論に発する旧来の認識に深く汚染されて生きている私たちには、G・ベイトソンの渾身の著作『精神の生態学』の熟読玩味が不可欠であることだろう。

傍線Bもまた、私たちは何度読み返しても読み過ぎることはない。この〝差異〟がまた基底の知の重要なひとつだからである。コンピューターの根本原理のいわゆる〇《ゼロ》と1《イチ》の関係は〝差異〟にほかならず、ほかにはなにもない。これが立派に〝情報の一ユニット〟なのだ。なお、この〝差異〟は、構造主義のアポリアの超克に心を砕いたポスト構造主義者の一人J・デリダの主著の一冊『差異とエクリチュール』の〝差異〟でもあることを付言しておきたい。

傍線Cの「自分」は、Dの「自己」と同じである。デカルトが方法的懐疑を潜り抜けてこれ以上疑い得ない知として「我思う、故に我あり（cogito,ergo sum）」を発見するに至ったとされる、この「我」である。デカルトは純粋知性たる人間の精神は延長体としての全宇宙を数学的に把握できるとし、徹底した物心二元論を展開した。その二元論哲学は西洋とくにその近代哲学史上の一大エポックとして、以後G・ベイトソンの言う「西洋の人間」のみならず、今日の現代文明を生きる私たちの認識一般の枠組を左右し決定するという意味で、ありがたくない迷惑な影響を及ぼし続けることとなる。

傍線Dの「自己」については、先のG・ベイトソンの〝研究促進的〟概念の例示にも挙げられていた。Eの「対象」そしてFの「目的」も〝研究促進的〟概念の仲間である。するとどうか、G・ベイトソンに教えられてみると、デカルトの哲学著作から、これらの概念を拾い上げてきて、デカルトはこれらG・ベイトソンのいわゆる「その場その場で適当に作られたバラバラな観念」を連ねることで哲学理念を吹聴していたのだという事例集を私たちは編むことさえできることになる。

近代科学・哲学の病原はここにある。要するに、デカルトの「自我」観や物心二元論、その延長上に構築されている近代科学・哲学の危うさをG・ベイトソンは指弾する。それが近現代の文化・文明を構成し私たちを取り巻くことになっているからである。S・フロイト（一八五六〜一九三九年）の思想を例に取れば、その精神力動論や精神分析論は、やがて精神医学の分野を超えて社会学、文学、芸術論、現代思想……等々諸領野へ多大な影響を及ぼし今日に至っている。彼の〝自我（エゴ）〟〝超自我（イド）〟論や〝本能〟論、それらの「〝いまだ検証中〟の仮説であって、さらに多くのデータによってテストしていかなくてはならない（＊3の二五ページ）」〝研究促進的〟なものにすぎない概念、それらが抱えている不完全さや錯誤で、近現代科学・哲学の病根・病巣は培養され固められて今日に至っていると言い表わすこともできる。このことへの根底的気づきなり再検討なりが野放図に放置されていることへのG・ベイトソンの苛立ちには深いものがある。

（2）　未来展望に向けてのG・ベイトソンの処方箋

①処方箋の内容について

G・ベイトソンは、コージプスキーの「地図と土地」、その両者の別についての話を多用する。「土地がそのまま地図にのるのではない――この一般意味論の大綱に異議を唱える人は、ここには一人もいないはず」と言い、「土地から地図に入り込むのは「差異」以外はありません。海抜高度の差異であれ、植生の差異であれ、人口構造の差異であれ、地表のありさまの差異であれ」といった具合いで、平易そのものでありつつ、緻密にして明晰なその論述の咀嚼はかならずしも容易ではない。多くの領野にまたがる濃厚にして深遠な思想ではちきれんばかりの七〇〇ページ余の大冊『精神の生態学』を読了してみると、しかし貫かれている棒のごとき揺るぎない主張・展望に気づかされる。約言すれば、身の回りに混迷の度を加えつつあるカオスの最深奥部への対峙となろうか。倦むことのないホーリスティックなアプローチである。

私には、それは未来展望に向けての処方箋と読める。とは言え、その言い表わしは単純ではなくまた多岐に亘る。その処方箋のいくつかを任意に拾い上げて面前してみることで、その揺るぎなさを確かめてみたい。

［その一］

わたしに今見えているもの——わたしの意識が捉えているもの——は、わたしの網膜に変化を起こす出来事のうちごく一部が、無意識のうちに編集されたものであります。その過程で目的が絡み、これがわたしの知覚を導いています。…略…

視覚の総体から、目的にかなうものだけが引きだされ、それによって世界の図柄が決定されたとしたら、サイバネティックなシステムは——一個の森林や一個の有機体は——どのような姿になってしまうでしょうか。

…略…

たしかに意識にしたがった生き方を、人間は百万年もつづけてきた。意識と目的とは、少なく見積もっても過去百万年、われわれの種（大場注…ホモ・サピエンスつまりわれわれ人類くらいの意味）の特徴となってきたものであり、…略…

…略…わたしが恐れるのは、意識という大昔からのシステムに、現代のテクノロジーが加わった点にあるのです。今日では日々効率を増していく機械が、交通システムが、飛行機と武器と医薬品と殺虫剤が、意識の目指すところを強力に推進している。目的と意識の側に、身体のバランスも社会のバランスも生態系のバランスも、すべて突き崩す力がついてしまった。ひとつの病理が進行中なのであります。*19

[その二]

しかし（病理の…大場挿入）診断ばかりしていてもはじまりません。治療法を探さなくてはいけない。…略…

まず「謙虚さ」というものが必要になるでしょう。これを道徳理念としてではなく、科学哲学における一項目として提示したいと思います。産業革命の時代にさまざまな災難が人間にふりかかりましたが、「科学的態度」と呼ばれるとてつもない不遜を身につけたことにまさる災難もなかったのではないでしょうか。こうすれば汽車ができる。紡績機ができる。…略…宇宙は物理的・化学的にできていると見なされ、人間がその絶対的支配者であると見なされた。生命現象もいずれは試験官《ママ》のなかの反応のように制御できるようになるという考えが横行し、

…略…

この「科学的不遜」はすでに時代遅れのものになっている…略…それにかわって、人間はより大きなシステムの部分であり、部分は全体をけっして制御できないのだという、謙虚な科学的ビジョンが生まれてきています。[*20]

［その三］

（G・ベイトソンにあっては観念や行為はきわめて複重的に形成される…大場注）こうした「複重的決定網」は、生命世界のあらゆる領域に見られるものである。動物と植物の各器官の構造においても、行動の各細目においても、すべては（遺伝的レベルでも生理的レベルでも）多数の要因の相互作用のなかから決定づけられている。また、生態系内でたゆみなく進行する多数のプロセスも、その一つ一つがこのような「複重」の決定を受けている。

生命システムにおける決定機構は「複重的」であるとともに「間接的」にはたらくという点にも注意しておきたい。生物界で、なんらかの必要が直接的に満たされるケースというのはごく稀にしか見当たらないのだ。ものを食べるという行動を引き起こすものは、「飢え」ではなく、食欲と習慣と社会慣習である。呼吸活動は、酸素の欠乏ではなく二酸化炭素の過剰によって活性化される。

これに対して、人間社会の設計者やエンジニアは、特定の必要をきわめて直接的なやり方で満たそうとする。彼らの作り出すものの生存性が低い原因は、そこにあるのだろう。食餌行動というような生命のためにきわめて重要な行動を、きわめて広い状況で、さまざまな圧力の下で、間違いなく生じさせるには、多数の異なった誘因を作っておくことが必要である。もし食餌行動の引金を引くものが、「血糖量の低下」だけだったとしたら、その単一のコミュニケーション経路に異常が起こっただけで、生命が危険にさらされてしまう。生命にとって本質的な機能は、単一の変数の支配に任されてはならない。〈文明＝環境〉システムのプラナーは、この鉄則を心すべきだろう。[*21]

これは分かり易く重要な指摘である。彼の言う意味での観念なり行動の「複重的決定網」については、五〇年後の今日まで数多くの発見が重ねられてきている。二〇二一年一二月一四日付朝日新聞が伝えるつぎの瑣細な情報もその一例と言える。

　脳などにある神経細胞は、化学物質か電気を介して互いに情報を遣り取りしていることについてはこれまで明らかにされている。これとは別に第三の情報伝達法を東京大学の神経科学グループが発見したという。神経細胞が接し合うシナプスで、接する片方のスパインが増大して相手側を押す（つまり筋肉の働きのように）と、押された側で神経伝達物質が出やすくなる状態が20分ほど続く現象が突き止められたというのだ。このシナプスの運動が統合失調症やうつ病と深く関わっている可能性が高いともあるが、ここでは立ち入らない。

［その四］

　われわれのエコロジー理論が、エコロジカルな「善」の実践に結びつくように、計画遂行者に伝達するにはどうしたらいいのかという問題は、それ自体が生態学の問題である。われわれはエコロジーの外側に立っているわけではない。つねに、避けようもなく、それについてプランを練るエコロジーの一部に自ら収まっているのである。

…略…

　ここに提示した観念が「悪」でないことを私は信じる。そして、これらの観念がさらに展開しながら伝播し、伝播の（エコロジカルな）プロセスの中で展開していくことを願う。それが、われわれの（エコロジカルな）必要のなかで最大のものだと、私は信じる。

　もしこの考えが大筋において正しいものなら、われわれのプランに暗黙のうちに込められているエコロジカルな観念の方を、プランそのものより重く受けとめなくてはならない。プラグマティズムの神の前に、それらを犠牲に捧げるのは愚かしいことだ。深い洞察に背を向け、あるいはそれを隠蔽するような、御都合主義の皮相な議論によってプランを立て、それを「売って」みても長期的な利益は得られまい。*22


この大冊にただ一か所六行に及ぶ長文が括弧書で（括弧で括られて）出てくる。著者の（　）の使い方としてはまったく異例なので読者にさまざまな臆測を促す。今となっては目新しいことでないので地の文に並べるには憚かられるのでは？　とか、あたりまえにつき削除も考えたいが、あたりまえだからこそ重要との判断もあり得るのでは？　とか……私は後者を採って、ここでのきわめて多岐に亘る処方箋の結節点ここにありと解して［その五］として拾っておきたい。

［その五］

（より大きな目で見るとき、われわれの文明自体がはまり込んでしまった運命の溝を、進化の袋小路の一つの特異なケースと見ることができると思う。われわれの文明は、短期的な利益が得られる方向へ進路を取った。そしてその方向を、堅固にプログラムしてしまった。それが長期的に見て破局に向けての前進だったということが、いまになって判明してきている。われわれが陥ったこのプロセスは、柔軟性の喪失が絶滅に通じることの格好のパラダイムになるようだ。この破局へのプロセスを歩みだした文明が、そのうえに、なにか単独の変数の最大化をめざして進むとしたら、絶滅はもはや確実だろう。[*23]）

②処方箋の根拠について

G・ベイトソンの『精神の生態学』は、今や惑星大へと拡散している装い新たなカオス、その只中での未来を展望するための処方箋として読めることについてはすでに述べた。そんなとてつもない処方箋がどうして在り得るのかは重大な問題である。それをG・ベイトソンはこの著作で試みようとしているわけだが、それは〝精神の生態学〟とはなになのか？　それはどうして成り立つのか？　の問題でもある。そのことについてG・ベイトソンはどう考えているのか？　この原点域について吟味しておく必要がある。処方箋の根拠の確認である。

日々惑星大へと生長進化しつつ暴走し続けるカオス、そこには抜き難く生態系が絡んでいる。その生態系の主要なキャストである「精神 Mind（G・ベイトソンはこれを「観念の生態系」とも言い表わし、頭文字に大文字を使う）」自体をG・

ベイトソンは徹底的に洗い出す。繰り返すことにもなるが驚くべきことに、ガリレオ（一五六四～一六四二年）、デカルト（一五九六～一六五〇年）、ニュートン（一六四二～一七二七年）、ラヴォアジェ（一七四三～一七九四年）等の近代科学・哲学史上の綺羅星たちの思想を、論理構造の根源レベルで検証し、彼らのMindに見出される一面性や錯誤を指摘し批判する。さきに触れたデカルトの定言命題 cogito, ergo sum（俗に「我思う、故に我在り」と訳され、長らく近代哲学の基礎は物と心を二元と解するこの命題の発見にありとされてきた）の根底に在る「存在」と「理性」の二元論、そこから発する人間の思考における二項論理の徹底、それが現代文明にまでもたらすことになっている弊害の指摘はその典型である。[*24]

そこに近代とその延長上にある現代の蹉跌の真因が横たわっている。そのことの確信を踏まえての生態学が打ち出す「善（エコロジカルな「システムの健康[*25]」との言い表わしも可で、その健康の鍵は、その柔軟性にある）」への信頼、ここから「現在陥っている瀕死の状態から抜け出る[*26]」ための処方箋は発せられることになっている。G・ベイトソンの論述に「処方箋」なる表現は見当たらない。しかし『精神の生態学』一冊[*27]に込められているモチーフはまさにそこにある。

さて、前項では私たちを包み込み立ちはだかるカオスの壁を打開し前方を拓くためにG・ベイトソンが提示する処方箋について概観してきた。[その一]私たちの意識の「目的」からの解放、[その二]科学・哲学における一項目としての「謙虚さ」の確立、[その三]観念や行為の「複重的決定網」の保障、[その四]エコロジカルな「善」の信念に基づく展開、[その五]エコロジカルなプロセスにおける単独変数の最大化の回避。数あるなかからのごく任意の枚挙でしかないが、以上の五か条である。

この項では、その処方箋の根拠をG・ベイトソンはどこに置いているかを見てきた。それは近代科学・哲学史上の巨星たちの「精神 Mind」に見出される根底的一面性や錯誤の指摘・批判にあること、そして近・現代の蹉跌の根源は端的にはここにあったと言わんばかりに、その典型例としてデカルトの物心二元論（cogito, ergo sum）を挙げることができることを見てきた。

以上を踏まえて、ここでは、そうした処方箋の基盤のようなところに息づいているG・ベイトソンの思想（それは彼の洞察の原理的なものとして在る）をふたつ拾って、当稿（〝「「政治と文学」理論の破産」ってなに？〟）の前提条件の整理・確証としたい。

［処方箋の基盤に息づいている洞察の第一］

G・ベイトソンにあっては「生態系」は外界としてのいわゆる自然界の事象に限らない。外界としての自然を包含する文化・文明界に生起する一切のできごととでも言うべきなにものかで、精神 Mind と名辞される。それは「観念の生態系〈〈環境＝文明〉の作動の仕方〉」*28と言い表わすこともできる。あまりに独得で捉えどころのないイメージに圧倒されるが、言ってみれば、G・ベイトソンの精神 Mind に面前する仕方、面前するに当たっての構えは、哲学的なそれとしてはあまりに天真爛漫・天衣無縫と言おうか、拍子抜けするほどさりげなく、つぎのように言い表わされる。しかし気づかされてみるとそこには心憎いまでに深遠な哲理が行き亘っている。

文化の基本をなす観念とはどういうものか、例をいくつか拾っておこう。

a――「黄金律」、「目には目を」、「正義の裁き」。
b――「節約のコモンセンス」とこれに対する「豊かさのコモンセンス」。
c――「あのモノの名前は〈イス〉だ」というふうに世界を切り取る、言語の持つ物象化の諸前提。
d――「最適者の生存」とこれに対する「有機体プラス環境の生存」。
e――大量生産、チャレンジ精神、プライド等々の諸前提。
f――「転移」の観念を成り立たせるもの、何が性格を決定づけるかについての観念、教育の理論、等々。
g――個人間の結びつきのパターン、支配、愛、等々。

文明のなかで生起する観念は、（他のあらゆる変数と同様に）相互に結ばれあっている。互いを結びつけているのはある部分では心的ロジックであり、ある部分では行為のもたらす（擬似的に）有形の結果についてのコンセンサスである。[*29]

この観念（と行為）の決定網の特徴として次の点が挙げられる。――各観念を結ぶ糸の一本一本は弱いものであっても、それが多数の観念の間にくまなく張りめぐらされる結果、各観念が揺るぎなく規定されるということ。われわれは寝るときに部屋のライトを消すが、この行為を支えているのも単に節約の原理だけではない。転移の諸前提も、プライヴァシーの観念も、感覚入力を減らすことが安眠の条件であるとする心理も、みなそこに絡んでいるわけだ。[*30]

（傍点原文、傍線大場）

［処方箋の基盤に息づいている洞察の第二］

近代冒頭の科学・哲学史上の巨人たちの無自覚的な錯誤ないし蹉跌因は放置できないものであることを、病理の在り所は「明らかになってきている」として『精神の生態学』はこう論断する。つぎの長引用が許されるなら容易に了解されるだろう。

しかし精神の進化にはまた、「柔軟性の経済」というものも働いている。繰り返し使用に耐えた観念と、新しい観念とでは、扱われ方に差ができる。すなわち習慣形成の現象が、何度も使われそれを生き延びた観念を別なカテゴリーに分別するのである。こうして信頼性を獲得した観念は、思考の検閲をパスして直接的に発動するようになる。…略…言い換えれば、a――観念の生態系（これを大文字のMを使って〈Mind〉と表記しよう）においては、観念の使用頻度が、その観念の生存を決定する要因になること、そして、b――一定頻度の使用に耐えた観念は、習慣形成によって、もはや批判の目の届かないところにしまいこまれ、その生存をさらに安定させるということだ。

…略…

幾たびもの使用に耐える観念というのは、ふつう一般化された、抽象的な観念である。それらの一般化された観念は、より個別的な観念をその上に乗せる下地（前提）になる。思考の前提となる観念は、思考される観念より柔軟性が低い。

要するに、観念の生態系では、柔軟性の節約原理にのっとった進化のプロセスがあり、このプロセスによって、どの観念がハードプログラムされるのか決まって行くわけである。

[A]ハードプログラムされ、システムの深みに落ちた観念は、観念系全体の「核」または「結節点」の位置に収まる。というのも、システムの「表面」にある変わりやすい観念の生存が、ハードプログラムされた観念にどうフィット*31するかという点にかかってくるからだ。そして[B]ハードプログラムされた観念が少しでも変化すると、それと結ばれた観念の全体が変化に巻き込まれることになる。

ただし、ある観念の妥当性がどれだけ頻繁に確証されたとしても、そのことで、その観念が「正しい」ということの証明にはならないし、長期にわたって実際的な役に立つことの証明にもならない。[C]われわれの生の形態に深く沈んだいくつもの前提が端的に誤りであること、そして近代テクノロジーの力を得たとき、それはシステム全体の生存さえ危機に陥れることは、今日明らかになってきているとおりである。*32

（傍点原文、傍線大場）

「純粋知性たる人間の精神は延長体としての全宇宙を数学的に把握できるとし、徹底した物心二元論の哲学を展開した。」――この一辞典*33のデカルトの項の一節中の「純粋知性」という観念は、傍線Aの典型例である。長らく中世を主導したスコラ哲学に替わって近代科学・哲学の観念系全体の「核」または「結節点」として収まり、現代まで命脈を保ってきた。それが今や、二一世紀の私たちを蒼白ならしめている地球環境の破壊の真因（元凶）に密接に絡んでいるというわけなのだ。

こうしてデカルトの純粋知性という観念の命脈の動向、別に言えばデカルト以後現代に至る壮大な精神の生態系を描き取る傍線Bは感動的でさえある。そして傍線Cは現代のカオス態のG・ベイトソンによる捉え方であり、その捉え方は世界規模で市民権を得つつあるという次第なのだ。

〝「政治と文学」理論の破産」ってなに？〞の解を求めて、当稿三ではG・ベイトソンの思索の森に踏み迷うことになった観があるかもしれない。しかし彼の思索は現代のカオスに立ち向かう処方箋づくりであることは明らかになったと思う。そしてその営為の基盤のようなところに息づいている洞察に出遭うことができた。そのなかからふたつを挙げれば、（彼に特有な精神の生態系のなかで理解する必要があるという難しさはあるのだが）

第一は、「各観念を結ぶ一本一本は弱いものであっても、それが多数の観念の間にくまなく張りめぐらされる結果、各観念が揺るぎなく規定される」ということであり、

第二は、「ハードプログラムされ、システムの深みに落ちた観念は、観念系全体の「核」または「結節点」の位置に収まり、「こうして信頼性を獲得した観念は、思考の検閲をパスして直接的に発動するようになる」という洞察である。

これは原理一般の洞察であり、文学の本質の考察にも通ずる。こうして戦後日本文学の大きな転換点となる当稿の標題テーマを考える私の前提条件は整理・確認されることになった。

四　あらためて「「政治と文学」理論の破産」ってなに？

疑問符まで含めての見出しのことについて、明らかにしたいと狙うところはある。『精神の生態学』の学的方法論は、文学理論にも（あるいはにこそ）適用可能であることが明らかになったからである。

しかし、G・ベイトソンのような一見した見掛け上のそれとは真逆の、繊細にして精緻な論理に基づいてこの文学理論の問題に当て嵌め、全体を整合的に論証することはあまりに膨大な作業となりできそうになく、当稿の竜頭蛇尾

のもどかしさはいかんともし難いとなるだろうか、しかし、モチーフの大枠の提示に終わるにせよ敢行し、当稿としてはこれで是とするほかない。

戦後もしばらくは、一方では優勢だった思想・哲学分野の動向としてのマルクス主義は揺らぎ、やがて構造主義等が顕勢化してくる一九六〇年前後から、「政治と文学」論争も様替わりを見せ始める。たとえば奥野健男の幕引き評論はその転換点のトレースだった。この辺りの、把握にも説明にもなかなかに窮するところの大なる「政治と文学」理論の問題について、理論的に理解するうえでは、G・ベイトソンの『精神の生態学』は益するところが大きいと思う。

（一）「「政治と文学」理論の破産」再論

奥野健男の言う政治と文学理論の破産については、今日あらためて異を唱える人はおそらくあるまい。平板に言えば、いまや文学理論の一丁目一番地。一九六〇年代以降のこの国の文学営為は、暗黙の約束事のようなこの観念（G・ベイトソンの言う頻繁に使い回されることで信頼を集め最下層に沈んでいるハードプログラムされた観念）の検閲の下に展開されてきていると思う。奥野の幕引き評論に対する私の違和感は、G・ベイトソンの〝『精神の生態学』ワールド〟を掻き分け掻き分け取りあえず通過してみることで、一段重苦しいものになった気がする。

G・ベイトソンが引いて言うコージブスキーの「土地と地図」を当て嵌めてみる。奥野の「「政治と文学」理論の破産」がその「地図」に当たることは自明である。奥野が切ったり貼ったりしてこのようにスッキリした「地図」を一九六三年に私たちに示してくれて、以来、文学営為に関わるに当たり、おおかたはこの仕上がりの「地図」を活用してきた。その重用振りは、文学界という権威を大事にする世間のお墨付きがあったからでもあろうか。ところで、ここで、それでは「土地」はどうなの？　という問題があるわけなのだ。

ここまで述べれば、あとは蛇足かもしれないが、奥野の提示してくれた「地図」の一画を読者とともに覗いてみて、私の違和感を精査しておきたい。

文学はどんな政治からもインデペンデントな存在であり、自由であり、自立している。文学の主体性は、どんな政治に対しても降伏し、従属し、売りわたすことはできない。文学者としての自分は、あくまでも文学に固執し、自立した文学の価値しか信じないだろう。そこでは邪悪な空想をたくましくして、人類の絶滅を熱烈に希求して表現するかも知れない。それは矛盾ではないのだ。文学とは本質的にそういうものであり、あらゆる現実から自立している時、はじめて成立する芸術なのだ。*[34]

（傍線大場）

G・ベイトソンの学的方法論を援用して、二点について吟味してみる。

第一は、彼の言う〝研究促進的〟概念の羅列についてである。

奥野のここでの言い表わしを構成している言辞はG・ベイトソンの言う「観念」に相当するが、当稿の三の（二）の2の（2）で見てきたとおり、いずれも第二の欄《コラム》の〝研究促進的〟概念に当たる。したがってここで繰り広げられているのはその羅列にすぎない。傍線を付した言辞のひとつ「自立」は、奥野の文中でもキーワードとして使われているが、G・ベイトソンが、〝研究促進的〟概念のひとつとして例示していた類のもの（本書の三五二ページ）である。揺るぎない知見であるためにはその基盤の上に打ち建てられなければならない第三の欄《コラム》の「基本の知」は、この奥野の文中にはまったく見当たらない。ダーウィンやフロイトまで含めて、近代科学・哲学の領導者たちの主張、思考、思想を批判したG・ベイトソンの指摘は、この奥野が現代文学の領野で提起している知見（？）の真贋判断にも当て嵌まることを玩味することができる。

当稿の読者にトクと理解賜わりたいばかりにまた繰り返すが、G・ベイトソン曰く「〝研究促進的〟概念」「の実質はといえば、ほとんどがその場その場で適当に作られたバラバラの観念であって、したがってそれらが寄り集まったときには、理解を曇らせる暗雲しか形成しない。これでは学問の進歩を遅らせるばかりだと、おそれる次第である。*[35]」まったくそのとおりで、文学も「学問」の一画を占めると理解する私には無視できない見解である。

この第一点には、前に見てきた「処方箋の基盤に息づいている洞察の第一」が関わってくる。長いスパンで見れば明治期以来この国の文学の営みの底流には「政治と文学」についての意識（問題認識と言ってもいい）が在り続けてきた。西洋思潮との出遭いを契機にするものであった。それ以前の日本文学の営みには、「政治」という問題認識はきわめて稀薄であるか、在っても明治期以後のそれとはおよそ異質で、明治期以後の「政治」とは比べることはできない遠景にあって包み込むような類のものだった。たとえばひとつとして「諧謔」などといった文学史的名辞が思い当たる。

この国にあっての文学の営為のそのような沿革上で、明治期以後「政治」と「文学」についてはその絡まりの「密」と「疎」のあいだでさまざまに創作や批評が試みられてきた。そして疎から密へ、密から疎へと時代とともにうねるように移ろってきている。奥野の当該評論は、その現在へと続く密から疎への移ろいの幕引きだった。

G・ベイトソンの洞察の第一に照らしてここで言いたいことはこうである。「政治と文学」理論は破産して半世紀以上が経過し、破産のままであるが、G・ベイトソンの「精神の生態学」の見地から見た洞察は、その実像を浮き彫りにしてくれる、と。つまり一九六〇年前後「政治」と「文学」の絡まりの「疎」が言われ出して後さまざまに論じられてきたが、「観念の決定網の特徴として」「各観念を結ぶ糸の一本一本は弱いものであっても、それが多数の観念の間にくまなく張りめぐらされる結果、各観念が揺るぎなく規定される*36」ようになる、と。こうして「政治」と「文学」の絡まりの「疎」の観念の姿を突き付けられると、奥野の当該幕引き評論に接して覚える重苦しいまでの違和感はここから発するものだったことが分かるのである。

第二点は、二項論理の躊躇のない晴ればれ然とした適用についてである。

奥野の理解には二項は対立の論理へと直達して譲るところのない不毛が際立っている。そのことに無自覚的であるという軽薄さがある。さすがに腐心の跡が見えはする。曰く「アクチュアリティとは文学の本質ではないが、必然的に持たざるを得ない属性である」「意識的に政治とアクチュアリティを文学から締め出して、文学の精神的純粋性を、自立性を確保しようとするのだ（傍点大場）」云々。しかし結局はまた曰く「今までの〈政治と文学〉に関する政治優位性の文学理論を最後のひとかけらまで拒否してみたい」「政治に汚染されていない文学というものを考えてみたい*37」

というわけなのだ。

この二項論理の原理的位相上の沿革を遡れば、近代を開いたとされるデカルトの二元論に行き着くことは自明としていい。この奥野の第二点すなわち古い沿革に支えられた二項論理がまた、G・ベイトソンの「処方箋の基盤に息づく洞察の第二」に関わってくる。観念の生態系にあっては、一定頻度の使用に耐えた観念は、習慣形成によって、もはや批判の目の届かないところにしまいこまれ、その生存をさらに安定させることになる。つまり「ハードプログラムされ、システムの深みに落ちた観念は、観念系全体の「核」または「結節点」の位置に収まる[*38]」という。こうして「「政治と文学」理論の破産」という観念は磐石の真理であるかの如く、誰も異を唱える者がなくなるという次第なのだ。

「政治」と「文学」を水と油の如く截然と分離して晴ればれたる奥野の見解の、その後の文学界における異様な権威。この第二点への言及の最後に付け加えておかなければならないことがある。前掲引用中傍線を付した「あらゆる現実」（本書の三七二ページ）についてである。これは二項のうちの「政治」と同サイドに置かれてしかるべきであり、「文学」の対立項としてのサイドにあるのは確かであろう。ここで指摘しておくべきはその曖昧さ加減である。しかし考えてみるとそれは「土地と地図」の関係の「土地」そのものにほかならない。

すると、付言で済ませる問題でないことに気づく。私の見立ては的を外していない。この「あらゆる現実」こそは、当稿冒頭の「カオス態」そのものではないか。奥野のお気軽な竹を割ったような幕引き評論の空疎態に接して私が覚える深く濃い違和感は、この「カオス態」と大いに同期するものだったのである。

「文学とは本質的に…略…、あらゆる現実から自立しているとき、はじめて成立する芸術なのだ」という奥野のテーゼを、一九六三年当時文学界という世間で処世していた面々がどう受け留めていたものか、そして以後どのような歩みを運んできたものか。奥野の「地図」の片隅に置かれた「あらゆる現実」という一片の言辞に触発されて、私のなかに俄然黒田喜夫が現われる。

（二）黒田喜夫の「カオス態」への単独行

一人カオスの只中へと向かう黒田喜夫の営為は断トツに印象深い。その後カオスはカオスとしての生長を逞ましくし続け、いよいよ私たちの回りに迫りつつあることを知る者には、彼の背姿には味わいさえあるのではないか。一九六三年六月の奥野の幕引き評論を黒田が読んだか否かの調べは私にはついていない。しかし、翌一九六四年五月に、同じ『文藝』誌上に詩「十月の心」を発表しているのは事実である。そしてその詩は、「また夢みがちな季節がきた」で起こされているのである。一九七九年にもなってからの第三詩集『不歸郷』収録時には時制が修正され、「また夢みがちな季節がくる」と、ここでの私の感慨にさらにいちだん馴染むものになっていることと併せて私には見逃し難い。

黒田喜夫にとっては、おそらく奥野の幕引き評論は取るに足るといったものなどではまったくなく、自ずと言葉を起こすことさえ憚られたのだ。一九六三年六月時分にこの評論を読んで黒田は、その年の一〇月を過ごすことになるが、胸にわだかまり在るなにかしらをいかんともしがたかった。私のなかの重苦しい違和感に相当するそのなにかしら胸奥の塊を胚床として、翌年夏前には「十月の心」がそこから顕れ出ることになったのではないか。この「十月の心」に見えている「十月」は、「一九一七年十月（ロシア革命）」であり、「一九五六年十月（ハンガリー動乱）」なのだ。以下は発表時の詩篇からの引用である。

十月は生れ死につつある
ぼくは死から生れつつある
このときぼくは自由になった　あまりに
言葉も絶望も終り
さけびが残った
ぼくはもう何ものも生まず

さけびは街と群衆を生む
朝の底知れない口から吐きだされた人たちが
背姿から背姿へかさなるとき
ぼくはおさえがたい嘔吐の軀をまげ
人たちの足もとにながいさけびを生んだ
硬変した日常の武器と肝臓をともに

（「十月の心」第一連終わり一二行）

ここで、これ以上弄する言葉を私は持たない。ただ、二〇二〇年六月二八日の今宵、東京、大阪の大都市の真昼も閑散としていた新型コロナウイルス緊急事態宣言も解除され落ち着いたかに見えて、以来わずか一か月余。政治、経済、社会の崩れるような混迷が続くなか、ふたたび東京都内のコロナ陽性者が六〇人、全国では一〇〇人をゆうに超えて第二波襲来の懸念をテレビメディア各局が伝え、その喧騒は耐え難いほどだ。このカオス態に喘ぐ私には、一九六四年五月発表のこの詩行が新鮮なものとして読める不思議を付記して筆を擱きたい。

かねて南極で続く大氷山の崩落の映像に恐懼を覚えて久しい。このところシベリアのぶ厚い永久凍土が溶け出して、氷結されていたマンモス等々の絶滅動物の遺骸が露出して腐敗が進行中であることも伝えられている。動物を宿主にするほかなかった往時の畏るべき種類のウイルス群が、そのなかから解き放たれて姿を現わしはじめているという。〝生態学〟は、いまやG・ベイトソンの〝精神の生態学〟でなければならなくなったが、ホーリスティックな彼のレガシーだけでは一抹の心細さを覚えることは胸奥に秘し置き難い。カオス態の片隅に不気味にチロチロ見える火のようなものが文学のように思われることとともに。

（二〇二〇年七月一〇日、黒田喜夫忌に）

〈注記〉

＊1　柴田元幸訳、文藝春秋刊、二〇一九年。

＊2　新潮社刊、二〇二〇年。

＊3　原題はSteps to an Ecology of Mindで改訂第2版、佐藤良明訳、新思索社刊、二〇〇〇年。なお原書はCopyright 1972とある。

＊4　一冊目は『「食《くわ》んにゃぐなればホイドすれば宜いんだから！」考――わが黒田喜夫論ノート』、書肆山田刊、二〇〇九年。二冊目は『続／わが黒田喜夫論ノート――試論・「現代詩の現在」の萃点はどこに在ったか』、土曜美術社出版販売刊、二〇一二年。

＊5　＊3の「訳者から」の二ページ。

＊6　＊2の八九ページ。

＊7　＊3の二〇～二一ページ。「序章　精神と秩序の科学」収載。傍線を付した観念の原語は訳者佐藤良明によるとideaである。当該書にはideaとmindは頻出する。その訳語をどうするかは重要問題なので、あえて訳者が付している訳注を以下に引用しておく。「ideaとmindという、ごく日常的な英語の訳語として、本訳書は、重すぎるのを覚悟して「観念」と「精神」で通すことにする。意識的な「考え」も、怒りや喜びなどの情緒的・関係的な情報も、文化を統御する情報も、胚の発生プロセスも、すべてつつみこむ自然界の大いなる心性とそのサブシステムを、ベイトソンはmindと呼んでしまうわけだが、そんなものを日本語でどう現わしたらいいのだろう？　また、その「メンタル・プロセス」を構成する最小単位を、ベイトソンはideaと呼んではばからないわけだが、これを日本語でひとつの「何」と呼んだらいいのだろう？　不本意ながら、できるだけ特殊な味わいの出ない、無色の記号として通用しやすい訳語をあてることにした。」

＊8　＊3の一三三～一三四ページ。初出「民族の観察から私が進めた思考実験」（一九四〇年四月の学術会議講演）。

＊9　＊3の一三四～一三五ページ。初出同右。

＊10　＊3の一三五ページ。初出同右。

＊11　＊3の二四～二五ページ。「序章　精神と秩序の科学」収載。

＊12　＊3の三二～三三ページ。同右。

＊13　＊3の二五ページ。同右。

＊14　同右。

＊15　『平出隆詩集』（思潮社刊、一九七七年）に詩集『旅籠屋』から収載。
＊16　『戦後詩史論』（大和書房刊、一九七八年）に収載。
＊17　＊3の八六～八七ページ。初出「メタローグ」の最終章「本能とは何か」（一九六九年）に収載。
＊18　＊3の四三一ページ。初出「「自己」なるもののサイバネティックス――アルコール依存症の理論」（一九七一年、精神分析学学術誌掲載）に収載。
＊19　＊3の五七八～五八〇ページ。初出「目的意識 対 自然」（一九六八年八月の「解放の弁証法」と題する学会での講演の演題）。なお、当該講演ほど論旨判然ではないが、黒田喜夫の評論集『自然と行為』（思潮社刊、一九七七年）には一部モチーフの隣接があると思われるが、要精査であることを備忘のためメモしておく。
＊20　＊3の五八三～五八四ページ。初出同右。
＊21　＊3の六六一～六六二ページ。初出「都市文明のエコロジーと柔軟性」（ニューヨーク市都市計画に提出した論文、一九七〇年）。
＊22　＊3の六六七ページ。初出同右。
＊23　＊3の六六二から六六三ページ。初出同右。
＊24　この肝腎な問題群については、ここではこれ以上深入りできない。当稿冒頭部で触れた＊1のモリス・バーマンの著作に広範に亘る説明があるので参照されたい。
＊25　＊3の六五六ページ。なおこの場合の重要な概念である「柔軟性」については、G・ベイトソンはこう説明する。「わたしは、いかなる生命のシステムも――つまり生態環境も人間文明も、両者が合体したシステムも――相互規定的に動く諸変数の絡みとして記述できるものであり、その中のどの変数も、それを越えた時に不快と病理と（最終的には）死が確実に訪れる許容値（上限と下限）を持っていると考える。これらの許容範囲の中で、各変数が相互に動き、動かされながら、「適応」がなしとげられていくわけだ。ある変数が、ストレスのもとで上限または下限付近に押しやられると、システムはこの変数に関して「柔軟性」を欠くことになる（六五七ページ）」と。初出＊21に同じ。
＊26　＊3の六五六ページ。初出同右。
＊27　なおこのほかにすでに邦訳されている主要著作に『精神と自然――生きた世界の認識論』（佐藤良明訳、思索社刊、一九八二年）がある。より学理面からの緻密な考察の印象が強いが、是非併読されたい。

＊28　＊3の六六〇ページ。初出＊21に同じ。
＊29　この傍線箇所は意味が汲み取りにくいが、＊3の六六八ページにある訳者の訳注によると、原文はconsensus about the quasi-concrete effects of actionで、祈りや儀式、それに「バチがあたる」というときの「バチ」の観念などを例として考えると、文化内での観念のネットワークについて筆者のいっていることの理解が容易になると思う、とのこと。
＊30　G・ベイトソンによれば、＊3の六六三ページにあるように、繰り返し使用されることでの習慣形成により「信頼性を獲得した観念は、思考の検閲をパスして直接的に発動するようになる。」要するに「柔軟性の経済」とも言うべく「そのぶん柔軟性が節約されるわけで、ここで得られた利得を精神は新しい事柄を処理するのに使える」ことになる。
＊31　この「フィット」は、G・ベイトソンの精神の生態系にあっては重要な概念であると言わなければならず、原注が付されている（＊3の六六八ページ）。当稿の読者にとってもG・ベイトソンの特異な生態学を理解するうえで貴重な注と解されるので転記しておく。「これと同様の関係は、セコイアの森林や珊瑚礁にも存在する。最も頻度の高い、すなわち〝支配的〟な種が、種の間に結ばれる関係網の中心に位置を占めるのだ。というのも、新参の種の生存が、その生の様式が支配的な種の生の様式にどうフィットするかにかかっているからである。生物のエコロジーを語るときも観念のエコロジーを語るときも、「フィット」ということの意味は、「柔軟性のマッチ」ということと、ほぼ完全に同義である。」と。
＊32　＊3の六六三ページから六六四ページ。初出＊21に同じ。
＊33　『スーパー大辞林』（三省堂刊）。
＊34　この初出は、奥野の幕引き評論を掲載した『文藝』と年月はたままったく同じ一九六三年六月の『文学』誌上の評論「「政治的文学」批判」で、その最末尾の一節。ここで私の言う「地図」の一画であることに変わりはない。なおここでの引用はこの評論が収載されている『文学的制覇』（春秋社刊、一九六四年）の二五一ページ。
＊35　＊3の二四ページ。「序章　精神と秩序の科学」に収載。
＊36　＊3の六六一ページ。初出＊21に同じ。
＊37　奥野健男『文学的制覇』（春秋社刊、一九六四年）の二四六〜二四八ページから各々部分的に抜すい引用。
＊38　＊32の六六四ページ。

第五編　いまさらなに？

——志賀直哉の短編を読む——

一　「リズム」（一九三一年）

盆栽づくりは趣味の営みである。詩誌はたしかに人々が詩文を寄せる場だが、サロンではない。そうかと言って詩文をつくるのは命懸けの営みだと言うつもりも、さしあたり今は、ない。

偉《すぐ》れた人間の仕事――する事、いう事、書く事、何でもいいが、それに触《ふ》れるのは実に愉快《ゆかい》なものだ。自分にも同じものがどこかにある、それを眼覚《めざ》まされる。精神がひきしまる。こうしてはいられないと思う。仕事に対する意志を自身はっきり（あるいは漠然《ばくぜん》とでもいい）感ずる。この快感は特別なものだ。いい言葉でも、いい絵でも、いい小説でも本当にいいものは必ずそういう作用を人に起す。一体何が響《ひび》いて来るのだろう。[*1]

これは志賀直哉の短編「リズム」の冒頭の問いであるが、答えはリズムだという。「このリズムが弱いものは幾《いく》ら「うまく」出来ていても、幾ら偉《え》らそうな内容を持ったものでも、本当のものでないから下《くだ》らない」と。マンネリズムが悪いのは、一方で「「うまく」なると同時にリズムが弱るからだ。精神のリズムが無くなってしまうからだ。「うまい」が「つまらない」と云う芸術品は皆《みな》それである」と続ける。気宇を壮大にして痴言を弄すれば、谷川俊太郎の詩は「うまい」が「つまらない」。昨今の『潮流詩派』で接する詩文もまた、私には同根に映る。挙証は紙幅がないので省く。読んでみるが志賀直哉が言うレベルの「精神がひきしまる」ことがない。とにかく「特別な」「快感」は覚えないのだ。「「うまい文学」以上に目標を置いて努力精進《しょうじん》しなければ仕方がないと思っている事を明《あきら》かにしたい」と述べて、友人宅で見た小さいコロー作の風景画（硲《はざま》氏蔵《ぞう》）に「非常に感服し」「近年見た絵の稀《まれ》なる収穫《しゅうかく》」、「いいものというものはいいものだと感じた」と、そこにあるリズムの強さに言及する。「西鶴《さいかく》――大下《おおげ》馬《ば》、織留《おりどめ》、落ちつきはらっている。しかもリズム強く、何でもない浮世《うきよ》の些事《さじ》を書いて、読む者の精神をひきしめてくれる」といった具合いである。

そして段落を改めて、私にはまことに唐突だったが、「武者《むしゃ》の「二宮尊徳《にのみやそんとく》」も大変面白かった」と当該短編の落ちに取り掛かる。直哉の祖父が尊徳の弟子だった関係でその名は子供の頃から知っていたが、まとまって知ったのは初めてで、「尊徳の捨身なリズムの強い生活には非常にいい刺激《しげき》を受けた」という。そこで、志賀直哉の言う「リズム」を理解するには、と、武者小路実篤の『二宮尊徳』を読んでみることとなった。

二宮尊徳（一七八七～一八五六年）がまた当稿のいまさらなに？の対象で、天明の大飢饉の只中にいわゆる土百姓の長男として生まれ、一四歳で父、一六歳で母を失う。残された兄弟はそれぞれ伯父ほか親戚方に離散。艱難辛苦、刻苦勉励振りは尋常ではなく、自ずと界隈にも聞こえずにはいなかった。尊徳自身は幕末安政三年（安政の大獄は五～六年）まで逞しい人生を全うした。最晩年は幕府から日光の神領の復興を拝命するほどの巨木のような存在にまで自らを育て上げた百姓身分の全うだった。

一九四九年、私が入学した小学校の校庭には、手にした書物を読みながら薪束を背負いゆくあの二宮金次郎像ががっちりした台座上に健在だった。マレー半島のマレーシア、ジャワ島のインドネシアの日本統治を決定したのは日本帝国陸軍で議会ではなかったが、敗戦後まもなく歴史家の保阪正康が訪れたジャカルタには本国と同じ二宮尊徳像が建っていたという。皇民化政策の先兵的シンボルとして利用されていたことが分かる。

当稿の「いまさらなに？」の対象として付言しておきたいことはさらにある。武者小路実篤のことは当面措くとして、志賀直哉についてである。文脈は外れる感があるが、「戦陣訓」は一九四一年一月陸相東条英機が全陸軍に通達した訓諭である。皇軍道義の高揚を目的にしたもので、日中戦争の長期化に伴う士気低下と軍紀の弛緩対策として発せられた。「序」と「結」に挟まれた「本訓其の一」（第一～第七）、「同其の二」（第一～第十）、「同其の三」（第一、第二）計一九項目から成るけっこう詳細事に亘る訓諭である。軍人が作成した文案を分かり易く唱え易い文に監修したのは志賀直哉であるという。[*2] 各項目は漢字熟語名辞から成るが、「本訓其の二」の「第八」のみは「名を惜しむ」となっていてその柔らかさが目を引く。そしてその全文はこうである。――「恥を知るもの強し。常に郷党家門の面目を思ひ、愈々奮励して其の期待に答ふべし。生きて虜囚の辱を受けず、死して罪禍の汚名を残すこと勿れ。」と。対句を配し流れるような文であることも当該訓諭中異色を放っていると私には読める。あるいは文人の手が入ってはいないだろうか、と。多くの玉砕を生む因《よすが》となったとされる。「戦陣訓」の意外な勘所はさりげなく記されたこんなところにあったのかもしれないと、志賀直哉の「リズム」に私の思いは馳せ飛ぶことになる。

さて、ここではとりあえず、「リズム」と「幻惑の見定め」はバイメタルであるところまで思いを至しておいて話題を戻すことにする。二宮尊徳を巡る志賀の武者小路評は、

勝海舟《かつかいしゅう》の「氷川清話《ひかわせいわ》」では、尊徳は一本気の土百姓《どびゃくしょう》として簡単に扱《あつか》われているが、政治以外頭にない海舟としてはもっともな所もあるが、今日《こんにち》になって見れば一家を再興し、一ヶ村、三ヶ村を興《おこ》すために十年もかかって捨身で働いていた尊徳が、当時、時代の一方を一人で背負っていた観のある海舟よりも、遥《はる》かに根本的な生命ある仕事をしていたと思うと面白い事だ。尊徳を南洲《なんしゅう》や海舟の上に置き、世界に誇《ほこ》っていい偉人だという武者の説には大賛成だ。*3

こうしてあらためて志賀直哉の「リズム」とはなにかを理解するに当たり、武者小路をしてその「精神をひきしめ」、結実ならしめた『二宮尊徳』にいっとき沈潜してみることになる。

これは尊徳の生涯をかなり詳細に辿ったけっこう膨大な作品である。だが、その情報の出典等参照先はほとんど示されていないのは確認癖のある私には残念である。冒頭の「自序」で、尊徳の本はあり過ぎるくらいなのだが「気軽に手ごろに尊徳のことを知る本が少ない」と言い、「小説風にかかうとしたが、しかしこの大人物をあやまりつたへるのがいやで、なるべく事実により、想像は加へなかつた」と言うのを信じて以下展開するほかない。*4

『二宮翁夜話』は読みごたえがある。ところで尊徳に関し間違いないことの中核には、尊徳は言葉の人ではなく、実行の人だということが居据っている。しかし実行の前には信念がある。言葉も実行もこの信念から出ている。そしてその信念は実行から得られるもので、そのみごとな循環が尊徳という巨木を生《な》さしめている。彼を知ろうと思えばそ

の言葉を聴くと同時にその実行を見なければならない。封建の江戸末期幕末にかけて何ヶ村となくその荒蕪から救い、諸事業を成し遂げ、何万人という人の生命をその死の闇から救出している。彼が地上に残した仕事は多いが、彼が成就した仕事のうち、武者小路が一番簡単明瞭に成功したとする事例を、彼に従いその概略を辿ってみる。常陸真壁郡青木村復興の事例である。武者小路は「小品の油画のやうなもので、労作の感じはないが、それだけ彼の特色があざやかに出てゐて、胸がすくやうな所がある」と言う。

青木村は幕府の旗本（川副勝太郎）の八五〇石高の土地で、元禄時分には一三〇戸の家があったが、今はすっかりさびれて戸数は二九戸となっていた。桜川が氾濫を繰り返し田畑を荒すので、土地の人も自暴自棄になっていたのだった。名主（館野勘右衛門）は尊徳の教えを乞うよりほかないと考え、領主に相談に行ったら了解してくれ、用人（並木柳助）まで付けてくれた。用人とともに尊徳宅に出向き懇願した。しかし尊徳は安請合いをしない人で知れ渡っていて、この日も例外ではなかった。「自分には閑がない」。諦めない名主の嘆願に誠意を汲み取り、尊徳は口を開いた。青木村の人々が田畑の荒廃をいいことにして、耕やしも疎かに酒や博奕に耽っているのを責め、そんな村は自分は救うことができないと言った。

そんな遣り取りを経て尊徳は、「どんな苦労も辞さないと云ふなら、私のために一つやさしいことをしてほしいが、やつてくれますか」と話を変える。「あなたの村の内の茅を残らず刈つて下さい。私はそれが入用なのですから、価を増して買ひませう」。村中の老若男女は勇んで刈りも刈ったり一七七八駄になった。尊徳は気持よく金を払って、その茅を村内の神社や寺、民家の屋根をすっかり葺きかえさせたという。村の様子一新に喜び、名主をはじめ村人たちは尊徳のもとにお礼に出掛け、これからどうしたらいいかと聞いた。対する尊徳の言葉が振るっている。「あなた達はやさしいことをして、屋根の雨もりをふせぎ、野火の心配を助かつたから、それでいゝでせう。之からは仕事がむづかしくなるから、到底あなた方には出来ないと思ひます。やめたがいゝでせう。」

泣いて次のことを尋ねる名主以下村の人たちに、荒れた田畑の開墾すべきことを云う。「それが出来たら、私がいゝやうにしてあげる」と。尊徳は青木村の現地に通い、村人たちの働きを見届けながら、界隈の地勢や山、巨きな石（青木村は石のない村だった）、大木がどこにあるかを調べ尽くし、次の出水が来る前にと、出来るだけ巨きな石と材木を集めることを呼び掛ける。尊徳の構想が治水灌漑工事だったことは言うまでもない。

しかし尊徳はただ努力せよとは言わなかった。人間の心に通じていた。今回はとくに一日当たり金二朱を給し、力の足りない人は一朱と労賃を弾み、それのみならず、自宅屋敷のある桜町から毎日青木村に酒や餅を運び、ご馳走したという。この頃までには家を再興し、それなりの蓄えも尊徳にはあったことが分かる。武者小路のリポートは、当該工事の独特な工法を伝え、村人が喜んで言い合う「極楽普請」は成功して「皆のつくつた田に水が気持よく流れ込んだ。人々は歓呼した」という。それから青木村の経営法を決め、その通り実施させたので、青木村は救われたというのである。

尊徳は心得ていた。荒れ果てた村中ぼうぼうの茅を買うというのだ。捨ててあるものが金になるのだ。尊徳の歌にこういうのがある。

「むかしより人の捨《すて》ざるなき物を拾《ひろ》ひ集めて民に與《あた》へん[*5]」

尊徳の思想躍如とした一首である。この「捨ざるなき物」を「捨たる」とした方がいいと言う弟子もいた。が、「捨ざるなき物」とは尊徳が言うには、「第一が荒野、第二借金と暇つぶし、第三富貴と驕奢、第四貧しき者の怠惰」である。村の荒ら屋まるごと野火の危険に晒し続けてきているぼうぼうの茅は、まさに「捨ざるなき物」だった。

ここからは私の当稿のモチーフの展開である。武者小路が描くように、尊徳はたしかに寸暇を惜しんで稼ぎ続ける倹約一方の御仁などではなかった。しかし経済感覚にも人に倍して鋭い人物であったことは疑いない。尊徳が生きた江戸末期はもう立派に貨幣経済下にあった。いわゆる資本主義経済の足音が都市部町民に聞こえ始めていたか否かは私には定かでないが、ここでの考察に支障はない。

さて、人間が社会を構成してともに生きていくために不可欠な営みのひとつに〝経済〟という要素がある。ここで言うのは学科としての〝経済学原論〟のそのまた奥にある原論としての経済のはたらきのことである。この全体性としての経済のはたらきが孕む主要な指標（ないしはたらきとしての要素《ファクター》）として〝交換〟と〝贈与〟と〝純粋贈与〟を炙り出し（ないし析出）することができる。二一世紀の高度資本主義下に生きる私たちに自覚化されることはほとんどなくなっているが、しかし友人間や親族間で貴重な何物かの遣り取りがなされる場合、それが〝交換＝売買？〟、〝贈与？〟あるいは〝純粋贈与でないのはなぜ？〟といった計算的（打算という言葉もある）思考が瞬時脳内を巡ることはないか。

さて、論は二段も三段も飛躍することになるが、尊徳の「捨ざるなき物」論はここでの私の〝純粋贈与〟にほとんど同値するものなのだ。紙幅に余裕がないとは言え、私の理解の依って来たる所以に触れておくことは外せまい。経済という全体的現象がみっつの異なった体制《システム》（すぐ前で私は全体性としての経済のはたらきが孕む主要な指標、ないし要素《ファクター》と言い表わしてみた）についての中沢新一を参照先として述べればこうである。人と人の間に物《モノ》を媒介にした繋がりができるためには、まず〝贈与〟の始動が必須である。これが人と人とのコミュニケーションの形態としての経済というもののもっとも原初的なレベルに生起する。〝交換〟はこれを土台としてつくり出される。〝交換〟では〝贈与〟に比べて人と人との間を動く物《モノ》の移動が速やかになる。〝贈与〟では不確実性を孕み込んで進行していたものが、〝交換〟では計算したり、比較したり、つまり確定的に行なわれるようになる。ここに調法な貨幣が工夫されるようになる。

これに対し、〝純粋贈与〟は異質なレベルのできごとである。仏教でいう〝布施〟を当てれば分かり易い。が、それは通俗化の汚れが洗い流された〝布施〟であることは言うまでもない。なにか事物を相手に布施したとき、自分はその人になにかの贈り物をしたとか、それによって善いことをした、仏教で言う功徳を積むことができたという思いが、一瞬間でも浮かんできたとすれば、〝贈与〟はおろか〝交換〟になってしまう、そういう難事なのだ。中沢も引いているが、比較的初期の大乗仏典である『金剛般若経』はブッダのその〝布施〟論をこう伝えている。スプーティはブッダの弟子の一人である。

さらにまた、スプーティよ、菩薩は…略…何かに執着しながら布施をすべきではない。——つまり、色形《いろかたち》（色《しき》）

に執着しながら布施をしてはならないし、音声やかおりや味や触れられるものや、心の対象（法）に執着して布施をすべきではない。…略…それはなぜか。スプーティよ、菩薩が執着することなく布施を行なうならば、その功《く》徳《どく》の集積した量は、容易にはかりえないものとなるからである（『大乗仏典』中央公論社「世界の名著」第二巻）[*6]。

ところでここで尊徳の仏教思想との関係を論ずるつもりはまったくない。彼の教養は体験を通して得たものを彼自らが体系立てたもので、神儒仏も自己流の解釈によって摂取されたもの。これらの言及は〝純粋贈与〟を言い表わすための寄り道に過ぎない。

世故にも長けた尊徳は、人にも増して〝交換〟と〝贈与〟行為を駆使して身を立てていった。ともあれ結論を言えば、私の短編「リズム」の読みはこう約言することができる。武者小路は尊徳のなによりもこうした〝純粋贈与〟に痛く動かされ、志賀直哉は武者小路のリポートした強烈なリズムを感得し、当該短編を書いたことになる、と。

以下サロンならざる『潮流詩派』という場を借りて、しばし志賀直哉を読んでみたい。

二　「自転車」（一九五一年）

前号の末尾で、突然、社会を構成する全体性としての経済の働きが孕み持っているみっつの指標（ないし要素）として、「交換」「贈与」「純粋贈与」を挙げることができるが、二宮尊徳の業績はそのうち「純粋贈与」に当たると書いた。ぶっきら棒に過ぎこれには説明が要る。

しかし、その前に触れておきたいことがある。文学について考える場合、文学内に留まらず歴史学や政治学、経済学、哲学、人類学……その他異分野の知見にその考察を晒してみることが重要だということである。

以前、奥野健男の一評論「「政治と文学」理論の破産」（一九六三年）が果たした一九六〇年代の文学理論のシンボル性について解読を試みた。[*7]また、七〇年代の現代詩の状況については、吉本隆明の『戦後詩史論』(「修辞的な現在」収載、一九七八年)が果たした現代詩の動向に対するミスリード振りを指弾するということがあった。[*8]これらは席捲する西洋構造主義思想受容の生半可さ加減に起因していた。しかし文学界(私によればとりわけ惨状を呈した詩壇)にその悪弊の深刻さを突く文章は現われなかった。その惨状の自覚云々の前に、構造主義なる思潮が理解できなかったと言わねばなるまい。そしてだからこそとなろうか、その弊害はさまざまな変様の果てに最近、否、現在にまで尾を引いていると言えはしまいか。

西洋の思潮の受け入れに当たっては、繰り返してきているのかもしれない。明治末期の自然主義の流れは、一九世紀後半に興った西洋の文芸思潮を受容しながら形成された。田山花袋の『蒲団』のなかの師時雄のモノローグには、『寂しき人々』のハウプトマンやモーパッサンが出てくる。モーパッサンやゾラには西洋リアリズムの延長上にこれを科学的に徹底化して文学に取入れることで、理想化を廃し人間の生の醜態を瑣末な相までも描写する文学理論があった。ゾラの個人や群集、社会の動きの活写には表裏して批評の目があった。

日本の自然主義はその影響下に形成されたことは確かであるが、自己の自虐的な追及洞察の側面が勝って、社会の動向に対する批評は遠景に放置されるままだった印象がある。要するに、西洋自然主義の受容には表面をなぞる浅薄な模倣の感が否めず、その先に日本文学に特有とされる滔々たる私小説の流れは位置づけられよう。個人、社会両面に亘る捉え方の甘さ(不徹底さ加減)、大正期に大宗をなす私小説、その代表格として人気のあった葛西善蔵や葉山嘉樹の好対照はこうした文脈上で味わうことができると思う。私小説の伝統の余韻はなお今日に続いていはしまいか。

言いたいことはこうだ。現代日本の詩の素性も歴史的に探ってみると、明治末期の自然主義受容における未消化と、戦後冷戦崩壊期に向けての西洋構造主義受容の失敗(欺瞞への自足?)が横たわっているのではないか。詩のモチーフないしテーマの、片や私化と片や解体の放任である。そこに残存しているのがあるとすれば、羞恥の抑圧なしには目も当てられないセンチメンタリズム。その原因は異ジャンルの知見の欠如という次第……。

なお、夏目漱石も志賀直哉も広義には自然主義の流れのなかで作品を創っている。が、私小説の流れに棹をさす仕事はしていない。漱石については、『それから』を味読することでその一事例を指摘したことがある。[*9] 直哉についてのそのことの指摘が当稿であることを付言しておきたい。

他方、狂暴な嵐のように席捲した西洋構造主義思潮に自らを見失うことなく、示唆に富む仕事をしていた人に大江健三郎がいる。手頃な小品『新しい小説のために』（岩波新書、一九八八年）は有益である。また、一九八〇年代に俗称ニューアカデミズムの旗手として喧伝されたりしたことのあった中沢新一の仕事にも私は貴重な一事例を見ている。彼の指摘に遭遇し、いまさらながらに志賀直哉を読み直すようになった。当稿はその考察報告である。中沢の知見を構成する渉猟範囲は歴史学、哲学、精神分析学、考古学、人類学、宗教学、そして量子力学……と広い。つぎのような新鮮な見解はそうしたところに発している。現代詩の狭小な仲間内《うち》にしか情報源を持たない暮らしに埋没自足していては、時代に取り残されるのは自明のこと。日本の近現代詩を築き上げてきた先人たちの営みに血の滲むような積み上げが仮りに在ったとしてみても、そのレガシーはとうの昔に底を突き、乾上がって久しい。さもなければ累々たるガラクタの山また山……ド近眼の瓶底眼鏡を如何せんなのだ。

> 現代生活は、三万数千年前ヨーロッパの北方に広がる巨大な氷河群を前にして、サバイバルのために脳内ニューロンの接合様式を変化させることに成功した人類の獲得した潜在能力を、全面的に展開することとして出来上がってきたが、その革命の成果がほぼ出尽くしてしまうのではないか、という予感の広がりはじめているのが、今なのである。[*10]

中沢をしてこのことに気づかせてくれたのは、人類学者のC・レヴィ゠ストロースだった。西洋構造主義思想を世界に可視化してみせた主役者の一人である。中沢はその思想のセンシティブな部分を深く感得し得ていた点で、底浅いたとえば吉本隆明とは真逆だった。中沢自身の七〇年代後半から八〇年代に掛けて以後の講義や著作のベースにはそれがあることを、こう述懐している。

もちろんそこにはLa Pensée Sauvage（『野生の思考』）という書物とそれを書いた人物への、私自身の変らぬ敬愛と憧憬がこめられていることはたしかである。私は七〇年代までに展開された二十世紀知性の達成に対する深い尊敬と愛を、今も変ることなく抱き続けていて、[*11] …略…

『野生の思考』はC・レヴィ＝ストロースのみごとな野心作。以下当稿の考察は中沢の『愛と経済のロゴス』に導かれて進むことを明記して当稿二の本題に取り掛かる。

まず冒頭で触れた、全体としての経済の働きを駆動せしめるみっつの指標の説明の補足から。中沢は巧みに解説する。「経済学の土台は交換におかれているが、この交換は贈与の内部から、それを食い破って出現してくる」。「しかしそうやって出現してきたあとも、交換は贈与との密接なつながりを失わないばかりか、贈与の原理なしには自分を存続させることすらできない」。Aが大切にしているモノをBに遣るとき、そのモノには帯電するようにAの人格の一部が付加されてある。これが「贈与」である。それを感得したBは、それなりの時を経てからAになにか別の、ただしやはりBの人格の一部を帯びた大切なモノを遣る。これがまた「贈与」である。AとBは贈与し合うことで互いの人格的繋がりを確認し確信する。

これに対し「交換」はこうだ。このモノに乗り移っている人格の一部は無いものとして遣り取りがなされる。しかも大方の目（市場に相当）に等価と思われるモノがほぼ同時になされるときの事象である。ここでは公正確実になされる限りは両者に不満はないばかりか、両者にとってのなにがしかの有益性が現出する。

それに対して、「純粋贈与」は「贈与」や「交換」とは異質なレベルの出来事である。それはいま見たようなある種の「体制＝システム」を作らない。突如としてなにかの機縁からその出来事は現われるので説明が難しいことは読者にも分かって貰えよう。「贈与」も「交換」も人と人との間に現われる関係としての固有なシガラミ（つまりは体制＝システム）のなかで現出するが、「純粋贈与」はそうしたシガラミからは解き放たれている。

現実のモノの動きを観察していても、人の行動の表面を観察していても、いっこうに「純粋贈与」の実体などというものは、見えてきません。しかし、それはたしかに実在して、経済という全体性のすべてを動かしている力なのです。カントの「もの自体」…略…などの概念が、これに近いものです。それを直接に観察することはできませんが、贈与もそれから発達した交換も、この純粋贈与を仲立ちにしなければ、少しも動くことができないのですから、これはたしかに「神」という言葉があらわそうとしているものと、深い関係があります。[*12]

中沢は「純粋贈与」と「神」との親縁に目を凝らしつつ、諸学問の成果を亘りながら広範で深遠な思考を展開。この著作で「愛」と「経済」は繋がり合っているその繋がり（＝ロゴス）を明らかにしようとする。当稿はその中沢のワールドに深々と沐浴するようにして仕立てられている。

さて、短編「自転車」は一九五一年の作。主人公一六、七歳、五〇余年昔の思い出。東京にはまだ電車なく、鉄道馬車の時代。主人公たちは、すべて輸入品だった眩しいばかりの自転車で東京中を乗り回して楽しんでいた。友人たちと川崎や横浜界隈までもの遠乗り競走や途中での些細な事件のことなどが語られ、志賀直哉らしい淡々とした語りで終わる。が、読み終えてみると、ふと「純粋贈与」の話であることに気づく。

ところがサラッとした感触は不思議な程で、「純粋贈与」のテーマ性を志賀が意図的に稀薄化しているのか、創作年の時代性がそうさせているのか私には判断がつかない。しかし主人公が五円という大金を自転車店主萩原に渡して帰ったという些細事が読者の印象に残って消えないのは事実である。

短編後半のこの「純粋贈与」のできごとはちょっとした事だがけっこう混み入っている。この際は辿ってみないことには事は済まない。主人公の自転車（銘柄デイトン）もだいぶ古びてきたのでフレームの色やリム、タイヤの細さ等スマートな車を物色していたとき、友人から萩原という店にいいのが入荷していると聞き、すぐ出向く。デイトンは一六〇円で買って貰ったものだがこれを手離してその銘柄クリーブランドを買うつもりだと言うと、店主はそのデイトンを五〇円で下取りするから置いてゆけと即決。主人公は五〇円を受け取り、記帳もさせられる。領収の証である。

ところで、自転車を渡してしまったので歩いて帰る途中、新たに見つけた自転車店でランブラーという車が飾ってあるのに目が止まる。その美しさに魅せられ、萩原店でクリーブランドを買いたいという気持ちを反故にして、手持ちの五〇円を一部として払う。ランブラーの代金として残り九〇円は家に帰ってから支払うからと、新車に乗り店の小僧を連れて麻布三河台宅に帰る。作品には残金の都合については記憶がない、とある。

だが、萩原の店主が私が来るのを心待ちにしていることを思うと気が咎めた。案の定そこに友人が来て、萩原の主人が「うまくペテンにかけられた」と言っていたことを伝える。「ペテン」は当時まだ耳慣れない言葉で主人公の心にグサリと刺さって急に耐えられない気持ちになり、後々気に病むことになる。

数年を経て一七歳の秋、折あって教会に行った際は主人公は自分でも思いもしない行動に出る。悔い改めの祈りをして欲しい人は牧師の前に出て掌を合わせる、その一人に自発的になったのだった。

その晩はなかなか寝つけず、翌朝すぐ祖母から理由も告げず一〇円を貰う。なにかとこまごまうるさい祖母はいっさい詮索しなかった。当時一人一か月の生活費に相当した一〇円を持って萩原店に行く。かくかくしかじかと自分の非を詫び、その一〇円を店主に渡そうとするが、萩原はにこにこしながら、「私も商売人だから、損はしないから」、事情はよく分かったと受け取ろうとしない。「結局、私は半分の五円だけを無理に受取らせ、晴々とした気持になって、直ぐ四谷の学校へ」。「憑物が落ちたような気持だった。」帰宅して残り五円を祖母に返したが「祖母は黙って受取った」とある。

やや混み入った顚末は以上で、物語に萩原のその後はいっさいない。すると当稿のモチーフとの関わりで言えば、萩原が五〇円でデイトンを下取りした時点で、商取引すなわち「交換」はきれいさっぱり完結していたのだ。後々気に病んで五円を萩原に無理に受取らせた主人公の行為は端的に言って「贈与」ではない。するとこの五円は「純粋贈与」であることが、この短編のさりげない味わいとともに分かってくる。ただしこのとき「交換」と「贈与」、「純粋贈与」は截然と別物としてあるのではなく、境界を微妙に侵し合い重なり合っていることが認められる。このことと合わせてさきに示した中沢からの引用とも平仄が合う。牧師の前での悔い改めも出てくる。純粋贈与は「神」という言葉があらわそうとしているものと、深い関係が」あると中沢は言う。

志賀直哉は無意識下に「純粋贈与」を知悉していた。この鋭い一点が当作品の生命。彼のリズム論はこれに親和し同期していたのだ。別にこう言ってみようか。物語の時代背景は時あたかも日清、日露の戦間期。日本資本主義経済体制の陣立ては日進月歩。全体性としての経済の営み、そのはたらきのなかでは「交換」のファクターが日々前景化してくる。逆に言えば「純粋贈与」が遠景の一途を辿りはじめる、その歴史的必然（？）が明滅するそんな時代だった。その全体性のなかから志賀直哉の鋭敏にしてナイーヴな感性はその「純粋贈与」を掬い上げていた、そんな短編のひとつだった、と。

三　「小僧の神様」（一九二〇年）

「清兵衛《せいべえ》と瓢箪《ひょうたん》」（一九一三年）もまた「純粋贈与」の話として読める。実《み》の形や色、その日々の生成変化にただ魅せられ、わが家庭菜園の一画に毎年植えている私事と関係はないが、好感の持てる額縁短編である。清兵衛は今絵を描くことに熱中している。志賀はこの作品で「芸術」と「純粋贈与」の親和性に触れる。当稿四回シリーズのモチーフもそこにあるが、紙幅の都合でその深遠な問題に十分に踏み込むことはできないだろうことを予め断ったうえで始めたい。

ところで、絵と言えば思い出されることはあまりに多い。鬱々と地方大学で青年期を過ごした私には、一人東京に出て絵画や彫刻等美術展を訪れることは数少ない楽しみだった。高度経済成長期の折柄、世界の美術館、博物館の所蔵作品がこの日本各地を訪れた。中京圏や関西圏を含め私が出向いた鑑賞回数も一〇〇を下らないだろう。

セザンヌの高坏に盛られたいくつかの緑の梨の「静物」の前には立ち竦んだ。テーブルの水平の線の筈が、高坏の脚の左と右で微妙なズレがあり、これが絵の立体感を生み出していることを発見した途端、それが梨の瑞々しさそのものを生《な》している微妙さに気づいた。立ち竦んだ作品は多い。今なお私が頭上に見上げる青空はゴヤの「蟬を取る子供たち」の空であることがあるし、そよ風に色があることはモネの「日傘を差す女」に教わっている。生命の原点への私のなかの揺るがぬ確信は、ルソーの「蛇使いの女」からの直伝である。美術館の高い天井から床まで届く何号作品と言うのだろうか、私はその前から立ち去ることができなかった。

清兵衛が今は絵を描くことに熱中することになった、そのいきさつはこうである。彼は三、四銭から一五銭位までの皮つきの瓢箪を集めていて、子供ながらに口を切ることから種を出し、栓《せん》づくりまで自分でやった。と言うよりそれがなにより楽しみで、茶渋《ちゃしぶ》で臭味《くさみ》を抜くことも、父の酒の呑み残しを貯《たくわ》えておいてそれで磨《みが》く等々、その懲り様は烈しかった。広くはない町中の瓢箪という瓢箪の品定めは尽くされていたが、「古瓢《こひょう》には余り興味を持たなかった」。ある日、仕舞屋《しもたや》の格子《こうし》先《さき》に二〇ばかり下げられていた、その「中に一つ五寸ばかりで一見ごく普通《ふつう》な形をしたので、彼には震《ふる》いつきたいほどにいいのがあった」。彼は胸をどきどきさせて交渉し、一〇銭にまけとくと聞くや、小母さんにほかの誰《だれ》にも売らないで欲しいと頼み、急ぎ家から「赤い顔してハアハアいいながら還《かえ》って来ると、それを受け取ってまた走って帰って行」く。以後その手入れは学校、それもこっそり授業中にも及ぶことになり、教員に取り上げられてしまう。清兵衛は泣くこともできず「青い顔をして家《うち》に帰ると炬燵に入ってただぼんやりとしていた」。細々したいきさつを経て、その瓢箪は教員が小使いに遣ってしまう。小使いはそれを巧みな交渉の末五〇円（四か月分の月給に相当）で骨董屋に売却。骨董屋は地方の豪家に六〇〇円で売りつける。この倍々ゲームについてはもちろん小使いも誰も知らない――という物語。

清兵衛は今、絵を描くことに熱中していて、「これ（絵）が出来た時に彼にはもう教員を怨《うら》む心も、十あまりの愛瓢《あいびょう》を玄能で破《わ》ってしまった父を怨む心もなくなっていた」という。清兵衛にとっては瓢箪の手入れも絵を描くことも同じ行為。新しい作品に取り組み、それが仕上がったときの感懐は、前作品のことなど空っきし無に帰していてはじめてなにかしら深い処から現出してくる感懐なのだ。それが芸術作品であると思う。それは前稿までに見てきている「純粋贈与」であると私は解したい。受け手から見る限りその「純粋贈与」にあるのは、言ってみればなにかしら喜悦のみで、その作者の刻印などあってもなくともなんということともない。著作権などという現代資本主義制下の法概念は「交換」の原理の鬼っ子であり、清兵衛の作品はその地平から超然としているものなのである。

するど、「純粋贈与」の現われ方はさまざまであることになる。「二宮尊徳」の拾い集めて民に与えた人の捨てざるなき物であることもあれば、「自転車」の罪滅ぼしめいた五円の場合もあり、あるいは「清兵衛と瓢箪」の瓢箪ないし絵のような場合もある。が、そこに通有するものから目を離すことはできない。かじかんだ自我のごとき自閉とは逆に、外部に出すことで全体性としての経済のはたらきに生気を吹き込み、つまりは人と人とのコミュニケーションを結果として活性化させていたという効用がそこには現出しているのである。

なお、現代にあって贈与につき考察するには、参照先としてマルセル・モースの『贈与論』（一九二三〜二四年）は欠かせないだろう。そこで中沢新一に導かれながら考察してきた「純粋贈与」について、モースは言及しているかどうか、どう扱っているかをみてみることにした。しかし当稿ではそれはあまりに学術的に過ぎ、パスするほかなくそれが妥当でもあると判断した。ただひとつだけ言及しておくとすれば、中沢の論は経済学や哲学、精神分析学サイドからの考察、論述の面が濃厚で抽象的であるのに対し、モースのそれは徹底した人類学的フィールドワーク情報の即物性が勝っており、その突合は必らずしも容易ではないということである。

そのことの提示を兼ねて、モースの『贈与論』から一箇所引用するが、その説明、解析は膨大にならざるを得ないので省略する。味読することで突合を試みてみて欲しい。

これらの貴重財（大場注…当稿での「純粋贈与」の対象物に相当）は、全体として呪力を備えた承継財《ドゥエール》（括弧内省略）を構成する。この財は、その贈与者とも受領者とも一体的なことがしばしばであり、当該クラン（大場注…祖先を同じくするという認識のもとに構成される血縁集団）にこれらの護符を与えた霊や、霊がこれらを与えたクランを始祖として築いた英雄とも一体的である。いずれにせよ、これらの全部族において、これらの財は全体としてつねに霊的な起源をもつのであり、かつそれ自体が霊的な性質をもつのである。その上、これらは一つの箱に収蔵されている。…略…この箱は、人に語りかけたり、その所有者と感情的に結びついたり、所有者の魂をそのなかに収めたり、等々するのだから。[*13]

（傍点原文）

右は第二章の「三　アメリカ北西部」の項のなかの「物の力」の項からの引用であるが、ここでの文脈的落差や内容的異質性から分かり難いのは確かである。アメリカ北西部のクワキトルやツィムシアンの諸族のなかに認められる「交換」ではないある種の「贈与」の対象物のフィールドワーク情報で、中沢の言う「純粋贈与」の文脈にぴったり嵌まる事象であることだけを付言すれば、突合の補助として十分だろう。モースが捉えるこの贈与の贈与者と受領者が属するのは、とある同一クランであるが、中沢の「純粋贈与」の贈与者と受領者が属するのは、いわば人類という広がりの集団の構成員間の出来事であるといったふうに一般化ないし普遍化されている叙述であることに気づく。するとつぎのことは確かなのではないか。先史時代の人々のあいだでも、現代を生きる人々のあいだでも、「純粋贈与」の遣り取りは行なわれており、それぞれの時代の全体性としての経済のはたらきを駆動させる一ファクターとして機能してきている。時代を遡るほどそのファクターは社会組織の堅牢化にも貢献していた。が、時代を下るにつれてそのファクターは衰弱化の一途を辿ることになった。志賀直哉の目（それは感性感度でもある）はそれを見逃がさなかった。それが志賀直哉の「純粋贈与」を巡る諸短編群であり、「小僧の神様」はそのみごとな一篇なのだ。

さて本論に入るが、この「小僧の神様」の物語はこうだ。主人公の小僧仙吉は神田のある秤屋に奉公している。秋らしい柔らかな澄んだ陽ざしが差し込んでいる帳場に「退屈《たいくつ》そうに巻煙草《まきたばこ》をふかしていた番頭が」「「おい、幸《こう》さん。そろそろお前の好きな鮪《まぐろ》の脂身《あぶらみ》が食べられる頃《ころ》だネ」「ええ」」。後方にかしこまって仙吉が先輩たちの生鮨そしてその老舗談議に生つばの音がしないように飲み込み、聴き耳を立てているところから物語は始まる。二、三日後の夕方小僧は往復の電車賃を貰《もら》って使いに出される。電車を降りると、勢《いきお》いよく暖簾を分けて入る番頭たちの姿を思いながら、わざと鮨屋の前を通ってみる。かなり腹がへっていた。用を済ますと、歩いて帰ることにする。手元には四銭残っていた。

一方、若い貴族院議員のAの話。仲間のBと鮨談議があって、鮨をつまむには屋台に限ると、ある夕方屋台の鮨屋に行く。二、三人並んで待っていると、不意に横合いから一三、四の小僧がAを押《お》し退《の》けるようにして入ってくる。仙吉が使いに出されたその夕方だったのである。小僧は海苔巻《のりまき》を頼むが、ジロジロ見ていた店主から握りしかないと言われる。ところがなぜか小僧は急に厚い欅板《けやきいた》の上の鮪鮨に手を伸ばし、主《あるじ》から「一つ六銭だよ」と言われて小僧は黙《だま》ってその鮨を板の上に戻す。この様子の一部始終をAは見てしまう。

別の日AはBとまた鮨屋の話になり、小僧の話にもなる。「「何だか可哀想《かわいそう》だった。どうかしてやりたいような気がしたよ」」とA。「「馳走《ちそう》してやればいいのに。…略…さぞ喜んだろう」」とB。「「小僧は喜んだろうが、こっちが冷汗《ひやあせ》ものだ」「冷汗？　つまり勇気がないんだ」「勇気かどうか知らないが、ともかくそう云う勇気はちょっと出せない。…略…」「まあ、それはそんなものだ」とBも賛成した。」

しばらくして、Aはわが子の体重計を買いに秤屋を訪れ、偶然仙吉を見つける。仙吉はAを知らない。Aはなんとか仙吉に鮨を馳走したい思いに駆られ、一計を案ずる。番頭に小僧を借りる許しを得て、体重計を手押車にした小僧（仙吉）を連れて店を出る。その足でAは馴染みの鮨屋に行く。小僧を店の前に待たせて店へ入り、この小僧に鮪鮨を食いたいだけ食わせて欲しいとおかみに頼む。体重計は運送屋に手配すると、自分は急用があるからと小僧に告げ、店を出て行ってしまう。

一人になった小僧は旨さに驚きながら、勧められるにまかせてたらふく食べ、店を出ることになるが、このことについては戻ってからも誰にも話さない。店を出しなに小僧はおかみから、いつでもまた食べにおいで、言づかっているんだからと優しく声を掛けられる。しかし、後々いろいろ思案して、「あの客（A）」は屋台で自分が手を伸ばしそれを戻してしまったことを見ていたに違いないということに思い至ると、仙吉はふたたび行くことはできなかった。

が、「仙吉には「あの客」がますます忘れられないものになっていった。それが人間か超自然のものか…略…ただ無闇とありがた」く「悲しい時、苦しい時に必ず「あの客」を想った」。一方Aは自らの行為のある種偽善性（あるいはどこか居心地の悪さ）が気になり、家で妻には晴れない気分を吐露することがあったが、それくらいで、胸の内にわだかまる鬱屈も薄れていく。

粗漏多い走り書きの梗概は以上。小僧が番頭から番地を聞き出しAを訪れるが「人の住《すま》いがなくて、小さい稲荷の祠《ほこら》があった。小僧は吃驚《びっくり》した」と書こうと思ったが「小僧に対し少し惨酷《ざんこく》な気がし」やめたと作者は書く。作者なりの「純粋贈与」の受け留め方を匂わす乙な落ちを付して物語を閉じてみせたということか。

一九二〇年前後と言えば日本資本主義経済の発展期で、市井経済にあっても「交換」の原理は隅々まで深く浸透し、「贈与」、「純粋贈与」は片隅に追いやられ……というトレンドにあった。志賀直哉の目は日本資本主義～私小説への流れから一線を画したところで、広範な社会の展開方向とその原理面の推移に注がれていた。丁稚奉公の仙吉の描き出しも的確だが、貴族院議員Aの捉え方もさらにナイーヴであると思う。志賀直哉は「小説の神様」であるという評言に接した記憶があるが、それは名品「小僧の神様」の巧みな引喩。そこには文学批評の健全性があるというものだろう。

今をときめく経済、経済。その原理の奥深く沈められている必須のファクターを成す「純粋贈与」、そのごく平凡で見逃しがちな市井からの消失現象……。それをこの作品は凝視している、とは過剰な深読みか。日々、冷めたくも「交換」の原理が幅を効かして止まない、小僧と貴族院議員が生きる時代、そこにぴたりと同期し、そこから時代のなにか励起を図ろうとさえしている。このさりげなさにあるリズムはかえって広く深い。それが一〇〇年後の今を生きる我々にも届く。そのリズムは強烈なのだろう。たしかに「この快感は特別なものだ。」

四　「沓掛《くつかけ》にて――芥川《あくたがわ》君のこと」（一九二七年）

このところ明治末期から大正期、昭和戦前期のいわゆる日本近代文学作品から任意に幾人かの作品を読んできた私には、顕著な印象がある。夏目漱石、田山花袋、志賀直哉、芥川龍之介といったごく限られた作家に過ぎないが、この時代の作品から窺い知れてくるこれらの作家たちの、言ってみれば〃いいご身分〃さ加減である。それは、一方で昨今の石毛拓郎を機縁に読み返している同時代人魯迅との懸隔である。片や西欧技術文明の脅威の下、背伸びするように近隣諸国を睥睨する国、片やその西欧や追従する勢力に食い荒らされる国、その国柄の反映にほかならない。しかし日本近代文学の遺産と中国魯迅の遺産の、それぞれの国での継承の顚末が当稿の関心事だというわけではない。

七年間で七回の邂逅のみでまだ友とは言えない間柄であると書いて起こされている当短編は、志賀直哉の芥川龍之介論である。随筆調の作品で、いっそう興味津々芥川の実像に接近できるところがある。滝井孝作、小穴隆一が登場する、里見と直木君が出てくる、その他……佐藤君、梅原……と壮観でさえある。旅先での出遭いや自宅訪問、その際の供応、西鶴や大雅、蕪村論……。それら当時を代表する文人、文化人たちの交遊録、そのなかで芥川の口から洩れた片言隻句、それに対する志賀の所感等が回想的に語られている作品なのだ。

志賀は「芥川君の死を七月二十五日の朝、信州篠《しの》の井《い》から沓掛《くつかけ》へ来る途中《とちゅう》で」知る。「それは思いがけない事には違いないが、…略…乃木《のぎ》大将の時も、武郎さんの時も、一番先きに来た感情は腹立たしさだったが、芥川君の場合ではなぜか「仕方ない事だった」と云うような気持が…略…一番先きに来た」と短編末尾の方で書く。そして最後尾では「芥川君の死は芥川君の最後の主張だったというような感じを受けている」と。

志賀の当短編における芥川評、なによりも私自身が芥川の作品のいくつかを読み直してみると、志賀の「芥川君の最後の主張」という評言の内実は、志賀の芥川龍之介という作家に響き続けていた〃リズム〃に対する評価である。が、全面的称讃でなかったところに、志賀直哉の文学（それは日本近代文学でもあるが）の限界があった。〃いいご身分〃、魯迅という下敷部分に熾る火の上に置かれるとき炙り出さる感のある私のもっと率直な思いである〃いい気なものだ〃という印象はそこに発している。当稿シリーズ最終回の四では、この「芥川君の最後の主張」に纏って、かなり異色かもしれぬ芥川論を展開してみたい。

この短編「沓掛にて」から志賀の直截な芥川評は四、五箇所拾うことができる。[*14] そのなかで、志賀からの批判を受け容れて芥川が「（自分は…大場注）芸術というものが本統に分かっていないんです」と言った事、同じ事だが志賀の芥川評「芥川君は始終自身の芸術に疑いを持っていた」に私は注目する。当短編における志賀の回想風芥川評は、実質芥川の死の二年前までの事で終わっている。

芥川をトータルに捉えて評するには、私は彼の最晩年、自死の年の特異な三作品は欠かせないと考える。『杜子春』や『鼻』、『芋粥』等今昔物語その他の古典に題を得て縦横に才筆を振るう戯作風作品も、『蜜柑』、『トロッコ』のようなリアリズムへの傾斜を見せる作品もいかにも芥川作品ではある。しかし一九二七年七月二四日の自死決行に向けての息詰まる気配を感じさせる『玄鶴山房』（一九二七年一月）、『歯車』（同四月）、『或阿呆の一生』（同六月）は、芥川の最期を記録した時系列ドキュメンタリーとして読めると私は考える。

芥川龍之介という一人の人間の生まれの血筋や貰い享けていた資質、生育環境さらには性格や人となり等々にはあえて触れない。ただひとつ、いわゆる神経質で繊細過敏な気質は、その耐性が脅かされ続けることで、往々にして精神疾患に陥いる場合があることには触れておく必要がある。私には大学を出て六年余高校教師の職に就いたことがある。その間三人の統合失調症（旧精神分裂病）を患った生徒との付き合いを余儀なくされた。受身の表現になるのは、さまざまな点で未熟だった私には、公私なく精一杯の性根を奪われる正直つらい経験だったからである。一人は症状が昂ずると私の自宅を訪れ、常識的な夜昼の別なくその発作的な苦痛の時間を鎮めるのに何日も泊り込み、一人は当時の過激派学生運動に身を投じ、絵（黄や金色が多用されていた）を描く一人は自ら命を絶つ道を選んで逝った。五〇有余年前のことで、当時は精神病、精神病院と称し通常の社会生活からは一線を画される風潮が濃かったが、若い魂と語り合うのだといわゆる青年教師としての接触のなかで、統合失調症の病理像の一端が素人ながらに見えるようになった気がする。刻々変転する当為観念や生生しい記憶等が当人に押し寄せるが、自らの行為上の具体的選択はおろか、個々の想念の統合調整が不可能となる。真夜中に起き出して風呂に入ったり、……等々。ひとつの想念についてなら会話も成り立ち、見解の鋭さに驚かされることもある。が、すぐ別想念とのプライオリティの検討や選択等の脈絡の解体状況が露呈する。が当人はその異常さの自覚ができない。そしていわゆる教え子三人の家族歴には、血筋の人に類似の異常に苦労した事案が見つかることも加えることができる。なお芥川は、年譜によれば、生まれてすぐ当時の習わしに従って母から離され、母の生家に預けられ、後には母が発狂したとの記述も見えている。これは芥川にとって苛酷な事実である。発狂は現今で言う統合失調症の発症の筈だからである。

さて、芥川龍之介三五年の生涯中没年の一九二七年はけっこう多産だった。そのなかでしかし、前記した三作は整然としたみごとな三部作で一体であることに驚く。なるほど中村真一郎は言う。「『玄鶴山房』の暗澹《あんたん》たる世界は、作者の見た人生というものの、最も偽りのない姿なのだろう。『歯車』は自ら死を決意した人の、死を待つ日々の心情の、最も端的な反映である。そして、『或阿呆《あるあほう》の一生』は、芥川竜之介というひとりの人間の、自らの一生に下した総決算である」[*15]と。

私もそう思う。中村の当該文庫巻末の解説を、しかし、そっくり肯んじて終わるわけにはいかない。唐突の感は否めないがもう一人。私も読むことのあった山本健吉は、一九六〇年代から八〇年代戦後日本文学のバランスの取れた批評家として定評があったと思う。彼は芥川を、自死の動機を含めたとえばつぎのように評している。

遺書『或旧友へ送る手記』には、自殺する動機を「ぼんやりした不安」と言っているが、それは肉体的、生活的、文学的、思想的その他さまざまの不安の複合であったと思われる。

自然主義以後の大正期作家のうち、最も典型的に時代の不安をはっきり受けとめて生きた知識人として、彼の著作は現在にいたるまで多くの読者をもっている。それは、…略…今日の社会に生きる者に、ひとごとならぬ感銘を与える要素をもっているからである。[*16]

中村真一郎や山本健吉の以上のような、あえて言う当たり障りのない評言は、芥川龍之介の生涯をなにかしら薄膜の向こうに隔離してしまいかねないと苦言を呈したい。〝いいご身分〟や〝いい気なものだ〟という私の顕著な印象は、こうして明治末期から昭和戦前期の文学者たちに覚えるものであるに留まらない。中村の解説は一九五七年、山本の評言発表は一九七二年、ここには戦後文学者によって作られた芥川龍之介の行儀のいい張りぼてが飾られている。

私の言いたいことはこうだ。芥川の自死に纏る評言を為すには、中村、山本の評言を含めてさらに一段深みにメスを入れる必要があるのだ。『玄鶴山房』は中村の言うとおりだとして、これでもかこれでもかと暗澹たる世界の成り立ちの錯綜具合いとその隅々を明かしてみせる創作の力量は眩しいほどであると思う。ところが四月の『歯車』になると、その暗澹たる世界を前に、タイトルの象徴性さながらに事は咬み合わなくなり、咬み合わなさが逆に咬み合うようにして事が推移していく、その支離滅裂さの居心地の悪い流れ……。これは私が統合失調症を病んだ教え子を相手にした折の既視感に親和する。主人公の僕は、刻一刻、生きていくことがつらいのである。六月の『或阿呆の一生』になると想念はいっそう断片化し、錯綜し、矛盾も繰り返すようになる。統合失調症はその度を深めていくが、それは万策尽きた無間地獄……。なにひとつ、誰一人助けてくれるものはない。

私の言いたいことには欠かせぬ続きの一半がある。話は飛び、時も遡るが、後出もする志賀直哉が芥川と出遭う時期は一九二〇年以後とすれば、その頃のことである。一九二〇年の作品『秋』は、これまでの芥川の異常な美、怪奇美に傾いた作品傾向とはがらりと変わって、現代市井の暮らしを描いたものとして注目されることは、芥川評伝の類によく見えていると思う。一九一九年の好篇『蜜柑』や一九二二年の『トロッコ』も日常の暮らしから題を得た作品で、背景に広がる当時の社会を彷彿させる。このうち私にはとくに前者が佳品として読める。当時同一列車の客車車輛には一等、二等、三等の別があって車内の座席スペースや造作等に大きな違いがあり、三等車の座席の背は板、切符の料金も安かった。さて、二等車に乗っている主人公である私の向かいの席に、ちょこんと座った下品な顔立ちの小娘の、「二等と三等との区別さえもわきまえない愚鈍《ぐどん》な心が腹立《はらだ》たしかった」ところから短編は始まる。が、若干のいきさつを経て、突然横柄にも私の横の席に移り来て、小娘は窓を開ける。踏切のところで小鳥のように声を上げた三人の子供たちに蜜柑を五つ六つ投げる。私は弟たちであること、小娘は奉公に出るらしいことを了解し、元の席に戻って荷物を抱え、三等切符を握っている小娘に、「私はこの時はじめて、言いようのない疲労《ひろう》と倦怠《けんたい》とを、そうしてまた不可解《ふかかい》な、下等《かとう》な、退屈《たいくつ》な人生をわずかに忘《わす》れることができたのである。」と一篇を終わっているのだ。

さて、こうした記憶なり想念なりもまた断片化、脈絡なく襲う均等ランダムな一片として、一九二七年六月の或阿呆を訪れていたことは疑いない。『或阿呆の一生』の「四十　問答」を私はそう読みたいのである。

なぜお前は現代の社会制度を攻撃するか？
資本主義の生んだ悪を見ているから。
悪を？　おれはお前は善悪の差を認めていないと思っていた。ではお前の生活は？
――彼はこう天使と問答した。尤《もっと》も誰にも恥ずる所のないシルクハットをかぶった天使と。[*17]……

ところで、右引用四十節の想念のミソは「誰にも恥ずる所のないシルクハットをかぶった天使」にあることは言うまでもない。無色透明にして無臭な思想の象徴としてのシルクハット、そしてここに「天使」という名辞を使うとはいかにも芥川らしい。しかしところでほかにも彼の作品中に数は多くないが「中産階級」や「中流下層階級」といった名辞に出遭うことできるのである。[*18]

一九二五年には普通選挙法、治安維持法が公布されている。一九二七年には山東出兵があった。ほかにも国内では金融恐慌、休業銀行続出、海外では一九一五年の二一か条要求や一九一八年のシベリア出兵をはじめとし蔣介石のクーデターや国共分離……等。これらは新聞でも報道されていた。こうした時代を芥川龍之介はどう生きたのか。これを考えるうえでどうしても見ておかなければならないことがある。芥川と言えば、とかく神経質で冷めたい人、友人など少ない孤立したエゴイストといった文脈で語られてきた。志賀の「沓掛にて」は、身辺の緩やかで親しみの持てる人間関係のなかでの芥川を捉えてくれてはいるが、そうした芥川の虚像を覆えすものとはなっていない。芥川の実像を理解しその芸術をトータルに味わうためには、もう一段掘り込んでみる必要がある所以なのだ。

志賀の一九二七年発表の「沓掛にて」の文筋をつぶさに追ってみると、芥川との七回の出遭いは一九二〇年から一九二五年のことだった。当短編にはまったく出てこず、その他評伝の類でもほとんどお目に掛かれないが、この頃芥川は中国大陸に足を運んでいる。一九二一年三月に東京を発ち、四か月に及ぶ大阪毎日新聞の海外特派員としての視察旅行である。芥川研究一筋の関口安義によれば、上海を起点に杭州、蘇州、南京、長沙、北京、天津などを巡っている。『支那游記』（改造社刊、一九二五年）はその紀行本であるが、芥川は当時の中国の姿をじつによく見てメモしていたことが分かる。たとえば、二泊三日の蘇州の旅では天平山白雲寺でおびただしい反日の落書きに驚かされ、そのいくつかをノートに書き留めている。

帰国後厳しい検閲制度下で刊行した前記紀行本にさりげなく滑り込ませている落書きには、ひとつだけ挙げれば、つぎのようなものもあった。関口は書き下し文にして引用している。日帝が設置したパブリック・ガーデンの案内板にあった「中国人と犬は入るべからず」をもじったものだという。

諸君爾《なんじ》快活の時に在《あ》り、三七《さんしち》二十一条を忘了《ぼうりょう》すべからず
犬と日奴《にちど》壁に題することを得ず[19]

その中国では、魯迅は外界との間合いの取り方に細心の心を配りながらも、『野草』等を編むことで自らを整えていた。まさに同じその頃「沓掛にて」に登場するこの隣国の文化人（?）たちは、統合に失調を来たすことがないことを奇貨として、なにに立ち回っていたことになるのか？〝いいご身分〟の張りぼて工房の職工たちには、〝いい気なものだ〟という印象がどうしても否めないのである。

ところで、列車の窓から弟たちに投げ遣った五つ六つの蜜柑は、小娘とのあいだの「交換」でも「贈与」でもないことは明らか。しかし両者の間には濃厚なコミュニケーションが交わされている。それはある種ささやかであるが切なき「純粋贈与」にほかならない。遠い祖先たちの時代には貴重な穀物であった鬼遣《おにやらい》に撒かれる豆も「純粋贈与」の一種だったことにも思い至る。こうして唐突な連想は跳ね飛ぶことになるが、中沢新一に導かれながら[20]、あのK・マルクスが最晩年は贈与問題に正面しようとしていたことに触れて、当稿四回シリーズの結びを試みてみたい。

彼の余剰価値への鬼気迫る肉迫は、やがて『共産党宣言』に結実し、ロシア革命を導くことにもなる。紙幅がなく

残念だが、資本家は言う。資本や設備があってはじめてその剰余価値なるものも生まれる、その回り回っての「贈与」を忘れて貰っては困ると薄笑いさえ浮かべながら。しかしそれはまったく偽りの「贈与」であることの分析・論証がマルクスの剰余価値論だった。

しかしこれでは粗暴な比喩的論述に過ぎる。それはマルクスによる発見だったとする中沢新一の分かり易い説明を引けばこうなる。

労働者がもっている労働力という商品には、交換価値とともに使用価値があります。交換価値というのは、その労働力が明日もまた回復していることを保証する、食べ物や住居や家族の養育など、労働力の毎日の維持費のことを指しています。これに対して、貨幣所有者（資本家）が用意しておいた機械設備を使って、その労働者が毎日おこなう労働力の支出のことを、その使用価値と呼んでいます。資本家は、この労働力の交換価値でもって、それの使用価値を「代理表象」する、そのことによって剰余価値を生み出している、というのが、マルクスのおこなった発見なのでした。[*21]

この資本主義制度駆動の根幹部に潜むトリックとその克服策の展開が膨大にして壮重な『資本論』の勘所中の勘所。ありていに約言すれば交換価値より使用価値は確実に大、この剰余価値の占有を如何せん！　しかし、その思考の行き着く先には難問が立ちはだかっていた。当シリーズですでに見てきた「贈与」からそのシステムを食い破るように出てきた「交換」のシステム、別に言えば「共同体社会」から「資本制社会」への時代推移、この歴史の流れの巻き戻しは、いかにすれば可能かという難問だった。「贈与」システムへの単純な回帰でないことだけは明瞭だった。

こうして贈与問題は「その後長いこと彼の思考の表面にはあらわれてこなくなりました。マルクスは自分の思考のある部分に、抑圧を加えたのだと思います。[*22]」

しかし、私が推し量るにはマルクスのもっとも痛いところに直達する手紙がはるばるロシアから届く。一八八一年二月一六日（大場注…マルクスは一八八三年三月ロンドンにて没）の日付を持つロシアの女性革命家ヴェ・イ・ザスーリチからのものだった。

「この手紙は、マルクスを刺激して、晩年の彼の思想の内部に、新しい展開の芽生えを生み出し」[*23]たとは、中沢新一の言述である。この手紙の往復には、ことのほか私の興味を魅いて止まないものがある。詳細に立ち入るきらいがあるが、概略を期しつつ辿ってみるならこうなる。

ザスーリチは、後日労働解放団を結成することになる彼女の同志たちを代表して、ロシアの歴史的発展の展望、とくにロシアの村落共同体の運命について聞かせて欲しいとロンドンのマルクスに手紙する。『資本論』がロシアで大きな人気を博していること、ロシアの農業問題や村落共同体についての革命家たちの討論の際にもそれがある役割を演じていること、「この問題がロシアで焦眉の問題だということ」、…略…最近では、村落共同体は古代的な形態であって、歴史…によって没落すべき運命に定められているという意見を、私たちはしばしば耳にします。そういう説をとなえる人々は、あなたのほんとうの弟子、「マルクス主義者」だ、と自称しています。…略…わが国の村落共同体のありうべき運命について、また世界のすべての国々が資本主義的生産のすべての段階を経過することが歴史的に必然的だという理論について、あなたご自身の考えを説明して下さるなら、どんなに大きな助けになるか…略…云々。

これに返信するに当たって、驚くべきことながら三度に亘る長大な下書きをマルクスは残している。これらはあい集まって、ロシア農民の村落共同体と農業生産の共同組合的形態とについての深遠な概説になっているのである。この返信のためにマルクスはあらためて広範な原資料に当たり直していることが窺われ、私はマルクスの真骨頂を見る思いがする。

翌三月八日付けの返信は極端に短く、四度目の下書きとほぼ同文。四度目の下書きに向けてマルクスが断行した割愛の理由は分かる気がする。その返信の冒頭を「一〇年このかた周期的に私をおそってくる神経病に妨げられて」返信が遅れたこと、求められた問題について「公表を予定した手みじかな説明をお送りすることができないのは残念」であることを述べることから起こしている。そして注目すべきことに、「すでに数ヶ月まえに、この同じ論題について論文を書くことをサンクトーペテルブルク委員会（大場注…ナロードニキの秘密組織ナロードナヤ・ヴォーリャ（人民の意志）の執行委員会）に約束したのでした」とも書いてあって、マルクスにはザスーリチへの返信は自らの学説の公的な公表になるとの認識があったと読み取れる。「私の学説と言われるものにかんする誤解についていっさいの疑念をあなたから一掃するには、数行で足りるだろうと、思われます」と記して返信の本文に取り掛かっており、こうした諸状況から、この手紙は熟慮熟考を尽くしたうえでの結論だったことが分かる。

その本文は整理が尽くされ、その明快さはみごとである。『資本論』から二か所ほどページ数を付して引用したうえで、こう述べている。

> こういうしだいで（大場補注…『資本論』は、西ヨーロッパ及び西ヨーロッパの他のすべての国についての搾取形態の考究であり、ロシアのことを言っているわけではないの意（傍点大場））、この西ヨーロッパの運動においては、私的所有の一つの形態から私的所有の他の一つの形態への転化が問題となっているのです。これに反して、ロシアの農民にあっては、彼らの共同所有を私的所有に転化させるということが問題なのでしょう。[*24]
> （傍点原文）

そしてすぐこう続けている。少々長くなるが、これでマルクスにそれ相当の労作を要求した返信はすべてである。

> こういうわけで、『資本論』に示されている分析は、農村共同体の生命力についての賛否いずれの議論にたいしても、論拠を提供してはいません。しかしながら、私はこの問題について特殊研究をおこない、しかもその素材を原資料のなかに求めたのですが、その結果として、次のことを確信するようになりました。すなわち、この共同体はロシアにおける社会的再生の拠点であるが、それがそのようなものとして機能しうるためには、まずはじめに、あらゆる側面からこの共同体におそいかかっている有害な諸影響を除去すること、ついで自然発生的発展の正常な諸条件をこの共同体に確保することが必要であろう、と。[*25]

結論としての返信本文では削除されてしまっている当時のマルクスの率直な考察はいろいろあるが、第一草稿からつぎの一節は抜き出しておいていいだろう。

ロシアの共同体は、資本主義制度が危機にあるのをまのあたりにしているのである。その危機は、資本主義制度の消滅によってのみ、近代社会が共同所有の「原古的《アルカイック》な」型へと復帰することによってのみ終結するであろう。その形態のもとで、——ワシントン政府の支持のもとに仕事をしていて革命的志向の疑いなどまったくないアメリカの一著者〔L・H・モーガン〕が言っているように——近代社会が指向している「新しい制度」は、「原古社会の型の、より高次な形態での（in a superior form）復活（a revival）となるであろう。」それゆえ、この「原古的」ということばをあまり恐ろしがる必要はないのである。[*26]

一八八一年二月のとある革命家集団を代表してのザスーリチからの手紙を機縁とする、最晩年のマルクスの考察を熟読玩味して覚える感懐がいくつかある。それを以下に挙げれば、当稿四回シリーズの結びともなるだろう。第一は、原古的《アルカイック》な形態の社会、端的に言って、「交換」ではなく「贈与」的な原理で人と人、人と自然を結びつける社会のあり方こそ、激しい敵対、危機、衝突、周期的な惨禍の場と化している資本主義の先にあり得る唯一の可能態であるというマルクスの思考の結論への驚きである。

そして、私にとってとりわけ意外なのは、俄然こんなところで郷里の詩人黒田喜夫の〝村〟への執着の執拗さが想起されたことである。一世紀も以前のマルクスの明断さを下敷きとしてであることは言うまでもない。

なお、私としては、勝手につまり独り善がりに私淑する師黒田喜夫への「報告」としての本著を閉じるに当たり、是非敷延しておきたいことがふたつある。ひとつは想起される「黒田喜夫の〝村〟への執着の執拗さ」の不透明さ加減である。ふたつ目はその裏面にほかならない。最晩年のマルクスにあっては、「共同所有の「原古的《アルカイック》な」型へと復帰す」べきことの表明があったが、黒田には、明断さにおいてそれに匹敵する主張があったか否かということである。

ロシア革命以前の一八八一年三月の時点であるが、マルクスは「ロシアにおける社会的再生の拠点」と喝破（？）した「原古的な」ロシアの共同体について、再生の拠点として機能しうるためには、「あらゆる側面からこの共同体におそいかかっている有害な諸影響の除去」と「自然発生的な発展の正常な諸条件をこの共同体に確保すること」の二条件が必要と指摘している。この二条件はまさにないものねだり以外のなにものでもないにせよ、ここにはマルクスのロシア共同体社会の歴史に対する底を射抜くような視線がある。

引き換え、わが師黒田喜夫にこの底の抜けたような明るさ（それは〝村〟への信頼に通底）を見出すことができない私のなかの鬱屈を記し置きたい。これからも暮らしていくだろうこの国の来し方行く末の歴史に対する透徹した視線を私自身が備え得るものか否か、とも。

第二は、第一に付随してであるが、マルクス生前一八六八年に『資本論』第一巻が刊行されてわずか一〇年余のロシアに「マルクス主義者（大場注…つまりはイデオロギスト）」が現われており、彼らいわゆる革命家とマルクス本人（マルクスは自らの理論を彼らは誤解していると言っている）とのあいだには明らかに乖離ができていたことである。

第三は、志賀直哉流儀の「リズム」はマルクスにこそ覚えるものであり、それと同質の「リズム」は芥川龍之介にも覚えるという私のなかの事実である。

また、そのマルクス最晩年の思考営為に響き渡っている「リズム」を傍らに置いて、当稿四回シリーズで触れてきた志賀直哉の作品を振り返るとき、そこに「リズム」の質の違いを覚えることである。マルクスの思考営為も志賀の作品もこの場合同じ「贈与⇅交換⇅純粋贈与」の輪を巡るものであるが、前者にあっての「リズム」は奥深く強烈であるのに対し、後者は薄く微弱であることは否めない。これこそが、日本近代文学の限界の一露頭であると私は考える。

当稿四回シリーズは、縁《えにし》あって『潮流詩派』に掲載させていただくことができた。その縁の回路に身を委ねるようにして、『潮流詩派』誌上の作品に接して覚える所感を述べれば、そこに展開する詩的営為の〝私化〟と〝解体〟の加滅に対する残念である。〝解体〟と言うには当たらないとすれば、仲間身内でのなにはともあれ継続が大事といった類の言い古されてきた合言葉の応酬の繰り返しとでもなろうか。それにしたって、のっぴきならない世（あるいは時代）のリアルに照らせば、それは〝解体〟と名辞しても大差ないという次第である。

ひるがえって思えば、日本近代文学の限界は、日本現代文学の限界に滑らかに地続きしている。そのことは、遥かに号数を重ねて営まれている『潮流詩派』という具体にそっくり現象してはいないだろうか。そうでないとすれば、そうした批評を待ちたい。時代は逼迫の〝ツケ〟を重ねてきている。

〈注記〉

＊1　『ちくま日本文学全集／志賀直哉』（筑摩書房刊、一九九二年）収載の一篇「リズム」、四五五ページ。

＊2　BS—TBS「関口宏のもう一度！近現代史」（二〇二一年五月一日放映）での解説者保阪正康談。

＊3　＊1の四六〇ページ。

＊4　手元にある文献に『二宮翁夜話―福住正兄筆記』（岩波文庫、一九三三年）があるが、これとの照合未遂。

＊5　＊4の九六ページ

＊6　中沢新一『対称性人類学』（講談社刊、二〇〇四年）の一五七ページ。

＊7　『潮流詩派』二六三〜二六六号「「政治と文学」理論の破産ってなに？——G・ベイトソン『精神の生態学』の学的方法論瞥見——」。

＊8　大場義宏『続／わが黒田喜夫論ノート——試論・「現代詩の現在」の萃点はどこに在ったか——』（土曜美術社出版販売刊、二〇一二年）第一編第四章。

＊9　石毛拓郎個人誌『飛脚』二一号。「文学と政治——夏目漱石『それから』に学ぶ」。

＊10　中沢新一『愛と経済のロゴス』（講談社刊、二〇〇三年）、二一〜三ページ。

＊11　＊10の四ページ。

＊12　＊10の三三ページ。

＊13　マルセル・モース『贈与論　他二篇』（森山工訳、岩波文庫、二〇一四年）の二六六〜二六七ページ。
＊14　『ちくま日本文学全集／志賀直哉』（一九九二年）の四四二、四四五、四五〇、四五二、四五四の各ページ。
＊15　芥川竜之介『歯車　他二篇』（岩波文庫、一九五七年）の一二六ページ。
＊16　『ブリタニカ国際大百科事典　1』（株式会社ティービーエス・ブリタニカ刊、一九七二年）の一二八ページ。引用は、執筆者山本健吉の「芥川龍之介《あくたがわりゅうのすけ》」の項から。なお、山本健吉は一九七二年日本文芸家協会理事長、一九八三年文化勲章受章。
＊17　＊15の一一六ページ。
＊18　たとえば『大導寺信輔の半生』の三、『歯車』の三、等。
＊19　関口安義『時代を拓く芥川龍之介――生誕一三〇・没後九五年』（新日本出版社刊、二〇二二年）の二八ページ。
＊20　＊10の第六章「マルクスの悦楽」。
＊21　＊10の一五六ページ。
＊22　＊10の一六八ページ。
＊23　＊10の一六九ページ。
＊24　『マルクス＝エンゲルス全集　第一九巻』（大月書店刊、一九六八年）の二三八ページ。なお翻訳は平田清明。以下同。
＊25　＊24の二三八〜二三九ページ。
＊26　＊24の三八八ページ。

あとがき

この一冊の出自の詳細は、やや異色な「まえがきに替えて」のとおりで、「あとがき」を兼ねた叙述となってしまっています。

収めてある文章は、二〇一二年五月から二〇二二年七月まで折にふれて認《したた》めてきたものです。黒田喜夫について書こうとして書いたものではありません。しかし、「まえがき」でも触れてあるとおり、彼の思索は意外に広くかつ遠くへと届いていることに気づかざるを得ませんでした。一著のタイトル「黒田喜夫への報告」は、つぎつぎと文章を書き重ねるにつれ浮かび上がってきたもので、私には自然のなりゆきだったと言えます。

南太平洋上ミッドウェー海戦、アメリカ軍ガダルカナル島上陸は一九四二年夏のことでした。その一九四二年の晩春四月、裏日本は南東北山形市に生を享け、一九六五年から七一年の七年間は表日本静岡県の遠州地方磐田市で暮らしましたが、以後山形に戻ってこの地で八〇歳を迎えている。生業はサラリーマン。まことに平々凡々とした一市井人――私の生涯はこう言い尽くせそうです。

しかし、なにがしかのことは考え、思い悩み、それを人並みの（common）の一人として暮らしや生き方に私なりに繋ごうとしてきたことは言うまでもありません。結婚し二人の子どもを育て両親を見送ってきた。そうしたなかで、五〇歳を過ぎてから黒田喜夫に出遭ったことは、思えば、私にとり大きなできごとでした。これほどに激動激変する時代に直面しても手離す必要はまったくない、思索上の試金石を手に入れることになったからです。

最後まで読み継ぐおそらく苦痛多いお付き合いを賜る方に、私のなかのこの静かな事実を感得して貰えることがあれば幸甚です。

書き下ろしの文章もありますが、既発表分については初出媒体を記し置きます。
第一部　第一編――同人誌『ｇａｇａ』一四号（二〇一四年一二月）
第二部　第一編――源氏物語を読む会主催「一五周年記念のつどい」での講演（二〇一二年五月、於山形市内遊学館）
同右　第二編――個人誌『飛脚』二一号（二〇一九年七月）
同右　第三編――同右一七号（二〇一七年二月）
同右　第四編――季刊詩誌『潮流詩派』二六三号（二〇二〇年一〇月）～二六六号（二〇二一年七月）
同右　第五編――同右二六七号（二〇二一年一〇月）～二七〇号（二〇二二年七月）

なお、脱稿にこぎつけようとする二月二四日、二一世紀の今日よもやあるまいと思っていたところ、突如ロシア軍が歴とした一独立国であるウクライナに公然と侵攻しはじめたことが報ぜられました。新型のコロナウイルスパンデミック禍に地上五大陸が翻弄され続けるさなかです。とても単なるひとつのできごとでは済まされないこの深刻な事象は不気味です。

当著が挑もうとして果たし得ていない「訳の分からなさ」はここに極まれりの感しきりです。近現代の歴史の層を一枚いちまい剝いでいくことが新たに要請されることになります。と言うのは、私の関心はたぶんに歴史の固まりでもあるという意味でのこの地球上の、ロシアを中心にしてのヨーロッパからアジアにまたがる半球以外の一半球の方に注がれてきたことに気づかされるからです。

いくつか覗いてきてもいたものに慌てて取り寄せたいくつかの文献を加え、読み合わせてみるうちに分かってきた。私の認識・理解には放置できない欠落部分があったのです。冷戦後の旧ソ連邦の激動と混迷を強硬な手法で捌き治めることとなった自称〝保守政治家〟プーチンは、政権三期目（二〇一二年五月～）以降〝ユーラシア主義〟に基づいて、欧米からアジアへの東方シフトを進めるようになる。[*1] プーチンのユーラシア主義にここで言及することはできないが、地政学的にヨーロッパからアジアにまたがる広大な地域の将来を展望する野心家プーチンの国家イメージ上の〝勢力圏〟が東西南北に広がりを見せるようになるのは理の当然。ロシアの軍事研究者の一人としてメディアに登場することの多い小泉悠によると、「冷戦後のロシアでは、地政学とアイデンティティがほとんど判別不能な形で癒着する」[*2]ことになります。ここではこのことについても深く錯綜する言及にこれ以上深入りすることはできません。

ただ一点触れておくべきは、旧ソ連邦解体後プーチンの国家経営上の展望が形を結ぶようになる過程は、現代社会を構成する諸々のファクターの急激な変貌と併走するものだったということです。このたびのロシアのウクライナ軍事侵攻の前段をなすさまざまな武力紛争（チェチェン、ジョージア、ウクライナ東部のドネツク、ルガンスクそしてクリミア併合等）に陰に陽に組み合わされ展開されてきたいわゆるサイバー・ハイブリッド戦争手法は、その典型的な現象態と言えます。トランプ大統領選挙へのロシアからの種々の隠然としてなかなか正体の捉え難いフェイク情報介入攻勢も、ロシアの対アメリカ現代戦争の一環だった可能性は大です。サイバー上のこうした仕掛けの逆の流れも当然想定され、いまや世界の各国官民相互間に普遍化しつつあるらしい。これが古いアナログ世代の私の認識・理解から欠落していたのでした。

現プーチン政権下のロシア軍参謀総長ワレリー・ゲラシモフの二〇一三年の論文のつぎの一節は、一〇年後の現在にとってもあまりにもリアリティに富む指摘でありましょう。今朝三月二〇日の朝日新聞トップの見出しは、「マリウポリ、命の危機――35万人孤立　市街戦激化」となっていますが、ロシア軍参謀総長は現在なおゲラシモフのままです。

21世紀においては、平和と戦争の間の多様な摩擦の傾向が続いている。戦争はもはや、宣言されるものではなく、我々に馴染んだ形式の枠外で始まり、進行するものである。北アフリカおよび中東における、いわゆるカラー革命に関連するものを含めた紛争の経験は、全く何の波乱もない国家が数ヵ月から場合によっては数日で激しい軍事紛争のアリーナに投げ込まれ、外国の深刻な介入を受け、混沌、人道的危機そして内戦を背負わされることになるのである。

（中略）

もちろん、「アラブの春」は戦争ではなく、したがって我々軍人が研究しなくてもよいと言うのは簡単である。だが、もしかすると、これが21世紀の典型的な戦争ではないのだろうか？[*3]

こうして私の開いた口の塞がらなさの中空には、ただ置かれるようにしてあるひとつのイメージがあります。最晩年のK・マルクスの「ミール」つまり「共同所有の「原古的な《アルカイック》」型」の想念と、黒田喜夫の「村」すなわち「アジア的身体の両義性」への意執、この両者に纏るようにしてある構造主義思想の混迷とそこから必死に這い上がろうとする欧米の諸思念です。私には定め難いのは確かですが、プーチンの思念もつまりはそのひとつです。

〈幼児や女性、高齢者が息を潜めるウクライナ諸都市の集合住宅や避難所が日々砲爆撃に晒されているさなかでの停戦交渉。その非対称性は理解の域を超えるが、ロシア側交渉団のトップ小柄で痩せぎすなメジンスキー大統領補佐官はプーチンの腹心のイデオローグらしい。断片的にメディアが伝えるところによれば、その人物には「事実は問題ではない、重要なのは解釈である」という趣旨の文章があるという。この「事実」と「解釈」の対置に私の嗅覚は構造主義思想の残映ないしは亡霊を捉える。〉

これらの接触点が火を噴くこととなり、〝現代〟という時代のパンドラの函は開けられてしまった——。しかし忘れてならないのは、これまでもパンドラの函が引っ繰り返されたことはあったということでありましょう。

二〇二二年八月一五日

自宅にて　大場義宏

〈注記〉
＊1　下斗米伸夫『プーチンはアジアをめざす——激動する国際政治』（NHK出版新書、二〇一四年）の一五四ページ。
＊2　小泉悠『「帝国」ロシアの地政学——「勢力圏」で読むユーラシア戦略』（東京堂出版刊、二〇一九年）の四二ページ。
＊3　＊2の七五ページ。

著者略歴

大場義宏（おおば・よしひろ）

一九四二年　山形市に生まれる。

現住所　〒九九〇―二四三三　山形県山形市鳥居ヶ丘二五―六
☎〇二三―六四一―五二五七

詩　集『ハンスよ』（書肆犀刊、一九八六年）
『腐っている詩』（書肆犀刊、一九八七年）
『言葉の森林浴』（書肆犀刊、一九九三年）
『アウシュヴィッツのポプラ』（書肆犀刊、一九九八年）
『あかるいカメラ』（土曜美術社出版販売刊、二〇〇三年）
『大場義宏　ライト・ヴァース集　2004～2013年　豆　――土も空気も満足な水さえないところに――』
（影書房刊、二〇一四年）

評　論『「食《くわ》んにゃぐなれば、ホイドすれば宜いんだから！」考――わが黒田喜夫論ノート』（書肆山田刊、二〇〇九年）
『続／わが黒田喜夫論ノート――試論・「現代詩の現在」の萃点はどこに在ったか――』（土曜美術社出版販売刊、二〇一二年）

文学《ぶんがく》と政治《せいじ》・黒田喜夫《くろだきお》への報告《ほうこく》

——続／続／わが黒田喜夫論ノート——

発　行　二〇二三年八月一五日

著　者　大場義宏
装　丁　直井和夫
発行者　高木祐子
発行所　土曜美術社出版販売
〒162-0813　東京都新宿区東五軒町三—一〇
電　話　〇三—五二二九—〇七三〇
FAX　〇三—五二二九—〇七三二
振　替　〇〇一六〇—九—七五六九〇九
印刷・製本　モリモト印刷
ISBN978-4-8120-2785-1　C0095
© *Ooba Yoshihiro 2023, Printed in Japan*